Knaur

Von Michael Böckler sind außerdem erschienen:

Sturm über Mallorca
Wer stirbt schon gerne in Italien? Ein Toskana-Roman

Über den Autor:

Michael Böckler ist Journalist und Buchautor. Sein Konzept, touristische Informationen in einen spannenden Roman zu integrieren, hat er bereits erfolgreich in den Romanen *Sturm über Mallorca* und *Wer stirbt schon gerne in Italien?* umgesetzt.

MICHAEL BÖCKLER

VERDI
HÖREN UND STERBEN

Ein Roman aus Venedig und dem Veneto

Knaur

Bitte besuchen Sie uns im Internet:
www.knaur.de

Vollständige Taschenbuchausgabe 2002
Droemersche Verlagsanstalt Th. Knaur Nachf., München

Umschlaggestaltung: ZERO Werbeagentur, München
Umschlagfoto: Martina Meuth
Umbruch: Ventura Publisher im Verlag
Druck und Bindung: Nørhaven Paperback A/S
Printed in Denmark
ISBN 3-426-62138-X

2 4 5 3 1

»Mir wurde klar, dass ich mich an einem Ort befand, wo, wenn das Falsche wahr schien, das Wirkliche Traum sein musste. An einem Ort, wo der Verstand nur noch halben Wert hatte. An einem Ort, wo die Vernunft von der überhitzten Phantasie zum Opfer trügerischer Hoffnung gemacht wurde.«

Giacomo Casanova in den Bleikammern von Venedig

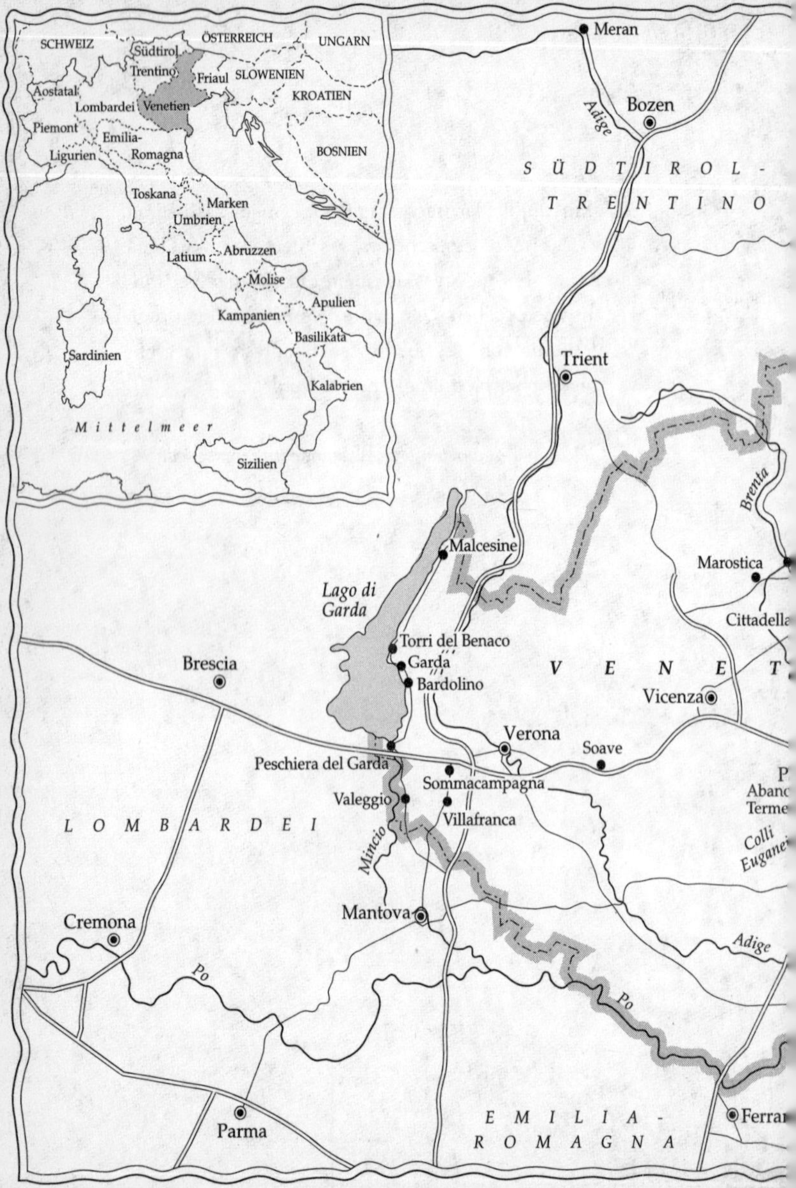
SCHWEIZ
Südtirol
ÖSTERREICH
UNGARN
Trentino
Friaul
SLOWENIEN
Aostatal
KROATIEN
Lombardei
Venetien
Piemont
Emilia-
Romagna
Ligurien
BOSNIEN
Toskana
Marken
Umbrien
Latium
Abruzzen
Molise
Apulien
Kampanien
Basilikata
Sardinien
Kalabrien
Mittelmeer
Sizilien
Meran
Adige
Bozen
SÜDTIROL-
TRENTINO
Trient
Brenta
Malcesine
Marostica
Lago di
Garda
Cittadella
Torri del Benaco
Garda
Brescia
Bardolino
VENET
Vicenza
Verona
Soave
Peschiera del Garda
Sommacampagna
Abano
Terme
Valeggio
Villafranca
LOMBARDEI
Colli
Euganei
Mincio
Mantova
Cremona
Adige
Po
Po
Parma
EMILIA-
ROMAGNA
Ferra

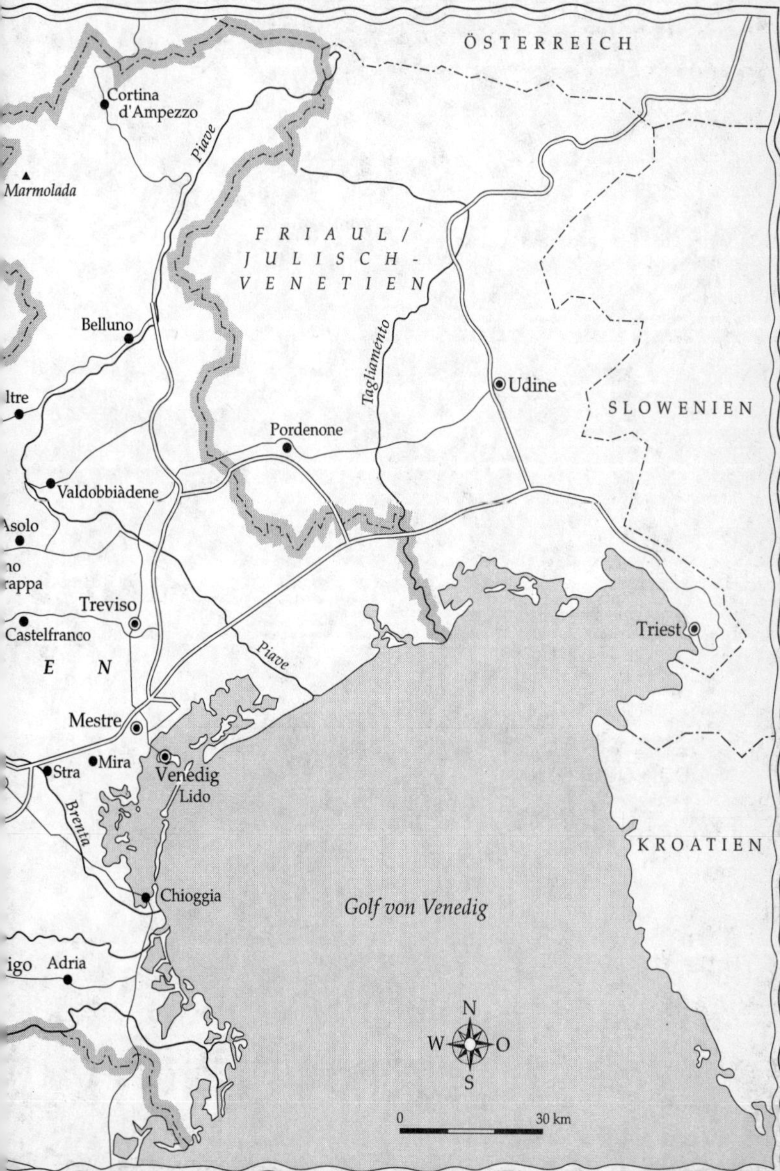

ÖSTERREICH
Cortina d'Ampezzo
Piave
Marmolada
FRIAUL/ JULISCH- VENETIEN
Belluno
Tagliamento
Udine
SLOWENIEN
ltre
Pordenone
Valdobbiàdene
Asolo
no
rappa
Treviso
Castelfranco
Triest
Piave
E N
Mestre
Mira
Stra
Venedig
Lido
Brenta
KROATIEN
Chioggia
Golf von Venedig
igo
Adria
N
W
O
S
0
30 km

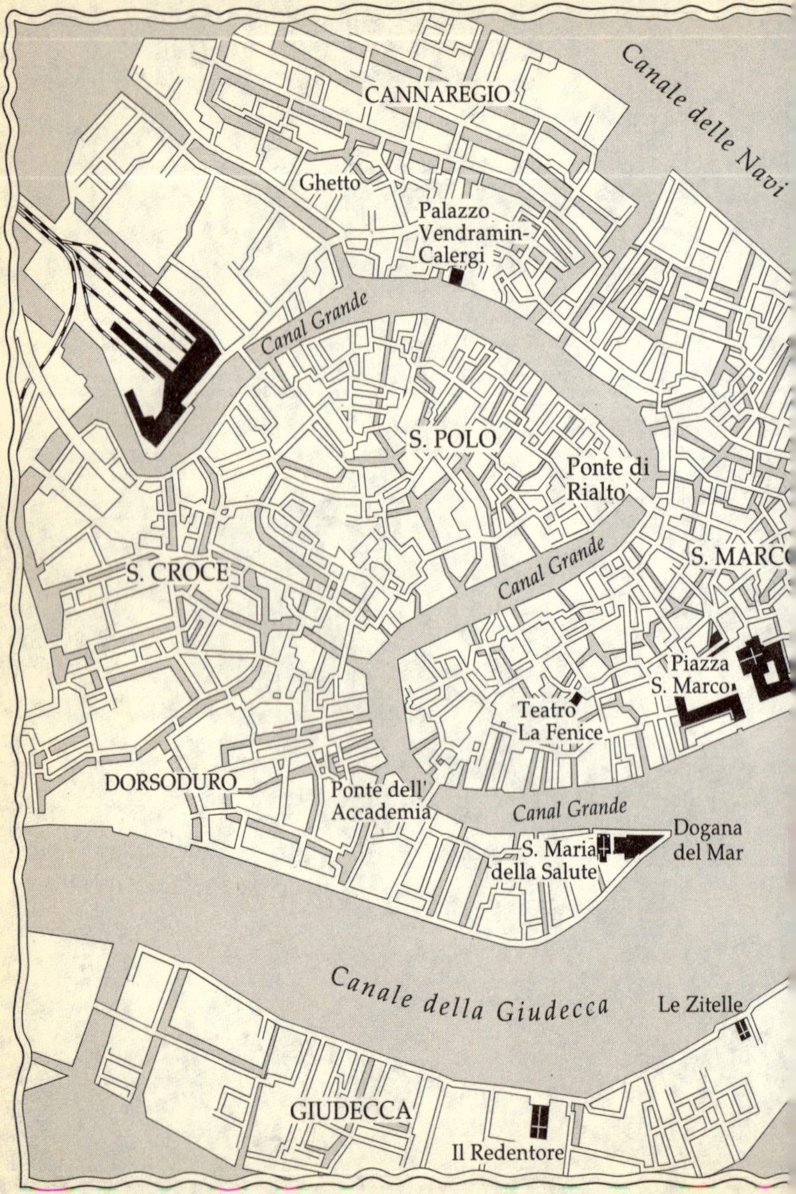

CANNAREGIO
Canale delle Navi
Ghetto
Palazzo
Vendramin-
Calergi
Canal Grande
S. POLO
Ponte di
Rialto
S. MARC
S. CROCE
Canal Grande
Piazza
S. Marco
Teatro
La Fenice
DORSODURO
Ponte dell'
Accademia
Canal Grande
Dogana
del Mar
S. Maria
della Salute
Canale della Giudecca
Le Zitelle
GIUDECCA
Il Redentore

S. MICHELE
N
W
O
S
0
300 m
VENEDIG
SS. Giovanni e Paolo
Arsenale
CASTELLO
Canale di S. Marco
Biennale
S. Giorgio Maggiore
zum Lido

Prefazione

Der Roman beginnt am Gardasee mit einer alten Dame, die auf der Terrasse ihrer Villa mit einem Glas Rotwein den Sternen zuprostet. Und die Handlung endet – so viel sei hier bereits verraten – in Venedig, der Serenissima, der unvergleichlichen Stadt in der Lagune, mit ihren glanzvollen Palazzi, verwunschenen Kanälen und schwarzen Gondeln. Jenem Venedig, das historisch sein Glück zunächst nur auf den Meeren gesucht hat, seinen Herrschaftsbereich im 15. Jahrhundert aber auf das Festland auszudehnen wusste. Der geflügelte Löwe von San Marco machte sich die Terraferma und damit stolze Städte wie Verona, Vicenza, Padua und Treviso untertan.

Das heutige Veneto reicht vom Ostufer des Gardasees bis hinauf nach Cortina d'Ampezzo in den Dolomiten und im Süden hinunter zum breiten Flusslauf des Po. Und natürlich bis nach Venedig, dem Stein gewordenen Traum am Adriatischen Meer. Die Landschaft Venetiens könnte abwechslungsreicher kaum sein. Mit gewaltigen Berggipfeln, mit sanften Hügeln und weiten Ebenen, mit Weinbergen und Olivenhainen, mit Lärchen, Palmen und Pinien, mit langen Sandstränden und Lagunen. Diese Vielfalt ist es wohl auch, die dazu führt, dass sich kein einheitliches Bild des Veneto ergeben will. Anders als beispielsweise die Toskana weckt das Veneto keine spontanen Assoziationen. Und auch die geografische Abgrenzung ist trotz fast vierhundertjähriger gemeinsamer Geschichte nicht allgemein gewärtig, was wohl am alles überstrahlenden Glanz der Lagunenstadt liegen dürfte. Aber gerade dieses unendlich breite Spektrum an Eindrücken macht den besonderen, einmaligen Reiz Venetiens aus. Einer Faszination, der auch die handelnden Personen des Romans erliegen. Allerdings, wie sich zeigen wird, auf individuell sehr unterschiedliche Weise – und mit entsprechend gegensätzlichem Ausgang.

Die folgenden Abenteuer, die mit der alten Dame am Gardasee ihren Anfang nehmen, führen durch die wichtigsten Städte und Regionen des Veneto. Was kein schicksalhafter Zufall ist, sondern erklärte Absicht, denn das Buch verfolgt neben der (hoffentlich spannenden) Unterhaltung noch ein weiteres Ziel: Es soll gleichzeitig ein touristischer Begleiter sein, eine andere, besondere Art von Reiseführer. Denn in den Roman ist systematisch eine Fülle von Informationen über das Veneto integriert. Die Erzählung wirft ein Licht auf die wechselvolle Geschichte Venetiens – von den Skaligern Veronas über die Dogen von Venedig bis zu Napoleon. Auch die großen Maler finden sich darin – von Veronese über Tizian bis Canaletto. Geniale Baumeister wie Andrea Palladio werden vorgestellt. Und weil die Protagonisten des Romans ganz generell den schönen Dingen des Lebens zugetan sind, kommen auch die kulinarischen Genüsse nicht zu kurz. Der Roman führt durch die wichtigsten Weine des Veneto (vom Valpolicella über den Soave bis zum Prosecco), präsentiert die Delikatessen des Landes (vom Radicchio über Fegato alla veneziana bis zur Polenta) und gibt eine Vielzahl von Restaurant- und Hotelempfehlungen, wobei einige ausgesuchte Lokale sogar ihre beliebtesten Rezepte verraten und zum Nachkochen animieren.

Damit das Ganze nicht zu unübersichtlich wird, gibt es – wie schon in den vorangegangenen Büchern über Mallorca und die Toskana – einen umfangreichen touristischen Anhang. Hier lassen sich alle Namen, Restaurants, Hotels etc. nachschlagen, die in der Außenspalte des Romans aufgeführt wer-

den. Der Anhang liefert kompakte Informationen – inklusive Telefonnummern und Adressen. Es wäre also ein Leichtes, die Fährte der Handlung aufzunehmen und die Originalschauplätze des Romans aufzusuchen. Ein Unterfangen, bei dem der Leser automatisch auch auf den Spuren des Autors wandeln würde.
Zum Zwecke der besseren Orientierung sind alle Begriffe sowohl in der Außenspalte des Romans als auch im Registro turistico mit einem Piktogramm versehen, das auf den betreffenden Bereich verweist.

Kultur und Geschichte (mit Personen)
Land und Leute
Städte, Orte
Hotels
Essen
Golf
Restaurants
Wein, Getränke
Caffè, Bar

Zum Abschluss dieses Vorworts noch ein kurzer Exkurs zu Giuseppe Verdi. Der große Komponist so herrlicher Opern wie *Nabucco*, *Rigoletto*, *La Traviata* und *Aida* wurde 1813 in Le Roncole bei Busseto und damit in der Emilia-Romagna geboren, hat aber dennoch im Titel eines Veneto-Romans seinen legitimen Platz. Und zwar aus zwei Gründen: Erstens steht die Arena von Verona fast schon synonym für die großen Aufführungen seiner Opern, die darüber hinaus immer wieder von Venedig inspiriert waren und zum Teil auch an Venedigs Teatro La Fenice ihre Uraufführung hatten. Und zweitens hat die alte Dame am Gardasee nun mal eine Vorliebe für Verdis große Arien, die so phantastisch mit der Landschaft und dem Lebensgefühl des Veneto korrespondieren. Aber nun genug der Vorrede. Die alte Dame am Gardasee wartet schon!
Lo scrittore chiede perdono per il destino della Signora. Tuttavia, buon divertimento!

PROLOGO

Die alte Dame setzte den Tonarm auf die Schallplatte. In Erwartung der Streicher, die gleich beginnen würden, umspielte ein freudiges Lächeln ihre Lippen. Ein vertrautes Knistern kam aus den Lautsprechern. Wie oft wohl hatte sie diese Platte mit Giuseppe Verdis großen Arien schon gehört? Gut dreißig Jahre mochte es her sein, da hatte sie mit ihrem Mann in der Arena di Verona Verdis Oper *Aida* besucht. Und am nächsten Tag hatte er ihr diese Platte geschenkt. Mit der linken Hand gab sie dem Orchester ein Zeichen. Auf den Takt genau setzte es ein. Zunächst die Geigen, sanft und schmeichelnd. Dann die Celli, tief und melodisch. Und schließlich der Tenor: »Quando le sere al placido chiaror d'un ciel stellato …« Wenn abends im friedlichen Licht des Sternenhimmels …

VERDI Giuseppe Verdi (1813–1901). Zu seinem hundertsten Geburtstag wurden 1913 die Opernfestspiele in Verona gegründet

Ottilia Balkow nahm das Rotweinglas, das sie neben dem Grammofon abgestellt hatte, und ging die wenigen Schritte durch die weit offen stehende Terrassentür hinaus ins Freie. Für die alte Dame, sie war fast neunzig, gehörte dies zum allabendlichen Ritual. Sie würde noch dieses eine Glas mit dem schweren, süßlichen Wein trinken, einen Blick hinaus auf den See werfen, die warme Luft einatmen, den Klängen Verdis lauschen und dann zu Bett gehen.

Seit vielen Jahren schon lebte sie in dieser Villa an den Hängen unterhalb von Albisano am Gardasee, an jenem östlichen Ufer, das die Riviera degli Olivi genannt wird und zum Veneto gehört. Bei Tag reichte der Blick über die Dächer des mittelalterlichen Orts Torri del Benaco, über das Kastell und die Kirche weit hinaus auf den See, der sich im Norden fjordähnlich

VENETO Norditalienische Region mit ca. 4,5 Mio. Einwohnern

verengt und nach Süden zur Ebene hin öffnet. Links die märchenhafte Isola del Garda, am anderen Ufer die sanften Hügel von Gardone, dahinter die felsigen Gipfel des Monte Spino und des Monte Pizzòcolo.

Jetzt, spät am Abend, es ging bereits auf Mitternacht zu, da ahnte man nur die Silhouetten der hohen Pinien, die rechts und links der Terrasse standen. Die alte Dame richtete den Blick hinauf zu den Sternen, die der Tenor in Verdis Oper *Luisa Miller* gerade gepriesen hatte. Sie sang leise mit: »Che sembrò l'empireo aprirsi all'alma mia.« Dass sich der Himmel meiner Seele zu öffnen schien.

Ottilia Balkow liebte das begleitende Zirpen der Zikaden, das den Arien von Verdi ein ganz besonderes, mediterranes Flair verlieh. Nach einem Schluck aus dem Glas ging sie vor zum Geländer. Die Schatten vor ihr, das waren knorrige Olivenbäume, viel älter noch, als sie es war. Bestimmt einige hundert Jahre alt. Die Olivenbäume hatten schon Generationen überlebt. Und sie würden auch sie überleben. Für Ottilia Balkow waren die Olivenbäume weniger wegen ihres zarten und nussigen Öls von Bedeutung, das sie gleichwohl sehr zu schätzen wusste. Sie waren in ihren Augen in erster Linie Symbole, Mahnmale der Ewigkeit.

Sie dachte an ihren Mann, der schon lange tot war, und an ihre Tochter Patrizia, die Selbstmord begangen hatte. Wie lange war das jetzt her? Zehn Jahre, ja, genau vor zehn Jahren hatte sich Patrizia umgebracht. In England, dort, wo sie mit einem Maler verheiratet gewesen war. Ottilia Balkow seufzte. Das war wohl der Tribut, den man dafür zahlen musste, wenn man ein solches Greisenalter erreichte. Man musste den Verlust von Menschen hinnehmen, die einem nahe standen und eigentlich noch gar nicht an der Reihe waren. Manchmal plagten sie Schuldgefühle, dass sie noch lebte und sich bester Gesundheit erfreute. Aber nur selten, denn im Grunde war sie mit sich und ihrem Schicksal zufrieden. Ottilia Balkow lächelte. Ja, und in Augenblicken wie diesem, da war sie glücklich, ausgesprochen glücklich.

Ein ereignisreiches Leben lag hinter ihr. Die Ehe mit einem Diplomaten hatte sie in ferne Länder geführt. Die fremden Kulturen hatten sie fasziniert, der Kontakt zu den Menschen war ihr immer wichtig gewesen. Aber nirgends hatte es ihr so gut gefallen wie hier am Ufer des Gardasees. Vor allem im Frühling, wenn auf dem Monte Baldo noch Schnee lag und gleichzeitig die Pfirsichblüten ihren Garten mit einem rosa Schleier überzogen. Und im Herbst, wenn die Heerscharen der Touristen wieder entschwunden waren, die Luft noch warm war und das Licht auf dem See von schimmerndem Glanz. In den Wintermonaten, die sich oft von ihrer kalten und unwirtlichen Seite zeigten, in denen Nebel aus der Poebene heraufkroch, da fuhr sie immer noch gelegentlich nach Verona, Vicenza, Padua und Treviso. Und natürlich nach Venedig, diesem unvergleichlichen Juwel in der Lagune.

LAGO DI GARDA
Mit einer Länge von knapp 52 km der größte See Italiens

VERONA, VICENZA, PADUA, TREVISO, VENEDIG
Provinzhauptstädte des Veneto

Ottilia Balkow kannte fast alle Antiquitätengeschäfte zwischen dem Lago di Garda und dem Lido von Venedig. Schließlich war das Sammeln von alten Möbeln, Bildern, Kerzenleuchtern, Spiegeln und Gläsern zu einer späten Leidenschaft geworden. Und da sie durch die Ehe mit ihrem Mann, der einer wohlhabenden Familie entstammte, über ein ansehnliches Vermögen verfügte, konnte sie dieser Passion ohne allzu große Zwänge frönen. Nun, da ihr diese Ausflüge immer schwerer fielen, erfreute sie sich an all den Dingen, die sie im Laufe der Jahre in ihrer Villa angesammelt hatte.

»Dio! Mi potevi scagliar tutti i mali della miseria …« Der Tenor auf der abgenutzten Schallplatte war mittlerweile bei *Otello* angelangt. Gott, hättest Du auf mich alle Qualen des Unglücks gehäuft …

Ottilia Balkow strich gedankenverloren über ihr fast bodenlanges Seidenkleid, prostete ins Dunkel der Nacht, leerte mit einem letzten Schluck ihr Glas und machte kehrt, um zurück ins Haus zu gehen. Sie war nicht mehr ganz nüchtern, aber an diesen Zustand war sie gewohnt. Nach ihrer festen Überzeugung war der Rotwein so etwas wie ein Lebenselixier. Sie wählte den Weg am niedrigen Mäuerchen entlang, hinter dem sich einige Meter tiefer das Rosenbeet befand, das noch ihr Mann angelegt hatte. Plötzlich, sie wusste nicht warum, stockten ihre Beine. Sie geriet ins Straucheln, fühlte sich unversehens nach rechts gezogen. Während sie noch über ihre Ungeschicklichkeit nachdachte und darüber, dass ihr das noch nie passiert war, versuchte sie mit rudernden Armen das Gleichgewicht wieder zu finden. Dann fiel ihr noch ein, dass einer ihrer Enkel sie vor nicht so langer Zeit besorgt vor dieser nur wenige Handbreit hohen Mauer gewarnt hatte. Immerhin gehe es unmittelbar dahinter steil nach unten. Sie wusste auch noch ihre Antwort, nämlich, dass dies nun schon seit Jahrzehnten so sei und allenfalls für Besucher eine Gefahr sein könne. Ottilia Balkow ärgerte sich, dass sie nun genau an dieser Stelle aus der Balance geraten war. Sie hatte doch keinen Tropfen mehr getrunken als sonst auch. Und jetzt zog sie der Abgrund hinter dem lächerlich niedrigen Mäuerchen richtiggehend an. Sie hörte noch die Stimme Otellos: »Desdemona, Desdemona. Ah! morta! morta …«

Sekunden später lag die alte Dame einige Meter tiefer zwischen den Rosen – unnatürlich verrenkt und regungslos.

»Or morendo, nell'ombra in cui mi giacio …« Nun, im Sterben, da Schatten mich umfangen …

Aber Ottilia Balkow konnte ihre Lieblingsplatte nicht mehr hören.

PRIMA PARTE

La sfida alla fortuna
Spiel mit dem Glück

1

Mark Hamilton stand am Strand des Lido mit dem Rücken zum Meer bis zum Bauchnabel im Wasser. Hinter ihm, weit draußen am Horizont, zogen lautlos einige Frachter vorbei auf ihrem Weg nach Triest. Vor ihm die malerische Kulisse der Capanne, jener Badehäuschen, die schon in den zwanziger Jahren das Bild am Lido bestimmt hatten. Wie kleine weiße Beduinenzelte sahen sie an diesem Abschnitt des Strandes aus, auf der Spitze jeweils eine Glaskugel, in denen sich die noch tief stehende Morgensonne spiegelte. Und dahinter die unvergleichliche Fassade des Hotels Excelsior mit einem kühnen Stilmix aus maurischen und byzantinischen Elementen.

LIDO
Die 12 km lange Insel bildet einen Riegel zwischen der Lagune von Venedig und der Adria

EXCELSIOR
Berühmtes Luxushotel auf dem Lido von Venedig

1907 war der Stein gewordene Traum aus Tausendundeiner Nacht mit einem legendären Fest eröffnet worden. Zwei Stunden hatte allein das imposante Feuerwerk gedauert. Dreitausend geladene Gäste feierten bis zum frühen Morgen. Von Anbeginn an haben sich in diesem Palast alle eingefunden, die zum »grande mondo« zählten. Barbara Hutton, Elsa Maxwell und Erroll Flynn gehörten zu den Stammgästen. Winston Churchill liebte es, vor dem Excelsior am Strand spazieren zu gehen. Um sich vor der Sonne zu schützen, zog er dabei den Bademantel über den Kopf. Wie ein Tuareg habe er dann ausgesehen, berichteten Chronisten. Und zum Bad im Meer habe er seine Sandalen ausgezogen. Aber nur die Sandalen, nicht den Bademantel.

Mark kniff prüfend ein Auge zu. Die große Kuppel des Excelsior schimmerte grün. Die Fassade mit ihren orientalischen Zinnen gab den roten Glanz des Morgens wieder. Die Fluten

der Adria liefen sanft auf dem Sand aus. Die Luft war klar und das Licht zu dieser frühen Stunde geradezu perfekt.
»I'm ready, avanti, let's go!«, rief Mark und brachte seine Kamera in Position. »It's showtime!«
Vor ihm am Strand bewegten sich die Models in lang geübter Routine. Die weißen Chiffonkleider der neuen Kollektion waren so fein, dass sie fast durchsichtig wirkten. Von rechts sorgte eine Windmaschine für eine leichte Brise. Gerade stark genug, dass die zarten Stoffe wie schwerelos zu schweben schienen. Links befand sich die Crew: die Stylistin, die Maskenbildnerin. Der Werbeleiter der Modefirma, die die Produktion in Auftrag gegeben hatte, saß auf einem Klappstuhl und gefiel sich in seiner bedeutenden Rolle. Mit seiner Zigarre und der dunklen Sonnenbrille sah er aus wie die schlechte Kopie eines Hollywood-Regisseurs.
Mark schoss die Aufnahmen im Sekundentakt. Schon war der erste Film durch. Sein Assistent, der neben ihm im Wasser stand, nahm die Kamera entgegen und reichte ihm die nächste. Die Stylistin eilte zu den Models und setzte ihnen schwarze Strohhüte auf. Eine Assistentin zupfte aufgeregt an den Kleidern herum.
Mark beugte sich über das Wasser und peilte durch den Sucher. Die Reflexe auf den sanften Wellen faszinierten ihn. Sie tanzten auf und ab, drehten sich im Kreise. Ein Ballett irisierender Kristalle. Immer in Bewegung, voller Überraschungen und Geheimnisse.
Mark richtete sich wieder auf und beobachtete die Szene am Strand. Die Kollektion war nicht übel, immerhin. Und in spätestens einer Stunde würden sie fertig sein. Vier Tage hatte das Shooting gedauert. Das Honorar, das seine Agentin in London ausgehandelt hatte, war in Ordnung. Da konnte er ohne finanzielle Probleme wieder eine schöpferische Pause einlegen. Diese Auszeiten trieben Norma regelmäßig zum Wahnsinn. Gerade dann hätte er immer die tollsten Aufträge haben

können – behauptete sie jedenfalls. Ihm war das allerdings ziemlich egal. Er hatte keine Lust, sich vollends vermarkten zu lassen. Nun ja, auf diese Weise würde er den ganz großen internationalen Durchbruch als Modefotograf wohl nicht schaffen. Und reich wurde er so auch nicht. Aber was machte das schon! Außerdem war er auch so ganz gut im Geschäft. Mark Hamilton bewohnte einen Loft in London, der nicht viel kostete. Er hatte bereits seinem Vater, der Maler gewesen war, als Atelier gedient. Und außerdem war er sowieso meistens unterwegs. Besondere Ansprüche hatte er keine. Bei den Fotoproduktionen war ohnehin immer alles vom Feinsten. Und in der Zeit dazwischen ließ er es locker angehen. Ihm war ein Schlafsack am Strand von Biarritz genauso recht wie eine Suite im Ritz-Carlton. Als geborener Engländer, mit einem schottischen Vater und einer deutschen Mutter, zur Schule gegangen in London, in den Ferien viel in Deutschland und bei seiner Großmutter in Italien, später auf der Fotoakademie in Paris und bei Fotoshootings schon fast überall auf der Welt, fühlte sich Mark als ausgesprochener Kosmopolit. Er reiste viel herum. Fotografierte dabei einfach zum Spaß. Ging gern zum Essen. Hielt nach Mädchen Ausschau, die ihm gefielen. Und wenn das Geld knapp wurde, erklärte er die schöpferische Pause einfach für beendet, rief seine Agentin Norma an und zog wieder einige Produktionen durch. Das kam seiner Vorstellung vom idealen Leben ziemlich nahe.

Mark kontrollierte das Objektiv. Keine Wasserspritzer. Alles klar.

»Okay, Girls, es geht weiter. Und schaut nicht so ernst. Das ist hier keine Beerdigung. Girls wanna have fun!«

Die Stylistin rückte noch einen Hut zurecht und lief dann mit bloßen Füßen über den Sand aus dem Bild. Unwillkürlich folgte Mark ihr mit der Kamera. Miranda, so hieß die Stylistin, mit der er bei dieser Produktion zum ersten Mal zusammenarbeitete, gefiel ihm ungleich besser als die Models, denen es nach seinem Geschmack am wünschenswerten Sex-Appeal mangelte – wofür sie gewiss nichts konnten. Sie entsprachen nun mal perfekt dem Schönheitsideal der Modeindustrie, hoch aufgeschossen und ziemlich mager. Er persönlich hatte es gerne etwas femininer. Mark drückte einige Male auf den Auslöser. Miranda blieb stehen, sah ihn an, lachte und strich sich die Haare aus dem Gesicht. Wieder drückte Mark auf den Auslöser.

»Gleich gibt's Ärger«, zischte ihm sein Assistent von der Seite zu. Mark warf einen Blick zu den Models, die sich ganz offensichtlich missachtet fühlten. Er sah, dass der Werbeleiter bereits seine Zigarre zur Seite gelegt hatte und im Begriff war aufzustehen.

»Okay, Girls, ich bin ja schon bei euch!«, rief Mark und konzentrierte sich wieder auf seine Arbeit. »Carla-Darling, dreh dich doch bitte etwas mehr zur Seite. Und Lisa, steh nicht so steif. Ja, so ist's besser.«

2

Im Palazzo Vendramin-Calergi war Hochbetrieb. Aber wohl keiner seiner Besucher würdigte in angemessener Form die Pracht dieses Palastes am Canal Grande. Kein Auge hatten sie für die seidenbespannten Wände, die schweren Lüster aus Muranoglas, die kunstvollen Fresken und Stuckaturen. 1883, ein Jahr nach der Premiere von *Parsifal*, war Richard Wagner in diesem Palast der Frührenaissance verstorben, an seinem Bett Cosima, die Tochter von Franz Liszt. Aber auch das interessierte an diesem Abend niemanden. Stattdessen fieberten sie ihrem Glück entgegen. In den Wintermonaten bis in den späten Frühling rollt im Palazzo Vendramin-Calergi die Kugel, werden Karten gemischt und Spielautomaten malträtiert. Erst im Juni verlegt das Casinò Municipale di Venezia seinen Sitz auf den Lido in den Palazzo del Casinò.

WAGNER
Richard Wagner (1813–1883) verbrachte die letzten Monate seines Lebens in Venedig

Er stellte sein leeres Cocktailglas auf den Tresen und atmete ruhig durch. Der nackten Schönheit auf dem Ölgemälde über der Bar schenkte er zum Abschied ein vertrautes Lächeln. Dann ging er hinüber zu dem separaten Raum, in dem die Einsätze am Roulettetisch etwas höher waren. Mit einem raschen Blick erfasste er die zuletzt gefallenen Zahlen auf dem Display. Schwarz lag leicht vorne, und die kleine Serie dominierte. Fast achtlos warf er einige Jetons auf den grünen Samt. »Huit, plein!«, gab er seine Anweisung. Er beobachtete den Croupier, wie er die Drehscheibe in Rotation versetzte und mit routiniertem Schwung die Elfenbeinkugel in den Kessel warf. Eine verlebt wirkende Dame setzte noch schnell einen Jeton auf Pair. Dafür hatte er nur ein verächtliches Grinsen übrig. Er wusste, dass er der Einzige am Tisch war, der das Herz und die Erfahrung eines echten Spielers hatte. Noch sauste die Kugel am oberen Rand der Scheibe entlang.
»Terminato! Rien ne va plus!«
Jetzt begann die spannendste Phase des Spiels. Er liebte diese kurze Zeit des Hoffens und Bangens. Eigentlich war bereits alles entschieden. Und doch kannte keiner den Ausgang. Allein die kleine weiße Kugel mochte wissen, für welche Zahl sie sich letztlich entscheiden würde. Würde sie die Acht noch ein- oder zweimal passieren?
Die Kugel verlor an Geschwindigkeit, kollidierte mit einer der metallenen Rauten, sprang wie von Sinnen hin und her, prallte gegen die Stege zwischen den Nummerfächern. Obwohl sich jetzt alles in Sekundenbruchteilen abspielte, nahm er das Ende, das unaufhaltsam näher rückte, wie in Zeitlupe wahr. Bald würde die Kugel ihr kurzes, temperamentvolles Leben aushauchen und sich in einem Fach zur Ruhe begeben. Aber noch bewahrte sie ihr Geheimnis.
Egal, er hatte beschlossen, sich heute Abend nicht aus der Ruhe bringen zu lassen. Eigentlich spielte er gar nicht richtig, er setzte nur einige Jetons zum Zeitvertreib. Fingerübungen so-

zusagen, um sich das Gefühl für das Zusammenspiel von Kessel und Kugel zu erhalten. Er hatte sich für diesen Abend eine Verlustgrenze gesetzt. Kam er nicht in die Gewinnzone, dann machte das überhaupt nichts. Bei Erreichen der Verlustgrenze würde er das Spiel einfach abbrechen, zurück an die Bar gehen und völlig entspannt einen Wodka Martini trinken. Und so viel er wusste, gab es dort nicht nur anzügliche Frauen auf alten Ölgemälden kennen zu lernen.

Sechsunddreißig, elf, dreißig ... Er hielt den Atem an. Die Kugel verharrte bei der Acht. Plötzlich aber kam noch einmal für einen Wimpernschlag Leben in die Kugel. Sie hatte ihn nur verspottet. Hatte ihn gelockt und dann abgewiesen. Wenn es etwas gab, das er überhaupt nicht leiden konnte, dann war es genau diese hinterlistige Art. Erst so tun, als ob, und dann doch nicht. Warum dann überhaupt diese arglistige Täuschung?

»Dieci, nero, pair et manque.«

Was sollte dieses Kauderwelsch, konnte sich der Croupier nicht endlich für eine Sprache entscheiden? Mit seinem Rechen schob er die platzierten Jetons über das Tableau. Die Dame, die den schönsten Teil ihres Lebens schon hinter sich hatte, bekam einen kleinen Stapel hingeschoben – sie zählte zu den Gewinnern. Er konnte ein Lächeln kaum unterdrücken. Was waren das für Kleingeister an diesem Tisch? Die beiden jungen Männer links von ihm hatten zwar schöne Krawatten, aber ganz offensichtlich keine Ahnung von diesem königlichen Spiel. Hauptsache, ihre blonden, nichts sagenden Begleiterinnen waren von ihrem weltmännischen Gehabe ausreichend beeindruckt. Und der hagere Herr rechts neben dem Croupier, den hatte er schon oft gesehen, der spielte wie ein Buchhalter sein System herunter. Er hätte jedes Mal schon vorher sagen können, worauf dieser einfältige Mensch setzen würde. Das System war ebenso alt wie untauglich.

Nein, das war kein Tisch, der ihn inspirierte. Ob er besser herumlaufen und an mehreren gleichzeitig spielen sollte? Das war amüsant und hielt einen wenigstens in Bewegung. Keine großen Einsätze, nein! Er war wirklich stolz auf sich. Er kam sich vor wie ein Alkoholiker, der am Glas nur nippte und dann die Selbstbeherrschung hatte, es zur Seite zu stellen. Keine Frage, er hatte sich unter Kontrolle.

»Faîtes vos jeux!«

Ob er noch einmal einen dieser hübschen eckigen Jetons plein auf die Acht setzen sollte? Oder eine Transversale pleine mit der Sieben, Acht und Neun? Er kniff kurz die Augen zusammen.

»Zehn Jetons auf die Acht, zehn auf noir, jeweils zehn auf Pair und Manque!«

Die Scheibe rotierte bereits wieder, die Elfenbeinkugel machte sich auf die Reise.

Im letzten Augenblick setzte er weitere vierzig Jetons auf die Acht.

»Rien ne va plus!«

Wie viel hatte er jetzt im Spiel? Umgerechnet zehntausend Mark. Nun, da war er einer spontanen Eingebung gefolgt. Aber in solchen Augenblicken durfte man nicht zögern. Da musste man den Mut zur Offensive haben. Alles andere war Kinderkram. Ob die Kugel ihn diesmal erneut verspotten würde?

»Ventitré, rosso, impair et passe!«

Er zeigte keine Gefühlsregung. Wie hoch war eigentlich die Verlustgrenze, die er sich am heutigen Abend gesetzt hatte? Er konnte sich nicht mehr erinnern.

Dreiundzwanzig! Das durfte doch nicht wahr sein. Zweimal hintereinander in direkter Nachbarschaft seiner Acht. Schon das vierte Mal en suite im Sektor der kleinen Serie. Was sollte das? Diese Kugel hätte seine Geliebte werden können, stattdessen hatte sie ihm den Krieg erklärt. Was heißt die Kugel? Alle hatten sich wieder einmal gegen ihn verschworen. Die Kugel, der Kessel, der Croupier, das Kasino.

Ihr wollt die kleine Serie? Nun, das könnt ihr haben. Glaubt ja nicht, dass ich euch so einfach davonkommen lasse. Ihr hättet euch euren Gegner vorher genauer anschauen sollen. Die kleine Serie? Nein! Ich durchschaue euer mieses Spiel. Ihr stellt mir eine Falle. Aber nicht mit mir. Genau gegenüber ist der Ort der Verheißung. Die Drei? Oder vielleicht die Sechsundzwanzig? Das Leben ist ein Spiel. Und dieses Spiel ist das Leben.

Der Croupier versetzte die Drehscheibe in Rotation und warf die Kugel in den Kessel. Er musste sich entscheiden! Jetzt! Ihr wollt mich reinlegen? Eure stärkste Waffe trägt die Farbe Grün und heißt Zero! Entschlossen setzte er einen Stapel Jetons.

»Alles auf Zero!«

Er spürte, wie ihn die anderen Spieler am Tisch erschrocken ansahen. Was verstanden sie von dem Duell, dem er sich gerade stellte? Und wenn die Zero jetzt nicht kommen sollte, würde er diese Niederlage elegant wegstecken und zum nächsten Angriff übergehen. Der Zufall war sein Verbündeter. Das war schon immer so gewesen. Bereits als kleines Kind hatte er wichtige Entscheidungen von einem Würfel treffen lassen. Und er war stets gut damit gefahren. Zugegeben, es hatte hin und wieder Krisen gegeben, sogar ernste, aber sie hatten ihm nicht wirklich etwas anhaben können. Er konnte sich auf sein Glück verlassen. Aber er musste dazu etwas beitragen, sich engagieren, sich voll einbringen, dem Glück eine Chance geben. Es galt, das Terrain so vorzubereiten, dass der Zufall seine große, himmlische Macht ausspielen konnte.

»Trentadue, rosso, impair et passe.«

Jetzt glaubten sicher alle, er habe eine Niederlage erlitten. Er konnte nur mit Mühe ein schallendes Lachen unterdrücken. Das Gegenteil war richtig. Die Zweiunddreißig! Unmittelbar neben der Zero! Fast genau gegenüber der Acht. Er hatte es einfach geahnt. Schon wieder direkt und nur haarscharf daneben. Er war voll dabei und der Kugel dicht und unbarmherzig auf den Fersen. Quer über den Kessel war er ihr gefolgt. Er hatte die Sache im Griff. Er würde weiter dranbleiben. Der Zufall musste nur noch ein kleines bisschen mithelfen, sozusagen die Feinjustierung vornehmen. Das war ja nun wirklich nicht zu viel verlangt.

3

Die Arena von Verona stammt aus römischer Zeit. Sie wurde im Jahre 30 nach Christus fertig gestellt. Mit einer Länge von hundertachtunddreißig Metern und einer Breite von hundertzehn Metern ist die Arena das drittgrößte Amphitheater der Welt. Nur das Kolosseum in Rom und das Amphitheater in Capua sind größer. Im Inneren haben zweiundzwanzigtausend Zuschauer Platz.«

Laura Zanetti machte eine kurze Pause und holte Luft. Sie stand auf der weitläufigen Piazza Brà in Verona mit dem Rücken zum monumentalen Bau der Arena, vor sich eine Gruppe mit Touristen aus Amerika, allesamt in Shorts, mit Turnschuhen und unglaublich bunten Hemden.

VERONA
Die Stadt an der Etsch stellte sich 1405 freiwillig unter die Herrschaft Venedigs

Laura Zanetti, die gut Englisch sprach, mit einem sympathischen italienischen Akzent, deutete hinter sich: »Bitte beachten Sie die klassisch gegliederte Fassade mit den Arkaden. Ursprünglich wurde die Arena von einer äußeren Prunkmauer umschlossen, von der allerdings nur noch vier Bogen erhalten sind.«

Laura Zanetti – sie war Ende zwanzig, hatte Kunstgeschichte studiert und verdiente sich übergangsweise ihr Geld als Fremdenführerin – warf einen prüfenden Blick auf ihre Reisegruppe. Eine besondere Faszination schien von ihrem Vortrag nicht auszugehen. Der dicke Mann ganz links konzentrierte sich mit seiner Videokamera auf eine Taube, die gerade vor ihm gelandet war, als ob es sich hierbei um das letzte Exemplar einer aussterbenden Vogelart handeln würde. Eine junge Frau

feilte mit Hingabe an ihren Fingernägeln. Laura musste lächeln, als ihr Blick auf ein älteres Ehepaar mit Tirolerhüten fiel. Offenbar war die Reisegruppe vorher in Bayern oder Österreich gewesen. Wahrscheinlich hatten die Amerikaner, die allesamt aus Wyoming stammten, eine Rundreise nach dem Schema gebucht: »See Europe in seven days!« Ob die Folklorefreunde mit den grünen Hüten wussten, dass sie mittlerweile in Italien waren? Laura Zanetti beschloss, ihre Ausführungen etwas lebendiger zu gestalten. Da sie diesen Job erst seit wenigen Monaten machte und dies auch nur so lange tun wollte, bis sie eine Stelle an einem der Museen in Verona, Padua oder Venedig bekommen hatte, nahm sie solche Herausforderungen gerne an. Einer hauptamtlichen, leidgeprüften Reiseführerin wäre es vielleicht egal gewesen. Wäre doch gelacht, wenn es ihr nicht gelänge, die Gruppe zu fesseln.
»Wissen Sie, wofür die Arena von den Römern gebaut wurde?«, fragte Laura in die Runde. Wie erwartet, gab es zunächst keine Reaktion. Dann meldete sich überraschenderweise der Tirolerhut: »Yeah, young lady, die Römer bauten die Arena, um *Aida* aufzuführen!«
Seine Frau nickte zustimmend. Da sage noch jemand, Amerikaner hätten keine Ahnung von europäischer Kultur und Geschichte.
Laura lächelte. »Sehr gut. Die Arena ist in der Tat weltberühmt für ihre Opernfestspiele. Aber der Komponist Verdi lebte wesentlich später als die alten Römer.«
Der Mann mit dem Tirolerhut zeigte einen verblüfften Gesichtsausdruck.
Laura fuhr fort: »Verdis Oper *Aida* wurde hier in dieser Arena erstmals 1913 aus Anlass des hundertsten Geburtstags des Komponisten aufgeführt. Premiere hatte *Aida* ja schon 1871 in Kairo. Verdi hatte die Oper im Auftrag des Khediven von Ägypten für die Feierlichkeiten zur Eröffnung des Suezkanals geschrieben. Nein, die Arena wurde fast zweitausend Jahre

früher gebaut, vor allem, um Gladiatoren gegeneinander und gegen Löwen und Tiger kämpfen zu lassen. Unzählige Gladiatoren, darunter viele verfolgte Christen, haben hinter diesen Mauern zur Unterhaltung der Zuschauer ihr Leben gelassen. Die alten Römer hatten einen feinen Sinn fürs Entertainment.«
Laura hatte das Gefühl, dass die Gruppe aus Wyoming die Arena plötzlich mit größerem Interesse betrachtete.
»Später gab es hier Hinrichtungen, und in der Arena wurden Stierkämpfe abgehalten. Die äußere Mauer, von der ich Ihnen vorhin erzählt habe, ist bei einem Erdbeben 1183 eingestürzt.«
Der Taubenfilmer ließ beim Stichwort »earthquake« von seinem Zielobjekt ab und sah sich erschrocken um. »Wann war das Erdbeben?«, fragte er.
Laura lachte. »1183, da war Amerika noch nicht entdeckt. Hier gab es immer wieder starke Erdbeben, ganz ähnlich wie bei Ihnen in Kalifornien. Übrigens, hier unter den Arkaden, da war im vorigen Jahrhundert ein Bordell mit aufreizenden Nutten.«
Laura verbuchte es als großen Erfolg, dass der dicke Amerikaner nun endgültig das Interesse an der Vogelwelt verloren hatte und die Videokamera auf die Arkaden richtete.
Sie schaute auf die Uhr – elf. In der verbleibenden Stunde des Vormittagsprogramms würde sie mit ihrer Gruppe noch durch die Via Mazzini laufen, die erst am späten Nachmittag und am Abend richtig belebt sein würde. Dann nämlich traf sich halb Verona zum Bummel in dieser beliebten Einkaufsstraße. Ein kurzer Abstecher würde sie in die Via Capello führen, wo es im Hof der gotischen Casa di Giulietta den berühmten Balkon aus Shakespeares *Romeo und Julia* zu sehen gab.

SHAKESPEARE William Shakespeare (1564–1616) ist in Verona alljährlich ein Festival gewidmet

Die unversöhnliche Fehde zwischen den beiden Adelsfamilien Montague und Capulet hatte es Anfang des 14. Jahrhunderts wohl wirklich gegeben, auch wenn sie historisch nicht belegt ist. Shakespeare kannte die veronesische Legende dieses tragischen Liebespaars, war selbst aber nie an diesem Ort gewesen. Den Balkon, dem er in der Szene »In geheimer Nacht« zu Weltruhm verholfen hat, hätte er sich ohnehin nicht anschauen können. Er wurde nämlich erst 1935 angebaut, um den Erwartungen der Besucher aus aller Welt zu entsprechen. Aber diese desillusionierende Information wollte Laura ihrer Gruppe ersparen.

Den Abschluss ihrer Tour bildete die Piazza delle Erbe. Dort würde sie erzählen, dass dieser malerische Platz der Kräuter der wichtigste Markt Veronas war. Dass die Römer hier einst ihr Forum hatten. Dass das Wahrzeichen der Stadt, die Madonna di Verona, eigentlich eine römische Figur sei, der erst im 14. Jahrhundert ihr heutiger Kopf aufgesetzt wurde. Sie würde auf die Fresken an den Case Mazzanti hinweisen und die Aufmerksamkeit auf den geflügelten Markuslöwen vor dem Palazzo Maffei lenken, der die jahrhundertelange Herrschaft Venedigs über Verona symbolisierte. Ja, und danach würde sie ihre erschöpfte Gruppe zum Bus bringen, der sie zum Mittagessen zurück ins Hotel fuhr. Laura blieben vier Stunden Pause. Um sechzehn Uhr begann die kurze Nachmittagsführung. Und um achtzehn Uhr war sie schließlich fertig. Sie freute sich auf die drei Tage, die sie im Haus am Gardasee verbringen würde, wo sie eine kleine Einliegerwohnung hatte. Abends würde sie mit Ottilia Balkow auf der Terrasse sitzen, Rotwein trinken und über Tizian, Palladio oder Tiepolo diskutieren. Die alte Dame kannte sich glänzend aus in der Kunst- und Kulturgeschichte des Veneto. Beide hatten sie Freude an diesen Gesprächen, zu denen im Hintergrund fast immer eine der alten Platten mit Musik von Verdi oder Vivaldi zu hören war.

TIZIAN PALLADIO, TIEPOLO

VIVALDI Der Komponist und virtuose Geiger Antonio Vivaldi wurde 1678 in Venedig geboren

Laura konzentrierte sich wieder auf ihre Gruppe. »So, wenn Sie mir nun bitte folgen würden.« Sie hob eine kleine Fahne nach oben, die ihren amerikanischen Gästen als Orientierung diente, und ging nach links, an der Arena vorbei, zur Via Mazzini. Der Videofilmer, der mit seiner Kamera in den Arkaden immer noch nach den angesprochenen Nutten Ausschau hielt, verpasste fast den Anschluss.

4

Alessandro lief der Schweiß über die Stirn, als er die schweren Gewichte erneut nach oben stemmte. Siebenundneunzig, achtundneunzig, neunundneunzig. Er machte eine kurze Pause. Hundert. Geschafft! Alessandro ließ die Gewichte in die Halterung krachen, atmete tief durch und stand auf. Das morgendliche Krafttraining war beendet. Der über zwei Meter große Hüne bewunderte sich im Spiegel, ließ noch einmal kurz den Bizeps anschwellen, grinste zufrieden, löste die zum Zopf gebundenen Haare und ging unter die Dusche. In einer Stunde hatte er sich bei seinem Chef zu melden, den alle nur Principale nannten. Alessandro war der Mann für besondere Aufgaben, worunter der Principale vor allem das Eintreiben von Schulden verstand. Schon allein mit seiner Körpersprache hatte Alessandro eine beachtliche Überzeugungskraft. Und bei extrem hartnäckigen Fällen verfügte er zudem über ein erprobtes Repertoire an wenig feinen Maßnahmen. Da spielte es keine Rolle, dass die geistigen Fähigkeiten nicht ganz mit seinem Muskelumfang Schritt halten konnten. Der Principale war auch so mit ihm hoch zufrieden.

Pünktlich auf den Glockenschlag – der Principale war ein Mann von großer Gewissenhaftigkeit – betrat Alessandro das Kaminzimmer. Der dicke Perserteppich dämpfte seinen schweren Schritt. Der Principale, ein alter Herr mit weißem Haar und einer dunklen Sonnenbrille, saß in einem antiken Lehnstuhl und spielte mit dem Jeton einer Spielbank. Er gab Alessandro ein Zeichen, sich zu setzen. Behutsam nahm dieser in einem Sessel Platz.

»Alessandro, ich bin unglücklich«, begann der Principale, »um ehrlich zu sein, sehr unglücklich.« Dabei legte er die Stirn in Sorgenfalten.
Alessandro wusste nicht, wie er auf dieses Bekenntnis zu reagieren hatte, und nickte deshalb vorsichtshalber zustimmend.
Der Principale ließ den Jeton durch die Handfläche gleiten, streichelte ihn. Plötzlich war der Jeton weg. Alessandro kannte die kleinen Tricks seines Chefs, auch wenn er nie herausbekam, wie sie funktionierten.
Der Principale betrachtete seine leeren Handflächen und machte eine hilflose Geste. »Warum zahlt dieser Stronzo seine Schulden nicht? Wahrscheinlich war ich wieder zu großherzig, zu langmütig. Und jetzt denkt er, er könne sich ewig Zeit lassen. Alessandro, das missfällt mir. Und wenn ich an die Summe denke, dann werde ich unglücklich. Madonna mia, auch meine Nächstenliebe hat ihre Grenzen. Du verstehst mich, Alessandro? Bitte sag, dass du mich verstehst.«
»Natürlich, Principale. Ich verstehe Sie.« Alessandro nickte erneut.
»Sehr schön. Dafür liebe ich dich, Alessandro.«
Der alte Herr machte eine kurze Pause. Plötzlich hatte er wieder den Jeton in der Hand, hielt ihn zwischen Daumen und Zeigefinger, gab ihm einen Stoß und ließ ihn um die Achse kreiseln.
»Ich darf gar nicht daran denken, wie viel mir dieser Stronzo schuldet. Alessandro, du weißt, von wem ich spreche?«
»Natürlich, Principale, ich weiß, wen Sie meinen.«
»Allora, ich glaube, es ist an der Zeit, dass du unserem Freund einen Höflichkeitsbesuch abstattest. Richte ihm einen schönen Gruß von mir aus. Und lass dir zumindest eine angemessene Anzahlung in bar aushändigen. Ich denke da an eine Größenordnung von dreihundert Millionen Lire. Und den Rest, lieber Alessandro, bitte mache ihm diesen Punkt un-

missverständlich klar, den Rest erwarte ich in spätestens einem Monat. Zusätzlich zwanzig Prozent Zinsen für die Fristeinräumung. Ich denke, das ist mehr als fair.« Der Principale machte eine schnelle Bewegung, und der Jeton war wieder verschwunden. »Buona fortuna, Alessandro. Enttäusche mich nicht!«

»Nein, Principale, das habe ich doch noch nie.«

»Stimmt, das hast du noch nie.«

Alessandro stand auf, verbeugte sich und zog sich zurück. Er wusste, was er zu tun hatte.

5

Laura Zanetti bog mit ihrem kleinen Fiat in die Einfahrt und blieb vor dem schmiedeeisernen Tor stehen. Sie stieg aus und streckte sich. Der Job als Fremdenführerin war anstrengender als gedacht. Hoffentlich klappte es bald mit einer Tätigkeit bei einem der Museen, wo sie sich beworben hatte. Laura sah nach oben. Kein Wölkchen trübte den Himmel. Es war heiß und windstill. In einer Stunde erst würde es dunkel werden. Laura beschloss, ihre Sachen schnell ins Haus zu bringen, die alte Dame zu begrüßen und dann noch kurz hinunter an den See zu fahren, um ein Bad zu nehmen. Sie öffnete den rechten Flügel des Tors nur gerade so weit, dass sie mit ihrem »Seicento« durchfahren konnte. Vor dem Seiteneingang der efeubewachsenen Villa hielt sie, machte die Tür zu ihrem Apartment auf, stellte ihre beiden Taschen ab und öffnete die Fensterläden. Dann lief sie durch den Garten um das Haus herum nach oben.

»Signora Balkow, ich bin wieder da. Wo sind Sie? Signora?«

Die große Terrassentür der Villa stand offen. Die alte Dame konnte nicht weit sein.

»Signora. Ich bin's, Laura.«

Heute war Donnerstag, da hatte die Haushälterin frei. Vielleicht machte Signora Balkow gerade ein Nickerchen auf dem Wohnzimmersofa. Laura betrat das Haus.

»Signora?«

Sie sah, dass sich auf dem Grammofon eine Schallplatte drehte. Der Tonarm sprang auf der letzten Rille immer vor und zurück. Laura tat ihn in die Halterung und schaltete das Gerät aus. Was hatte die alte Dame aufgelegt? Sie stoppte die langsamer werdende Platte mit dem Finger und musste schmunzeln. Natürlich, die Arien von Verdi, eine der Lieblingsplatten von Signora Balkow. Wo steckte sie nur? Auf dem Sofa war sie jedenfalls nicht. Laura schaute in der Küche nach, in der Bibliothek, in den Zimmern im ersten Stock, im Schlafzimmer. Sie fing an sich Sorgen zu machen. Wieder draußen auf der Terrasse, lief sie vor zum Geländer, von wo aus man nicht nur weit über den See, sondern auch auf den darunter liegenden Teil des Grundstücks sehen konnte.

Laura hielt die Hände wie einen Trichter vor den Mund. »Signora!«

Sie fühlte es, irgendetwas war passiert.

Sie lief am niedrigen Mäuerchen entlang zurück zum Haus. Eher zufällig warf sie dabei einen Blick hinunter auf das Rosenbeet, das die alte Dame so liebte, weil es noch von ihrem verstorbenen Mann angelegt worden war.

Ruckartig blieb sie stehen. Da unten, zwischen den Rosen, im hellen Kleid, die schlohweißen Haare …

Laura schlug die Hände vors Gesicht.

»Dio mio, Oddio, Santo Cielo!«

Nach einem Schreckensmoment rannte sie nach rechts, sprang über die Mauer und rutschte über die abschüssige Wiese. Sekunden später hielt sie den Kopf der alten Dame in den Händen. Sie brauchte keinen Arzt, um festzustellen, dass Ottilia Balkow tot war. Laura streichelte die kalten Wangen und fuhr ihr zärtlich durch die Haare.

6

Mark Hamilton saß auf der Terrasse vor dem Hotel des Bains in einem Korbstuhl und tunkte das Frühstückshörnchen in den Caffelatte. Rechter Hand lag die hübsche Gartenanlage mit dem Pool. Links konnte er über eine Oleanderhecke und durch die Allee der Uferstraße Lungomare auf den Eingang zum Strand sehen. Die Models und die Crew waren noch am gestrigen Tag abgereist. Sein Assistent hatte das belichtete Filmmaterial mitgenommen, um es in Deutschland zum Entwickeln zu bringen. Eigentlich wurde vom Fotografen erwartet, dass er eine Vorauswahl der Bilder traf, die dann dem Kunden vorgelegt wurde. Aber Mark hatte diese Aufgabe vertrauensvoll an seinen Assistenten delegiert. Man sollte es mit dem beruflichen Engagement seiner Überzeugung nach nicht übertreiben.

HOTEL DES BAINS
Traditionsreiches Grandhotel auf dem Lido von Venedig

Vor wenigen Minuten hatte sich endlich auch der überhebliche Werbeleiter der Modefirma verabschiedet. Gestern Abend hatte er noch versucht, Mark zu einem Besuch des Spielkasinos zu überreden. Das sei ein herrliches Erlebnis, hatte er gesagt. Wie in einem schlechten Film. Diese schräge Kulisse dürfe er sich als Fotograf keinesfalls entgehen lassen. Der herrliche alte Palast am Canal Grande, wunderbar dekadent. Und all die aufgetakelten Weiber, einfach köstlich. Und diese Knallchargen von Spielertypen. Der Kerl hatte ihm feixend in die Rippen geboxt. Bei dieser Gelegenheit könne er ja seine Gage am Roulettetisch aufbessern, hatte er gesagt. Um dann laut zu lachen. »Oder verspielen, das geht in null Komma nix!« Sehr sympathisch. Nun, es war ihm nicht schwer gefallen, dieser Versuchung zu widerstehen. Er hatte wirklich Besseres vorgehabt. Er konnte sich noch an seine Erleichterung erinnern, als er den Mann gestern Abend in einem dieser schönen Mahagoniboote des Hotels hatte abfahren sehen. Mit einer dicken Zigarre und einem selbstgefälligen

Grinsen. Als ob er in seinem schlechten Film soeben die Hauptrolle übernommen hätte. Mark gefiel dieser Gedanke. Jetzt war der Idiot jedenfalls weg. Vorhin hatte er noch lautstark die gesamte Terrasse an seinem weiteren Tagesablauf teilhaben lassen. Dass er nämlich zum Golfclub Venezia fahre und dort eine Zockerrunde mit Freunden aus Beverly Hills spiele. Mark, der den Golfplatz im Süden des Lido von Fotoaufnahmen kannte, fand, dass der traditionsreiche Platz eigentlich viel zu schön für diesen Angeber war. Aber Hauptsache, er hatte sich endlich abgesetzt. Und vielleicht zockten ihn seine Mitspieler richtig ab. Das würde ihm sicher gut tun.

Golf Venezia
Zählt zu den traditionsreichsten der fast 20 Golfplätze des Veneto

Mark lehnte sich entspannt zurück. Vor ihm saß Miranda und bestrich einen Panino mit Marmelade. Er lächelte. Zweifellos war die Stylistin letzte Nacht wesentlich lustbringender gewesen als ein Spielkasino. Er sah sie noch vor sich, wie er kurz nach Mitternacht aus dem Badezimmer gekommen war. Nackt hatte sie vor dem geöffneten Fenster ihres Zimmers im Hotel des Bains gestanden. Hinter ihrer aufreizenden Silhouette schimmerte die Adria im Glanz der Sterne und des Monds. Das Salz des Meers, man konnte es fast mit den Lippen schmecken. Langsam hatte sie sich umgedreht, aufreizend an ihre Brüste gefasst und sich mit gespreizten Beinen auf die breite Fensterbank gesetzt …

Mark gab sich einen Ruck und fand in die Gegenwart zurück. Er tunkte seine Brioche in den Caffelatte und beobachtete Miranda. Sie musste noch heute nach Mailand zu einer Modenschau. Ihren Vorschlag, sie zu begleiten, hatte er leider ablehnen müssen. Zugegeben, das war ihm nicht ganz leicht gefallen. Und die Erinnerung an die vergangene Nacht ließ auch begründete Zweifel an der Richtigkeit dieser Entscheidung zu. Aber er hatte für die nächsten Tage andere, unumstößliche Pläne.

Mark sah gedankenverloren zum Nebentisch, wo eine junge Frau in einem Buch las.

»Kannst du nicht wenigstens warten, bis ich unterwegs nach Mailand bin?«, fragte Miranda.
»Womit soll ich warten?« Er wirkte leicht irritiert.
»Damit, andere Frauen anzuschauen!«, stellte Miranda lächelnd fest.
»Habe ich gar nicht«, protestierte Mark. »Ich habe mich nur für ihr Buch interessiert.«
»Das ist ja eine besonders faule Ausrede«, entgegnete sie. »Aber so kommst du mir nicht davon. Nicht hingucken! Schau mich an! Und jetzt sag mir, um was für ein Buch es sich handelt.«
»Ein Buch, das außerordentlich gut zu diesem Hotel passt, immerhin wurde es hier geschrieben«, erklärte Mark nach kurzem Zögern mit einem Schmunzeln, ohne Miranda aus den Augen zu lassen.
»Mach's nicht so spannend!«
»Also, *Tod in Venedig* von Thomas Mann.«

MANN Thomas Mann (1875–1955) schrieb seine Novelle 1913

»Stimmt«, sagte die junge Frau vom Nachbartisch, die die Unterhaltung amüsiert verfolgt hatte.
»Ich danke Ihnen für die Bestätigung«, erwiderte Mark mit festem Blick auf Miranda.
»Du bist rehabilitiert, du alter Gauner.« Miranda schlug lachend ihre Beine übereinander.
»Nicht ganz.« Mark hatte die Augen immer noch nach vorne gerichtet.
»Warum?«
»Weil ich auch weiß, dass die junge Dame blonde Haare hat, blaue Augen, unlackierte Fingernägel, keinen Ehering, eine weiße Bluse ...«
»Es reicht!« Mirandas Lachen klang jetzt etwas weniger locker.
Mark drehte sich grinsend zum Nachbartisch. »Übrigens, haben Sie Luchino Viscontis Verfilmung von *Tod in Venedig* gesehen?«

VISCONTI Der Film- und Opernregisseur Luchino Visconti war ein Nachfahre der lombardischen Herrscherfamilie

»Natürlich. Schon deshalb liebe ich dieses Hotel. Eine wunderbare Kulisse für einen alternden Schriftsteller …«

»… für einen alternden Komponisten«, unterbrach Mark. »Ich will damit sagen, Visconti hat aus dem Schriftsteller Gustav von Aschenbach einen Komponisten gemacht.«

»Wirklich? Aber seine erotischen Sehnsüchte waren dieselben, oder?« Die junge Frau sah Mark erwartungsvoll an.

»Erstens waren die erotischen Sehnsüchte homoerotisch, zweitens pädophil, und drittens blieben sie unerfüllt«, warf Miranda ein. »Ich finde, dieser Aschenbach war ein besonders armes Schwein!«

Mark amüsierte die Unterhaltung. »Du bist ganz schön direkt«, erwiderte er, »aber im Ergebnis hast du sicher Recht. Immerhin ist das arme Schwein, um bei diesem Ausdruck zu bleiben, vor diesem Hotel im Liegestuhl gestorben.«

»Zerbrochen am Schmerz einer unerfüllten Liebe«, ergänzte die Blondine mit leichtem Timbre in der Stimme.

»Unsinn, an Cholera!«, stellte Miranda fest.

Mark schüttelte grinsend den Kopf. »Miranda, sei doch nicht so pietätlos. Diese Dame hat eben einen Sinn für große Gefühle.«

»Also, ich steh mehr auf Sex.«

»Dagegen ist natürlich auch nichts einzuwenden«, gab Mark zu und dachte erneut an die vergangene Nacht.

Einige Stunden später lag Mark am Pool des Hotel des Bains. Miranda war bereits abgereist, und er hatte zu seinem Bedauern feststellen müssen, dass die junge Frau mit dem Buch und dem viel versprechenden Hinweis auf erotische Sehnsüchte in fester Begleitung war. Allerdings hätte er heute sowieso keine Zeit mehr gehabt, und vermutlich tat ihm eine kleine Erholungspause auch gut. Aber man hätte ja die Adressen austauschen und das Gespräch bei Gelegenheit fortsetzen können. War wohl nichts! Mark nahm sein Handy, rief seine

Agentin in London an und teilte Norma mit, dass er für zehn Tage eine künstlerische Pause einlege. Norma könne möglichen Kunden auch gerne sagen, dass er eine vorübergehende Schaffenskrise habe. Nein, sie könne ihn nicht erreichen. Sein Handy habe einen technischen Defekt. Aber er wolle mit ihr gerne am übernächsten Wochenende zum Essen gehen. Und ob sie noch die rot gefärbten Haare habe? Die würden ihm wirklich gut gefallen. Das war zwar gelogen, verbesserte aber ganz entschieden Normas Stimmung.

Mark beendete das Gespräch. Er sah hinüber zur Poolbar unter dem weißen Markisendach und ließ den Blick über eine antike Steinfigur hinüber zur kleinen Brücke schweifen, die über das Becken führte. Es duftete nach Lavendel. Aus dem Hotel war leise klassische Musik zu hören. Zufrieden lehnte er sich zurück. Mit halb geschlossenen Augen gab er die Telefonnummer von Roberto ein, einem italienischen Freund, der in Belluno lebte. Roberto war ein in Italien bekannter Journalist, der sich auf Themen rund ums gute Essen und Trinken spezialisiert hatte. Er schrieb Kritiken für Feinschmeckermagazine und verfasste Kochbücher und Restaurantführer.

BELLUNO
Nördlichste Provinzhauptstadt des Veneto an der Piave

»Hallo, Roberto, ich bin's, Mark.«

»Sag bloß, du kannst nicht?«, erwiderte Roberto erschrocken.

»Doch, Roberto, natürlich kann ich. Es bleibt dabei.«

»Bravo. Wann wirst du hier sein?«

»Heute Abend.«

»Benissimo. Ich reserviere einen Tisch im Al Borgo, du kannst dich schon auf einen vorzüglichen Risotto freuen. Die nächsten Tage gibt's dann nur noch trockenes Brot.«

AL BORGO
Restaurant in Belluno

»Ganz so schlimm wird's hoffentlich nicht werden.«

Roberto lachte. »Keine Sorge. In meiner Begleitung ist noch niemand verhungert. Ich habe etwas Proviant zusammengestellt, dessen Gewicht in einem umgekehrten Verhältnis zu seiner ausgesuchten Delikatesse steht. Hast du deinen Schlafsack dabei?«

»Natürlich, auch meinen Rucksack und die Bergstiefel.«
»Allora, dann kann ja gar nichts schief gehen. Die Wettervorhersage ist auch gut. Also dann, bis heute Abend. Ciao, Mark.«
»Ciao, Roberto.«
Mark drückte auf die rote Taste. Er hatte das Handy noch in der Hand, als es klingelte. Er zögerte nur kurz, grinste, schaltete das Handy aus und legte es neben sich in die Wiese. Wer auch immer ihn sprechen wollte, er würde sich einige Tage gedulden müssen. Ab jetzt wollte er sich nicht mehr stören lassen. Zu sehr freute er sich auf die Bergwanderung in den Dolomiten, die er mit Roberto schon so lange geplant hatte. Und nach der Tour würde er noch einen kurzen Abstecher an den Gardasee machen. Er hatte seine Großmutter schon einige Monate nicht mehr gesehen. Dabei liebte er die alte Dame von ganzem Herzen. Was, wie er wusste, auf Gegenseitigkeit beruhte. Und außerdem war von seiner Familie bis auf seinen Halbbruder Rudolf, der in München wohnte und den er nur selten sah, nun mal nur noch seine Großmutter am Leben. Seine Eltern waren schon seit Jahren tot. Von seinem Vater gab es nur einige entfernte Verwandte in Schottland, zu denen er keine Beziehung hatte. Er überlegte kurz, ob er am Gardasee anrufen und seinen Besuch ankündigen sollte. Aber dann dachte er, dass es lustiger wäre, seine Großmutter einfach zu überraschen.

Er wachte erschrocken auf und sah auf die Uhr. Da war er doch tatsächlich auf der Liege eingeschlafen. Wenn er sich beeilte, würde er das Ferryboat erreichen, das kurz nach ein Uhr in San Nicoló losfuhr. Wenige Minuten später rollte er in seinem alten Morgan, mit dem er aus England nach Venedig gekommen war, auf die Fähre. Nachdem er den Roadster abgestellt hatte, warf er einen skeptischen Blick auf die auf dem Beifahrersitz liegenden Taschen. Er beschloss, wenigstens den großen Kamerakoffer, den er mit Lederriemen auf den Gepäckständer geschnallt hatte, mit hinauf an Deck zu nehmen. Ansonsten blieb ihm nichts anderes übrig, als auf die Ehrlichkeit der Mitreisenden zu vertrauen. Oben angelangt, setzte er sich direkt an die Reling. Die Fähre hatte bereits abgelegt.

Biennale Die Ausstellung zeitgenössischer Kunst findet in Venedig alle zwei Jahre statt

Rechts voraus sah Mark die Grünanlagen des Biennale-Geländes. Von selbst hätten die Venezianer diese Giardini wohl kaum angelegt. Sie sind ein Erbe der für Venedig wenig erfreulichen Herrschaft Napoleons. Der große Korse hatte die Lagunenstadt nach Kräften geplündert. Da war die Anlage dieser Gärten nur eine sehr zweifelhafte Wiedergutmachung.

Napoleon 1797 eroberte Napoleon Venedig. Die Republik von San Marco hörte auf zu existieren

Mark folgte mit den Augen der Uferpromenade. Kleine weiße Brücken führten über Kanäle, der Glockenturm einer Chiesa war zu sehen. Irgendwo da hinten musste Arsenale sein, wo Venedig einst die größte Schiffswerft der Welt unterhielt und die Galeeren der mächtigen Kriegsflotte auf Kiel legte.

Mark setzte eine Sonnenbrille auf. Wo sonst auf der Welt, dachte er, gibt es eine Autofähre, die vor so eindrucksvoller Kulisse verkehrt? Er sah nach links zur Klosterinsel der Benediktiner mit der grandiosen Kirche San Giorgio Maggiore.

Venedig 118 Inseln, über 150 Kanäle, rund 400 Brücken

Die Fähre drehte in Richtung Canale della Giudecca. Mark nahm eine Kamera aus seinem Koffer und fotografierte über das Heck die Piazzetta, den Eingang zur Piazza San Marco, mit den beiden Säulen aus dem 12. Jahrhundert, an denen einst die Schiffe festmachten, die aus fernen Ländern ihre Schätze nach Venedig brachten.

Rechts sah er den prachtvollen Palazzo Ducale und links, alles überragend, den fast hundert Meter hohen Campanile von San Marco mit einem goldenen Engel auf der Spitze. An klaren Tagen, hatte Mark gelesen, konnte man von seinem Aussichtsbalkon bis zu den Dolomiten sehen. Der Turm hat eine wechselvolle und dramatische Geschichte hinter sich. Auf das 9. Jahrhundert gehen seine Anfänge zurück. Über lange Zeit diente sein Leuchtfeuer den Seefahrern zur Orientierung.

Doch nicht immer war seine Bestimmung so segensreich. Der Turm wurde auch zum Aufhängen von Folterkäfigen zweckentfremdet. Seine heutige Gestalt erhielt er erst im 16. Jahrhundert nach einem Erdbeben. Auf dem Aussichtsbalkon demonstrierte Galileo Galilei dem Dogen sein Teleskop. Jahrhundertelang bestimmten die Glocken des Campanile den Lebensrhythmus der Lagunenstadt. 1902 schließlich stürzte er ohne jegliche Vorwarnung in sich zusammen. Ein Wunder, dass dabei nur die Katze des Turmwächters zu Tode kam. In Windeseile bauten die Venezianer ihr Wahrzeichen wieder auf. Und schon zehn Jahre später war das gewohnte Bild der Piazza San Marco wieder hergestellt.

CANAL GRANDE
Der einstige Mündungsarm der Brenta ist knapp 4 km lang

Der Canal Grande verschwand hinter der Dogana di Mare und der Chiesa della Salute. Rechts zog der Sestiere Dorsoduro, der harte Rücken, vorbei. Links lag die Insel Giudecca, deren Name möglicherweise auf die Juden zurückzuführen ist, die hier im 12. Jahrhundert gewohnt hatten. Gleich bei der Chiesa delle Zitelle lag das Hotel Cipriani & Palazzo Vendramin, eine Gründung des legendären Giuseppe Cipriani von der Harry's Bar. Heute gehört das Luxushotel zu einer internationalen Hotelgruppe.

CIPRIANI & PALAZZO VENDRAMIN
Exklusives Hotel auf Giudecca

In der Verlängerung des Canale della Giudecca schoben sich bereits die Industrieanlagen von Porto Marghera ins Bild. Mark fuhr sich durch die Haare. Ein brutaleres Kontrastprogramm war wirklich kaum vorstellbar. Hier die prächtige Lagunenstadt, die Serenissima mit ihren einmaligen Kunstschätzen und dem Lebensgefühl einer untergegangenen Epoche. Direkt dahinter die hässliche Fratze der Industrialisierung, die ihn an verpestete Luft und vergiftete Abwässer denken ließ. Mark schaute durch den Sucher der Kamera und drückte auf den Auslöser.

Einige Tische, die linker Hand am Canale standen, gaben ein letztes Lebenszeichen des feinen Venedig. Sie gehörten zu Harry's Dolci, einem Ableger der berühmten Bar von Cipriani. Der Backsteinkomplex von Mulino Stucky leitete über zum gegenüberliegenden Industriehafen von Venedig – verrottete Lagerhallen, vergammelte Krananlagen und verrostete Frachter. Vor ihnen tauchte die Isola del Tronchetto auf, wo die Fähre gleich anlegen würde. Mark verstaute die Kamera, nahm den Alukoffer und machte sich auf den Weg nach unten zu seinem Auto. Seine Habseligkeiten waren alle noch da. Der alte Roadster sprang auf Anhieb an – was bei ihm nicht immer selbstverständlich war. Über eine stählerne Rampe fuhr er an Land.

HARRY'S BAR, HARRY'S DOLCI
Die 1931 von Giuseppe Cipriani gegründete Harry's Bar war Stammlokal u. a. von Ernest Hemingway

7

Rudolf Krobat saß in den Vormittagsstunden desselben Tages zu Hause an seinem Schreibtisch und blätterte unkonzentriert in Geschäftspapieren seiner Weinhandelsfirma. Das Unternehmen war schon von seinem Vater gegründet worden und auf den Import und Vertrieb von italienischen Weinen spezialisiert. Er war stolz darauf, dass er zu den größten Anbietern in Deutschland zählte. In seinem Zentrallager im Osten Münchens hatte er ständig Weine im Wert von einigen Millionen Mark in den Regalen. Darunter befanden sich ebenso billige Massenweine wie Spitzenweine aus den besten Lagen Italiens. Entsprechend breit gefächert war sein Kundenkreis. Er reichte von großen Einzelhandelsketten und Kaufhäusern bis hin zur Spitzengastronomie.
Rudolf Krobat führte ein luxuriöses Leben. Er bewohnte eine Villa in Grünwald, hatte immer die neuesten Nobelkarossen in der Garage und war Mitglied in einem renommierten Yachtclub am Starnberger See. An der Wand neben seinem Schreibtisch hing ein gerahmtes Bild, das ihn zusammen mit einigen Würdenträgern aus der bayrischen Politik zeigte. Er war ein gern gesehener Gast bei Premieren, Modeschauen, auf Vernissagen und bei den Partys der Münchner Schickimicki-

Gesellschaft. Kurzum, Rudolf Krobat gehörte einfach dazu! Dass ihn manche für einen etwas großspurigen Neureichen hielten, das wusste er, aber es machte ihm nichts aus. Schließlich lebte man nur einmal. Heute Abend hatte er einen Tisch in einem bekannten Sterne-Restaurant bestellt. Es gehörte zu den angenehmen Pflichten seines Berufs, sich dort immer wieder mal sehen zu lassen. Immerhin standen auf der Weinkarte diverse Marken, die von ihm exklusiv vertrieben wurden.

Krobat lehnte sich zurück und zündete sich eine Zigarre an. Er dachte an Ilonka, mit der er letzte Nacht einige Stunden verbracht hatte. Oder war ihr Name Ivanka gewesen? Egal. Jedenfalls hatte sie all seine Wünsche erfüllt. Krobat drehte versonnen die Zigarre zwischen den Fingern und blies leicht in die Glut. Nun, billig war das Mädchen nicht gewesen. Aber das waren sie alle nicht, die wirklich guten Callgirls. Da unterschieden sie sich wenig von seinen Weinen. Qualität hatte eben ihren Preis. Billige Nutten waren wie gepanschter Wein. Sie sind belanglos, haben häufig Kork. Und hinterher plagt einen das schlechte Gewissen, dass man sich auf so ein erbärmliches Niveau herabgelassen hat. Rasseweiber dagegen, die ließen wie ein großer Wein die Sinne explodieren. Rudolf Krobat benetzte mit den Lippen seine Zigarre. Man vergisst Raum und Zeit. Alle Hemmungen werden förmlich hinweggespült. Und danach fühlt man sich großartig. Erschöpft vielleicht, ermattet, aber großartig. Ein Genuss ohne Reue, ohne Kater.

Das Klingeln des Telefons riss ihn aus seinen Gedanken. Er legte die Zigarre behutsam in den Aschenbecher und hob ab.

»Ja, bitte?«

»Sind Sie Herr Krobat?«, wollte die Anruferin mit einem unüberhörbaren italienischen Akzent wissen.

Rudolf Krobat schob den Drehstuhl zurück und stand auf.

»Ja, am Apparat. Und wer sind Sie?«

»Mein Name ist Laura Zanetti. Ich wohne im Haus Ihrer Großmutter am Gardasee.«

»Ja, ich erinnere mich. Meine Großmutter hat uns bei meinem letzten Besuch miteinander bekannt gemacht. Warum rufen Sie an? Kann ich etwas für Sie tun?«

»Ich habe eine traurige Mitteilung.«

»Ist meiner Großmutter etwas passiert?«

»Sie ist tot!«

»Tot? Um Gottes willen. Aber vor drei Wochen, da war …« Rudolf Krobat hielt mitten im Satz inne. Er schluckte. Nach einer kurzen Pause sprach er weiter: »Vor drei Wochen, bei meinem letzten Besuch, da fühlte sie sich doch noch ausgesprochen gut. Warum hat sie mir denn nicht gesagt, dass es ihr schlecht geht?«

»Das konnte sie nicht«, antwortete Laura. »Ihr ging es nicht schlecht. Es war ein Unfall. Ich habe Ihre Großmutter gestern Abend im Garten ihres Hauses gefunden. Offenbar ist sie über die kleine Mauer gestürzt, Sie wissen schon, die Mauer auf der Terrasse links.«

»Links? Wenn man von innen kommt? Dort, wo es zum Rosenbeet hinuntergeht?«

»Genau. Über diese Mauer ist sie hinuntergefallen. Und zwar, wie es scheint, schon vorgestern Abend. Der Arzt, der ihren Tod festgestellt hat, sagt, dass sie nicht habe leiden müssen. Sie sei sofort tot gewesen.«

»Sofort tot«, wiederholte Rudolf Krobat monoton.

»Ich konnte Sie leider erst jetzt anrufen, weil ich Ihre Nummer nicht hatte und auch Ihren Nachnamen nicht wusste. Außerdem war hier so viel los. Der Arzt, die Polizei, der Leichenwagen …«

»Der Leichenwagen …«

»Die Polizei hat bereits die deutsche Botschaft informiert. Ihren Namen haben wir übrigens im Adressverzeichnis von Signora Balkow gefunden.«

»Wir?«
»Ja, ein Commissario aus Verona und ich. Er steht neben mir, und er hat mich gebeten, dieses Telefonat zu führen, ist es wohl möglich, dass Sie sofort hierher kommen? Es ist so viel zu regeln. Irgendjemand muss sich doch um alles kümmern.«
Rudolf Krobat zögerte keinen Augenblick. »Selbstverständlich. Ich fahre sofort los. Ich kann …« – er überlegte kurz – »… ich kann in etwa vier Stunden da sein. Können Sie so lange auf mich warten?«
»Natürlich. Ich bin im Haus. Sie haben doch noch einen Bruder?«
»Ja, einen Halbbruder. Er heißt Mark Hamilton, ich werde ihn gleich anrufen. Allerdings ist er immer etwas schwierig zu erreichen. Aber ich habe die Nummer seines Handys. Die restlichen Telefonate erledige ich aus dem Auto. Vor allem muss ich mich dringend mit Herrn Doktor Leuttner in Verbindung setzen. Er ist der Rechtsberater meiner Großmutter und hat sich immer um alles gekümmert. Auch um die Finanzen und so. Da wird es doch sicherlich viel Papierkram geben, wofür wir seine Hilfe brauchen. Ich bin sicher, dass er auch so schnell wie möglich nach Italien kommen wird.«
»Gut. Und noch einmal, es tut mir wirklich Leid um Ihre Großmutter. Ich habe sie sehr gemocht. Sie war eine großartige Frau.«
»Ich weiß. Ja, das war sie!«
»Mein Beileid!«
»Danke. Und besten Dank für Ihren Anruf. Das alles ist für Sie ja auch nicht einfach. Tausend Dank für alles. Ich bin schon so gut wie unterwegs. Auf Wiederhören.«
»Auf Wiederhören, Herr Krobat.«
Rudolf Krobat legte den Hörer zurück auf den Apparat. Er nahm die Zigarre, drückte sie im Aschenbecher aus, drückte immer fester und zerbröselte sie, bis nur noch kleine braune Fetzen übrig waren. Schließlich nahm er sein in Leder gebun-

denes Adressbuch und suchte die Nummer von Marks Mobiltelefon. Er hatte schon längere Zeit nicht mehr mit seinem Halbbruder gesprochen und deshalb keine Ahnung, wo er sich derzeit befand. Nachdem er die Nummer mit der englischen Vorwahl eingegeben hatte, hörte er zunächst ein Freizeichen, dann wurde die Verbindung abgebrochen, und es meldete sich eine automatische Ansage, die ihm mitteilte, dass der Teilnehmer derzeit nicht erreichbar sei. Als Nächstes rief Rudolf Krobat bei der Agentin in London an, deren Nummer ihm Mark gegeben hatte. Von ihr erfuhr er, dass Mark gerade eine Produktion in Venedig beendet habe und wieder einmal – Marks Agentin kommentierte dies mit einem verzweifelten Seufzer – in der Versenkung verschwunden sei. Jedenfalls wisse sie auch nicht, wo Mark sich jetzt aufhalte. Das sei typisch für ihn, dass er immer wieder untertauche. Und gerade jetzt hätte sie eine Produktion für die *Vogue*. Ob er Mark nicht einmal ins Gewissen reden könne. Er nehme das Leben einfach viel zu leicht. Es fehle ihm an jeglicher Disziplin. Irgendwann war es Rudolf Krobat gelungen, die Agentin in ihrem Redefluss zu unterbrechen und ihr mitzuteilen, dass Marks Großmutter gestorben sei und dass sich Mark sofort bei ihm im Büro oder gleich im Haus am Gardasee melden solle. Die Agentin hatte ihm wenig Hoffnung gemacht, dass dies in den nächsten Tagen zu erwarten war.

Eilig packte Rudolf Krobat einige Sachen in eine Reisetasche. Keine Viertelstunde später schloss sich das elektrische Tor der Garage hinter seinem silberfarbenen Mercedes.

8

Während Mark von Tronchetto kommend den Schildern *Tutte le direzioni* folgte und über den Ponte della Libertà nach Mestre fuhr, eilte er in Gedanken bereits voraus.

Er freute sich ungemein auf die bevorstehende Wanderung. Mehrfach schon hatte er Roberto kurzfristig absagen müssen. Diesmal endlich klappte es.

DOLOMITEN Höchster Berg der venetischen Dolomiten ist die Marmolada (3343 m)

Bleiche beziehungsweise blasse Berge werden sie genannt, die Dolomiten, die zu keinem geringen Teil zum Veneto gehören. Ein Zwergenvolk, so die Legende, hat die Berge einst mit Fäden aus Mondlicht eingesponnen, um eine Mondprinzessin auf der Erde zurückzuhalten. Und wenn die Sonne auf- oder untergeht, dann erröten die Gipfel wie das Gesicht eines unschuldigen Mädchens. Erst seit Ende des 18. Jahrhunderts tragen die Zauberberge den Namen Dolomiten. Benannt sind sie nach dem französischen Geologen Déodat de Dolomieu, der den wahren Grund für ihre optische Erscheinung erkannte. Die Mischung aus Kalziumkarbonat und Magnesium nämlich, aus der das Gestein der Berge besteht, ist sowohl für den fahlen Glanz der steilen Wände und bizarren Gipfel als auch für das in den Dolomiten unvergleichlich schöne Schauspiel des Alpenglühens verantwortlich.

TIZIAN Das Geburtsjahr des in Pieve di Cadore geborenen Malers ist ungewiss und schwankt je nach Quelle zwischen 1476 und 1490

CORTINA D'AMPEZZO Zum Veneto gehörender Winter- sport- und Höhenkurort (1125 m)

Mark freute sich auf das Treffen mit Roberto in Belluno, dem Ort am Zusammenfluss von Piave und Ardo, an der Grenze zwischen dem venezianischen Tiefland und den Bergen. Von dort würden sie morgen in aller Früh aufbrechen und an dem Fluss Piave entlang nach Norden fahren. Von Pieve di Cadore, dem Städtchen, das vor allem als Tizians Geburtsort bekannt ist, ging es dann noch einige Kilometer weiter Richtung Cortina d'Ampezzo, dem Austragungsort der Olympischen Winterspiele von 1956. Auf einem Parkplatz würden sie das Auto stehen lassen und losmarschieren. Roberto hatte eine Route ausgearbeitet, die sie über einige der schönsten Höhenwanderwege führen würde. Geschlafen würde in *rifugi*, einfachen Schutzhütten. Mark liebte die markanten Felstürme der Dolomiten, vor allem abends, wenn sie von der untergehenden Sonne in rotes Licht getaucht werden. Er hatte ein leistungsstarkes Teleobjektiv dabei, um Gämsen, Alpenschneehühner und Rotwild zu fotografieren. Enzian und Alpenrosen würden ihre Pfade säumen. Eine willkommene Abwechslung für sein geschundenes Fotografenauge. Keine neue, flippige Kollektion irgendeines wild gewordenen Modemachers, sondern die immer währende, unvergleichliche Schönheit der Natur.

TREVISO
Die Provinzhauptstadt ist bekannt für ihre Kanäle, Laubengänge – und den Radicchio rosso

Mark folgte den Schildern Treviso SS 13. Noch eine Kreuzung, er schaltete runter, was der Roadster mit einer Fehlzündung beantwortete. Jetzt endlich war er auf der von Platanen gesäumten Straße, die schnurgerade nach Treviso ging. In früheren Jahrhunderten führte wie mit dem Lineal gezogen ein Kanal von Venedig nach Treviso, entlang prachtvoller Villen, die reichen Venezianern gehörten. Später wurde der Kanal zugeschüttet. Er kam durch Mogliano, wo ganz in der Nähe das Hotel Villa Condulmer liegt. Im letzten Jahr hatte er hier mal eine Fotoproduktion für eine deutsche Miederwarenmarke. Die attraktive Pressedame hatte er noch in guter Erinnerung. Leider war es ihm nicht gelungen, bei ihr zu landen. Künstlerpech!

VILLA CONDULMER
Hotel in venezianischer Villa mit eigenem Golfplatz

Mark ließ Treviso hinter sich, jene Stadt an den Flüssen Sile und Botteniga, deren sehenswerte Altstadt schon Dante gepriesen hat und die von Kanälen durchzogen wird. Er genoss die Fahrt über die Landstraße. Und er erfreute sich am sonoren Klang seines angejahrten englischen Roadsters. Pappeln zogen vorbei, Pinien, Steineichen. Die auf einem Hügel gelegene Burgruine von Conegliano tauchte auf. Weil er früh genug dran war, entschloss sich Mark für einen Umweg und bog auf die *Strada del Vino di Prosecco* ab. Rechts und links der malerischen Straße lagen die Weinberge der Region Valdobbiàdene, auf denen die Prosecco-Rebe schon seit den Zeiten der alten Römer angebaut wird.

CONEGLIANO, FELTRE

PROSECCO
Wird meist als Frizzante oder Spumante (höherer Alkohol- und Kohlensäuregehalt) getrunken

Weiter ging's nach Feltre, der Stadt, die 1509 und 1510 aus Treue zu Venedig von der Liga von Cambrai gleich zweimal geplündert und schließlich zerstört wurde. Die Lagunenstadt belohnte diese aufopfernde Loyalität, indem sie Feltre noch im 16. Jahrhundert wieder aufbauen ließ. Bis Belluno war es nicht mehr weit. Er dachte an sein Handy, das abgeschaltet unter dem Beifahrersitz lag. Das liebte er besonders an der modernen Technik, nämlich dass man auf ihre Segnungen auch verzichten konnte. Nicht erreichbar zu sein, das war für ihn wahrer Luxus. Und diesen wollte er sich für die nächsten Tage auch nicht nehmen lassen.

9

»Siamo qui riuniti per congedarci da una persona che, dopo una lunga vita …«

Laura Zanetti fiel es schwer, sich auf die Worte von Pater Franceschi zu konzentrieren. Ein langes, erfülltes Leben, dachte Laura über die letzten Worte nach. Ja, gewiss. Aber die alte Dame hatte ein schöneres Ende verdient als diesen unglückseligen Sturz über das Mäuerchen. Die letzten Sekunden im Leben von Ottilia Balkow waren wohl Augenblicke der Angst gewesen. Vielleicht hatte sie plötzlich ein Stechen in der Herzgegend verspürt und war deshalb ins Straucheln geraten? Etwas musste passiert sein, da war sich Laura sicher. Irgendetwas hatte die alte Dame so aus dem Gleichgewicht gebracht, dass der verhängnisvolle Sturz unausweichlich wurde. Und dann der Tod selbst. Wer weiß, ob er wirklich sofort eingetreten war, wie der Arzt behauptete. Vielleicht hatte Ottilia Balkow noch kurz gelebt, hatte Schmerzen gehabt, leise um Hilfe gerufen.

»La nostra cara defunta che abbiamo amato e ammirato, ci mancherà molto. E naturalmente ci chiediamo il perché. Solo il nostro Signore sa la risposta, il nostro Dio …«

Pater Franceschi machte mitten im Satz eine Pause, faltete die Hände und richtete den Blick nach oben.

Einige dunkle Wolken hatten sich von Westen kommend vor

die Sonne geschoben. Laura hoffte, dass der Regen noch etwas auf sich warten ließ.
Während der Pater weitersprach, hing Laura, die etwas abseits stand, wieder ihren eigenen Gedanken nach. Dabei betrachtete sie die kleine Trauergemeinde, die sich auf diesem alten Friedhof, der zur Chiesa della Beata Vergine gehörte, zusammengefunden hatte. Vor dem offenen Grab stand Pater Franceschi, der die Signora Balkow gut gekannt hatte und aus dessen Worten echt empfundene Trauer sprach. Die kleine Frau ganz links, die sich gerade mit dem Taschentuch einige Tränen abwischte, das war Silvana, die Haushälterin. Neben ihr stand Pierpaolo Battistoli, der Ottilia den Garten gepflegt hatte und im Hauptberuf an einer Schule unterrichtete. Lauras Blick fiel auf Rudolf Krobat, den Enkel von Ottilia Balkow, den sie in München angerufen hatte. Eine knappe Woche war das erst her. Rudolf Krobat hatte die Hände verschränkt und nickte zustimmend, als Pater Franceschi gerade von der »Herzensgüte der Verstorbenen« sprach. Der kleine Herr mit der Stirnglatze und der Hornbrille, das war Dr. Leuttner, der Rechtsanwalt von Ottilia Balkow, der sich in den zurückliegenden Tagen rührend um jede Kleinigkeit gekümmert hatte. Die drei Damen hinter ihm stammten aus der Umgebung und gehörten zu Ottilia Balkows Bridgerunde. Und der alte Herr ganz rechts, das war Professore Brandeschi, ein Kunsthistoriker aus Padua, mit dem Ottilia Balkow gut befreundet gewesen war.
Vielleicht zwei dutzend Trauernde hatten sich an diesem Nachmittag am Grab zusammengefunden. Wie Laura wusste, fehlte nur einer, Mark Hamilton, der andere Enkel und neben Rudolf Krobat der einzige weitere Verwandte der alten Dame. Dieser Mark schien ein ziemlicher Individualist zu sein. So gehörte es offenbar zu seinen Gewohnheiten, immer wieder von der Bildfläche zu verschwinden. Nach Rudolf Krobats Schilderungen zu urteilen, war sein Halbbruder ein ausgesprochener Lebenskünstler. Laura erinnerte sich an einige Bemerkun-

gen von Ottilia Balkow, aus denen hervorging, dass sie Mark trotz oder vielleicht gerade wegen seiner Verrücktheiten sehr gemocht hatte. Schade eigentlich, dass Mark nicht zugegen war, Laura hätte ihn gerne einmal kennen gelernt. Aber dazu würde es jetzt nicht mehr kommen.

»In nome del Padre, del Figlio e dello Spirito Santo …« Pater Franceschi bekreuzigte sich. Die ersten Tropfen fielen vom Himmel. Wie Tränen, dachte Laura, Tränen zum Abschied. Sie zuckte zusammen, als es über dem See blitzte. Kurz darauf rollte der dumpfe Donner heran. Rudolf Krobat nahm aus einem bereitstehenden Korb eine Rose, hielt kurz inne, um sie dann ins Grab zu werfen.

Irgendwie makaber, dachte Laura, war Ottilia Balkow doch in einem Rosenbeet zu Tode gekommen. Die Glocke der Chiesa della Beata Vergine fing zu läuten an. Pater Franceschi schüttelte Rudolf Krobat voller Anteilnahme die Hand. Die Haushälterin wischte sich erneut einige Tränen von den Wangen. Wieder donnerte es. Aus den vereinzelten ersten Tropfen war bereits ein dichter Regen geworden.

Nun war Laura an der Reihe. Sie nahm eine Rose aus dem Korb, gab der Blüte einen Kuss und warf sie ins Grab. »Ciao, Ottilia. Riposa in pace!«

10

Die beiden Frauen waren ihm schon beim Betreten der Harry's Bar aufgefallen. Die eine war blond, die andere schwarzhaarig. Beide hatten ausgesprochen lange Beine, die durch die hohen Hocker vor dem Bartresen besonders vorteilhaft zur Geltung kamen. Im Vorbeigehen hatte er gehört, dass sie Deutsch miteinander sprachen. Vor ihnen standen zwei Gläser mit einem trüb-rosafarbenen, schäumenden Inhalt. Sie hatten sich also Bellini bestellt, jenen erfrischenden Aperitif aus pürierten weißen Pfirsichen und Prosecco, der von Giu-

Harry's Bar
Zur Harry's Bar gehört ein Feinschmecker-Restaurant im ersten Stock

seppe Cipriani einst in dieser Bar erfunden wurde und von hier seinen Siegeszug in die ganze Welt angetreten hatte. Er dagegen hielt es mehr mit Ernest Hemingway, der in der Harry's Bar bevorzugt einen Montgomery trank, einen außerordentlich trockenen Martini. Den Namen Montgomery hatte Hemingway kreiert, weil der berühmte britische General gerne mit einer fünfzehnfachen Übermacht gegen seine Feinde ins Feld zog. Und genau so hatte nach Hemingways Geschmack das Verhältnis Gin zu Wermut im Martini zu sein.

BELLINI Giuseppe Cipriani benannte den Aperitif nach dem venezianischen Maler Giovanni Bellini

Während er dem Barkeeper zusah, spielte er gedankenverloren mit den drei Würfeln in seiner Jackentasche. Sie waren aus Elfenbein und hatten anstelle der Punkte kleine Diamanten. Er hatte diese Würfel, die aus Indien stammten, vor vielen Jahren einmal bei einer Auktion erworben. Seitdem hatte er sie fast immer bei sich. Sie waren zu seinen ständigen Begleitern geworden, die er zu jeder Tages- oder Nachtzeit um Rat fragen konnte. Wenn schwierige Entscheidungen anstanden, ordnete er die denkbaren Alternativen bestimmten Zahlen zu. Und dann ließ er die Würfel sprechen. Anfänglich war es ihm schwer gefallen, den Rat der Würfel ohne Wenn und Aber zu akzeptieren und sofort in die Tat umzusetzen. Denn natürlich hatte er auch Handlungsoptionen vorgesehen, die ihm eigentlich viel zu kühn, moralisch verwerflich oder gänzlich abwegig erschienen. Aber es wäre den Würfeln gegenüber ohne wirklichen Respekt gewesen, nur Alternativen ins Spiel zu bringen, die man ohnehin für praktikabel hielt. Auch extreme Lösungen mussten möglich sein. Mittlerweile hatte er gelernt, den Würfeln blind zu folgen. Zugegeben, es war schon vorgekommen, dass ihn die Würfel falsch souffliert hatten. Aber wer konnte wissen, ob es sich dabei wirklich um einen Irrweg gehandelt hatte? Aus größerer zeitlicher Distanz stellte sich manches oftmals anders dar. Die Wege der Würfel waren ebenso unerforschlich wie die des Herrn.

HEMINGWAY Ernest Hemingway war Stammgast in der Harry's Bar und mit Giuseppe Cipriani befreundet

Er wusste, dass er ein Spieler war. Einer, der nicht nur beim

Roulette aufs Ganze ging. Nein, für ihn war das ganze Leben ein Spiel. Er machte sich lustig über jene Naiven im Geiste, die an so etwas Absurdes wie eine göttliche Vorsehung glaubten. Der Zufall bestimmte den irrwitzigen Lauf der Dinge. Aber es gab einige Auserwählte, die ein besonderes Gespür für die im Zufall innewohnende Dynamik hatten, die es verstanden, die Chancen zu erkennen und zu nutzen. Es bedurfte nur eines gehörigen Maßes an Skrupellosigkeit und der Bereitschaft, sich dieser seltsamen Macht völlig auszuliefern und allein auf sein Glück zu vertrauen.

Eine halbe Stunde später saß er im ersten Stock der Harry's Bar an einem kleinen runden Tisch und studierte die Speisekarte. Zwischendurch warf er immer wieder einen verstohlenen Blick hinüber zu den beiden Damen, die ebenso wie er nach dem Aperitif zum Essen nach oben gekommen waren. Zu seiner Überraschung waren sie ohne Begleitung geblieben. Ihm fiel auf, dass die Schwarzhaarige immer wieder nervös auf die Uhr sah.

CARPACCIO
Arrigo Cipriani verrät das Originalrezept der Harry's Bar (s. Anhang)

Natürlich würde er mit einem *Carpaccio alla Cipriani* beginnen, jenem hauchdünn geschnittenen rohen Rinderfilet mit einer feinen Salsa aus Mayonnaise, Worcestershiresauce, frisch gepresstem Zitronensaft, Milch und frischem Pfeffer. Auch dieses Gericht war eine Erfindung des legendären Giuseppe Cipriani. 1950 hatte er es für eine Contessa kreiert, der gerade vom Arzt Diät verordnet war. Benannt hatte er es nach dem Renaissancemaler Vittore Carpaccio, der eine Vorliebe für die Farbe Rot hatte. Eine ähnliche Leidenschaft konnte man bei der blonden Frau vermuten, die ein hautenges rotes Kleid trug. Keine Frage, sie sah verteufelt gut aus. Sie mochte vielleicht Anfang dreißig sein. Ihr Schmuck und dieses Restaurant ließen darauf schließen, dass sie nicht gerade zu den ärmeren Gesellschaftsschichten zählte.

Nach dem Carpaccio würde er *Risotto di scampi* bestellen. Er liebte den feinen Safran- und Currygeschmack. Und das Flambieren mit Cognac auf die gute alte Art verlieh diesem Risotto eine besondere Note. Und danach? Vielleicht einen *Sampietro con pomodoro fresco*? Und zum Abschluss die göttlichen *Crespelle alla crema pasticciera*. Dazu eine Flasche Soave Classico La Rocca von Pieropan.

RISOTTO DI SCAMPI, CRESPELLE ALLA CREMA PASTICCIERA
Auch diese beiden Rezepte der Harry's Bar finden sich im Registro turistico

Er legte die Speisekarte zur Seite, lehnte sich zurück und genoss die Atmosphäre im ersten Stock der Harry's Bar. Die kleinen runden Tische, die zartgelben Decken, die gepolsterten Lederstühle, die Wände mit den lachsfarbenen Bezügen und den Schwarzweißfotos aus New York. Die überaus freundlichen Ober in ihren weißen Jacketts. Sein Blick richtete sich durch das linke Fenster auf San Giorgio Maggiore, geradeaus die Fassade der Basilika Le Zitelle und im rechten Fenster die Dogana di Mare. Die goldene Kugel und die Fortuna auf dem Turm der alten Zollstation reflektierten die untergehende Sonne. Dahinter die Kuppel der Barockkirche Santa Maria della Salute. Ausblicke wie Gemälde, und das alles von seinem Sitzplatz aus, wobei es genügte, den Kopf nur ganz leicht zu drehen.

SOAVE
Leichter, trockener Weißwein

Seine rechte Hand fand wie von selbst den Weg in die Jackentasche und suchte die Würfel. Er liebte das einschmeichelnde Gefühl des alten Elfenbeins. Außerdem war es ausgesprochen beruhigend, die Würfel einzeln durch die Handflächen gleiten zu lassen.

Jetzt sah die schwarzhaarige Frau erneut auf die Uhr. Erschrocken stand sie auf, gab ihrer Freundin einen Abschiedskuss und eilte davon. Die Blonde ließ sich nicht aus der Ruhe bringen und widmete sich mit Hingabe den Tortellini, die ihr gerade serviert worden waren. Seine Augen ruhten wohlgefällig auf ihren nackten Beinen, die sie unter dem Tisch entspannt übereinander gelegt hatte. Das rote Kleid war offenbar weit nach oben gerutscht. Leider verhinderte die Tischdecke einen intensiveren Blick auf diesen erotisch reizvollen Bereich. Die

Frau legte die Gabel zur Seite und tupfte sich mit der Serviette die Lippen ab. Für einen kurzen Moment begegneten sich ihre Blicke. Ob das folgende leichte Lächeln real war oder nur seiner Phantasie entsprang, wusste er nicht zu sagen.
Er spürte den Druck der Würfel. Ja, es galt, eine Entscheidung zu treffen. Und wieder einmal würde er diese den Würfeln überlassen. Nach kurzem Nachdenken kam er zu folgendem Schema: Wenn die addierte Augenzahl bei dreimaligem Würfeln unter zwanzig lag, würde er seelenruhig sein Abendessen genießen und die blonde Frau keines weiteren Blickes mehr würdigen. Zwischen zwanzig und achtundzwanzig würde er ihr vom Ober mit seinen besten Empfehlungen ein Glas Champagner servieren lassen und die weitere Entwicklung ohne jegliche neue Initiative abwarten. Bei einer Augenzahl von neunundzwanzig bis sechsunddreißig würde er bei nächster Gelegenheit aufstehen, zu der Frau an den Tisch gehen und fragen, ob sie das Abendessen nicht lieber in seiner Gesellschaft einnehmen möchte. Und um dem Spiel einen besonderen Nervenkitzel zu verleihen, sah er noch eine weitere Handlungsanweisung vor: Bei einer Augenzahl von über sechsunddreißig würde er sofort aufstehen, zu ihr an den Tisch gehen und ihr sagen, dass er mit ihr schlafen möchte. Über sechsunddreißig? Das war zwar bei dreimaligem Würfeln ziemlich unwahrscheinlich, aber immerhin im Bereich des Möglichen. Der Zufall konnte ihm also keine Feigheit vor dem Feind vorwerfen.
Ein Ober kam an seinen Tisch und wechselte mit einer raffinierten Rolltechnik die Tischdecke. Sobald diese Prozedur beendet war, nahm er die Würfel aus der Jackentasche und rollte sie zwischen den Handflächen, wobei er sie leicht anblies. Er schloss die Hände zu einem Hohlkörper, versteckte sie unter dem Tisch und schüttelte sie dreimal. Dann hob er sie langsam über die Tischkante und ließ die Würfel aus geringer Höhe auf die Tischdecke neben seinen Teller gleiten. Zwei Zweier und ein Dreier, macht summa summarum sieben.

Es schien ganz so, als ob er das Abendessen alleine beenden würde. Dafür blieb ihm aber auch eine mehr als wahrscheinliche Abfuhr erspart. Er nahm die Würfel in die rechte Hand. Ein Blick zur blonden Frau zeigte ihm, dass sie von den diskreten Vorgängen an seinem Tisch nichts mitbekam. Erneut rollte er die Würfel zwischen den Handflächen. Das Ritual wiederholte sich, die Würfel landeten sanft auf dem Tisch, überschlugen sich noch einige Male und blieben dann liegen. Vier, fünf und sechs. Womit er bei zweiundzwanzig angelangt war. Der Abend versprach interessant zu werden; jedenfalls kam er um den Versuch einer Kontaktaufnahme schon nicht mehr herum. Als die Würfel zum dritten und letzten Mal auf das Tischtuch fielen, hielt er die Augen geschlossen. Er atmete tief durch und öffnete sie. Zweimal die Fünf und einmal die Sechs – achtunddreißig! Nun war es also doch passiert. Der schlimmste anzunehmende Zufall, der seine ganze Courage erforderte, der ihn mitten im Lokal bloßstellen, der ihm eine Abfuhr erster Güte und womöglich einen Rausschmiss einbringen würde. Wenn nicht sogar noch Übleres. Aber er hatte die Regeln geschaffen, um sie eisern einzuhalten, koste es, was es wolle. Das Leben war ein Spiel. Und gewinnen konnten nur jene, die auch bereit waren zu verlieren.

Er steckte die Würfel ein, nahm noch einen Schluck aus dem Weinglas, stand auf und ging hinüber zu der jungen Frau mit dem engen roten Kleid und den aufreizend langen Beinen. Er zog den Stuhl heran, auf dem vorhin die Freundin gesessen hatte, ließ sich darauf nieder und sah der Schönen ins Gesicht. Diese hob leicht irritiert und fragend die Augenbrauen.

»Ich möchte gerne mit Ihnen schlafen!«

Nun war es heraus. Nicht leise, sondern unmissverständlich und deutlich, aber doch nicht so laut, dass man es an den Nebentischen hätte hören können. Er hatte seinen Pakt mit den Würfeln eingehalten. Er war bereit, die Konsequenzen zu tragen. Niederschläge gehörten zum Spiel. Entscheidend war nur, dass man nicht am Boden liegen blieb, sondern immer wieder aufstand.

Die junge Frau sah auf seine Hände, die völlig ruhig auf dem Tisch lagen, und musterte kurz sein Gesicht.

»Das wollen viele.«

»Noch heute Abend!« Seine Stimme ließ kein Zittern erkennen.

Ein Lächeln umspielte ihre Lippen.

»Einverstanden, warum nicht?«

War das ihr Ernst? Ja, es schien ganz so. Unglaublich, wirklich unglaublich. Die Würfel machten Dinge möglich, an die man nicht im Traum geglaubt hätte. Man musste dem Glück eben seine Chance geben und auch aberwitzige Versuche wagen.

»Schön, das wäre geklärt. Aber wir sollten vorher noch unser Essen genießen, finden Sie nicht?«, fuhr er fort.

»Natürlich. Was halten Sie davon, wenn Sie mir dabei Gesellschaft leisten?«, erwiderte sie.

»Mit dem größten Vergnügen. Ich darf Sie selbstverständlich einladen.«

»Das ist ja wohl das Mindeste«, entgegnete die Blondine lachend.

Seine Hand glitt in die Jackentasche und liebkoste die elfenbeinernen Würfel. Das Leben war ein Spiel. Und er zählte zu den Gewinnern!

11

Der schwarze Cadillac fuhr von Padua kommend über die Landstraße Richtung Venedig. Während sich Alberto am Steuer auf den Verkehr konzentrierte, der direkt bei Padua noch sehr dicht gewesen war, jetzt aber deutlich nachließ, strich Alessandro im Fond der Limousine fast zärtlich über den ledernen Aktenkoffer, der neben ihm auf dem Sitz lag. Er war wieder einmal mit sich und der Welt zufrieden.

Der Ort Stra lag bereits hinter ihnen. Rechts neben der Straße war der parallel verlaufende Brenta-Kanal zu sehen. Im 12. Jahrhundert hatten die Paduaner diesen künstlichen Seitenarm der Brenta angelegt, der bei Fusina in der Lagune von Venedig endet. Kurz vor Stra zweigt er vom Hauptarm der Brenta ab, der viel weiter im Süden bei Chioggia ins Meer mündet. Mit Padua ist Stra durch den Canale Piovego verbunden. Auf diese Weise konnten Boote von Venedig über Stra bis nach Padua fahren, wo die Reise an der Porta Portello endete. Mit der Regulierung des Wassers tat man sich lange Zeit ziemlich schwer. Immer wieder gab es Überschwemmungen. Erst im 15. Jahrhundert, als Venedig seinen Machtbereich auf die Terraferma ausgedehnt hatte, wurde von den erfahrenen Wasseringenieuren der Serenissima ein funktionierendes System aus Kanälen, Dämmen und Schleusen errichtet. Dabei wurde nicht zuletzt das Ziel verfolgt, eine fortschreitende Versandung der Lagune zu verhindern. Deshalb leiteten sie das Wasser des Brenta-Kanals kurz vor der Mündung nach Süden um und errichteten einen Damm. Über diesen wurden die von Venedig kommenden Boote mittels einer hölzernen Hebebühne in den Brenta-Kanal gehievt. Berühmt ist die Riviera del Brenta für die prachtvollen Landhäuser und Paläste, die sich die venezianischen Patrizier entlang des träge dahinfließenden Flusses errichteten. Über hundert von ihnen sind erhalten. So die hochherrschaftliche Villa Foscari des genialen Architekten Andrea Palladio. La Malcontenta wird die Villa auch genannt, die Unzufriedene. Einer Legende nach hatte ein Foscari sein untreues Eheweib hierher in Verdammung geschickt.

Brenta
160 km langer Fluss, der in den Dolomiten entspringt und in die Adria mündet

Der Cadillac fuhr an der Villa Pisani vorbei, einem Versailles-ähnlichen Schloss, das einmal Napoleon gehört hat und in dem sich 1934 Hitler und Mussolini zum ersten Mal getroffen haben. Alessandro warf einen verächtlichen Blick auf die davor stehenden Reisebusse. Touristen hielt er für genauso überflüssig wie Stechmücken. Wenig später lenkte Alberto die Limousine über eine hölzerne Brücke. Es ging ein kurzes Stück über eine Nebenstraße. Alessandro rückte seine Krawatte zurecht. Ein großes schmiedeeisernes Tor öffnete sich. Der Wagen rollte langsam über eine gekieste Auffahrt und kam schließlich vor zwei steinernen Nymphen zum Stehen. Alessandro wuchtete sich aus dem Auto. Während er im Zeitlupentempo Streckübungen und Kniebeugen machte, holte Alberto den Aktenkoffer. Im Vergleich zu Alessandro wirkte der normalwüchsige Fahrer wie ein unterernährtes Kind im Vorschulalter.

Alessandro erschrak, als es bei einer harmlosen Übung laut und vernehmlich im Schultergelenk krachte.

»Fällt unser Terminator jetzt auseinander, ist es endlich so weit«, feixte Alberto. »Soll ich dir in der Werkstatt einen Termin besorgen, um deine losen Schrauben wieder anzuziehen?«

»Unsinn, aber diese langen Autofahrten sind Gift für meine zarten Gelenke.«

Alessandro führte hoch konzentriert einige Schulterrotationen durch.

»So, alles wieder funktionsbereit. Komm, Kleiner, gib mir das Köfferchen.«

»Ist er dir auch bestimmt nicht zu schwer?«

»Sehr witzig.«

Palladio
Andrea Palladio (1508–1580) war stilprägend für die Baukunst des Klassizismus

Alessandro nahm den Aktenkoffer an sich und lief die Stufen hinauf zum antiken Vorbau des Palazzo, den der Principale bewohnte. Er war den Villen des Andrea Palladio nachempfunden, der mit bürgerlichem Namen eigentlich Andrea di Piero della Gondola hieß. Erst sein großer Förderer, der Vicentiner Graf Giorgio Trissino, gab ihm nach Pallas Athene, der Göttin der Künste, den Namen Palladio.

Alessandro indes hatte weder einen Blick für die dorischen Säulen am Eingang noch für die mythologischen Fresken an der Decke der griechischen Vorhalle, die so aussahen, als stammten sie von keinem Geringeren als Tiepolo. Alessandro wusste, dass der Principale bereits im Kaminzimmer wartete. In dem für Palladio-Villen typischen kreuzförmigen Saal, der kunstsinnige Menschen an römische Thermen erinnern mochte, wandte sich Alessandro nach rechts. Er rückte erneut den Krawattenknoten zurecht, klopfte und trat ein.

TIEPOLO Giovanni Battista Tiepolo (1696–1770) war der wichtigste Maler des venezianischen Spätbarocks

»Ah, buona sera, Alessandro, schön, dich zu sehen, come stai?«, wurde er vom Principale begrüßt, der wie immer in einem Lehnstuhl saß.

»Komm her, nimm Platz, und erzähl von deinem Ausflug.« Der Principale winkte auffordernd mit der Hand. »Du hast mir ja schon am Telefon gesagt, dass du erfolgreich warst. Benissimo, bravo. Sono contento.«

Alessandro öffnete den Aktenkoffer und ließ den Principale einen Blick hineinwerfen. Er war randvoll mit fein säuberlich gebündelten Geldscheinen.

»Exakt dreihunderttausend Mark«, stellte Alessandro fest.

»Hattest du Mühe, ihn zu überreden?«, wollte der Principale wissen.

Alessandro schloss das Köfferchen wieder, stellte es zum Principale an den Lehnstuhl und nahm im gegenüberstehenden Sessel Platz.

»Nein, überhaupt nicht. Nur hab ich ihn zunächst nicht erreicht. Wie Sie wissen, habe ich deshalb noch bei unserer Filiale vorbeigeschaut. Da gab es ein Problem mit einigen Restaurantbesitzern, die dachten, sie könnten auf unseren Schutz verzichten.«

»Wie naiv. Sie sind jetzt hoffentlich anderer Auffassung?« Der Principale hatte plötzlich einen Jeton zwischen den Fingern und ließ ihn kreiseln.

»Selbstverständlich, Principale. Ich soll Sie von ihnen grüßen.«

Der Principale nahm die Grüße mit einem leichten Hüsteln zur Kenntnis. Alessandro fiel auf, dass der Jeton wieder ver-

schwunden war. Der Principale deutete auf den Aktenkoffer. »Und wie sieht es mit der Restzahlung aus? Fünfhundert Millionen Lire sind kein Pappenstiel. Glaubst du, dass er das Geld innerhalb eines Monats aufbringen kann?«
Alessandro zupfte verlegen am Ohrläppchen. »Nun, er sagt, es könne eine kleine Verzögerung geben. Aber Sie würden ihr Geld auf jeden Fall bekommen.«
»Eine kleine Verzögerung?«
»Ja, vielleicht einen weiteren Monat. Selbstverständlich mit den üblichen Zinsen.«
Der Principale wiegte zweifelnd den Kopf. »Ein Monat und noch ein Monat. Also zwei Monate! Meinetwegen, aber ich bin nicht die Banca d'Italia, ich gebe keine langfristigen Darlehen. Alessandro, mach ihm bitte klar, dass nach zwei Monaten endgültig Zahltag ist.«
»Habe ich schon, Principale. Er weiß das.«
»Wirklich?«
Alessandro entdeckte, dass der Jeton plötzlich auf dem kleinen runden Glastisch lag. Wie zum Teufel war er da hingekommen?
»Ja, hundertprozentig.«
Unvermittelt umspielte ein verschmitztes Lächeln die Lippen des Principale.
»Sag ihm, dass du ihm einen kleinen Finger abschneiden wirst, wenn er diesen Termin nicht einhält.«
»Einen kleinen Finger?«, entgegnete Alessandro erschrocken. »Das machen doch nur die japanischen Yakuzas.«
»Warum sollen wir nicht von anderen Zivilisationen lernen?«, fuhr der Principale fort. »Ich bin ein großer Freund des Kulturaustauschs. Außerdem habe ich das erst vor einigen Tagen in einem Film gesehen. Mir gefällt diese Gepflogenheit. Sie ist eigentlich sehr human – und doch im wahrsten Sinne des Wortes einschneidend.« Der Principale kicherte vergnügt.

»Einen Finger abschneiden ...« Alessandro zog die Mundwinkel angewidert nach unten. »Das ist ja ekelhaft. Darf ich ihm nicht stattdessen beide Beine brechen?«
»Nein«, bestand der Principale auf seinem Einfall. »Du schneidest ihm einen Finger ab! Den kannst du mir dann als Souvenir mitbringen. So habe ich wenigstens auch was davon. Im Film hatten sie für diesen Zweck ein Schmuckkästchen, mit Samt ausgeschlagen.«
»Wie schneidet man eigentlich einen Finger ab?«, dachte Alessandro laut über diese ungewohnte Aufgabe nach. »Mit einer Schere?«
»Eine Gartenschere wäre sicherlich geeignet«, half der Principale. »Mit einer guten Gartenschere kann man auch starke Zweige abschneiden. Im Film hatten sie allerdings dafür ein kleines Messer.«
»Und was ist mit dem Blut?«
»Nun ist genug«, beendete der Principale die Erörterung des Themas. »Er soll natürlich nicht verbluten. Doch das ist nun wirklich dein Problem. Sprich mit einem Arzt. Aber vielleicht zahlt der Typ ja auch rechtzeitig zum Termin. Dann bleibt's bei der Drohung.«
Alessandro war sichtlich erleichtert. »Ja, vielleicht zahlt er. Bestimmt, ja, ganz sicher wird er zahlen.«
Der Principale nickte. »Ich wünsche es dir. Aber, Alessandro, nur zur Sicherheit, besorge doch bitte schon mal ein geeignetes Schmuckkästchen!«

12

Roberto hatte sich bereits verabschiedet und war unterwegs zurück nach Belluno. Mark stand am Parkplatz neben seinem Morgan und betrachtete wehmütig die ramponierten Bergstiefel. Er hing an seinen alten Sachen. Aber angesichts der aufgeplatzten Nähte und der sich ablösenden Sohlen blieb ihm keine andere Wahl. Mit einer tragischen Geste entsorgte er die Stiefel seufzend in eine am Parkplatz stehende Abfalltonne. Schlaf- und Rucksack waren bereits auf dem Beifahrersitz verstaut, und das Verdeck war heruntergeklappt. Mark setzte sich auf einen Felsen und schaltete sein Handy ein. Kurz darauf war er mit seiner Agentin Norma verbunden.

»Hallo, sweetheart, I'm back on earth!«, meldete sich Mark.

»Bist du's Mark?«, fragte Norma. »Ich kann dich kaum verstehen.«

»Yes, my dear, ich bin's. Wie ist das Wetter in London? Und was gibt's Neues aus dem Buckingham Palace?«

»Mark, wir suchen dich schon seit zwei Wochen.«

»Warum? Soll ich in Zukunft exklusiv die Centerfolds für den Playboy fotografieren?«, erwiderte Mark lachend.

»Nein, Mark, sei doch mal ernst! Deine Großmutter ist gestorben.«

»Grandma Ottilia? Sie ist tot?«

»Ja, sie hatte einen Unfall. Dein Bruder Rudolf hat angerufen ...«

»Half-brother«, warf Mark ein.

»... und mich informiert. Leider konnten wir dich nicht erreichen. Die Beerdigung hat bereits vor einigen Tagen stattgefunden. Irgendwo in Italien, in der Nähe vom Gardasee.«

»Ich kenne den Friedhof«, sagte Mark. »Grandma hat ihn mir mal gezeigt. Ich habe nur nicht erwartet, dass sie dort so bald einchecken wird.« Mark fuhr sich durch die Haare. »So ein Bullshit, jetzt ist sie tot, die alte Dame. Ich hätte sie viel häufiger besuchen sollen. Und nun ist es zu spät!«

Er hob einen kleinen Stein auf und warf ihn in Richtung Auto. »Ich kann es einfach nicht glauben. Ich dachte immer, Grandma Ottilia überlebt mich locker. Du sagtest, es war ein Unfall?«

Norma bestätigte dies und erzählte Mark alles, was sie wusste. Dass man Ottilias Leiche in einem Rosenbeet gefunden habe, dass sie offenbar über eine kleine Mauer auf ihrem Grundstück gestürzt sei und dass sich Rudolf zusammen mit dem Rechtsanwalt seiner Großmutter um alles gekümmert habe.
»Mark, das darfst du nie mehr machen, dass du einfach für unbestimmte Zeit verschwindest. Du siehst ja, was alles passieren kann.«
»Ich hätte es nicht verhindern können, richtig? Und außerdem hatte ich nur eine Großmutter. Jetzt ist es erst recht egal.«
»Und was ist mit den beiden Jobs, die dir mittlerweile durch die Lappen gegangen sind?«
»I don't care. Das ist ja gerade der Grund, warum ich mich immer wieder einmal abmelde. Ich will nicht zum Sklaven meiner Arbeit werden.«
»Okay, lass uns darüber reden, wenn du wieder in London bist.«
»Was anderes – hast du noch deine roten Haare?«
Norma lachte. »Nein, jetzt hab ich sie grün gefärbt.«
»Grün, natürlich, lindgrün oder racinggrün?«
»Metallic grün!«
»Wie bezaubernd, ich kann's kaum erwarten.«
»Da wirst du dich aber noch einige Tage gedulden müssen.«
»Warum? Ich fahr jetzt gleich los. Das heißt, falls mein eigensinniges Auto anspringt. Ich schau auf dem Friedhof bei Grandma vorbei. Und dann geht's nach Calais. Oder ich nehm den Tunnel. Morgen Abend bin ich da.«
»Nein, du musst noch deinen Bruder Rudolf anrufen. Er hat was von einer Testamentseröffnung gesagt. Ich glaube, die soll morgen oder übermorgen in der Kanzlei dieses Rechtsanwalts in Düsseldorf stattfinden.«
»Was soll ich denn dort? Ich hoffe, die alte Dame hat ihr Geld für einen guten Zweck gespendet. Zum Erhalt des tropischen Regenwalds in Wales zum Beispiel. Nein, im Ernst, wie ich

Grandma Ottilia kenne, hat sie alles einem Museum oder einer Stiftung in Italien vermacht. Die können dann davon einige alte Ölschinken oder Statuen mit abgeschlagenen Gliedmaßen restaurieren. Wäre doch eine feine Sache!«

»Aber Düsseldorf ist fast auf dem Weg«, entgegnete Norma.

»Da müsste ich ja über diese deutschen Autobahnen fahren. Das ist mir viel zu hektisch. Da bekommt es mein Morgan immer mit der Angst zu tun. Er ist für diese Raserei viel zu sensibel.«

»Sei doch nicht so starrsinnig. Ruf wenigstens deinen Bruder an!«

»Half-brother«, korrigierte Mark automatisch. »Okay, ihn sollte ich wirklich anrufen. Wie auch immer, ich fahr jetzt los. See you soon.«

»Und lass das Handy eingeschaltet!«

»Mach ich, keine Sorge. Falls mich mein Urahn aus den schottischen Highlands sprechen möchte, der mit dem Dudelsack, ich bin immer erreichbar.«

13

Dr. Leuttner schob den linken Ärmel zurück und sah auf die Uhr. Vierzig Minuten nach elf. Es schien ganz so, als ob Mark Hamilton nicht mehr kommen würde. Der Rechtsanwalt der verstorbenen Ottilia Balkow saß in seiner Kanzlei hinter einem großen antiken Schreibtisch. Ihm gegenüber wartete Rudolf Krobat. Er hatte sich entspannt zurückgelehnt und die Beine übereinander geschlagen.

Dr. Leuttner räusperte sich. »Darf ich Ihnen noch eine Tasse Kaffee anbieten?«

Rudolf Krobat schüttelte den Kopf. »Nein danke, sehr aufmerksam. Kann ich mir eine kleine Zigarre anzünden?«

»Selbstverständlich«, antwortete Dr. Leuttner. »Obwohl ich

selbst nicht rauche, aber natürlich viele meiner Klienten. Augenblick, ich habe auch einen Aschenbecher.« Dr. Leuttner zog eine Schublade auf und stellte einen großen, schwarzen Aschenbecher auf den Tisch. »Sie müssen entschuldigen, er ist nicht besonders geschmackvoll.«
Rudolf Krobat blies das Zündholz aus und schnippte es in den Aschenbecher, der wie ein Roulette aussah, mit kleinen Nummernfächern in Schwarz und Rot und einem angedeuteten Drehkreuz in der Mitte.
»Ein Geschenk der Spielbank Baden-Baden, kaufen würde ich mir so etwas nicht«, erklärte der Anwalt.
»Das glaube ich Ihnen«, erwiderte Rudolf Krobat amüsiert und zog an seiner schlanken Davidoff. »Wie kommen Sie zu diesem bemerkenswerten Exemplar? Spielen Sie gelegentlich?«
»Gelegentlich, ja. Aber wirklich nicht sehr häufig und nur mit sehr bescheidenen Einsätzen. Etwas Roulette und Black Jack. Ein kleines Kontrastprogramm zu der allzu nüchternen Welt der Gesetze und Paragrafen.« Dr. Leuttner räusperte sich verlegen und beschloss, sich unmittelbar nach diesem Termin von diesem Aschenbecher zu trennen. Irgendwie wollte er nicht zu dem Bild eines seriösen Anwalts passen. Er sah seinen Besucher an. »Was ist mit Ihnen? Als wohlhabender Mann, der, wie es scheint, den schönen Dingen des Lebens zugetan ist, gehören die berühmten Spielkasinos von Monte Carlo bis Bad Homburg doch sicher zu Ihrer Welt? Oder?«
Rudolf Krobat lächelte. »Nein, da muss ich Sie enttäuschen. So gut wie gar nicht. Den schönen Dingen des Lebens bin ich schon zugetan, da haben Sie gewiss Recht, aber Spielkasinos zählen nicht dazu. Außer sie beziehen Weine von mir, dann natürlich schon. Ich bevorzuge andere Freuden. Schöne Frauen zum Beispiel, teure Autos und alte Rotweine. Letzteres hat übrigens auch etwas von einem Glücksspiel an sich. Ich will damit sagen, dass man nicht immer weiß, wie Weine die

Jahrzehnte überdauert haben. Das Entkorken steckt voller Risiken und birgt eine unermessliche Spannung.« Rudolf Krobat sah auf die Uhr. »Es ist zwar sehr kurzweilig, mit Ihnen zu plaudern, aber denken Sie nicht, wir sollten langsam anfangen?«
Dr. Leuttner legte die Stirn in Falten und betrachtete aufmerksam seinen Siegelring, als ob ihm dieser bei der Entscheidung helfen könnte. Ottilia Balkows Rechtsanwalt gab sich einen Ruck. »Sie haben Recht. Obwohl, ich hätte Herrn Hamilton gerne dabeigehabt.«
»Ich auch, das können Sie mir glauben. Aber seine An- oder Abwesenheit ändert wohl nichts am Ergebnis«, stellte Rudolf Krobat fest.
Dr. Leuttners Gesicht zeigte den Anflug eines Lächelns. »Nein, das tut es nicht. Doch er hat mich vor zwei Stunden angerufen und gesagt, er nehme den Termin wahr.« Der Anwalt rückte den braunen Umschlag auf dem Schreibtisch zurecht. »Und ich glaube, die Verstorbene hätte es sich gewünscht, dass zur Testamentseröffnung ihre beiden Enkel zugegen sind.«
»Ja, das hätte sie sich wohl gewünscht«, bestätigte Rudolf Krobat. »Aber sie kannte auch den, sagen wir mal, unsteten Charakter von Mark. Wahrscheinlich hätte sie Verständnis dafür, dass wir irgendwann mit dem Warten aufhören. Bei Mark kann man nie sicher sein. Vielleicht ist ihm auf dem Weg hierher eine schöne Frau begegnet, und dabei ist ihm völlig entfallen, dass er sich eigentlich mit uns treffen wollte.«
Dr. Leuttner nickte. »Nun, angesichts dieser Unwägbarkeiten und in Anbetracht der fortgeschrittenen Zeit lassen Sie uns beginnen. Ich bitte nur noch meinen Assistenten hinzu.«
Dr. Leuttner wollte gerade auf die Sprechtaste seiner Telefonanlage drücken, da hörte er im Vorzimmer Stimmen, dann Gelächter. Kurz darauf klopfte es, und die Tür wurde geöffnet. Dr. Leuttners Sekretärin kündigte Mark Hamilton an. Seltsam,

dachte Dr. Leuttner, so strahlend habe ich meine Sekretärin noch nie lächeln sehen. Der Rechtsanwalt stand auf, um den Besucher zu begrüßen. Mark kam rückwärts durch die Tür, offenbar um sich noch von der Sekretärin zu verabschieden, drehte sich dann um, ging auf Dr. Leuttner zu, schüttelte ihm die Hand und entschuldigte sich für seine Verspätung. Aber er habe sich zunächst verfahren und dann keinen Parkplatz gefunden. Anschließend begrüßte Mark Rudolf, der sich sichtlich freute, seinen missratenen Halbbruder wieder zu sehen. Beide hatten gestern lange miteinander telefoniert und über den Tod ihrer gemeinsamen Großmutter gesprochen.
»Schade, ich hätte dich gern aus einem erfreulicheren Anlass getroffen«, stellte Mark fest. Er zog seine dünne Lederjacke aus und ließ sich auf den Stuhl neben Rudolf fallen.
Dr. Leuttner betrachtete seine beiden Besucher über den Rand seiner halbrunden Lesebrille, die er gerade aufgesetzt hatte. Allzu viel haben die beiden wirklich nicht miteinander gemeinsam, ging dem Anwalt durch den Kopf. Rudolf Krobat, von kräftiger Statur, im grauen Seidenanzug, rosa Hemd, die Krawatte passend zum Einstecktuch. Eine goldene Rolexuhr rundete das Bild des erfolgreichen Geschäftsmanns ab. Und neben ihm Mark Hamilton in alten Jeans, schwarzem Polo, Tennisschuhen. Eine Uhr suchte Dr. Leuttner vergebens – was vielleicht eine weitere Erklärung für seine Unpünktlichkeit war. Braun gebrannt und mit zerzausten Haaren, lümmelte er auf seinem Stuhl.
Dr. Leuttner kannte Mark nur aus Erzählungen seiner verstorbenen Klientin. Er hatte ihn im Unterschied zu seinem Halbbruder bislang nie persönlich gesehen. Nun, der erste Eindruck passte zu den Schilderungen von Ottilia Balkow. Mark schien in der Tat etwas unkonventionell zu sein. Dass er bei Frauen gut ankam, hatte Dr. Leuttner schon im verzückten Gesichtsausdruck seiner ansonsten eher muffigen Sekretärin bestätigt gefunden. Laut Ottilia Balkow war Mark außeror-

dentlich kreativ und ein talentierter Modefotograf. Aber für den großen Durchbruch fehlte es ihm am nötigen Ehrgeiz. Rudolf Krobat dagegen war als Weinimporteur sehr erfolgreich. Seine Firma machte respektable Umsätze und ermöglichte ihm einen exklusiven Lebenswandel.

Dr. Leuttner hüstelte und rückte seine Lesebrille zurecht. Mittlerweile hatte sich auch sein Assistent eingefunden. Es gab keinen Grund mehr, länger zu warten.

»Nun, meine Herren, ich bedanke mich, dass Sie beide den Weg hierher gefunden haben«, begann Dr. Leuttner. »Als langjähriger Rechtsanwalt der verschiedenen Ottilia Balkow wurde ich von der Verstorbenen zum Testamentsvollstrecker bestimmt. Da Sie die einzigen Nachkommen der Verstorbenen sind, kann es von dritter Seite keine Einwände am letzten Willen meiner Mandantin geben. Ich stelle fest, dass sich die beiden hier anwesenden Enkel der verstorbenen Ottilia Balkow ausgewiesen haben beziehungsweise mir persönlich bekannt sind.«

Dr. Leuttner machte eine kurze Pause und warf einen Blick auf seine Besucher. Rudolf Krobat saß leicht vornübergebeugt und sah ihn konzentriert an. Mark Hamilton dagegen hatte ein Bein über die Seitenlehne seines Stuhls gelegt und schaute interessiert an die Zimmerdecke. Irritiert folgte Dr. Leuttner seinem Blick. So faszinierend war die Stuckatur doch nun wirklich nicht.

Er nahm den Umschlag zur Hand. »Wir kommen also zur Eröffnung des Testaments, wobei ich hinzufügen möchte, dass mir der Inhalt bekannt ist. Die Testamentserstellung datiert vom Mai letzten Jahres und ist von mir und einem Anwaltskollegen beglaubigt. Das Testament ist im Tresor unserer Kanzlei aufbewahrt worden.« Dr. Leuttner griff nach einem Brieföffner, schlitzte bedächtig den Umschlag auf und entnahm ihm einen Briefbogen. Er hielt kurz inne, um dann zu beginnen: »Hiermit erkläre ich, Ottilia Balkow, im Vollbesitz meiner geistigen

Kräfte, meinen letzten Willen. Aus wohl überlegten Gründen, die ich nicht näher erläutern werde, vermache ich mein gesamtes Vermögen, meine Wertpapiere und Anlagen sowie mein Haus am Gardasee mit allem Inventar und inklusive meiner Kunstsammlung ...« – Dr. Leuttner legte eine kurze, dramatische Pause ein. – »... Mark Hamilton!«

Rudolf Krobat sah seinen Halbbruder verblüfft von der Seite an. Mark kommentierte den letzten Willen seiner Großmutter mit einem überraschten »Uupps!«

Dr. Leuttner griff an den Bügel seiner Lesebrille. »Ich bin noch nicht fertig. Um im Testament fortzufahren: Ausgenommen von diesem Erbe an Mark Hamilton ist ein Ölgemälde mit einem Porträt meiner Tochter Patrizia, der Mutter meiner beiden Enkel, das ich Rudolf Krobat vermache und ihn bitte, es in Ehren zu halten. Außerdem bekommt Rudolf Krobat eine einmalige Zahlung von DM einhunderttausend. Gezeichnet: Ottilia Balkow.« Dr. Leuttner räusperte sich. »Darüber hinaus gibt es zwei Nachträge. Erstens: Ich bitte meinen Enkel Mark Hamilton, das Haus am Gardasee nicht zu verkaufen, sondern es zu bewahren. Zweitens: Die derzeitige Bewohnerin der Einliegerwohnung, Laura Zanetti, erhält ein Gratiswohnrecht auf Lebenszeit.« Dr. Leuttner schraubte einen Füller auf und machte auf dem Testament einen Vermerk. »So, meine Herren, das war's! Falls es noch irgendwelche Fragen gibt, werde ich gerne versuchen, sie zu beantworten.« Er lehnte sich zurück, nahm die Lesebrille ab und wartete gespannt auf die weiteren Reaktionen der beiden Enkel.

Rudolf Krobat schien den letzten Willen seiner Großmutter mit Fassung zu nehmen. Jedenfalls beugte er sich zu seinem Halbbruder und reichte ihm seine Hand. »Gratuliere, Mark, das hast du zwar nicht verdient, aber ich gönne es dir. Machs Beste draus. Du kannst das Geld wahrscheinlich eher brauchen als ich. Das jedenfalls wird sich die alte Dame wohl dabei gedacht haben!«

Mark schlug grinsend auf Rudolfs Handfläche. »Danke, alter Knabe. Keine Ahnung, was sich Grandma Ottilia bei diesem Blödsinn gedacht hat. Spenden hätte sie ihre Kohle sollen oder wenigstens fifty-fifty unter uns aufteilen. Unsere Großmutter ist offenbar über ihren Tod hinaus für Überraschungen gut. Wahrscheinlich sitzt sie jetzt auf einer Wolke und lacht sich ins Fäustchen.«

»Zuzutrauen wäre es ihr«, entgegnete Rudolf, »aber ich finde es in Ordnung, dass sie ihr Vermögen nicht an irgendeine anonyme Organisation gespendet hat, bei der es dann auf Nimmerwiedersehen versickert und nur einige Funktionäre glücklich macht. Vermögen sollte in der Familie bleiben. Und das ist es nun auch. Zugegeben, ein bisschen anders als erwartet, aber immerhin.«

Dr. Leuttner gestand sich ein, dass Rudolf Krobats Verhalten absolut untadelig und ausgesprochen souverän war. Obwohl er zweifellos enttäuscht sein musste, ließ er es sich kaum anmerken.

»He, das ist mir fast peinlich«, erwiderte Mark. »Aber immerhin kriegst du das Bild. Ich liebe es, mein Vater hat es gemalt. Und hunderttausend Mark sind ja auch nicht schlecht. Wahrscheinlich bleibt für mich überhaupt nichts mehr übrig.« Mark lächelte. »Doch dafür hab ich eine Untermieterin im Haus, wahrscheinlich so eine alte, vertrocknete Zwetschge, mit der Grandma Bridge gespielt hat und die jetzt nächtens völlig irr durchs Haus geistert und mich in den Wahnsinn treibt.«

Rudolf Krobat warf Dr. Leuttner einen verschwörerischen Blick zu. »Ich hatte Gelegenheit, deine Untermieterin kennen zu lernen.«

»Und?« Mark zog die Augenbrauen fragend nach oben.

»Deine Beschreibung kommt der Realität ziemlich nahe. Lass dich überraschen.«

»Oh my God, ich hab's geahnt.« Mark raufte sich die Haare.

»Und, wie sieht's aus, Dr. Leuttner, bleiben noch ein paar Mark übrig, um jemanden fürs Rasenmähen zu bezahlen?«
»Ich denke, den Unterhalt des Hauses werden Sie sich leisten können. Das Depotvermögen der Verstorbenen, das auf Sie übertragen wird, beläuft sich nach Abzug der gesetzlichen Erbschaftssteuer und der einhunderttausend Mark an Herrn Krobat auf etwa neun Millionen Mark beziehungsweise rund viereinhalb Millionen Euro.«
Mehr als ein erneutes »Uupps« fiel Mark dazu nicht ein.
»Nicht schlecht, mein Kleiner, kommentierte Rudolf Krobat. »Willkommen im Klub der Millionäre!«

14

Mark rannte von seinem geparkten Auto zum Hauseingang in der Kensington Road. Schon nach wenigen Metern hatte ihn der starke Regen völlig durchnässt. Er setzte im Sprung über eine Pfütze, rutschte aus und wäre fast zu Fall gekommen. Mit der rechten Hand hielt er den Hals einer Champagnerflasche umklammert, in der linken hatte er einen Blumenstrauß. Gleich hatte er es geschafft. Wie auf Bestellung öffnete sich die grüne Eingangstür, ein älterer Herr brachte seinen Regenschirm in Stellung. Mark schlitterte zu ihm in den Hauseingang. »Thank you for opening the door. Lovely weather today, isn't it?«
Er stellte die Flasche ab, schüttelte seinen Kopf wie ein gebadeter Hund und fuhr sich mit der freien Hand durch die nassen Haare.
»Well, it could be worse«, erwiderte der Herr mit britischem Gleichmut und trat beherzt ins Freie. Mark dachte an die möglichen Alternativen, an Schneetreiben, klirrenden Frost, orkanartige Stürme und dergleichen. Ja, in der Tat, das Wetter könnte noch schlechter sein. Was zwar im Frühsommer nicht

allzu wahrscheinlich war, aber theoretisch immerhin möglich. Jedenfalls hatte der Gardasee klimatisch gewiss seine Vorzüge.

Mark hob die Flasche wieder vom Boden auf und fuhr mit dem altertümlichen Lift in den dritten Stock. Er klingelte, es dauerte eine Weile, bis Norma öffnete. Mark hielt sowohl den Blumenstrauß als auch die Flasche hinter dem Rücken versteckt.

»Wie schaust du denn aus?«, begrüßte ihn Norma lachend.

»Ich habe nur noch rasch geduscht.«

»Verstehe. Komm rein, ich stelle dir ein Badetuch zum Abtrocknen zur Verfügung.«

Mark brachte den Strauß Blumen zum Vorschein. »Für dich, weil ich dir immer so viel Kummer bereite.«

Norma war sichtlich überrascht. In all den Jahren ihrer Zusammenarbeit hatte sich Mark noch nie zu einer solch persönlichen Geste hinreißen lassen. Ihre Verblüffung wich einem freudigen Lächeln.

»Ganz wie ein Gentleman der alten Schule. Diese Wesensart hast du mir bislang vorenthalten.«

Norma nahm die Blumen entgegen und roch an den Blüten.

»Es kommt noch schlimmer«, sagte Mark grinsend und präsentierte die bislang verborgene Champagnerflasche.

Norma spürte, wie ihr Gesicht errötete. Könnte es sein, dass Mark …?

»Nein, du musst nicht erschrecken, Norma-Darling, das wird kein Annäherungsversuch. Aber ich möchte mit dir auf etwas anstoßen. Wobei du, ich sag's dir lieber gleich, davon gar nicht so begeistert sein wirst.«

Norma bemühte sich, ihre Enttäuschung zu verbergen. Sie schloss die Tür hinter Mark, suchte eine Vase für die Blumen, währenddessen sich Mark im Bad die Haare trocknete und die klatschnasse Lederjacke aufhing.

Kurz darauf standen beide am Fenster. Draußen prasselte der

Regen gegen die Scheiben. Norma hatte auf dem Sims zwei Gläser bereitgestellt.

»Wir sollten der Flasche noch einen Augenblick Ruhe gönnen, sonst explodiert sie uns beim Öffnen. Übrigens, was ist aus deinen grünen Haaren geworden, von denen du mir am Telefon berichtet hast? Ich war wirklich neugierig darauf.«

»Ich bin am nächsten Morgen beim Blick in den Spiegel selbst erschrocken«, gab Norma zu. »Der jetzige Farbton ist nur eine Übergangslösung, bis ich eine neue Idee habe.«

»Ist das deine Naturfarbe?«

»Du meinst, dieses Gelb wäre meine Naturfarbe?«, sagte Norma kichernd. »Das würde dir gefallen, was?«

»Schon, ja, ich stelle mir gerade vor …«

»Ich will nicht wissen, was du dir vorstellst«, unterbrach ihn Norma. »Mach's nicht so spannend. Du hast doch wohl kaum eine Flasche Champagner mitgebracht, um mit mir auf meine Haarfarbe zu trinken. Oder um …«, Norma sah Mark jetzt wieder ganz ernst an, »… oder um mit mir den Tod deiner Großmutter zu feiern.«

Aus Marks Gesicht wich das spitzbübische Grinsen. »Nein, du hast Recht. Man könnte das tatsächlich falsch interpretieren.« Mark setzte sich auf die Fensterbank und atmete tief durch. »Ich weiß ja erst seit wenigen Tagen, dass sie tot ist. Da sollte ich wirklich mehr Trauer zeigen. Aber, das kannst du mir glauben, ich empfinde sie, ich meine, wirkliche Trauer. Ich bin traurig, dass Grandma Ottilia so plötzlich nicht mehr da ist. Ich habe sie echt geliebt. Sie war eine großartige Person.« Mark schaute aus dem Fenster. »Aber andererseits, denke ich mir, muss jeder irgendwann einmal sterben. Und es ist ein großes Glück, wenn man bei voller Gesundheit so alt werden darf wie Grandma. Und sie hat ganz offenbar nicht leiden müssen. Von einem Augenblick auf den anderen war es einfach vorbei.«

»Aber dieser Sturz?« Norma sah Mark fragend an.

»Ja, dieser Sturz, der geht mir auch nicht aus dem Kopf. Irgendwie passt er nicht zu ihrem Leben. Ich hätte ihr einen würdigeren, weniger dramatischen Abgang gegönnt. Im tiefen Schlaf einen letzten Atemzug, das hätte ich ihr gewünscht. Doch es ist nun mal anders passiert. Es lässt sich nicht mehr ändern.« Mark malte mit dem Finger auf der beschlagenen Scheibe. »Ich werde sicher noch viel an Grandma denken, vielleicht bewusster als in der Vergangenheit.« Er stieß sich vom Sims ab. »Aber deshalb muss ich ja jetzt nicht den trauernden Hinterbliebenen spielen. Das ist nun mal nicht meine Art. Außerdem glaube ich, dass das gar nicht im Sinne von Grandma Ottilia wäre.«

»Und warum die Champagnerflasche? Hat sie etwas mit der Testamentseröffnung zu tun?«

»Hat sie, ja, Norma, hat sie. Ich glaube, wir machen sie jetzt einfach auf, ganz vorsichtig.«

Mark nahm die Flasche, löste die Klammer und ließ den Korken langsam kommen. Der Champagner schäumte in die Gläser.

»Also, Norma, du kennst mich als Menschen, dem materielle Dinge relativ wenig bedeuten.«

»Stimmt, leider. Deshalb kann ich dich so schlecht zur Arbeit bewegen«, warf Norma ein.

»Und da ist es geradezu eine Ironie des Schicksals, dass ich dank des letzten Willens meiner Großmutter unversehens zum reichen Mann geworden bin. Ich habe das Haus am Gardasee geerbt und so gut wie ihr ganzes erstaunlich großes Vermögen.« Mark hob sein Glas und stieß mit Norma an. »Ein Toast auf meine Grandma Ottilia!«

»Ich gratuliere dir wirklich von ganzem Herzen.« Norma gab Mark zwei Küsschen auf die Wangen. »Aber ich weiß auch, was das bedeutet, nämlich dass du in Zukunft keine Agentin mehr brauchst.«

»Zumindest vorläufig nicht, sorry, Norma. Es tut mir Leid, du hattest es nicht immer leicht mit mir. Aber ich gönne mir wieder eine schöpferische Pause. Vermutlich wird sie diesmal etwas länger dauern. Ich werde in das Haus am Gardasee ziehen und über mein weiteres Leben nachdenken. Mein Atelier in London behalte ich. Und wahrscheinlich werde ich auch wieder fotografieren. Keine Auftragsarbeit mehr, sondern irgendwelche Projekte, vielleicht für ein Fotobuch oder eine Ausstellung. Und da brauche ich dann sicherlich wieder deine Hilfe.«

»Ich würde mich freuen, Mark. Du warst zwar immer mein schwierigster Patient, aber ich weiß, was du drauf hast. Du könntest einer der ganz Großen werden.«

Mark lachte. »Warum dieser ganze Stress? Ich mag nicht prominent werden. Ich möchte meine Ruhe, tun und lassen, was ich will. Und dank Grandma Ottilia kann ich das jetzt ohne Gewissensbisse.« Mark zögerte kurz. »Sieht man einmal davon ab, dass ich nicht verstehe, warum mein Halbbruder Rudolf im Testament fast leer ausgegangen ist. Da habe ich wirklich ein schlechtes Gewissen. Das erscheint mir nicht fair.«

»Aber so viel ich weiß, ist er sowieso sehr wohlhabend.«

»Ja, das ist er, Gott sei Dank. Im andern Fall würde ich bei allem Respekt vor dem letzten Willen meiner Großmutter eine kleine Korrektur vornehmen und ihm seinen Anteil übertragen.«

»Sei doch nicht verrückt. Deine Großmutter wird schon ihre Gründe für ihre Entscheidung gehabt haben.«

Mark drehte den schlanken Stiel des Champagnerglases nachdenklich zwischen den Fingern. »Sie wird sich wohl etwas dabei gedacht haben, richtig! Aber was? Das würde ich gerne wissen.«

15

Er saß am Tisch, vornübergebeugt, die Ellbogen aufgelegt und den Kopf zwischen die Hände gestützt. Mit zusammengekniffenen Augen betrachtete er die drei Würfel aus Elfenbein. Die eingelassenen Diamanten blinkten ihn herausfordernd an. Er hatte eine Entscheidung zu treffen, für die er ihren Rat benötigte. Eine Entscheidung von womöglich großer, fast schicksalhafter Tragweite. Das Glück hatte bei ihm einiges gutzumachen. In den letzten Wochen und Monaten hatte er sich auf einen verheerenden Kampf mit dem Roulette eingelassen. Obwohl er nie daran zweifelte, dass er die Fähigkeit und den Instinkt hatte, die Schlacht letztlich mit Bravour für sich zu entscheiden, hatte das Roulette bislang obsiegt. Ein paar Mal war er nur knapp davor gestanden, das Blatt auf dramatische Weise zu wenden. Und furchtlos hatte er in diesen Momenten der Wahrheit massive Summen investiert. Selbst für seine Verhältnisse waren das oft aberwitzige Spieleinsätze gewesen. Nun musste er sich eingestehen, dass er im Eifer des Gefechts den Überblick verloren hatte. Jedenfalls steckte er in ernsthaften finanziellen Schwierigkeiten. Alle bisherigen Maßnahmen, dieses Problem zu lösen, waren ungeachtet seines Engagements und seines Einfallsreichtums kläglich gescheitert. Freilich war die Situation nicht gänzlich neu für ihn. Schon einige Male hatte er sich ganz dicht am Abgrund befunden. Und noch immer war es ihm gelungen, den Sturz ins Bodenlose abzuwenden. Dabei bedurfte es zuweilen ziemlich radikaler Maßnahmen, das musste er zugeben. Diese waren ihm auch nicht besonders sympathisch. Nein, keineswegs. Aber sie mussten sein. C'est la vie! Es gab Gewinner und Verlierer. Und er zählte nun mal zu den Gewinnern, spätestens dann, wenn abgerechnet wurde. Das Leben war ein Spiel.

Was blieben ihm für Optionen? Er konnte sich das Leben nehmen. Ein völlig abwegiger Gedanke natürlich, aber durchaus angemessen, diese Option in sein bevorstehendes Würfelspiel aufzunehmen. Als zusätzlichen Thrill sozusagen. Allzu groß sollte die Chance freilich nicht sein. Bei dreimaligem Würfeln und einer addierten Augenzahl von unter achtzehn würde er sich das Leben nehmen. Und zwar noch heute! Eine Art russisches Roulette. In Ordnung, damit hatte er den Würfeln auch diese Chance eingeräumt. Aber er war sich sicher, dass es dazu nicht kommen würde.

Was gab es sonst für Möglichkeiten? Er könnte einige Spieler überfallen und ausrauben, von denen er wusste, dass sie spätabends vor den wirklich großen Events immer viel Bargeld bei sich führten. Das sollte nicht allzu schwierig sein. Er konnte die Überfälle auf verschiedene Orte verteilen. Der Verdacht würde sicher nicht auf ihn fallen, gab es doch unter Spielern einen gewissen Ehrenkodex, der ihm allerdings schon immer lächerlich vorgekommen war. Er wählte den Bereich von achtzehn bis vierundzwanzig. Sollten die Würfel ihm diesen Rat geben, würde er ihn umgehend in die Tat umsetzen.

Er stand auf und lief vor dem Tisch auf und ab. Eine weitere Möglichkeit wäre, einen Geldtransporter zu überfallen. Natürlich nicht einen der großen Spielbanken, nein. Die illegalen Clubs, in denen sich die wirklichen Zocker ein Stelldichein gaben und die er wie kaum ein anderer kannte, auch diese Spielbanken hatten ihre Geldtransporter. Damit würde er sich aber mit einem der Syndikate anlegen, die diese Clubs unterhielten. Keine so gute Idee.

Eine oder mehrere Erpressungen waren dagegen zweifellos viel Erfolg versprechender. Er kannte aus dem Spielermilieu ein paar hochrangige und sehr respektierte Persönlichkeiten, die alles tun mussten, um diese heile Fassade aufrechtzuerhalten. Würde er ihnen die Daumenschrauben ansetzen, damit drohen, Beweismaterial an die Presse zu geben, dann mussten diese hohen Herren die Hosen runterlassen. Ein köstlicher Gedanke. Wusste er doch zudem von einigen, dass sie sich nach geheimen Pokerrunden, bei denen Unsummen gesetzt wurden, auch noch mit Prostituierten vergnügten. Diesem Erpressungsgedanken sollte er eine wirklich angemessene Chance einräumen. Von fünfunddreißig an aufwärts würde er sich für diese Option entscheiden und sogleich eine Liste mit potenziellen Kandidaten aufstellen.

Blieb noch die Lücke von fünfundzwanzig bis vierunddreißig. Auch für diese Eventualität sollte er eine zündende Idee entwickeln. Er hatte schon einige Male darüber nachgedacht, ob eine Entführung Erfolg versprechend sein könnte. Der entscheidende Nachteil lag auf der Hand. Man konnte eine Entführung mit anschließender Lösegelderpressung kaum alleine bewerkstelligen. Und Komplizen waren eine unberechenbare Schwachstelle. Und als weiteres Problem kam hinzu, dass seines Wissens die meisten Entführungen bei der Lösegeldübergabe schief gingen. Aber mit etwas Intelligenz sollte auch eine Entführung zu realisieren sein. Das wäre sicherlich eine spannende Angelegenheit. Blieb die Frage nach dem Entführungsopfer, das vor allem eines haben musste – ausreichend Kapital. Er setzte sich wieder auf den Stuhl und konnte ein Grinsen nicht unterdrücken. Gerade war ihm ein geeigneter Kandidat eingefallen. Eine sehr amüsante Vorstellung, in der Tat.

Er spürte, wie ihm Schweiß auf die Stirn trat. Warum hatte er nur den Selbstmord in die Liste aufgenommen? War er von allen guten Geistern verlassen? Ihm war warm und kalt zugleich. Wie auch immer, jetzt mussten die Würfel entscheiden. Er betrachtete sie noch einmal liebevoll und rollte sie dann zwischen den Handflächen, wobei er sie wie immer leicht anblies. Nun formte er die Hände zu einem Hohlkörper, schloss die Augen und atmete tief durch. Dreimal schütteln und auf den Tisch damit – zweimal die Eins und eine Drei!

Was war er doch für ein Narr? Der Selbstmord rückte plötzlich in greifbare Nähe. Sollte er sein Leben wirklich auf diese unwürdige Weise verlieren. Und kein Mensch würde je begrei-

fen, dass es nicht seine Entscheidung gewesen war, sondern ein fataler Irrtum dreier elfenbeinerner Würfel.
Zitternd wiederholte er das Ritual. Kurz darauf purzelten die Würfel ein zweites Mal auf die Tischplatte – die Drei und zweimal die Zwei. Das durfte doch nicht wahr sein. Jetzt hatte er erst zwölf Punkte auf seinem Konto. Die Würfel stellten ihn heute wirklich auf eine unbarmherzige Probe. Noch einmal eine so niedrige Augenzahl, und er war fällig. Er spürte, wie ihm plötzlich speiübel wurde. Noch im Aufstehen musste er sich erbrechen. Was war er für ein Jammerlappen, von dieser Seite kannte er sich überhaupt nicht. Er nahm sein Taschentuch und reinigte sich flüchtig den Mund. Er konnte jetzt keine größere Unterbrechung brauchen, er musste es zu Ende bringen, und zwar sofort.
Schon schüttelte er die Würfel zum alles entscheidenden dritten Mal. Mit allzu viel Schwung warf er sie auf den Tisch. Sie überschlugen sich, tanzten zur Tischkante. Ein Würfel blieb auf dem Tisch liegen, die anderen fielen hinunter. Ungläubig starrte er auf die Zwei. Eine Zwei! War das sein Todesurteil? Tränen liefen ihm über die Wangen.
Er ging auf die Knie und robbte über den Boden. Wo waren die beiden anderen Würfel? Da lagen sie, dicht nebeneinander, bereit, ihm das Genick zu brechen. Plötzlich fing er an zu lachen, nicht leise, sondern schallend. Immer lauter wurde sein Lachen. Die Sechs und die Fünf! Er war gerettet! Den Würfeln sei Dank. Er würde leben.
Zwölf und dreizehn ergibt fünfundzwanzig. Was hatte er doch gleich für diese Zahl vorgesehen? Nach kurzer Konzentration fiel es ihm ein – die Entführung. Richtig, es galt, die Entführung in die Tat umzusetzen. Wahrlich keine einfache Aufgabe. Aber er fühlte sich wie neugeboren, da schreckte ihn diese Herausforderung keine Sekunde. Das Leben ging weiter, und er würde gewinnen!

SECONDA PARTE

Il dado è tratto
Die Würfel sind gefallen

16

Der warme Wind fuhr raschelnd durch die Fächer der großen Palme. Am Vormittag noch hatte der kühlere Sòver vom Norden herabgeweht. Mittags war er dann wie üblich eingeschlafen. Und bald darauf hatte die Ora eingesetzt, die umgekehrt vom Süden kommt. Dieser regelmäßige Wechsel der Winde, der auf das Temperaturgefälle zwischen der Wasseroberfläche und den Bergen zurückgeht, funktioniert am Gardasee so zuverlässig, dass man fast die Uhr danach stellen kann – sehr zur Freude der vielen Segler und Surfer.

Mark, der im Schatten eines großen weißen Marktschirms auf der Terrasse saß, beobachtete eine Eidechse, die über den aufgeheizten Steinboden huschte und in einer Ritze verschwand. Von Ferne war die dumpfe Schiffssirene der Autofähre zu hören, die sich von Toscolano-Maderno kommend Torri del Benaco näherte. Der Ort verweist noch heute auf den antiken Namen des Gardasees, der bei den alten Römern Lacus Benacus hieß. Einer Legende nach hatte einst der Wassergott Benacus eine blauhaarige Nymphe vom Monte Baldo verführt. Und weil diese ihren kleinen Bergsee vermisste, schuf Benacus den Gardasee, den er ihr zum Geschenk machte. Die Nymphe nahm mit ihrem Wassergott sogleich ein Bad, und dabei gaben ihre blauen Haare dem Gardasee seine typische Farbe. Und sie schenkte ihm ein Kind, das sie Garda nannten.

Torri del Benaco
Hübscher Ort am Gardasee mit mittelalterlichen Gassen, Hafen und Skaligerburg

Mark legte die Beine entspannt auf einen zweiten Gartenstuhl. Er war erst vor einigen Tagen am Gardasee angekommen und noch damit beschäftigt, sich im Haus zurechtzufinden. Sehr viel leichter fiel es ihm, seinen Lebensrhythmus an das *dolce far niente* anzupassen. »The art of doing nothing«,

pflegte sein Vater zu sagen. Jedenfalls lag ihm das Nichtstun im Blut. Mark blätterte in einem alten Fotoalbum, das er vorhin bei der Suche nach einem Italienisch-Wörterbuch im Sekretär seiner Großmutter gefunden hatte. Er stieß auf Bilder, die seine Eltern bei der Hochzeit in Brighton zeigten. Seine Mutter strahlte wie ein junges Mädchen bei ihrem ersten Rendezvous. Obwohl sie damals ja schon eine gescheiterte Ehe hinter sich und Rudolf auf die Welt gebracht hatte.
Mark beugte sich nach vorne und goss aus der Karaffe, die auf dem schmiedeeisernen Tischchen stand, etwas Eistee in ein Glas. Beim Weiterblättern stieß er auf einen kleinen Blondschopf, der wahrscheinlich noch nicht richtig laufen, dafür großartig Purzelbäume schlagen konnte. Mark warf einen Blick zur Wiese vor der Terrasse und spielte kurzfristig mit dem Gedanken, sich erneut in der hohen Kunst des Purzelbaumschlagens zu üben. Aber dazu saß er eigentlich gerade viel zu bequem. Er legte das Fotoalbum zur Seite, nahm einen Schluck Eistee und schloss die Augen. Ihm ging noch einmal das glückliche Hochzeitsbild seiner Eltern durch den Kopf – dann schlief er ein.

Mark versuchte die Fliege zu verscheuchen, die ihn an der Stirn kitzelte.
»Sind Sie Mark Hamilton?«, hörte er eine Stimme fragen.
Seit wann konnten Fliegen sprechen? Vorsichtig öffnete Mark ein Auge. Die Fliege offenbarte sich als ein dicker Grashalm, der von einer Hand vor seinem Gesicht hin und her bewegt wurde. Sehr amüsant! Mark schloss das Auge wieder, zufrieden, des Rätsels Lösung gefunden zu haben. So einfach würde er sich in seiner Siesta jedenfalls nicht stören lassen.
»Ja, wenn ich mich recht erinnere, ist das mein Name«, antwortete er reichlich verzögert und schlaftrunken auf die gestellte Frage. »Und wer sind Sie?«
»Zanetti, Laura Zanetti!«

O Gott, schoss es Mark durch den Kopf, so hieß doch die vertrocknete Zwetschge, die in seinem Haus Wohnrecht auf Lebenszeit genoss. Er hatte sich bei seiner Ankunft schon über ihre Abwesenheit gefreut. Dabei war ihm der zugegeben verwerfliche Gedanke gekommen, dass die alte Dame aus Gram über den Tod ihrer Bridgepartnerin möglicherweise verstorben sei. Nun, da hatte er sich offenbar getäuscht.

»Spielen Sie Bridge?«, fragte Mark mit noch immer geschlossenen Augen.

»Nein, und Sie?«

Mark fiel plötzlich auf, dass die alte Freundin seiner verstorbenen Großmutter eine verblüffend junge Stimme hatte. Warum hatte er das nicht gleich gemerkt? Aber es war ihm von jeher schwer gefallen, sich nach einem Nachmittagsnickerchen aus Morpheus' Armen zu befreien – vor allem, wenn er unsachgemäß geweckt wurde.

»Ich hasse Bridge!«, antwortete Mark. Er beschloss, diese Laura Zanetti doch einmal kurz in Augenschein zu nehmen. Irgendwann musste er sich dieser Herausforderung sowieso stellen. Seine Großmutter hatte nun mal in ihrem Testament verfügt, dass diese Person bei ihm im Haus wohnen durfte. Gottlob gab es eine gänzlich separate Einliegerwohnung. Und er war ja von Rudolf bereits aufs Schlimmste vorbereitet worden. Ein rechtes Schreckgespenst musste diese Mitbewohnerin sein. Wenn da nur nicht diese Stimme wäre, die so gar nicht zu dem Bild einer alten Dame passen wollte.

Mark hielt sich eine Hand vor das Gesicht, öffnete die Augen und zog schließlich die Hand beherzt weg.

Als Nächstes stieß er mit dem Kopf gegen das Gestänge des Sonnenschirms. Gleichzeitig warf er fast die Karaffe mit dem Eistee um. Der Stuhl kippte bedrohlich. Mark stellte nur mit Mühe die Balance wieder her.

»Schauen Sie immer so intelligent aus der Wäsche?«, hörte Mark Laura fragen. Gott, hatte diese Frau ein bezauberndes Gesicht. Dagegen sahen seine Models aus wie gerade aus dem Aquarium gefischt. Dieser braune Teint, die kohlrabenschwarzen Haare, diese grünen Augen, die unverschämt weißen Zähne und dieses Grübchen ... Was hatte er gleich wieder erwartet? Eine vertrocknete Zwetschge? Rudolf, dieser Gauner, hatte ihn wirklich voll reingelegt. Und Rechtsanwalt Dr. Leuttner hatte ihn dabei auch noch gedeckt. Advokaten konnte man also auch nicht mehr trauen.

»Wie sagten Sie doch gleich sei Ihr Name?«, wollte Mark auf Nummer Sicher gehen.

»Laura Zanetti. Ich lebe in der Einliegerwohnung. Das heißt, wenn es Ihnen recht ist, sonst ziehe ich selbstverständlich aus.«

»Um Gottes willen, nein!« Mark ruderte beschwörend mit den Händen. »Bleiben Sie, so lange Sie wollen!«

»Darf ich mich setzen?«

»Bitte, ja.« Mark nahm die Beine vom Gartenstuhl und machte eine einladende Bewegung. »Möchten Sie etwas Eistee?«

»Nein danke. Wann sind Sie angekommen?«

»Mitte letzter Woche. Ich habe Sie schon vermisst.«

»Das glaube ich Ihnen aufs Wort.«

»Doch, wirklich. Aber um ehrlich zu sein«, Mark räusperte sich, »ich dachte, Sie sind eine alte Dame, mit der meine Großmutter Bridge gespielt hat.«

»Und jetzt sind Sie enttäuscht.« Laura schlug die Beine übereinander und lächelte Mark an.

»Natürlich bin ich enttäuscht, geradezu entsetzt. Sie wissen, dass Ihnen meine Großmutter Wohnrecht auf Lebenszeit eingeräumt hat? Nun, bei einer alten Dame hätte sich dieses Privileg naturgemäß in biologischen Grenzen gehalten. Aber in Ihrem Fall kann das ja eine Ewigkeit dauern. So wie Sie aussehen, überleben sich mich vielleicht sogar.«

Marks Aufmerksamkeit wurde auf Lauras bloßen rechten Fuß

gelenkt, der locker vor sich hin wippte. Er betrachtete ihre Knöchel, folgte dem Unterschenkel, verharrte kurz bei dem Knie – er hatte eine Schwäche für wohl geformte Kniescheiben. Der Oberschenkel – eine Augenweide. Das weite T-Shirt verhinderte eine genauere Begutachtung des Oberkörpers. Aber es gab keinen Grund zur Annahme, dass es hier schwerwiegende Beanstandungen geben könnte. Und dieser Halsansatz, einfach vortrefflich. Die dünne goldene Kette über der braunen Haut. Wirklich, seine Großmutter hatte es in jeglicher Hinsicht gut mit ihm gemeint.

»Sind Sie fertig?« Laura lächelte herausfordernd.

»Wie bitte? Womit?«

»Soll ich aufstehen und mich einmal langsam um die Achse drehen, damit Sie mich auch von hinten inspizieren können?«

»Nein, entschuldigen Sie bitte. Sie dürfen meinen Blick nicht falsch interpretieren.«

»Ich glaube nicht, dass man den falsch interpretieren kann.«

»Doch. Sie müssen wissen, ich bin ein Augenmensch …«

»Sind das nicht alle Männer? In Italien zumindest, da bin ich mir sicher, ist so gut wie jeder Mann ein Augenmensch – jedenfalls wenn es darum geht, eine Frau mit den Augen auszuziehen.«

Mark schüttelte in gespielter Verzweiflung den Kopf. »Aber ich bin Engländer, wir machen so etwas nicht. Unser Volk hält es in gewisser Weise immer noch mit den Moralvorstellungen der viktorianischen Zeit.«

»Das glauben Sie doch selbst nicht«, erwiderte Laura. »Aber ich weiß, dass Sie Modefotograf sind. Das entschuldigt Sie wenigstens ein klein wenig.«

»Ich danke Ihnen für Ihr Verständnis. Außerdem habe ich Sie nicht ausgezogen.«

»Nein, das wäre ja noch schöner. Übrigens hätte ich jetzt doch gerne etwas zu trinken.«

Mark sprang auf. »Bleiben Sie sitzen, ich hole Ihnen nur ein

Glas und einen frischen Eistee aus dem Kühlschrank. Oder wollen Sie etwas anderes? Champagner vielleicht?«
»No, grazie, un tè freddo è perfetto.«

Einige Stunden später saßen Laura und Mark noch immer auf der Terrasse. Nachdem Laura zunächst etwas von sich erzählt und anschließend Mark nach seinem Leben befragt hatte, waren sie bald auf Großmutter Ottilia zu sprechen gekommen. Mark ließ sich ganz genau beschreiben, wie Laura seine Großmutter gefunden hatte. Sie stiegen gemeinsam zum Rosenbeet hinunter. Laura legte die Schallplatte mit den Verdi-Arien auf, die sich Ottilia an jenem verhängnisvollen Abend angehört hatte. Sie gingen zum Geländer und sahen auf den See hinaus. Mark erzählte von seinen Ferien als kleines Kind in diesem Haus. Laura schilderte die Beerdigung, die Mark verpasst hatte.
Schließlich sah Mark auf die Uhr. »Ich weiß nicht, wie es Ihnen geht, aber ich habe einen tierischen Hunger. Was halten Sie davon, wenn ich Sie zum Essen einlade?«
Laura nickte. »Keine Einwände. Sagen wir in einer halben Stunde?«

TRE CAMINI
Das Restaurant in Costermano erfreut sich auch bei Einheimischen großer Beliebtheit

»Sehr schön; kennen Sie das Ristorante Tre Camini an der Straße zwischen Costermano und Affi? Da war ich ab und zu mit meiner Großmutter.«
»Ich auch, und zwar in dem kleinen Raum gleich rechts im alten Haus am offenen Kamin, den hat Ihre Großmutter am liebsten gemocht. Reservieren Sie einen Tisch?«
»Mach ich, ja. Und nehmen Sie sich einen Pulli mit. Mein Verdeck ist kaputt, ich kann nur offen fahren.«

Es war bereits nach Mitternacht, als Mark und Laura sich auf den Heimweg machten. Bei einem Glas Prosecco hatten sie auf ihre »Wohngemeinschaft« angestoßen und das lästige »Sie« abgeschafft. An jenem kleinen Tisch am Fenster hatten sie gesessen, wo vom Balken alte Kupferkessel und Schöpflöffel hängen und man im Garten das Häuschen mit dem Grillfeuer sieht. Von den *Verdure crude in pinzimonio* hatten sie probiert; das rohe Gemüse mit Mayonnaise ist im Tre Camini als Auftakt obligatorisch. *Asparagi bianchi con salsa mimosa* hatten sie gegessen, köstliche *Gnocchi di patate al tartufo nero* und danach *Tagliata di controfiletto al rosmarino*, die im Tre Camini am offenen Grill zubereitet wird. Laura hatte einen Bardolino Classico superiore ausgewählt, jenen leichten, trockenen Rotwein, der unmittelbar aus dieser Region stammt. So vorzüglich das Essen auch gewesen war, so musste sich Mark doch eingestehen, dass die kulinarischen Genüsse an diesem Abend nur eine zweitrangige Bedeutung hatten. Während er vor Garda eine Abkürzung über Marciaga wählte und am Hotel Madrigale und am Golfplatz Ca' degli Ulivi vorbeifuhr, dachte er darüber nach, dass diese Laura Zanetti ein Geschenk des Himmels war. Das war ihm noch nicht allzu oft passiert, dass er sich Hals über Kopf in eine Frau verliebt hatte. Um ehrlich zu sein, das war ihm noch nie passiert. Zwar konnte er sich schon immer spontan für weibliche Wesen begeistern – aber erstens waren damit meist ziemlich direkte Absichten verbunden, und zweitens hatte das mit Verliebtsein wenig zu tun. Doch diese Laura! Dass er sich ausgerechnet in eine Freundin seiner Großmutter verknallen würde, damit war ja nun wirklich nicht zu rechnen gewesen. Geistesabwesend bretterte Mark über eine Bodenschwelle, die er übersehen hatte. Der Roadster krachte ihnen ins Kreuz.

»Ein gut gefedertes Auto«, stellte Laura mit schmerzverzerrtem Gesicht fest.

»Sorry. Es gibt in England einen sehr zutreffenden Spruch: Im Morgan spürt man, wenn man über eine Geldmünze fährt …«

»Das glaube ich sofort«, warf Laura ein und langte sich an den Rücken.

ASPARAGI BIANCHI CON SALSA MIMOSA, GNOCCHI DI PATATE AL TARTUFO NERO
Die beiden Rezepte aus dem Ristorante Tre Camini stehen im Anhang

MADRIGALE
Hotel oberhalb von Garda mit herrlichem Blick auf den Gardasee

GOLF, CA' DEGLI ULIVI
Der Golfplatz bei Garda hat seinen Namen von den wilden Olivenbäumen

»… ob Kopf oder Zahl oben ist«, brachte Mark seinen Satz zu Ende.
»Ich würde auf eine 100-Lire-Münze tippen. Ich habe ganz deutlich den Olivenbaum gespürt.«
Mark fuhr durch ein kleines Wäldchen, und sie kamen auf die Straße, auf der man von Garda nach Albisano gelangt. Am Ortseingang bogen sie nach links ab, wo die Serpentinen hinunter nach Torri del Benaco führen. Kurz vor dem Haus, das Mark im Angedenken an seine Großmutter bereits »Casa Ottilia« getauft hatte, parkte in einer Kurve ein Auto. Weder Laura noch Mark bemerkten die beiden Männer, die sehr aufmerksam beobachteten, wie Mark das schmiedeeiserne Tor hinter dem Wagen schloss. Einer der beiden Männer nahm sein Handy und wählte eine Nummer.
»Non è da solo. Laura Zanetti ist bei ihm.«
»D'accordo, non fa niente. La bella mora muss in einigen Tagen nach Verona. Sie hat da eine Reisegruppe zu betreuen. Ihr könnt abbrechen. È tutto a posto. Wir starten die Aktion, sobald unser Freund alleine ist. Habt ihr euch auf dem Grundstück und im Haus umgesehen?«
»Haben wir, ist alles ein Kinderspiel.«
»Benissimo. Buona notte.«
»Ciao.«

17

Villa del Quar
Luxuriöses Landhotel

Die kleine Gruppe von Gourmets und Weinliebhabern wohnte im Hotel Villa del Quar in Pedemonte nördlich von Verona. Sie hatten die Reise über ein deutsches Feinschmeckermagazin gebucht. Vier Tage genossen sie die kulinarischen Angebote der Region. Dazwischen gab es immer wieder Weindegustationen. Gestern hatten sie im nahe gelegenen Sant'Ambrogio di Valpolicella im rustikalen, aber gleichwohl engagierten und der regionalen Küche verpflichteten Restaurant Groto de Corgnan zu Mittag gegessen. Als Hauptgericht hatte es einen köstlichen Lammrücken in einer Salsa all'Amarone gegeben. Abends war in Verona das elegante Sterne-Restaurant Il Desco auf dem Programm gestanden. Es ist in einem ehemaligen Benediktinerkloster aus dem 17. Jahrhundert untergebracht. Unvergesslich die Hummerkrabben, die *Ravioli di patate* in einer feinen *Cipolla fondente* (Zwiebelfondant) und die zarte *Petto d'anatra* (Entenbrust). Auf dem Parkplatz vor dem Hotel Villa del Quar, einer Patriziervilla aus der Renaissance, von Steinmauern, eigenen Weinbergen und Feldern umgeben, wartete bereits ein kleiner Bus, der die Gruppe in eine nicht weit entfernte Cantina bringen sollte. Hier stand für heute Abend eine große Degustation der wichtigsten Weinsorten Venetiens auf dem Programm. Das Feinschmeckermagazin hatte einen kompetenten Berater gewonnen, der die einzelnen Weine vorstellen würde – den prominenten Münchner Weinhändler Rudolf Krobat.

Groto de Corgnan, Il Desco
Zwei Lokale, die sowohl beim Ambiente als auch in der Küche gegensätzliche Konzepte verfolgen – und dennoch jeden Feinschmecker überzeugen

Um zwanzig Uhr waren die etwa zwei dutzend Weinliebhaber im alten Kellergewölbe versammelt. Im Hintergrund waren die *Vierjahreszeiten* von Vivaldi zu hören. Große Kerzen warfen ihren Schein auf die gemauerten Steinregale. In der Mitte befanden sich einige schlichte Tische, auf denen eine Unmenge Gläser bereitstanden. Zunächst gab Rudolf Krobat den Gästen einen allgemeinen Überblick über die Weine Venetiens. Er erklärte, dass das Veneto zu den ältesten Weinbauregionen Europas zähle. Dass es schon in prähistorischer Zeit in dieser herrlichen Landschaft zwischen den Dolomiten im Norden und dem Podelta im Süden, zwischen Gardasee und der Adria die Urform der Weinrebe gegeben habe. Der Soave, der Valpolicella und der Bardolino seien ja auch im Ausland bekannt – allerdings nicht immer für ihre gute Qualität. Allzu viel Massenware gebe es hier, beklagte Rudolf Krobat. Was aber kaum überraschend sei, schließlich sei Venetien das größte und bei DOC-Weinen auch ertragreichste Weinanbaugebiet Italiens. Gottlob gebe es im Veneto aber auch eine Vielzahl von Weingütern, die mit großem Ehrgeiz hervorragende Tropfen zu Stande bringen würden.

PROSECCO

Rudolf Krobat warf einen Blick auf die leeren Gläser. »Um von der Theorie zur Praxis zu kommen, lassen Sie uns mit einem Prosecco beginnen. Er stammt, wie Sie wissen, bevorzugt von den Weinbergen rund um die Orte Conegliano und Valdobbiàdene nördlich von Treviso. Es gibt ihn als Stillwein, leicht perlend als Frizzante oder als Prosecco spumante mit höherem Alkohol- und Kohlensäuregehalt. Der Spumante kommt durch eine zweite Gärung zu Stande. Ich schätze den Prosecco spumante vor allem als Aperitif, der mit seinem Prickeln und den feinen Aromen die Geschmacksnerven zum Leben erweckt. Bei uns in Deutschland achtet man natürlich meistens darauf, dass der Prosecco möglichst trocken ist. Aber der Name Prosecco hat nun mal nichts mit secco zu tun. Es gibt Kenner, die ihn immer noch in der ursprünglichen, lieblichen Version vorziehen, der amabile-dolce genannt wird.«

Jeder Gast bekam zum Vergleich drei Gläser Prosecco eingegossen, einen Superiore di Cartizze von Zardetto und jeweils einen Prosecco von La Masottina und Adami. Während der Prosecco probiert und verglichen wurde, stellte Rudolf Krobat jedes der drei Weingüter kurz vor.

SOAVE

Als Nächstes waren drei verschiedene Soave vorgesehen, jener Weißwein, der östlich von Verona angebaut wird. Rudolf Krobat war es ein Anliegen zu demonstrieren, dass der oftmals schlechte Ruf dieses Weißweins zu Unrecht bestand. Er präsentierte einen Calvarino von Pieropan, einen Capitel Croce von Anselmi und einen Castellaro von Bolla, allesamt frische Weißweine auf hohem Niveau.

Rudolf Krobat empfahl, zwischen den Weinen etwas vom bereitstehenden Weißbrot und vom Käse zu essen. »Zur Neutralisation Ihrer Zunge und Ihres Gaumens, die heute Abend immerhin einiges zu leisten haben.«

Bianco di Custoza, Breganze, Bardolino, Valpolicella

In der nächsten Runde gab es noch einmal Weißweine zum Degustieren. Und zwar den im Vergleich zum Soave leichteren Bianco di Custoza. Dazu gesellten sich zwei Weine aus einer der Lieblingskellereien von Rudolf Krobat, ein Breganze Bianco und ein Chardonnay Riale von Maculan in Breganze.
Rudolf Krobat sah auf die Uhr. Sie kamen nur langsam voran. Einige Weinfreunde probierten nicht nur, sondern tranken ihre Gläser fröhlich aus. Das konnte ja heiter werden. Aber am nächsten Morgen wollte er ohnehin möglichst früh abreisen und zurück nach München fahren. Etwaige Klagen über Kopfschmerzen musste er sich also nicht mehr anhören.
Jetzt kamen die ersten Rotweine an die Reihe. Rudolf Krobat begann mit drei einfacheren Bardolino, die er bei den bekannten Weinen Venetiens natürlich nicht übergehen konnte.
Er freute sich auf die nächsten Flaschen. Die würden auch seinen verwöhnten Geschmacksnerven Vergnügen bereiten. Beim Valpolicella nämlich gab es neben der Massenware, die dem Bardolino ähnelte, ganz ausgezeichnete Spitzenvertreter.
»Ein guter Valopolicella ist von einem kräftigen Rubinrot«, erklärte Rudolf Krobat. »Im Alter tendiert er zu einem Granatrot. Er ist trocken, hat viel Körper und schließt gelegentlich mit einem leichten Mandelaroma ab.«
Man konnte seinen Zuhörern förmlich ansehen, wie sich bei der Beschreibung die Vorfreude steigerte. Ein Weinfreund, der bereits einen Besorgnis erregend roten Kopf hatte, goss sich zur Überbrückung noch schnell ein Gläschen Soave nach.
Rudolf Krobat schüttelte missbilligend den Kopf, um dann fortzufahren: »Wir befinden uns ja gerade inmitten der klassischen Anbauzone des Valpolicella. Die Weine aus dieser Region nördlich von Verona dürfen die Zusatzbezeichnung Classico tragen.«

Rudolf Krobat wurde durch einen heftigen Hustenanfall des unmäßigen Trinkers unterbrochen. Offensichtlich hatte er sich an seinem Soave verschluckt. Geschah ihm irgendwie recht. Seine Nachbarin klopfte ihm so lange auf den Rücken, bis wieder Ruhe einkehrte.

Amarone della Valpolicella

Rudolf Krobat räusperte sich. »Wir wollen uns heute auf eine besondere Variante des Valpolicella konzentrieren, nämlich auf den Amarone della Valpolicella, der auch Recioto Amarone heißt. Der Name rührt von seinem bitteren Abgang her – eben amarone. Der Recioto Amarone wird aus auf Matten angetrockneten Valpolicellatrauben bereitet und einige Jahre im Holzfass gelagert. Das Resultat ist ein wuchtiger granatroter Wein, der ohne weiteres manchem großen Burgunder Paroli bieten kann. Übrigens war der Amarone früher der bevorzugte Wein der Dogen von Venedig.«

Die Flaschen waren schon vor zwei Stunden geöffnet und in Karaffen dekantiert worden. Während Rudolf Krobat noch etwas von dem von ihm so geschätzten Amarone schwärmte, wurden die Gläser gefüllt. »Sie sollten von diesen Weinen nicht viel trinken«, warnte Rudolf Krobat. »Mit einem Alkoholgehalt von etwa sechzehn Prozent sind wir hier bei kapitalen Schwergewichtlern angelangt. Und wir sind ja noch nicht ganz fertig.«

Rudolf Krobat hatte nämlich für die nächste Runde den in Barrique angebauten sortenreinen Cabernet-Sauvignon Fratta von Maculan im Programm, einen eleganten Wein, den er persönlich sehr zu schätzen wusste, sowie einen Merlot und einen Raboso aus dem Piavetal. Aber wie es ihm schien, waren die meisten seiner Gäste nicht mehr in der Lage, diese feinen Nuancen zu erkennen. Allerdings war die Stimmung ganz hervorragend. Zweifellos war diese Weinprobe zu einem Höhepunkt ihres Veneto-Ausflugs geworden. Und das war ja auch der Zweck der Übung. Der Chefredakteur des Magazins, der heute Abend auch dabei war und zwischendurch fotografiert hatte, würde über diese Verköstigung in seinem Blatt angemessen berichten. Eine bessere Werbung konnte es nicht geben. Der Aufwand lohnte sich für Rudolf Krobat allemal.

Zum Abschluss, es war bereits fast Mitternacht, gab es noch einen süßlichen Dessertwein zu probieren, der im Veneto Recioto genannt wird. Beim Recioto werden die Trauben nach der Lese einige Monate auf Matten ausgebreitet und getrocknet.

RECIOTO

Als sie endlich fertig waren, passierte das, was Rudolf Krobat hatte kommen sehen. Der hemmungslose Trinker, der zwischendurch schon fast an seinem Hustenanfall erstickt war, fiel vom Stuhl. Aber kleine Kinder und Betrunkene haben oft einen besonderen Schutzengel. Im nüchternen Zustand hätte der übergewichtige Mann den Sturz auf den harten Steinboden wohl kaum unversehrt überstanden. So aber verlangte er, kaum hatte man ihn wieder in eine aufrechte Position gebracht, mit lauter Stimme nach einem »kleinen Schlummertrunk«.

18

Ohne Licht anzumachen, lief Mark barfuß durch die Küche. Dabei dachte er an den zurückliegenden Tag, der nicht herrlicher hätte sein können. Laura hatte von Bekannten ein kleines Segelboot ausgeliehen. Von Lazise aus waren sie hinüber auf die andere Seite des Sees gesegelt. Vor der Isola del Garda hatten sie geankert. Um die Wette waren sie zu einer Boje geschwommen. Wieder zurück im Boot, hatten sie sich, noch außer Atem und nass, zum ersten Mal geliebt. Später hatten sie bei einem Fischlokal in der Nähe von San Felice del Benaco angelegt und gegessen wie zwei ausgehungerte Schiffbrüchige.

Er öffnete den Kühlschrank, nahm eine Flasche Spumante heraus und zwei schlanke Gläser, die er daneben gelegt hatte.

Leise vor sich hin pfeifend, ging er zurück in den ersten Stock. Er sah Laura noch am Ruder des Segelboots sitzen. Nackt und braun gebrannt, die schwarzen Haare vom auffrischenden Wind zerzaust, die grünen Augen verwegen blitzend. Laura war eine sportliche Seglerin, die ihren Spaß daran hatte, wenn es etwas härter zur Sache ging.
Ihm fiel ein, dass Laura morgen in aller Frühe nach Verona aufbrechen musste, um dort für einige Tage eine Reisegruppe zu übernehmen. Er hatte gehofft, dass sie diesen Termin absagen könnte, aber das Touristikbüro hatte so kurzfristig keinen Ersatz. Umso wichtiger ist es, dachte er, die verbleibende Zeit optimal zu nutzen.
Mit dem Ellbogen öffnete Mark die Tür zum Schlafzimmer. Die Lichter waren gelöscht, das Fenster stand offen, eine leichte Brise blähte die weißen Gardinen. Laura lag nackt auf dem großen Bett. Das fahle Licht des Mondes, der hoch über dem See stand, verlieh ihrem Körper einen silbrigen Glanz. Mark stellte die Flasche und die Gläser auf den Boden. Sein Blick fiel auf ihre Brüste, auf ihren schlanken Hals … Er sah, wie Laura lächelte. Aufreizend langsam spreizte sie ihre Beine. Als ob es dieser Aufforderung noch bedurft hätte. Der Spumante würde etwas warten müssen. Mark konnte sich ein Grinsen nicht verkneifen. Ob ihr klar war, dass er gut gekühlte Hände hatte?

19

»Geht der denn nie zu Bett?« Alberto hatte seine Arme über dem Lenkrad verschränkt und sah mit schweren Lidern hinüber zum immer noch hell erleuchteten Haus. »Ich kann mich bald nicht mehr wach halten.« Wie zur Bestätigung gähnte er herzhaft.
»Dann steig aus, und mach einige Kniebeugen, das hilft!« Alessandro, der auf dem Beifahrersitz des Lieferwagens saß,

massierte bedächtig seine Oberschenkelmuskulatur. »Wo bleibt eigentlich Mauro?«
»Vielleicht ist er beim Pinkeln über die Böschung gestürzt«, meinte Alberto kichernd.
Kurz darauf wurde die Hecktür des Lieferwagens geöffnet, und Mauro schlüpfte in das Fahrzeug. »Habt ihr gesehen, im Erdgeschoss sind gerade die Lichter ausgegangen?«
»Grazie a Dio.«
Alessandro nahm ein Fernglas aus dem Handschuhfach und inspizierte das Haus. »Er ist jetzt im ersten Stock im Bad, ich kann seinen Schatten sehen.«

Zwanzig Minuten später lag das Haus komplett im Dunkeln. Alessandro leuchtete mit der Taschenlampe kurz auf die Armbanduhr. »Zwei Uhr dreißig. Wir geben ihm noch eine gute halbe Stunde. Der erste Schlaf ist am tiefsten. Da werden wir mit ihm keine Schwierigkeiten haben. Macht euch schon mal fertig. Alberto, du bleibst im Auto. Mauro, gib mir meine Strumpfmaske! Und vergiss die Klebebänder nicht!«
»Für wie blöd hältst du mich?«
Alessandro wuchtete seinen riesigen Körper aus dem Transporter, auf dem groß »Campari« stand. Er lockerte sich mit einigen Stretchübungen. Wie seine beiden Kumpane hatte er einen schwarzen Trainingsanzug an. Zwischendurch warf er immer wieder einen kurzen Blick zum Haus.
Als er sich schließlich ausreichend beweglich fühlte, gab er flüsternd das Kommando zum Aufbruch und zog sich die Strumpfmaske über den Kopf. Mauro folgte seinem Beispiel. Dann liefen beide geduckt über eine Wiese zu einer Mauer. Alessandro half Mauro, dann rollte er sich selbst mit erstaunlicher Geschmeidigkeit über die Mauer. An der Haustür angelangt, machte Alessandro ein Zeichen. Mauro hatte bereits sein Spezialwerkzeug in der Hand. Es dauerte keine Minute, schon war die Tür geöffnet. Sie schlichen ins Haus.

»Porca miseria«, zischte Alessandro durch die Zähne, als er gegen eine große bronzene Statue rempelte, die er im Dunkeln übersehen hatte. Nur mit viel Glück gelang es ihm, sie vor dem Umfallen zu bewahren. Er atmete erleichtert durch und schaltete seine Taschenlampe ein. Den Lichtkegel schirmte er mit der Hand ab. Sie schlichen zur Treppe, die in den ersten Stock führte. Alessandro prägte sich die Stufen ein, dann schaltete er die Taschenlampe wieder aus. Er wartete eine Weile, bis sich seine Augen an die Dunkelheit gewöhnt hatten. Durch ein rundes Fenster fiel dank der mondhellen Nacht ausreichend Licht. Alessandro und Mauro schlichen die Treppe hinauf in den ersten Stock. Vor dem Schlafzimmer angelangt, stellte Alessandro fest, dass die Tür nur angelehnt war. Behutsam öffnete er sie. Wenige Augenblicke später standen sie vor dem Bett.

Mark schlief tief und fest. Alessandro sah zu Mauro, der zwischen seinen beiden Händen ein Stück des breiten Klebebands gespannt hielt. Alessandro nickte zufrieden. Die Sache war bereits so gut wie erledigt. Mit eisernem Griff packte er den schlafenden Mark an den beiden Unterarmen und drückte ihn gleichzeitig mit dem Oberkörper in die Matratze. Bevor Mark zu irgendeiner Reaktion fähig war, hatte Mauro ihm bereits den breiten Streifen über den Mund geklebt. Mark hatte die Augen jetzt weit aufgerissen und versuchte sich strampelnd aus der Umklammerung zu befreien. Alessandro musste unter seiner Gesichtsmaske grinsen. Diese Bemühungen waren ja geradezu lächerlich. Mauro zerrte einen dünnen Leinensack über Marks Kopf, so dass dieser zwar noch durch die Nase atmen, aber nichts mehr sehen konnte. Alessandro wartete, bis Mauro den nächsten Klebestreifen vorbereitet hatte, dann hob er Mark wie eine Puppe hoch, wobei er die Arme fest gegen den Körper presste. Mauro wickelte das Klebeband mehrfach um Marks Oberkörper und Arme. Alessandro ließ Mark zurück aufs Bett fallen und packte ihn jetzt an

den Beinen. Nachdem Mauro auch diese mit Klebeband umwickelt hatte, wies Mark einige Ähnlichkeit mit einer altägyptischen Mumie auf.
Alessandro zog sich die Strumpfmaske vom Kopf und brachte seinen Zopf in Ordnung. Mauro stopfte derweil die Masken und das restliche Klebeband in einen Rucksack. Kurz darauf hatte sich Alessandro Mark wie einen Sack Kartoffeln über die Schulter geworfen. Marks Kopf steckte in Alessandros Armbeuge. Es genügte ein kurzer Druck, schon hörte Mark auf, sich wie ein Fisch zu winden.
Leise vor sich hin pfeifend, trug Alessandro sein Entführungsopfer die Treppen hinunter und durch den Garten zum Lieferwagen, den Alberto mittlerweile aufs Grundstück gefahren hatte. Alberto öffnete die Hecktür. Alessandro verstaute Mark hinter einigen Kartons mit Campariflaschen. Mauro warf eine Decke über den Entführten und klopfte Alessandro anerkennend auf die mächtige Schulter.
»Wie ich gesagt habe, ein Kinderspiel. Übrigens, hast du die Haustür offen gelassen?«
Als Mauro nickte, erklärte Alessandro, dass er gleich wieder da sei. Er lief zurück zum Haus und leuchtete im Flur mit der Taschenlampe die Statue an, gegen die er vor wenigen Minuten gerempelt war. Sie war etwa eineinhalb Meter hoch und zeigte eine junge nackte Frau mit einem Apfel in der Hand. Alessandro richtete seine Taschenlampe nach rechts. Da stand eine zweite, offenbar dazugehörige Statue, die einen nackten Jüngling darstellte. Alessandro steckte die Taschenlampe in die Jogginghose und hob die erste Statue hoch. Er stellte schnaufend fest, dass die Figur über ein gehöriges Gewicht verfügte. Trotzdem ließ er sich von seinem Vorhaben nicht abbringen. Er schleppte die Statue zum Lieferwagen und legte sie in den Laderaum. Obwohl Alberto protestierte und zu verstehen gab, dass er endlich losfahren wolle, eilte Alessandro noch ein weiteres Mal zum Haus. Kurz darauf tauchte er

mit der zweiten Statue auf. Schließlich war auch diese verstaut, und Alberto steuerte den Lieferwagen auf die Straße. Mauro saß hinten bei dem Entführten. Alberto konzentrierte sich aufs Fahren. Alessandro nahm ein Handy aus dem Handschuhfach und wählte eine Nummer. »Tutto liscio, come previsto. Senza problemi.«

Die Antwort war noch kürzer: »Va bene. In bocca al lupo.«

Alessandro schaltete das Handy aus und legte es zurück ins Handschuhfach. Von den beiden Statuen musste sein Gesprächspartner nichts wissen. Diese hatte er einer spontanen Eingebung folgend mitgenommen. Sie machten einen wertvollen Eindruck. Außerdem stellte ihr Gewicht eine sportliche Herausforderung dar. Was man von diesem schwächlichen Mark nicht gerade behaupten konnte. Alessandro lehnte sich zurück und schloss die Augen. Sie hatten eine längere Autofahrt vor sich.

Mark versuchte seine Position zu verändern. Irgendetwas bohrte sich in seinen Rücken. Außerdem konnte er seine Hände nicht mehr fühlen. Offenbar hatten die Klebefesseln die Blutzufuhr unterbrochen. Und der Kopf tat ihm auch weh. Die Landung auf der blechernen Ladefläche war ziemlich unsanft gewesen. Immerhin bekam er mittlerweile durch die Nase ausreichend Luft. Anfänglich hatte er geglaubt, er würde ersticken. Erst jetzt, da sich seine Atmung beruhigt hatte, ging es besser. Nicht auszudenken, was im Falle eines Schnupfens passiert wäre. Der Wagen stoppte kurz, dann beschleunigte er und hielt konstant ein höheres Tempo. Wahrscheinlich waren sie jetzt auf der Autobahn, und das gerade war die Station gewesen. Was zum Teufel ging hier vor? Warum wurde er entführt? Das durfte doch einfach nicht wahr sein! Mark zermarterte sich den Kopf. Wer um Himmels willen hatte einen Grund, ihn zu kidnappen? Einen relativ unbekannten Fotografen. Der weder Feinde hatte noch übermäßig viel Geld.

Nicht viel Geld? Scheiße, das stimmte ja gar nicht mehr. Dank Grandma Ottilias Testament war er, nun, man könnte das vielleicht sogar als reich bezeichnen. Aber das wusste ja kaum jemand. Noch dazu lag die Testamentseröffnung erst wenige Wochen zurück. Und er hatte nicht einmal eine Ahnung, ob er über das Geld bereits verfügen konnte. Das war ihm auch völlig egal gewesen. Aber diese Entführung, was konnte sie sonst bedeuten, als dass man Geld erpressen wollte? Mark dachte daran, wie er aus dem Schlaf gerissen worden war. So etwas Schreckliches hatte er noch nie erlebt. Plötzlich ein tonnenschweres Gewicht auf dem Brustkorb. Die Arme eingespannt wie in Schraubstöcke. Der Mund verklebt. Atemnot. Eine schwarze Maske nur Zentimeter von seinem Gesicht entfernt. Ein Alptraum der schlimmsten Sorte, der einen entscheidenden Nachteil hatte – er war kein Traum, sondern Realität!
Mark versuchte abzuschätzen, wie lange sie bereits unterwegs waren. Aber er musste sich eingestehen, dass er jedes Zeitgefühl verloren hatte. Vielleicht eine halbe Stunde? Oder länger? Verdammt noch mal, er musste sich irgendwelche Anhaltspunkte merken. Möglicherweise konnte man so später einmal den Entführern auf die Spur kommen. Später einmal? Hoffentlich würde es ein »später einmal« geben. Sie befanden sich auf einer Autobahn, so viel war klar. Jetzt wurde das Tempo reduziert, der Wagen fuhr eine scharfe Kurve, so eine Art Schleife. Mark rutschte auf der Ladefläche nach rechts. Einige schnellere Autos kamen vorbei. Der Lieferwagen – um einen solchen musste es sich handeln – beschleunigte wieder. Mark hörte einige Flaschen klappern. Er hatte das Gefühl, dass jemand ganz in der Nähe bei ihm saß. Und vorne beim Fahrer war auch noch jemand. Ab und zu waren Stimmen zu hören. Eines war jedenfalls klar –, seine Entführer waren Italiener. Es wurde zwar wenig gesprochen, aber wenn, dann schnappte er immer italienische Wortfetzen auf. Der Wagen

hielt wieder eine gleichmäßige Geschwindigkeit. Mark rief sich die Landkarte in Erinnerung. Die Schleife vorhin konnte eigentlich nur eine Art Autobahndreieck gewesen sein. Nach Norden gab es so etwas nicht, also waren sie nach Süden gefahren und bei Verona wahrscheinlich auf die Autobahn Mailand–Venedig abgebogen. Fragte sich nur, in welche Richtung. Nach seinem Gefühl war das Fahrzeug nach links abgebogen. Wenn das stimmte, dann waren sie jetzt unterwegs nach Osten, also Richtung Vicenza. Irgendwo links könnte sich Verona befinden, und dort lag Laura einsam und nichts ahnend im Bett. Vielleicht träumte sie gerade von ihm?

Was hatten die Entführer mit ihm vor? Nun, umbringen würden sie ihn nicht, jedenfalls nicht sofort. Dazu hätten sie schon längst Gelegenheit gehabt. Der Kerl, der ihn im Schlaf überwältigt hatte, musste ein Hüne sein. Der hätte ihm auf der Stelle alle Knochen brechen können. Und mit welcher Leichtigkeit der ihn herumgetragen hatte. Ob seine Entführer ihn in ein Verließ sperren und eine Lösegeldforderung stellen würden? Wenn ja, an wen könnten sie sich wenden? Sein Geld wurde von Dr. Leuttner verwaltet. Aber woher sollten seine Entführer das wissen? Mark zog unter dem Sack, der über seinen Kopf gestülpt war, Grimassen und hoffte, dass sich auf diese Weise der Klebestreifen über seinem Mund ein wenig lösen würde. Dann könnte er wieder etwas besser atmen. Aber es tat nur weh und brachte nichts. Mark stellte fest, dass sein sonst allgegenwärtiger Optimismus verloren gegangen war. In dieser beschissenen Situation, in der er sich gerade befand, gingen ihm nur schreckliche Bilder durch den Kopf. Er sah sich in einem dreckigen Kellerloch verhungern. Die Ratten liefen ihm über das Gesicht. Er stürzte in einen Brunnen, der kein Ende nahm. Die Entführer warfen ihn bei voller Fahrt aus dem Auto. Hilflos auf der Straße liegend, sah er einen Lastwagen näher kommen. Der Lastwagen wurde immer größer …

20

Dr. Leuttner lief in seiner Düsseldorfer Kanzlei nervös auf und ab. Mit einer vergleichbaren Situation war er noch nie konfrontiert worden. Es fiel ihm schwer, seine Gedanken zu ordnen und einen Entschluss zu fassen. Vor einer Viertelstunde hatte er einen anonymen Anruf erhalten. Mark Hamilton sei in Italien entführt worden, sagte man ihm. Die genaue Lösegeldforderung gehe ihm noch zu. Gleiches gelte für die Modalitäten der Übergabe. Ohne Zahlung des Lösegelds erlebe Mark Hamilton die kommende Woche jedenfalls nicht mehr. Der nächste Anruf erfolge in exakt fünf Stunden. Bevor er etwas sagen konnte, war bereits eingehängt worden.

Den Rechtsanwalt quälten diverse Fragen. Wie zum Beispiel waren die Entführer auf ihn gekommen? Woher sollte er wissen, dass Mark Hamilton wirklich entführt worden war? Im Haus am Gardasee ging zwar niemand ans Telefon, aber das hatte ja nichts zu besagen. Angenommen, es handelte sich um Kidnapping, wie konnte er sich davon überzeugen, dass Mark Hamilton noch lebte? Und inwieweit war er eigentlich befugt, über das Vermögen von Mark Hamilton in einem solchen Fall zu verfügen? Und last, but not least: Sollte er die Polizei verständigen? Der Anrufer, der Deutsch mit einem unüberhörbaren italienischen Akzent gesprochen hatte, hatte auf den in Kriminalfilmen üblichen Hinweis verzichtet, nämlich dass er nicht die Polizei verständigen dürfe. Also, worauf wartete er noch? Er hatte überhaupt keine Erfahrung mit einer Lösegelderpressung. Wahrscheinlich rechneten die Entführer ohnehin damit, dass er die Polizei einbezog.

Dr. Leuttner ging zu seinem Schreibtisch und drückte auf den Sprechknopf seiner Gegensprechanlage.

»Frau Zeul, bitte sagen Sie alle Termine für den restlichen Tag ab …«

»Aber Herr Dr. Leuttner, das geht doch nicht, Sie haben …«
»Interessiert mich nicht. Alles absagen! Und verbinden Sie mich umgehend mit der Kriminalpolizei. Fragen Sie dort nach dem höchstrangigen Dienst habenden Kommissar. Die Sache ist brandeilig. Bitte machen Sie schnell!«
»Die Kriminalpolizei?« Die Stimme der Sekretärin überschlug sich.
»Sie haben richtig gehört, nun machen Sie schon!«

Wenige Stunden später ging es in Dr. Leuttners Arbeitszimmer drunter und drüber. Der Rechtsanwalt hatte sich hinter seinem Schreibtisch verbarrikadiert. Auf der anderen Seite des Raums wurden elektronische Geräte aufgebaut, die mit der Telefonanlage verbunden wurden. Seine Sekretärin versuchte verzweifelt größere Schäden am Inventar abzuwenden. Ein Beamter stand am Fenster und telefonierte per Handy mit einem Kollegen der Kriminalpolizei in Verona. In einem wüsten Kauderwelsch aus Deutsch und Italienisch vereinbarte er eine Konferenzschaltung mit Experten der italienischen »Commissione speciale per i rapimenti«. Vis-à-vis von Dr. Leuttner saß Hauptkommissar Wächter, der so etwas wie der ruhende Pol in diesem Chaos war.
»Herr Dr. Leuttner, wir müssen uns auf den nächsten Anruf vorbereiten.«
Der Rechtsanwalt nickte. »Was schlagen Sie vor, wie ich mich verhalten soll?«
»Am besten ist, Sie vergessen, dass wir involviert sind.«
Mit einem Blick auf die anwesenden Kriminalbeamten meinte Dr. Leuttner: »Das wird mir schwer fallen.«
»Sie sollten zunächst einmal auf die Forderungen der Entführer eingehen. Aber natürlich brauchen Sie ein Lebenszeichen von Herrn Hamilton, das müssen Sie verlangen!«
Dr. Leuttner spielte nachdenklich mit seiner Lesebrille. »Genau genommen brauche ich nicht nur ein Lebenszeichen.

Herr Hamilton muss mich auch autorisieren, über sein Vermögen zu verfügen, denn eine größere Lösegeldzahlung, und ich vermute, darauf können wir uns einstellen, bin ich ohne die Mittel von Herrn Hamilton, die ich treuhänderisch verwalte, nicht in der Lage zu leisten.«
Hauptkommissar Wächter beugte sich vor. »Das heißt, Herr Hamilton muss Sie bevollmächtigen?«
»In der Tat. Das ist allerdings juristisch gar nicht mal so einfach. Ich muss zugeben, dass ich hier ad hoc nicht rechtssicher bin. Immerhin befindet sich der Entführte in einer Situation, die ihn nicht zu einem objektiven Handeln und Entscheiden befähigt.«
»Nun, in diesem Fall müssen Sie schlicht und einfach darauf bestehen, mit Herrn Hamilton persönlich zu sprechen.«
»Und wenn es dazu kommt, muss ich mich zunächst von seiner Identität überzeugen.«
»Überlegen Sie sich eine Frage, die nur er beantworten kann!«
»Das ist nicht so schwierig. Ich frage ihn etwas aus dem Leben seiner verstorbenen Großmutter.«
»Einverstanden. Als Nächstes fragen Sie ihn, ob es ihm gut geht und ob Sie über sein Vermögen hinsichtlich der Lösegeldforderung verfügen können. Natürlich müssen Sie die genaue Summe in Erfahrung bringen, aber das werden Ihnen die Entführer von selbst mitteilen. Falls es sich um eine größere Summe handelt, brauchen Sie natürlich einige Tage, um Sie bereitzustellen.«
»Eine Frist benötige ich in der Tat«, bestätigte Dr. Leuttner.
»Und für uns ist jeder Zeitgewinn ein großer Vorteil. Wir können in Abstimmung mit unseren italienischen Kollegen und der Europol, die wir auf jeden Fall mit einbeziehen werden, unsere Maschinerie anlaufen lassen. Wir haben bei Entführungen sehr gute Erfolge …«

»Auch bei Entführungen in Italien?«, unterbrach ihn Dr. Leuttner zweifelnd.

»Die sind allerdings spezieller Natur, da haben Sie Recht. Schon aufgrund der zum Teil sehr gut organisierten Verbrechersyndikate. Außerdem sind Lösegeldzahlungen für italienische Entführungsopfer per Gesetz verboten. Normalerweise wird das Vermögen der Verwandten eingefroren. Aber Herr Hamilton ist britischer Staatsbürger, und zudem befindet sich das Vermögen nicht auf Konten in Italien, da ist die rechtliche Situation also anders gelagert. Ich habe mich bereits auf dem kurzen Dienstweg mit der italienischen Staatsanwaltschaft abgestimmt.«

»Außerdem werden doch unter der Hand auch in Italien Lösegeldzahlungen geleistet, oder?«

»Davon können wir ausgehen, wahrscheinlich sogar in erheblichem Maße. Noch wissen wir nicht, aus welchem Milieu die Entführer stammen. Da in Italien, wie Sie mir sagten, eigentlich niemand über den finanziellen Hintergrund von Herrn Hamilton Kenntnis hatte ...«

»Das stimmt nicht ganz«, fiel ihm Dr. Leuttner erneut ins Wort. »Wir müssen schon davon ausgehen, dass er im Umfeld am Gardasee als Erbe der verstorbenen Ottilia Balkow bekannt ist. Schließlich wohnt er in ihrem Haus.«

»Aber dass die alte Dame so viel Vermögen hatte, war doch eigentlich niemandem bekannt?«

»Vielleicht schon, schließlich hatte sie einen Namen als Sammlerin alter Kunst, und sie ist auch als Förderin in Erscheinung getreten. Aber zumindest von Herrn Hamilton dürfte wohl kaum jemand Genaueres erfahren haben, da er nach meiner Einschätzung niemand ist, der mit seinem Erbe prahlen würde. Er hat eine eher distanzierte Einstellung zu Geld.«

»Die wird er wahrscheinlich auch brauchen«, entgegnete Hauptkommissar Wächter lakonisch. »Aber Sie können ganz beruhigt sein, wir haben gute Karten. Der Knackpunkt einer jeden Entführung oder Erpressung, hier besteht kein Unterschied, ist die Lösegeldübergabe. Zu diesem Zweck müssen die Entführer aus der Deckung, um sich das Lösegeld zu schnappen. Wir haben sowohl die Erfahrung als auch die technischen Möglichkeiten, uns den Lösegelderpressern an die Fersen zu heften. Das trifft übrigens nicht nur auf uns zu, sondern auch auf unsere italienischen Kollegen.«

»Hoffen wir, dass Sie Recht haben. Wie spät ist es?«

»Noch etwa zehn Minuten. Unsere Fangschaltung steht. Aber da habe ich nicht allzu große Hoffnungen. Gibt es eigentlich Verwandte, die Sie verständigen müssen?«

»Habe ich schon erledigt. Da ist ein Halbbruder, Rudolf Krobat, der in München lebt. Ich habe mit ihm bereits gesprochen, er weiß Bescheid. Er kann es überhaupt nicht fassen. Ich übrigens auch nicht.«

»Und es gibt keine Verwandten in England?«

»Nein, jedenfalls keine direkten.«

Hauptkommissar Wächter überlegte kurz. »Da fällt mir ein, wir müssen auch die englische Botschaft verständigen. Wahrscheinlich haben wir dann auch noch unsere Freunde von Scotland Yard mit im Boot. Das wird lustig, so richtig international. Warum einfach, wenn's auch kompliziert geht?«

21

Eineinhalb Stunden nach Sonnenuntergang hatte ich die Öffnung vollendet, nicht indem ich die Bretter brach, sondern indem ich sie aufrieb. Das Loch war ziemlich groß und nur noch durch die Bleiplatte bedeckt, die ganz freilag. Ich ließ mir von Pater Balbi helfen, sie hochzustemmen. Dann bogen wir sie mit unseren Schultern so weit auf, dass die Öffnung für das Hindurchschlüpfen ausreichte. Ich steckte den Kopf durch das Loch …«

CASANOVA
Giacomo
Casanova
(1725–1798)

Mark Hamilton klappte das Buch zu. Seine Entführer hatten wirklich einen seltsamen Humor, ihm als einzige Lektüre ein deutschsprachiges Taschenbuch zu geben, in dem Giacomo Casanova seine Flucht aus den Bleikammern von Venedig beschrieb.

Mark Hamilton lag auf einer Pritsche in einem fensterlosen Kellerraum. Von der Decke hing eine nackte Glühbirne, die für kaltes Licht sorgte. Die Tür war aus Metall und machte einen außerordentlich soliden Eindruck. In der Ecke stand eine Chemietoilette. Das war's. Nicht gerade das, was man eine wohnliche Unterkunft nennen würde. Und weit und breit kein Pater Balbi, der ihm bei der Flucht helfen könnte.

Da kein Tageslicht zu sehen war, vermochte er die Uhrzeit nicht abzuschätzen. Und eine Armbanduhr hatte er im Bett nicht angehabt. Er strich sich über die Wangen. Nach den kurzen Stoppeln zu urteilen, war er vielleicht zwei Tage in der Gewalt seiner Entführer. Geradezu lächerlich wenig im Vergleich zu Giacomo Casanova, der es – wie er soeben gelesen hatte – ein ganzes Jahr in den berüchtigten Bleikammern hatte aushalten müssen. Wegen Magie, Freimaurerei, Gotteslästerung und Unzucht war er zu fünf Jahren Haft verurteilt worden. Er hatte sich nichts dergleichen zu Schulden kommen lassen. Na ja, jedenfalls gemessen an den heutigen Moralvorstellungen. Und im Vergleich mit den unzähligen Liebesabenteuern des Chevalier de Seingalt kam ihm sein nicht gerade tristes Sexualleben fast mönchisch vor.

Immerhin gab es keine Ratten in diesem Verließ. Nur einen Skorpion, den er aber mit Hilfe von Giacomo Casanova bereits ins Jenseits befördert hatte. Hoffentlich gingen seine Entführer mit ihm rücksichtsvoller um. Bis jetzt konnte er sich nicht wirklich beklagen. Ab und zu sah ein maskierter Mensch nach ihm. Er hatte ihm den Namen Lorenzo gegeben, nach dem Wärter von Giacomo Casanova. Lorenzo brachte ihm nicht nur Wasser, sondern hatte ihn sogar einmal mit Rotwein versorgt, der gar nicht schlecht schmeckte. Außerdem hatte es einige Male Brot und Ravioli gegeben. So gut hatte es Casanova unter den Bleidächern des Dogenpalastes nicht gehabt. Eine Reissuppe, gekochtes Rindfleisch, Braten, Obst, Brot, Wein und Wasser hatte der Bonvivant im Kerker nach seiner Einlieferung verlangt. Bekommen hatte Casanova stattdessen zunächst mehrere Klistiere mit Gerstenaufguss, um sein plötzliches Fieber zu senken. Mark erinnerte sich von seinem letzten Venedigaufenthalt an die Seufzerbrücke, die den Dogenpalast mit den Gefängnissen verbindet. Ihr Name soll von den Seufzern der Gefangenen herrühren, die über diese Brücke geführt wurden. Ende des 16. Jahrhunderts wurden diese neuen Gefängnisse, Prigioni Nuove, gebaut. *Piombi* wurden jene Zellen genannt, die sich direkt unter dem Dach aus Blei befanden.

Mark überlegte, dass Casanovas Leben im Grunde nichts anderes als ein großes Glücksspiel gewesen war. Der Schauspielersohn, geboren 1725 in Venedig, war ein hochgebildeter Hasardeur, der keine Risiken scheute, weder bei der Wahl seiner Liebschaften noch bei seinen sonstigen Aktivitäten. Magier war er gewesen, Alchimist, Priesteraspirant, Falschspieler, Hochstapler. Die Memoiren, die Giacomo Casanova im Schloss Dux in Böhmen, wo er seinen Lebensabend verbrachte, niederschrieb, hatte Mark Hamilton natürlich nie gelesen – wer tat das heute schon. Aber Federico Fellinis Casanova-Film hatte er gleich mehrmals gesehen. Unvergleichlich Donald Sutherland in der Rolle des lustgetriebenen Venezianers.

Erneut schlug er das Buch auf. »Die größte Erleichterung, die ein Mensch in Haft erfahren kann«, schrieb Casanova, »ist die Hoffnung, bald herauszukommen. Er denkt an den glücklichen Augenblick, da er das Ende seines Unglücks erleben darf.«

Wohl wahr. Die Hoffnung, bald herauszukommen, hatte auch er. Er wusste immer noch nicht, was seine Entführer bezweckten. Lorenzo beantwortete keine Fragen. Genau genommen sagte er überhaupt nichts. Nicht einmal auf Italienisch. Aber worum sollte es sich sonst handeln als um eine Lösegelderpressung?

Mark Hamilton las gerade von der Glocke von San Marco, die Mitternacht schlug und Casanova bei seiner Flucht zu neuen Kräften verhalf, da wurde der Schieber an der Stahltür geöffnet. Lorenzo trat ein und reichte ihm wortlos eine Schwimmbrille, deren Gläser mit schwarzer Farbe dick verkleistert waren. Mark Hamilton sah Lorenzo fragend an. Der deutete nur mit dem Zeige- und dem Mittelfinger auf die Augen. Mark nickte und setzte die Brille auf. Sie funktionierte perfekt, er war jetzt tatsächlich blind wie ein Maulwurf. Lorenzo nahm ihn am Arm und führte ihn aus seinem Verließ, eine Treppe hoch, durch einen Raum, in dem die Schritte hohl widerklangen. Mark stolperte über eine Schwelle. Offenbar waren sie nun in einem Zimmer angelangt. Er spürte weiche Teppiche unter den Füßen, und auch die Akustik war deutlich verändert. Lorenzo veranlasste Mark, stehen zu bleiben, drehte ihn und setzte ihn auf einen Stuhl.

»Wenn Ihnen lieb ist la vita, dann versuchen Sie nicht, die Brille abzunehmen.« Die Stimme war kratzig, nicht unfreundlich, aber sehr bestimmt. Dass es sich um einen Italiener handelte, der allerdings gut Deutsch sprach, war unüberhörbar.

Mark nickte. »Sie können sich darauf verlassen. Ich will nichts, aber auch gar nichts sehen.«

»Perfetto, dann das wäre geklärt.«

Hinter ihm waren Schritte zu hören, wahrscheinlich von Lorenzo.

»Ich hoffe, Sie fühlen sich bei uns wohl«, fuhr die Stimme fort.

»Ganz ausgezeichnet, herzlichen Dank für die Einladung«, erwiderte Mark.

»Benissimo, schön, dass Sie nicht verloren haben Ihren umorismo.«

»Wie lange darf ich mich Ihrer Gastfreundschaft noch erfreuen?«

Mark hörte ein kurzes Lachen. »Das hängt ganz ab von Ihnen.«

»Dann sagen Sie doch bitte, was ich tun kann, um Ihnen nicht zu lange zur Last zu fallen.«

»Con piacere, deshalb ich habe Sie hergebeten. Wir möchten, dass Sie für Ihre Freiheit bezahlen. Und zwar exakt zwölf Millionen.«

»Lire?«, fragte Mark schüchtern.

Wieder dieses kurze Lachen. »Purtroppo no, Deutsche Mark. Aber Sie können froh sein, dass es sich nicht um Euro handelt.«

»O ja, in der Tat, was für ein Glück.«

Zwölf Millionen Mark? Die Herren Entführer überschätzten seine Möglichkeiten, stellte Mark fest. Hatte er sein Erbe richtig im Kopf, so lag es eher bei neun Millionen Mark.

»Falls Sie nicht zahlen oder wenn es gibt Probleme, sind wir leider gezwungen, Ihrem Leben ein Ende zu setzen. Sehr bedauerlich.«

Mark schluckte. »Ja, das hielte auch ich für ausgesprochen bedauerlich.« Und nach einer kurzen Pause: »Ich muss Ihnen aber leider sagen, dass Sie mit dieser Lösegeldforderung entschieden zu hoch liegen. Ich bin nur ein kleiner Fotograf …«

»Und ein großer Erbe! Das stand hier sogar in der Zeitung.«

»Tatsächlich? Das wusste ich nicht.«

»Jetzt wissen Sie es.«

»Aber die Erbschaft war nicht so hoch. Ich kann keinesfalls so viel aufbringen.«

Mark hörte, wie sein Gegenüber aufstand und durchs Zimmer lief. Der Boden – offenbar war unter den Teppichen Parkett – geriet in Schwingungen. Mark vermutete, dass es sich bei dem schwergewichtigen Mann um seinen unmittelbaren Entführer handelte, nämlich jenen offensichtlich hünenhaften Menschen, der ihn mit spielerischer Leichtigkeit wie einen halb vollen Sack Kartoffeln zum Auto getragen hatte. Wie würde er auf seinen Liquiditätsengpass reagieren?

»Ich hoffe zu Ihren Gunsten, dass Sie mich nicht, come si dice, verarschen. Was können Sie maximal aufbringen? Und vergessen Sie nicht, es geht um ihr Leben!«

»Acht Millionen Mark, das ist mein gesamtes Erbe. Mehr habe ich nicht.« Ein kleines Finanzpolster wollte er schon noch retten, das war ja wohl legitim.

»Acht Millionen?« Mark hörte den Zweifel in der Stimme. »D'accordo, acht Komma fünf Millionen! Wir werden in Kürze ein Telefonat führen. Ich möchte, dass Sie alles richtig machen.«

Mark versuchte sich zu entspannen.

»Okay, dann sagen Sie mir doch bitte, worauf es ankommt.«

»Ich bin froh, dass Sie kooperieren. Sie sind also einverstanden?«

»Ich bin von der Idee nicht gerade begeistert, aber ich fürchte, ich habe keine Alternative. Also, wie haben Sie sich das vorgestellt? Wie Ihnen wahrscheinlich aufgefallen ist, habe ich kein Geld bei mir.«

»Allora, wir rufen Ihren Anwalt an, Dottor Leuttner. Er weiß bereits Bescheid, dass Sie bei uns sind. Sie werden ihn autorisieren, über Ihr Vermögen zu verfügen. Und Sie werden ihm sagen, dass er die Summe zahlen soll, und zwar subito. In gebrauchten Dollarscheinen zum aktuellen Umrechnungskurs. Das wäre schon alles. Mehr ist nicht nötig. Den Rest erledigen wir. Und in der Zeit dazwischen können Sie sich wieder in der Cantina entspannen.«

»Sehr freundlich.«

»Und sagen Sie nur das Nötigste. Wir wollen das Gespräch möglichst kurz halten. Sicher ist bereits die Polizei eingeschaltet, und die wird versuchen, uns zu lokalisieren. Aber machen Sie sich keine falschen Hoffnungen. Wir sind nicht stupidi, bei einem kurzen Telefonat verfügen wir über erprobte Technik, die verhindert, dass man uns finden kann.«

»Da bin ich aber froh. Ich bin derzeit auch nicht auf Besuche eingestellt.«

Mark hörte sein Gegenüber wieder lachen. Ihm selbst war allerdings alles andere als fröhlich zu Mute. Ganz im Gegenteil fühlte er sich ausgesprochen beschissen. Wer sagte ihm, dass ihn seine Entführer nach Zahlung des Lösegelds wirklich auf freien Fuß setzen würden? Vielleicht wurde er stattdessen mit Gewichten an den Beinen in irgendeinem See oder in der Adria entsorgt. Keine angenehme Vorstellung. Und wie sollte er wissen, ob Dr. Leuttner das geforderte Lösegeld wirklich flüssig machen konnte? Und wenn bei der Lösegeldübergabe irgendetwas schief lief oder die Polizei Mist baute, dann war alles vorbei. Eigentlich hatte er noch vor, einige Jahrzehnte zu leben. Mit oder ohne diesen acht Komma fünf Millionen.

»Sind Sie so weit? Ich werde jetzt Herrn Doktor Leuttner anrufen, und Sie sprechen nur, wenn ich es Ihnen sage.«

22

Bei ihrem Anruf waren die Entführer schnell zur Sache gekommen und hatten ihre Lösegeldforderung genannt. Dann holten sie Mark ans Telefon. Welchen Kosenamen hat Ihnen Ihre Großmutter gegeben, als Sie noch ein kleines Kind waren?«, stellte Dr. Leuttner die vorbereitete Frage, mit der er sich von Marks Identität überzeugen wollte. Allerdings schien ihm diese Vorsichtsmaßnahme bereits überflüssig, denn er hatte Marks Stimme zweifelsfrei erkannt. Neben ihm stand Hauptkommissar Wächter und hörte über Lautsprecher mit. Auf dem Tisch befand sich ein großes Tonbandgerät, das das

Gespräch aufzeichnete. Die Spezialisten auf der anderen Seite des Raumes saßen an ihren Geräten und versuchten, den Anruf zurückzuverfolgen.

»›Mein Goldstück‹, so hat Grandma Ottilia immer zu mir gesagt.«

Dr. Leuttner sah den fragenden Blick des Kommissars und nickte bestätigend.

»Herr Hamilton«, fuhr Dr. Leuttner fort, »Sie können sicher sein, dass wir alles tun werden, um Ihnen zu helfen.«

»Darum würde ich auch bitten«, erwiderte Mark.

»Sie müssen mich allerdings autorisieren, zur Zahlung des Lösegelds über Ihr gesamtes Vermögen zu verfügen.«

»Geht das am Telefon? Ich kann derzeit leider nicht bei Ihnen vorbeikommen, ich bin etwas indisponiert.«

Trotz der angespannten Situation musste Dr. Leuttner lächeln. »Es muss gehen, ja.«

»Okay, tun Sie sich keinen Zwang an, verfügen Sie!«

Dr. Leuttner und Hauptkommissar Wächter hörten einige Geräusche, dann meldete sich wieder die Stimme des Entführers. »Wir kommen zum Ende. Stellen Sie das Lösegeld bis dopodomani bereit, in gebrauchten Dollarscheinen, übermorgen Abend.«

»Das schaffe ich nicht«, sagte Dr. Leuttner.

»Das werden Sie aber müssen, tut mir Leid. Gibt es einen Verwandten von Mark Hamilton?«

Dr. Leuttner warf Hauptkommissar Wächter einen fragenden Blick zu. Der zuckte ratlos mit den Schultern.

»Ja, einen Halbbruder namens Rudolf Krobat. Warum?«

»Ich möchte, dass sich dieser – wie heißt er?«

»Rudolf Krobat!«

»Dass sich dieser Rudolf Krobat übermorgen abends im Haus von Mark Hamilton am Gardasee befindet. Mit dem Lösegeld. Ich melde mich dort um Punkt neun Uhr. Signor Krobat bekommt dann weitere Anweisungen.«

»Aber …«
»Kein Aber, das war alles. Grazie.«
Der Entführer hatte aufgelegt. Hauptkommissar Wächter sah hinüber zu den Spezialisten an ihren Apparaten.
»So eine Scheiße!« Ein Kopfhörer flog durch den Raum. »Der Anruf kam aus Italien, aber das ist schon alles. Die haben wohl Spaghetti in der Leitung. Keine Chance!«
Wächter machte eine wegwerfende Handbewegung. »Dann eben nicht.«
»Und jetzt?«, wollte Dr. Leuttner wissen.
»Was heißt ›und jetzt‹? Besorgen Sie das verdammte Geld! Acht Komma fünf Millionen Mark, umgerechnet in Dollar, in gebrauchten Scheinen, wie von den Entführern gefordert. Und lassen Sie mich von Ihrer Sekretärin mit diesem Bruder verbinden. Ich hoffe, er macht mit.«

23

Als Laura am Nachmittag des nächsten Tages bei der Casa Ottilia vorfuhr, stockte ihr fast der Atem. Mehrere Polizeiwagen parkten auf dem Grundstück. Bei einem war das Blaulicht eingeschaltet. Auf der großen Wiese stand ein Hubschrauber der italienischen Polizei. Erschrocken drehte sich Laura um, als sie hinter sich eine Sirene hörte. Mehrere Polizeimotorräder drängten an ihrem Fiat vorbei. Einige Uniformierte eilten auf sie zu. Was um Gottes willen war hier passiert? Seit Tagen hatte sie Mark telefonisch zu erreichen versucht, aber offenbar hatte er noch in der Nacht nach ihrer Abreise das Haus verlassen. Das war ihr zwar seltsam vorgekommen, schließlich hatte er vorher nichts davon erwähnt, aber so gut kannte sie ihn ja wirklich noch nicht. Und zuzutrauen war es ihm, dass er plötzlich völlig neue Pläne hatte. Nein, Sorgen hatte sie sich nicht um Mark gemacht. Aber sie

war ziemlich enttäuscht gewesen, als er sich nicht wie versprochen am nächsten Tag bei ihr gemeldet hatte. Und nun diese vielen Polizisten? Einer stand jetzt breitbeinig neben ihrem Wagen. War das eine Maschinenpistole?
Laura hob im Auto die Hände. »Mein Name ist Laura Zanetti, ich wohne hier.«

Wenig später saß Laura im Esszimmer dem Commissario aus Verona gegenüber, den sie bereits von den Untersuchungen nach Ottilia Balkows Tod kannte.
»Wir haben Sie schon gesucht. Wo verdammt noch mal waren Sie?«, herrschte sie der Commissario an.
»Tut mir Leid. Meine Reisegruppe musste nach einem Tag weiter, irgendetwas ist in der Planung schief gelaufen. Da bin ich zu einer Freundin nach Venedig gefahren.«
»Wie heißt diese Freundin? Ihren Namen bitte!«
»Viviana Torre. Ihre Eltern haben ein kleines Hotel auf dem Lido. Dort habe ich gewohnt. Reicht das?«
»Ihre Freundin Viviana kann das bestätigen?«
»Natürlich kann sie das. Was sollen diese Fragen?«
Commissario Sanabotti raufte sich die Haare. »Sie wissen, was passiert ist?«
»Ja. Ihr Kollege hat mich gerade informiert. Mark ist entführt worden, stimmt das?«
»Natürlich stimmt das.« Sanabotti gestikulierte wild mit den Händen. »Glauben Sie, wir machen das hier alles zum Spaß?«
»Nein, natürlich nicht ...«
»Wie gut kannten Sie Herrn Hamilton?«
»Ich habe ihn erst vor einigen Tagen kennen gelernt.«
»Und?«
»Was heißt ›und‹?«
»Und, haben Sie mit ihm geschlafen?«
Empört sprang Laura auf. »Was geht Sie das an?«

»Setzen Sie sich! Wir haben hier eine Entführung. Ich muss alles wissen.«
Laura setzte sich wieder, blieb dem Commissario aber die Antwort schuldig.
»Hat Ihnen Herr Hamilton hinsichtlich der Höhe seines Vermögens konkrete Angaben gemacht?«
»Nein, hat er nicht. Warum?«
»Hier stelle ich die Fragen. Machen Sie doch bitte nicht alles noch schwieriger.« Commissario Sanabotti wischte sich den Schweiß von der Stirn. »Es ist sowieso ein unvorstellbares Durcheinander. Die deutsche Kriminalpolizei ist involviert, Europol, in wenigen Minuten kommt eine Antiterroreinheit aus Mailand, ein Commissioner von Scotland Yard ist im Anflug. Ich werde noch völlig verrückt. Spätestens um acht Uhr wird Herr Krobat mit Kriminalbeamten aus München eintreffen …«
»Marks Halbbruder kommt?«
»Ja, wir haben doch nach dem Tod von Signora Balkow gemeinsam mit ihm telefoniert. Die Entführer wollen, dass er das Lösegeld überbringt. Es liegt bereits eine Ausnahmeregelung aus Rom vor. Offenbar hat London Druck gemacht. Das Antimafia-Gesetz, das die Zahlung von Lösegeld bei italienischen Staatsbürgern unterbindet, wird in diesem Fall nicht zur Anwendung gebracht. So, genug der Erklärungen meinerseits. Sind Sie nun bereit, meine Fragen zu beantworten?«
»Natürlich bin ich das«, sagte Laura. »Das war ich übrigens von Anfang an. Nur eine Antwort auf die Frage, ob ich mit dem Entführten geschlafen habe oder nicht, dürfte Sie bei Ihren Ermittlungen wohl kaum weiterbringen.«

Rudolf Krobat lief nervös im Zimmer auf und ab. Nur noch wenige Minuten waren es bis einundzwanzig Uhr. Der angekündigte Anruf der Entführer rückte immer näher. In der Ecke saß Marks Anwalt Dr. Leuttner und hielt eine große braune

Tasche fest umklammert. Laura Zanetti lehnte am Fenster. Über einen Dolmetscher verständigte sich Hauptkommissar Wächter mit dem martialisch aussehenden Comandante der inzwischen eingetroffenen Antiterroreinheit. Commissario Sanabotti, der dabeistand, zog seine Krawatte aus dem Hemdkragen und stopfte sie kurzatmig in die Jackentasche. Draußen hörte man die Rotorgeräusche eines weiteren Helikopters, der zur Landung ansetzte. Er war mit speziellen Infrarot- und Wärmekameras ausgestattet, die auch in der Nacht eine Verfolgung der Entführer nach der Lösegeldübergabe ermöglichen sollten. Allerdings waren sich die Kriminalbeamten noch nicht einig, ob der Hubschrauber zum Einsatz kommen sollte. Schließlich durfte das Leben des Entführten nicht gefährdet werden.

Das Telefon klingelte. »Avanti, avanti!« Rudolf Krobat, der sich gerade eine Zigarette angezündet hatte, steckte diese dem verdutzten Commissario Sanabotti zwischen die Lippen und eilte ans Telefon. Kommissar Wächter hob noch kurz die Hand, das Tonbandgerät wurde eingeschaltet, dann gab er Rudolf Krobat das Zeichen zum Abheben.

»Krobat, Rudolf Krobat am Apparat.«

»Signor Krobat, haben Sie das Geld?«

Rudolf Krobat sah hinüber zu Dr. Leuttner und der braunen Tasche. »Ja, habe ich. Wie geht es Mark?«

»Noch geht es ihm gut. Alles weitere hängt von Ihnen ab. Ich nehme an, Sie sind in bester Gesellschaft. Grüßen Sie Commissario Sanabotti von mir.«

Sanabotti fiel die Zigarette aus dem Mund.

»Was soll ich tun?«

»Haben Sie ein Handy?«

»Ja.«

»Sagen Sie mir die Nummer!«

Kommissar Wächter nickte zustimmend. Nachdem Rudolf Krobat die Telefonnummer durchgegeben hatte, forderte ihn der Anrufer auf, Punkt einundzwanzig Uhr dreißig in ein Auto zu steigen, alleine und mit dem Lösegeld, und über Affi auf die A22 Richtung Verona zu fahren. Über das Handy würde er weitere Anweisungen erhalten.

»Und sagen Sie Commissario Sanabotti, er soll alle Polizisten und Spezialeinheiten zurückpfeifen. Sobald wir merken, dass Sie überwacht werden oder ein Helikopter in der Luft ist, brechen wir alles ab, und Sie sehen Ihren Bruder niemals wieder. Verstanden?«

»Ja, verstanden. Ich werde alleine unterwegs sein.«

»Und vergessen Sie das Lösegeld nicht!« Über die Lautsprecher war das Lachen des Entführers zu hören. Dann war die Leitung tot.

»So, die Tasche ist mit einem Sender versehen«, erklärte Hauptkommissar Wächter und stellte sie Rudolf Krobat auf den Beifahrersitz des BMW. »Das Auto ist von der bayrischen Kriminalpolizei und kann jederzeit fast auf den Meter genau geortet werden. Der Wagen ist voll getankt, hier ist Ihr Handy, wir haben noch den Akku gegen einen frischen ausgewechselt, da kann also auch nichts passieren. Außerdem ist das Handy so präpariert, dass wir jedes Gespräch mithören können. Ansonsten bin ich mir mit meinen italienischen Kollegen einig, dass wir ausreichend Abstand zu Ihnen halten werden. Wir werden erst zuschlagen, wenn wir sicher sind, dass wir Mark Hamilton damit nicht gefährden.«

»Dass das Leben von Mark absolute Priorität hat, ist doch wohl klar. Das müssen Sie mir versprechen!«, sagte Rudolf Krobat mit lauter Stimme, während er den Fahrersitz verstellte.

»Das habe ich doch gerade«, versuchte ihn Kommissar Wächter zu beruhigen. »Und auch Ihnen wird nichts passieren. Sie werden sehen. Das Lösegeld werden wir ebenfalls sicherstellen. Ich bin sehr zuversichtlich.«

»Na, hoffentlich haben Sie Recht.« Rudolf Krobat startete den Motor der schweren Limousine.
»Hier, noch eine Straßenkarte, falls Sie sich nicht mehr zurechtfinden.«
»Danke, ich kenn mich in der Gegend zwar ganz gut aus, kann aber nicht schaden. Also, drücken Sie mir die Daumen.«

»Wo sind Sie?«
Rudolf Krobat steuerte mit der linken Hand und hielt mit der rechten das Handy ans Ohr. »Kurz vor dem Autobahnkreuz Mailand-Venedig.«
»D'accordo. Biegen Sie Richtung Mailand ab, und verlassen Sie die Autobahn bei der Ausfahrt Sommacampagna.«
»Verstanden. Und dann?«
»Geduld, Sie hören wieder von mir.«
Rudolf Krobat legte das Handy auf den Beifahrersitz neben die große Ledertasche mit dem Lösegeld und konzentrierte sich erneut auf die Straße.

Kommissar Wächter hatte das Gespräch mitgehört. Er saß in einem Zivilfahrzeug der italienischen Kriminalpolizei. Commissario Sanabotti schrie aufgeregt in ein Sprechfunkgerät. Sie hielten einen Abstand von ungefähr zwei Kilometern zu Rudolf Krobats Fahrzeug. Einige Minuten hinter ihnen folgte eine ganze Armada von Polizeifahrzeugen. Auch die beiden Hubschrauber waren in der Luft.
»Folgen Sie dem Schild Villafranca di Verona.«
Kommissar Wächter leuchtete auf die Landkarte, die er auf dem Schoß liegen hatte. Die italienischen Kollegen brauchten diese Hilfe nicht. Einige Polizeiwagen scherten aus der nachfolgenden Kolonne aus, wendeten und jagten mit Blaulicht über Nebenstraßen nach Süden.
Bald wurden die nächsten Anweisungen durchgegeben. Über eine halbe Stunde lotsten die Entführer Rudolf Krobat kreuz

und quer übers Land. Der italienischen Einsatzleitung fiel es immer schwerer, die Polizeifahrzeuge so zu steuern, dass sie sich nicht mit dem BMW von Rudolf Krobat ins Gehege kamen.

Als sie durch Borghetto fuhren, stöhnte Commissario Sanabotti. »Was würde ich dafür geben, jetzt gemütlich in der Antica Locanda Mincio sitzen zu können? Bei einem Glas Valpolicella, vor mir einen Teller *Tortelli di zucca*, danach eine *Trota salmonata* …«

Antica Locanda Mincio
Die Trattoria liegt direkt am Fluss

Wächter musste lächeln. Ganz offensichtlich ging seinem italienischen Kollegen die Verfolgungsfahrt gehörig auf den Geist. Aber er musste zugeben, dass er Sanabotti in dieser Locanda gerne Gesellschaft geleistet hätte.

Sie überquerten auf einem mittelalterlichen Damm den Fluss Mincio, der den Gardasee mit dem Po verbindet. Die Visconti hatten das mächtige Bauwerk Ende des 14. Jahrhunderts errichtet, um den Mincio aufzustauen und damit dem südlicher gelegenen Mantua das Wasser abzugraben.

Po
Der längste Fluss Italiens markiert die südliche Grenze des Veneto

Die Fahrt ging am Skaligerkastell hinauf nach Valeggio und von dort auf die Straße nach Villafranca. Sie ließen sich Zeit, um nicht zu dicht auf Rudolf Krobat aufzurücken. Die Straße führte jetzt schnurgerade durch weitläufige Obstplantagen.

Visconti
Mächtige Adelsfamilie aus Mailand

»Wo sind Sie?«, hörten sie im Polizeiwagen den Entführer fragen.

»Zwischen Valeggio und Villafranca. Rechts war gerade eine Werbetafel, auf der irgendetwas mit Alfa Romeo stand«, antwortete Rudolf Krobat.

»Fahren Sie weiter, aber machen Sie langsamer.«

»Langsamer, in Ordnung.«

»Sind Sie alleine auf der Straße? Sehen Sie ein anderes Auto oder irgendeinen Menschen?«

»Nein, niemanden!«

»Blinken Sie einmal kurz mit dem Fernlicht!«

»Okay. Ich blinke.«

Kommissar Wächter stellte fest, dass Rudolf Krobat ausgesprochen gute Nerven hatte. Ohne Protest, geduldig und mit ruhiger Stimme folgte er allen Anweisungen.

»Va bene, gleich kommt ein Bauernhof, danach eine scharfe Rechtskurve und eine Brücke. Auf dieser Brücke bleiben Sie rechts möglichst dicht an der Steinmauer stehen.«

»Verstanden, am Bauernhof bin ich bereits vorbei. Ich sehe jetzt ein Schild, das auf die Kurve hinweist. Ich fahr ganz langsam. Jawohl, hier ist die Brücke. So, ich habe angehalten. Was nun?«

»Öffnen Sie das rechte Seitenfenster, und werfen Sie die Tasche mit dem Lösegeld über die Mauer.«

»Ich weiß nicht, ob die Tasche durch das Fenster passt?«

»Probieren Sie es!«

»Augenblick, ich muss das Handy erst weglegen.«

Das Fahrzeug mit Wächter und Sanabotti war bei einer verwaisten Bushaltestelle stehen geblieben. Der Abstand zur Kurve betrug keinen Kilometer. Commissario Sanabotti kämpfte mit den Tücken des Sprechfunkgeräts. Hinter ihnen stoppte ein Fahrzeug mit Beamten der Antiterroreinheit.

»Ich bin wieder da. Die Tasche hat durchgepasst. Ich habe sie über die Mauer fallen lassen. Und nun?«

»Jetzt fahren Sie wieder los, durch Villafranca Richtung Isola. Geben Sie Gas. Mindestens zehn Minuten. Dann können Sie tun und lassen, was Sie wollen.«

»Und mein Bruder?«

»Sobald wir das Lösegeld haben und in Sicherheit sind, kommt er frei! Das war's, Ende der Vorstellung.«

Die Verbindung wurde unterbrochen. Nach einer kurzen Pause meldete sich Rudolf Krobat. »Kommissar Wächter, können Sie mich hören?«

»Ja, kann ich, gut gemacht. Tun Sie, was man Ihnen gesagt hat! Nachher werden wir zusammen eine Grappa trinken.«

GRAPPA
Schnaps aus gepressten Traubenschalen (Trester)

»Erst wenn Mark auf freiem Fuß ist.«
»In Ordnung!«

Die Einsatzfahrzeuge begannen im Abstand von einigen Kilometern einen großen Kreis um die Brücke zu ziehen, die über einen betonierten Kanal führte. Der Diramatore Canale Sommacampagna hatte wie immer zu dieser Jahreszeit kein Wasser und war völlig ausgetrocknet. Die Beamten hatten sich hinter Obstbäumen und Büschen versteckt. Die Hubschrauber waren auf einer Wiese bei Valeggio gelandet und warteten auf weitere Anweisungen. Hauptkommissar Wächter lehnte an einem Schild mit der Aufschrift Agriturismo und beobachtete mit einem Nachtsichtgerät der italienischen Polizei die Straße. Nichts rührte sich. Das Signal auf dem Monitor im Einsatzwagen blinkte fortwährend an derselben Stelle. Die Tasche mit dem Lösegeld bewegte sich nicht. Commissario Sanabotti beriet sich flüsternd mit dem Comandante der Antiterroreinheit.

AGRITURISMO Landwirtschaftlicher Betrieb mit Unterbringung von Feriengästen

Eine halbe Stunde später hatte sich noch immer nichts getan. Mit Zustimmung des deutschen Kriminalers verschwanden schließlich einige Nahkampfspezialisten der Antiterroreinheit geräuschlos zwischen den Obstbäumen. Wieder war alles ruhig. Eine Vespa mit zwei Jugendlichen kam vorbei, fuhr aber, ohne zu halten, über die Brücke. Hauptkommissar Wächter wurde immer unruhiger. Die Situation gefiel ihm nicht. Die Entführer hätten sich schon längst des Lösegelds bemächtigen müssen. So viel Zeit lässt keiner verstreichen, wenn es um achteinhalb Millionen Mark geht. Hoffentlich hatte ihnen der massive Polizeieinsatz der italienischen Kollegen keinen Strich durch die Rechnung gemacht. Es war ja kaum denkbar, dass die Aktion den Entführern verborgen geblieben war. Durch die ständigen Kreisfahrten war ihnen das Fahrzeug von Rudolf Krobat sogar einmal entgegengekommen.
Hauptkommissar Wächter zuckte zusammen, als neben ihm

mit schwarz gerußtem Gesicht ein Antiterrorspezialist auftauchte. Er hatte die braune Tasche in der Hand und stellte sie kommentarlos vor den Beamten auf den Asphalt. Der Reißverschluss war offen. Commissario Sanabotti leuchtete hinein. »È vuota«, stellte er überrascht fest. Dann fischte er einen Zettel aus der Tasche. Hauptkommissar Wächter sah ihm über die Schulter. »Tante grazie e buona notte!«, stand auf dem Blatt Papier.

»Das gibt's doch einfach nicht«, erregte sich Rudolf Krobat. »So bescheuert kann man doch gar nicht sein. So etwas Dummes hat es nicht mehr gegeben, seit Caligula sein Pferd zum Konsul ernannt hat. Habe ich Sie recht verstanden? Die Tasche ist leer, das Geld ist weg?«
Wächter bemühte sich ruhig zu bleiben. Er konnte ja verstehen, dass Rudolf Krobat so außer sich war. Bei diesem gewaltigen Aufgebot an Sicherheitskräften und Spezialeinheiten hätte es diesen Misserfolg wirklich nicht geben dürfen. Der Hauptkommissar nahm das Handy in die andere Hand.
»Ja, so ist es. Das Geld ist weg. Die Jungs waren clever. Offenbar haben zwei Typen direkt unter der Brücke gewartet, das Geld sofort umgepackt, die Tasche mit dem Sender liegen lassen, und dann sind sie mit Mountainbikes durch den Kanal davon.«
»Mit Mountainbikes? Woher wollen Sie denn das plötzlich so genau wissen?«
»Weil meine italienischen Kollegen die Räder gefunden haben. Sie lagen in etwa drei Kilometer Entfernung, wo der Kanal wieder eine Straße kreuzt. Dort sind sie sicher in ein Auto umgestiegen. Das Ganze haben die in wenigen Minuten durchgezogen. Der betonierte Kanal ist für Mountainbikes eine perfekte Rennstrecke. Die Jungs haben den Ort für die Lösegeldübergabe genial ausgewählt. Das muss ihnen der Neid

lassen. Während wir die Kurve observiert und unseren Ring gezogen haben, waren die schon längst auf und davon. Im tief gelegenen Kanalbett hätten wir sie wohl selbst bei Tageslicht nicht gesehen. Dumm gelaufen!«
»Dumm? Saudumm! Ich fass es einfach nicht. Die Kohle ist weg, und keine Spur von den Entführern. Und jetzt? Was wird aus Mark?«
»Nun, die Kidnapper haben, was sie wollten. Also schätze ich, dass sie Mark Hamilton bald freilassen werden.«
»Ihr Wort in Gottes Ohr!«
»Das wird so laufen, Sie werden sehen. Kein Grund zur Panik. Und das Lösegeld würde ich auch nicht abschreiben. Das Spiel ist noch nicht zu Ende. Sobald ihr Bruder auf freiem Fuß ist, kann die italienische Polizei voll aufdrehen. Die haben auch ihren Stolz, das können Sie mir glauben. Das gefällt denen überhaupt nicht, dass sie vor den Augen deutscher Beamten und eines englischen Kollegen an der Nase herumgeführt wurden.« Hauptkommissar Wächter machte eine kurze Pause. »Wo sind Sie eigentlich?«
»Zwischen Villafranca und Isola, auf so einer Art Parkplatz. Ich habe vorsichtshalber genau gemacht, was mir gesagt wurde.«
»Richtig. Ich schlage vor, Sie holen mich hier bei der Brücke ab, und wir fahren zusammen zurück zum Haus. Dort warten wir dann in aller Ruhe ab.«
»Bleibt uns ja kaum was anderes übrig. Einverstanden, ich bin in zehn Minuten da.«
»Bis gleich.«
Wächter drückte auf die Taste mit dem roten Hörer und steckte das Handy in die Jackentasche. Hoffentlich habe ich Recht, dachte er. Jedenfalls was den Punkt betrifft, dass die Entführer Mark Hamilton freilassen.

24

Mark Hamilton hatte die Augen geschlossen und versuchte leicht schwankend die Balance zu halten. Als Kind konnte er ewig auf dem Kopf stehen. Einmal war er dabei sogar eingeschlafen und in die Farbpalette seines Vaters gekippt. Er hörte, wie die Stahltür entriegelt wurde, öffnete die Augen und sah ein Paar Turnschuhe auf sich zukommen. Vor seinem Gesicht baumelte die ihm schon bekannte Schwimmbrille mit den schwarzen Gläsern. Mark beendete den Kopfstand, nickte seinem maskierten Besucher verständnisvoll zu und setzte die Brille auf.

»Okay, Lorenzo, ich kann dich nicht mehr sehen.« Mark wedelte mit der rechten Hand vor seinem Gesicht.

»Andiamo«, hörte er seinen Aufseher sagen. Lorenzo fesselte ihm die Hände hinter dem Rücken, nahm ihn am Oberarm und führte ihn die Treppe hinauf. Während Mark vorsichtig eine Stufe nach der anderen nahm, spekulierte er über den Sinn und Zweck dieses Ausflugs. Wollten ihn seine Entführer umbringen, dann hätten sie das bequem im Keller erledigen können. So schlecht standen seine Chancen vielleicht gar nicht. Mark hörte, wie sich vor ihm eine Tür öffnete. Er spürte einen leichten Windzug im Gesicht. Sie waren im Freien. Er atmete tief ein. Es roch nach Flieder. Jetzt ging es einige Stufen hinab. Eins, zwei, drei, vier. Unter seinen Füßen schepperte ein Gitter. Zwei Schritte, Kies. Er stieß mit dem rechten Schienbein gegen ein Hindernis. Lorenzo zog ihn zur anderen Seite. Mark bekam einen Stoß und krachte auf die Ladefläche eines Transporters. Zwei Türen fielen ins Schloss. Der Motor sprang an, und das Auto fuhr los. Das Klappern von Flaschen bestätigte ihn in der Annahme, dass er wieder im selben Auto lag wie in der Nacht seiner Entführung. Zweige schrammten am Fahrzeug entlang. Es folgte eine Bodenwelle. Das Auto bog nach rechts und beschleu-

nigte. Offenbar befanden sie sich jetzt auf einer geteerten Straße.
Mark begann leise zu zählen. Von eins bis sechzig. Eine Minute. Erneut von eins bis sechzig. Schön langsam und gleichmäßig. Es musste doch möglich sein, in etwa die Zeit abzuschätzen. Die Zeit bis zu welchem Ereignis? Ja, das war wohl die entscheidende Frage. Bis zu seiner Freilassung? Hatte Dr. Leuttner gezahlt? Hoffentlich! Dann war er zwar um achteinhalb Millionen ärmer. Aber was soll's? Sein Leben war ihm mehr wert. Achtundfünfzig, neunundfünfzig, sechzig. Fünfundzwanzig Minuten! Eins, zwei …
Der Lieferwagen bremste ab und kam zum Stehen. Mark glaubte zwar nicht an Gott, aber er dachte, dass es in dieser Situation nicht schaden konnte zu beten. Die Hecktür wurde geöffnet. Mark wurde aus dem Wagen gezerrt. Ein mächtiger Schubs, er stürzte nach vorne. Bitte lass hier keinen Abgrund folgen! Mark überschlug sich. Er spürte Blätter im Gesicht. Die Landung war hart – aber wunderbar. Kein Abgrund! Er lebte! Zwischen den Lippen hatte er Grasbüschel. Welch unvergleichlicher Genuss. Türen schlugen zu. Der Transporter fuhr los, das Motorengeräusch wurde leiser, immer leiser …
Auf dem Bauch liegend und die Hände hinter dem Rücken gefesselt, suchte Mark mit dem Kopf nach einem Widerstand. War das ein großer Stein? Er schabte mit dem Gesicht an ihm entlang. Die Schwimmbrille rutschte ihm über die Stirn, er gehörte wieder zu den Sehenden. Er stellte fest, dass er am Fuß einer Böschung auf einer Wiese lag, vor ihm zeichneten sich im Dunkel der Nacht die Silhouetten einiger Bäume ab. Der Stein erwies sich als ein alter, verwitterter Markierungsposten. Mark rollte sich auf den Rücken und sah hinauf zum funkelnden Sternenhimmel. Hatte er jemals etwas so Schönes und Erhabenes gesehen? Einige Minuten lag er einfach da – erleichtert, zufrieden, glücklich.
Schließlich rappelte er sich auf die Beine und erklomm den

kleinen Hang zur Straße. Alles gar nicht so leicht mit hinterrücks gefesselten Händen. Er kam sich vor wie ein unbeholfener Frosch. Oben angelangt, sah er sich erst mal um. Die Straße lag einsam im Dunkeln. Wahrscheinlich war es weit nach Mitternacht. Er könnte einfach warten und auf ein Auto hoffen. Mark musste grinsen, als ihm bewusst wurde, dass er einem vorbeifahrenden Auto gar nicht zuwinken könnte. Außerdem war gegen einen kleinen Spaziergang nichts einzuwenden. Rechts oder links? Rechts! Schon nach wenigen Schritten hörte er von hinten ein Auto kommen. Sein erster Reflex war, sich sofort zu verstecken. Aber der hochdrehende Motor klang so gar nicht nach einem Transporter. Seine Entführer hatten es sich also doch nicht anders überlegt. Mark blieb am Straßenrand stehen und beobachtete die sich nähernden Scheinwerfer. Der Wagen, ein alter Fiat 600, blieb neben ihm stehen, machte einen kurzen Satz, dann war der Motor abgestorben. Das Beifahrerfenster wurde heruntergedreht.

»Buona sera. Ma, Santo Cielo, figliolo, si può sapere che cosa ci fai in un posto come questo a un'ora così tarda? Posso aiutarti?«

Mark spähte ins Auto. Da saß doch tatsächlich ein älterer Geistlicher hinter dem Steuer. Im vollen Ornat – oder wie man dazu sagt.

»Buona notte, Monsignore, parla tedesco o inglese?«, fragte Mark zurück.

»Etwas Deutsch, sì. Mein Name ist Fra' Girolamo, kann ich helfen?«

»Ja, das können Sie. Sie werden es nicht glauben, aber ich bin entführt und gerade erst vor wenigen Minuten freigelassen worden.«

»Entführt?«, sprach Fra' Girolamo bedächtig das ihm unbekannte Wort nach. »Che cos' è? Was heißt das?«

Mark drehte sich um und zeigte dem Pastor die gefesselten Hände. »Entführt, Kidnapping, verstehen Sie?«

Der Pastor hielt kurz voller Entsetzen die rechte Hand vor den Mund. »Entführt, ah, adesso ho capito, un rapimento. Das ist doch nicht möglich. Was gibt es doch für Sünde auf dieser Welt. Aspetta, mein Sohn.«

Fra' Girolamo wuchtete seinen massigen Körper aus dem kleinen Fiat, langte in die Kutte und hatte plötzlich ein großes Taschenmesser in der Hand. Als er Marks verblüfftes Gesicht sah, lachte er. »Wir sind hier nicht im Vatikan. Und in campagna ist ein Messer wichtig.« Er klappte es auf und deutete auf die Obstbäume am Straßenrand. »Zum Beispiel, um von den Früchten des Herrn zu ernten und sie zu schälen. Oder um in christlicher Nächstenliebe einen armen Menschen von seinen Fesseln zu befreien.«

Mit zwei schnellen Schnitten trennte Fra' Girolamo die Schnüre durch. Erleichtert massierte Mark die blutleeren und tauben Hände.

»Und jetzt bringe ich Sie zur Polizei. Non è lontano. In zehn Minuten sind wir in Marostica, da bin ich zu Hause. Steigen Sie ein, mein Lieber. Auf der Fahrt können Sie mir erzählen, was passiert ist.«

MAROSTICA
Mittelalterlicher Ort mit altem Stadtkern, Festungsmauer und zwei Burgen

Als Fra' Girolamo den altersschwachen Fiat nach einigen Versuchen und frommen Aufmunterungen wieder zum Leben erweckt und in Bewegung versetzt hatte, schilderte Mark in Kurzform sein erlittenes Schicksal. Sobald er fertig war, küsste Fra' Girolamo das silberne Kreuz, das ihm um den Hals hing. Dann ließ er zu Marks Schrecken das Steuer für einen Augenblick gänzlich los, faltete die Hände und schickte ein kurzes Dankgebet gegen die vergilbte Fahrzeugdecke.

»Warum sind Sie eigentlich zu so später Stunde noch unterwegs?«, fragte Mark, als die gefährliche Situation heil überstanden war.

»Im Dienste des Herrn. Un' estrema unzione, eine Letzte Ölung. In einem Dorf nicht weit von hier.« Fra' Girolamo bekreuzigte sich. »In nome del Padre, del Figlio e dello Spirito

Santo. Amen. Gott sei ihrer armen Seele gnädig. Aber die gute alte Clara, sie war bereits fünfundneunzig Jahre alt. Da ist der Tod eine Erlösung.«

Der Gedanke an eine Letzte Ölung ließ Mark einen kalten Schauder über den Rücken laufen. Am Straßenrand tauchte das Ortsschild von Marostica auf. Fra' Girolamo fuhr noch ein Stück geradeaus, es folgte ein kleiner Kreisel, schließlich bog er rechts in die Via Roma ab, und es ging an einer langen Mauer mit einem Gitter vorbei. Mark sah bereits das beleuchtete Schild *Carabinieri*. Fra' Girolamo fuhr an den linken Straßenrand und kam kurz nach einer Telefonzelle zum Stehen. Das Auto machte noch einen kurzen Satz, dann war der Motor wieder abgestorben.

»Wir hätten auch zur Questura fahren können, aber ich glaube, bei einer Entführung sind die Carabinieri zuständig. Ist ja auch egal. Jedenfalls sind Sie hier in guten Händen.«

Mark warf einen Blick durch das große schmiedeeiserne Tor auf eine gepflegte Villa mit einer kleinen Anfahrt, einer geschwungenen Freitreppe und repräsentativen Säulen. Am Balkon hing das runde Wappen der Carabinieri. Einige Fenster waren erleuchtet.

»Es wäre wohl besser gewesen, wir wären erst in meine Kirche gefahren«, entschuldigte sich Fra' Girolamo. »Sie heißt Sant' Antonio und ist nicht weit von hier. Da hätten wir wenigstens mit einem guten Messwein auf Ihre Freilassung anstoßen können. Wir sollten das unbedingt nachholen. Kommen Sie mich mal besuchen. Mein Chef ...« – Fra' Girolamo deutete gen Himmel – »... und ich würden uns sehr freuen.«

»Das mach ich«, versprach Mark.

»Fragen Sie nur nach Sant' Antonio, meine Kirche kennt in Marostica jeder, sie ist gleich hinter der großen Piazza. Wir haben ein schönes Fresko von Jacopo Bassano ...« Fra' Girolamo unterbrach sich erschrocken. »Das hebe ich mir für Ihren Besuch auf. Jetzt sollten Sie aussteigen.«

BASSANO Der Maler Jacopo Bassano (1517/18 bis 1592) hieß so nach seinem Geburtsort Bassano del Grappa

Eine knappe Stunde später war bei den Carabinieri in der Via Roma die Hölle los. Wie es schien, hatte sich bereits das halbe Sonderkommando eingefunden. Kreuz und quer standen auf dem kleinen Vorplatz der Villa die Einsatzfahrzeuge. In einem Raum im ersten Stock machten sich diverse Beamte im Bemühen Konkurrenz, Marks Aussage zu Protokoll zu nehmen. Die Tür ging auf, und Hauptkommissar Wächter und Rudolf Krobat stürmten herein. Rudolf Krobat nahm Mark in die Arme und drückte ihn. »O Gott, bin ich froh, dass es dir gut geht.«

»Mit diesem Herrn hatte ich heute schon einen Termin«, stellte Mark fest. Als Rudolf Krobat verständnislos guckte, fuhr Mark fort: »Im Ernst, ich bin auch ziemlich froh, das kannst du mir glauben. Und danke, dass du die Lösegeldübergabe übernommen hast.«

»Ist doch selbstverständlich. Trotzdem habe ich fast ein schlechtes Gewissen. Du weißt ja sicher schon, dein Geld ist weg. Die Pfeifen von Polizisten haben einfach nicht richtig aufgepasst.«

»Ist schon okay. Da bin ich das Geld halt wieder los. Good bye. War ja für einen guten Zweck, nämlich für mein bescheidenes Leben. Aber Grandma Ottilia wäre gewiss nicht happy. Die hat sich wohl kaum vorgestellt, dass sich irgendwelche durchgeknallten Italiener ihre Kohle unter den Nagel reißen.«

Rudolf Krobat tätschelte Mark die Wange. »Hauptsache, mein Kleiner, du bist gesund und am Leben. Ich wusste gar nicht, dass ich so an dir hänge.«

»Ich auch nicht«, sagte Mark grinsend.

»Und außerdem meint Kommissar Wächter, dass sich die italienische Polizei alle Beine ausreißen wird, um das Geld wieder zu beschaffen und die Kidnapper hinter Gitter zu bringen.«

»Let's hope so. Und wenn nicht, dann muss ich halt wieder fotografieren.«

»Das gefällt mir an dir, du bist wirklich unkompliziert. Wenn ich dir finanziell irgendwie helfen kann, lass es mich wissen. Übrigens solltest du möglichst bald mal in deinem Haus anrufen. Laura wollte nicht mitkommen. Aber sie wartet voller Sehnsucht auf dich. Ich glaube, sie hat am meisten von uns allen gelitten. Man könnte fast denken, sie empfindet etwas für dich.«

25

Buon giorno, Marco, la colazione è pronta. Caffè, spremuta d'arancia, panini, uova strapazzate …«

Mark wühlte sich aus dem Kopfkissen und schlug die Augen auf. Vor ihm stand Laura mit dem Frühstückstablett und strahlte ihn an. Soweit er erkennen konnte, hatte sie außer einer kleinen weißen Küchenschürze seiner Großmutter nichts an. Die Vorhänge vor dem geöffneten Fenster blähten sich in einer leichten Brise. Von draußen drang Gezwitscher herein. Irgendwo bellte ein Hund. Aus dem Erdgeschoss waren Geigenklänge zu hören. Das Licht der Sonne brach sich in einer alten Glaskaraffe auf dem Kaminsims. Es duftete nach frisch aufgebackenem Brot und Kaffee. Mark verschränkte die Hände hinter dem Kopf und atmete tief durch. Das Leben hatte ihn wieder.

»Wo soll ich das Tablett abstellen?«

»Du bist ein Schatz, Laura. Hier vor mir auf dem Bett.« Mark machte eine einladende Bewegung. »Und dann nimm diese alberne Schürze ab und komm zu mir unter die Decke.«

Zwei Stunden später saßen Laura und Mark im Salon. Die Flügeltüren zur Terrasse standen weit offen. Mark hatte zwei Sektgläser bereitgestellt und öffnete den Verschluss einer Spumanteflasche.

»Wir müssen auf meine wiedererlangte Freiheit anstoßen.«

»Nur auf die Freiheit?«

»Na ja, die Flasche ist groß. Wir fangen mit der Freiheit an. Als Nächstes trinken wir auf unser Verhältnis.«

»Könntest du das vielleicht etwas romantischer formulieren?«, sagte Laura mit gespieltem Vorwurf in der Stimme.

»Okay, okay, wie sagt ihr in Italien? Amore, ja, lass uns auf unsere Amore anstoßen!«

»Schon besser«, erwiderte Laura lachend.

Der Korken flog mit einem Knall durchs Zimmer, landete auf dem Schachbrett seiner Großmutter und schlug eine Schneise durch die aufgestellten Figuren.

»Sorry, Grandma«, entschuldigte sich Mark, »ich stell die Kameraden nachher wieder auf.«

Mark füllte die Gläser. »Es lebe die Freiheit! Cheers!«

»Viva la libertà, salute!«

»Ich hab ja auch teuer dafür bezahlt. Die haben mich wohl mit einem Rockefeller oder Getty verwechselt.«

»Immerhin haben sie dir kein Ohr abgeschnitten.«

»Ja, immerhin, sehr rücksichtsvoll. Jedenfalls bin ich jetzt fast so pleite wie vor meiner Erbschaft.«

»Aber du hast ja noch das Haus.«

»Ja, und eine Untermieterin, die laut Testament keine Miete bezahlen muss.«

»Das können wir ändern. Ich brauch' die Wohnung nicht mehr, ich schlaf jetzt beim Hausherrn. Du kannst sie anderweitig vermieten.«

Mark legte die Stirn in Falten. »Das ist zu riskant, dann kann ich dich nicht mehr so einfach rauswerfen.«

»Was bist du doch für ein Ekel. Ich denke, du hast Recht, ich behalte die Wohnung. Wahrscheinlich werde ich deiner sowieso bald überdrüssig.«

»Musst du immer gleich so hart und erbarmungslos zurückschlagen?«, fragte Mark lachend.

»Ja, muss ich.« Laura warf den Kopf in den Nacken. »Du hast es hier mit einer stolzen italienischen Frau zu tun. Wir sind es gewohnt, dass man um unsere Gunst bettelt. Früher hat man sich um uns noch duelliert.« Laura deutete hinüber zum Schachbrett mit den umgestürzten Figuren. »Weißt du noch, wie der Ort heißt, wo dich vorgestern Nacht der Pastor abgeliefert hat?«

»Klar weiß ich das. Marostica hieß der Ort, richtig? Aber was hat das mit dem Schachbrett oder mit dem Werben um eine schöne Frau zu tun? Außerdem habe ich diese Phase schon längst hinter mir. Ich hab dich ja bereits erobert. Ging übrigens relativ schnell.«

»Bilde dir darauf nur nichts ein. Ich hatte eine schwache Minute. Du musst immer wieder aufs Neue um meine Gunst werben!«

MAROSTICA
Der Ort gehörte ursprünglich zu Vicenza, später zum Herrschaftsbereich der Skaliger

»Ganz schön stressig.«

»Um noch einmal auf Marostica zu kommen. In diesem mittelalterlichen Städtchen gibt es die Piazza Castello, in die ein großes Schachbrett eingelassen ist. Alle zwei Jahre findet dort ein historisches Schachturnier mit lebenden Figuren statt. Bei der Partita a Scacchi wird einer Legende gedacht, bei der es um Liebe geht.«

»Hat sich der schwarze König in die weiße Dame verliebt und mit ihr Hand in Hand das Schachbrett verlassen?«

»Nein, das ist eine wirklich herzergreifende Geschichte, ich erzähl sie dir in Kurzform. Es waren einmal zwei Ritter, Rinaldo di Angarano und Vieri di Vallonara, die verliebten sich beide in die wunderschöne Prinzessin Lionora aus Marostica. Und weil keiner sie dem anderen überlassen wollte, schien ein Duell unausweichlich. Nun war die schöne Lionora Tochter eines berühmten Heerführers mit Namen Taddeo Parisio. Dieser Parisio war jedoch nicht nur ein Mann der Waffen, sondern auch ein Kulturmensch. Und so entschied er, dass die Kontrahenten nicht mit Schwertern, sondern mittels einer Schachpartie um die Gunst seiner Tochter streiten sollten. 1454 fand dieses Duell in Marostica auf dem Platz vor dem

Schloss statt. Mit Menschen als Schachfiguren, mit Kostümen und Pferden.«

»Ich bin ein lausiger Schachspieler, die schöne Prinzessin hätte auf mich verzichten müssen.«

»Siehst du, so schnell kann's gehen. Vallonara hat die Partie und damit die Hand der Braut gewonnen.«

»Okay, dann bin ich wohl der andere. Was ist aus dem geworden? Hat man ihm den Kopf abgehackt?«

Laura zögerte. »Diesen Teil der Geschichte wollte ich eigentlich für mich behalten. Der bringt dich nur auf dumme Gedanken.«

»Also, sag schon.«

»Nun, Angarano bekam zum Trost Lionoras jüngere Schwester.«

Mark schlug sich begeistert auf den Schenkel. »Super. Und? Hast du eine jüngere Schwester?«

»Nein, nur zwei ältere Brüder.«

»So ein Pech.«

Laura lächelte triumphierend. »Scaccomatto, Schachmatt!«

Am späten Nachmittag wartete sie im Flur des Hauses auf Mark. Sie wollten hinunter zum See fahren und – wie Laura sich ausdrückte – eine *passeggiata sul lungolago* machen. Was nach ihrer Vorstellung so aussah, dass man an einer Uferpromenade entlangschlenderte, Zeitungen kaufte, in Schaufenster guckte, Bekannten über den Weg lief, mit ihnen ein Schwätzchen hielt und schließlich irgendwo im Schatten eines Sonnenschirms einen Caffè trank. Als Mark pfeifend die Treppe herunterkam, zeigte Laura bedeutungsvoll auf den Terrakottaboden rechts und links neben der Eingangstür.

»Ist dir eigentlich aufgefallen, dass Adamo und Eva verschwunden sind?«

Mark runzelte die Stirn. »Stimmt, da haben zwei Figuren gestanden.«

»Genau, und nun sind sie weg.«

»Jetzt fällt's mir ein, natürlich. Als ich in jener Nacht gut verpackt im Laderaum des Transporters lag, sind wir nicht sofort losgefahren. Kurz darauf ist irgendetwas Schweres verladen worden, und wenig später noch einmal. Hat sich metallisch angehört, und die Federung hat unter dem Gewicht nachgegeben.«

»Das waren Adamo und Eva!«, stellte Laura fest.

»Sieht ganz so aus. Da hatte ich also bei meiner Entführung zwei Schicksalsgefährten.«

ALLA GROTTA Lokal am Hafen von Lazise

Einige Stunden später, als sie nach einem Bummel durch die Fußgängerzone von Bardolino und über die Uferpromenade von Lazise schließlich im Ristorante alla Grotta angelangt waren, kam Mark erneut auf die verschwundenen Skulpturen zu sprechen.

»Waren die beiden Freunde eigentlich wertvoll?«, wollte er von Laura wissen.

»Das ist wie immer relativ. Ich war zufällig dabei, als deine Großmutter die Bronzestatuen ersteigert hat. Das war erst vor ungefähr zwei Jahren bei einer Auktion in Verona. Die Figuren stellen wie gesagt Adamo und Eva dar und stammen aus dem frühen 19. Jahrhundert.«

DADOLATA DI FILETTO AL TARTUFO CON PATATE DUCHESSA, INSALATA D'ASTICE DELLO CHEF Die Rezepte verrät Marco Barato im Anhang

Laura unterbrach ihre Erläuterung, um bei Marco, dem schnauzbärtigen Inhaber des Laziser Fischlokals, das Essen zu bestellen. Seinen Empfehlungen folgend, entschied sich Mark für *Dadolata di filetto al tartufo con patate duchessa*, Laura dagegen wählte eine *Insalata d'astice dello chef*.

»Und?«, griff Mark das Thema wieder auf. »Sind sie nun wertvoll oder nicht?«

»Der Künstler, Andrea Goldano, ist ziemlich unbekannt. Er arbeitete in Padua. Deine Großmutter hatte die Statuen sofort in ihr Herz geschlossen. Und weil nicht viel geboten wurde, hat sie auch schnell den Zuschlag bekommen. Wenn ich mich recht erinnere, lag er in einer Größenordnung um fünfzig Millionen Lire, also etwa fünfzigtausend Mark.«

Mark schüttelte irritiert den Kopf. »Dass sich meine Entführer die Mühe gemacht haben, diese beiden Figuren mitzunehmen, verstehe ich nicht. Es ging doch bei der Geschichte um einen ganz anderen Einsatz. Und das Verladen hat zusätzliche Zeit gekostet, war also ein weiterer Risikofaktor.«

Laura nickte bestätigend. »Außerdem gibt es in dem Haus einige wertvollere Kunstschätze, die noch dazu leichter zu transportieren wären.«

»Einige wertvollere Kunstschätze? Das höre ich gern. Du musst mal eine Führung mit mir machen.«

»Ja«, sagte Laura. »Ich frage mich nur, wo Adamo und Eva jetzt sind.«

26

Er rollte die Hundertdollarnote in der Längsrichtung, hielt sie kurz in die Kerze, betrachtete die züngelnden Flammen – und zündete sich mit dem Geldschein seine Zigarre an. Er wollte dies nicht zur Gewohnheit werden lassen, doch dieses Zeremoniell war nicht ohne Reiz, drückte es doch symbolhaft eine totale Missachtung des materiellen Wertes aus. Gewiss ein großspuriger Akt, aber er war ja alleine, er wollte niemandem imponieren. Er gefiel sich einfach in dieser Pose. Und er konnte sie sich leisten. Kein schlechtes Gefühl.

Er betrachtete die elfenbeinernen Würfel, die vor ihm auf der Tischplatte lagen. Die eingelassenen Diamanten funkelten im Licht der Kerze. Fast schienen sie ihm zuzuzwinkern, als wollten sie sagen: Na, haben wir doch wieder Recht gehabt.

Er erinnerte sich noch gut an jenen Tag, da er sein Schicksal wieder einmal in ihre Hände gelegt hatte. Als er dachte, sein letztes Stündlein habe geschlagen. Erbrechen hatte er sich müssen, heulend war er unter den Tisch gekrochen, um die todbringenden Zahlen entgegenzunehmen. Und dann der erlösende Augenblick. Die Sechs und die Fünf! Nie würde er diese Ziffern vergessen. Sie retteten ihm das Leben und beauftragten ihn, die Entführung in die Tat umzusetzen.

Er beugte sich nach vorne und blies den Rauch seiner Zigarre über die Würfel. Richtig mystisch sahen sie so aus. Mein ganz persönliches Orakel. Voller Magie und Kraft. Meine Verbündeten auf dem Weg durchs Leben. Das Schicksal hatte es wieder einmal gut mit ihm gemeint. Alle Sorgen waren hinfällig. Er hatte hoch gepokert und alles gewonnen. Die Würfel hatten ihn dazu ermutigt. Und jetzt? Jetzt lag eine Zukunft vor ihm, in der er sich alles leisten, in der nichts mehr passieren konnte. Er war der Meister des Universums.

Seine Spielsucht würde er besser denn je in den Griff bekommen, da war er sich ganz sicher. Was machte es für einen Sinn, beim Roulette große Summen zu setzen, wenn Geld keine Rolle spielte? Wo blieb da der Thrill? Nein, das konnte ihn nicht mehr reizen. Gewiss, ab und zu würde er noch spielen, zum Zeitvertreib und im Angedenken an früher. Aber es gab andere Freuden, die es sich zu kultivieren lohnte. Und die Würfel? Sie würden ihn weiter begleiten und ihm den Weg weisen.

Er nahm die Würfel einzeln und nacheinander in die Hand, küsste sie und legte sie in eine kleine silberne Schatulle, die innen mit Samt ausgeschlagen war und außen ein seltsames byzantinisches Muster aufwies.

27

Commissario Sanabotti spielte nervös mit dem Bleistift. Sein deutscher Kollege, Hauptkommissar Wächter, schien dagegen die Ruhe selbst. Wächter saß neben Sanabotti hinter einem großen Schreibtisch. Ihnen gegenüber wartete Mark auf die nächste Frage. Er war zu diesem Gespräch in die Questura von Verona gebeten worden, weil man sich von seiner erneuten Befragung irgendeinen Hinweis erhoffte, der die Polizei auf die Spur seiner Entführer bringen würde.

»Nun«, setzte Sanabotti das Gespräch fort, dabei energisch mit dem Bleistift auf seine Schreibunterlage klopfend. »Sie sind sich sicher, dass keine Namen gefallen sind, auch keine Vornamen?« Sanabotti betrachtete verblüfft die abgebrochene Mine seines Bleistifts, um dann mit der flachen Hand die Spuren von seinem Tisch zu wischen.

Mark schüttelte den Kopf. »Das hatten wir doch schon. Ich bin mir sicher, ja, das heißt, nein, es wurden keine Namen genannt.«

»Zu schade«, konstatierte Sanabotti. Er brachte aus einer Schublade einen Spitzer zum Vorschein. »Ich kann einfach nicht glauben, dass es überhaupt keine Anhaltspunkte gibt. Irgendetwas muss Ihnen doch aufgefallen sein.«

»Sie können mir glauben, ich habe mir das Hirn zermartert. Aber mir fällt einfach nichts ein, außer dem, was ich Ihnen schon erzählt habe.«

Hauptkommissar Wächter kniff die Augen zusammen. »Sie haben von einer Chemietoilette in Ihrem Kellerverlies erzählt, richtig?«

»Stimmt, ja. Die war, wie es schien, ganz neu. Haben die wohl extra für mich gekauft.«

Sanabotti drehte versonnen den Bleistift im Spitzer.

»Können Sie sich an die Marke erinnern? Hatte dieses Klo einen Namen?« Wächter sah Mark erwartungsvoll an.

»Könnte sein, ja. Moment mal.« Mark hielt sich kurz die Augen zu. »Ja, ich hab's. Buonodore hieß das Ding.«

Sanabotti lachte laut auf. »Das ist mal ein schöner Name für ein Chemieklo. Wohlgeruch! Nicht zu glauben, was die sich alles einfallen lassen.«

»Ist das eine bekannte Firma oder Marke?«, wollte Wächter von Sanabotti wissen.

»Nun, Campingtoiletten sind nicht gerade mein Spezialgebiet«, stellte Sanabotti fest. »Aber ich glaube nicht, hab jedenfalls noch nie davon gehört.«

»Das wäre doch die Mühe wert«, sagte Wächter.

»Das wäre es, sì, assolutamente.« Sanabotti prüfte mit dem Zeigefinger die Qualität der Bleistiftspitze.

»Ich meine ...«, wollte ihm Wächter auf die Sprünge helfen.

»Allora, ich habe schon verstanden, Collega. Ich werde eine Fahndung nach diesen hübschen Klos ausschreiben.«

»Eine Fahndung?« Wächter grinste.

»Natürlich, eine Großfahndung sozusagen. Wir werden sofort recherchieren, wo es diese Toiletten gibt. Hoffen wir, dass sie selten sind, dann haben wir eine Chance. Vielleicht kann sich jemand an einen Käufer aus der Zeit kurz vor der Entführung erinnern.« Sanabotti legte den Bleistift zufrieden auf seinen unbeschriebenen Notizblock und griff zum Telefonhörer.

»Allzu viel haben wir ja wirklich nicht«, sagte Mark resignierend zu Wächter, während Sanabotti seine Anweisungen gab.

»Wie man's nimmt. Dank Ihrer Beschreibung wissen wir ungefähr, wo ihr Verlies zu suchen ist. Und einer Ihrer Entführer war besonders groß gewachsen. Zugegeben, das reicht nicht aus. Vielleicht kommen wir über die Geldscheine weiter, wir haben ja die Nummern, aber bislang sind sie nicht aufgetaucht.«

»Oder meine Entführer wissen, wie sie das Geld reinwaschen können. So was soll ja auch möglich sein.«

»Ist es, leider, ja. Aber wir und unsere italienischen Kollegen, wir gehen jeder Spur nach, und sei sie noch so klein.«
»Das habe ich gerade gemerkt«, bestätigte Mark grinsend.
»So ist es, keine Ahnung, ob etwas dabei herauskommt. Doch wir lassen nicht locker, das können Sie mir glauben. Und wenn Ihnen irgendetwas einfällt, dann rufen Sie mich an, in Ordnung?«
»Klar, mach ich. Ich bin mindestens so wie Sie an einem Erfolg interessiert.«
Sanabotti sah erschrocken auf die Uhr. »Santo Dio! Es ist bereits nach eins, wir haben schon längst Mittagspause. La pausa di mezzogiorno è un dovere sacrosanto! Meine Herren, ich darf Sie zu einem kleinen pranzo einladen. Ich habe in der Bottega del Vino einen Tisch reserviert.«

Bottega del Vino
Osteria mit großer Weintradition

Wenige Minuten später betraten sie die traditionsreiche Osteria in einer Seitenstraße der Via Mazzini. Nicht nur zur jährlichen Weinmesse Vinitaly ist die Bottega del Vino eine Pilgerstädte für Weinliebhaber, die sich hier durch die wichtigsten Anbauregionen trinken können. Der Commissario und seine Gäste wurden herzlich begrüßt. Kaum hatten sie in der holzgetäfelten Gaststube Platz genommen, wurde ihnen Prosecco eingegossen. Mark bewunderte die Batterie der großvolumigen Weingläser, die vor ihnen auf dem Tisch stand und die ahnen ließ, was auf sie zukam. Später sollte er feststellen, dass bereits das Eingießen zu einem heiligen Akt geriet, bei dem der Wein vor der ersten Verköstigung in mehreren Gläsern geschwenkt, beschnuppert und gegen das Licht gehalten wurde. Als dann schließlich Sanabotti den ersten Schluck nahm, verdrehte er genussvoll die Augen.

Vinitaly
Wichtigste Weinmesse Italiens

Er hob das Glas. »Signori, lassen Sie uns auf die polizeilichen Ermittlungsarbeiten anstoßen.« Mark konnte sich des Eindrucks nicht erwehren, dass Sanabotti für diesen Teil seiner Arbeit entschieden besser qualifiziert war als für das, worauf sie ge-

AMARONE DELLA VALPOLICELLA
Wuchtiger Rotwein mit markantem Jahrgang (amaro)

rade tranken. Aber dem Genuss tat dieser Gedanke keinen Abbruch. Der Commissario erzählte, dass der 93er Amarone della Valpolicella Mazzano der Kellerei Masi von besonderer Qualität sei. Außerdem sei das Gut, von dem der Wein stamme, in ganz besonderer Weise geschichtsträchtig. Es gehöre dem Conte Serègo Alighieri, einem direkten Nachkommen von Dante, dem größten Dichter Italiens, den Florenz so schmählich vertrieben und Verona mit offenen Armen aufgenommen habe. Einige Verse der *Göttlichen Komödie* habe Dante auf dem Landsitz in Gargagnago geschrieben. Leider habe der Conte nur zwei Töchter, so dass die Linie jetzt aussterbe.

Mark hatte das Gefühl, dass Sanabotti diese Tatsache stärker zu betrüben schien als die bisherigen Misserfolge bei der Fahndung nach seinen Entführern. Das gab nicht zu allzu großen Hoffnungen Anlass. Ob es Sinn machte, Sanabotti von den verschwundenen Bronzefiguren zu erzählen? Er hatte vorhin auf dem Revier gänzlich vergessen, sie zu erwähnen. Es könnte ja sein, dass man die Spur von Adamo und Eva leichter finden würde als die eines profanen Chemieklos. Er beobachtete den Commissario, der soeben wieder einen Schluck aus dem Weinglas nahm und dessen Wangen bereits leicht gerötet waren. Ob allerdings Sanabotti der richtige Mann war, die Bronzefiguren zu finden, durfte bezweifelt werden. Und wo sollte er auch suchen? Einer seiner Entführer hatte die Figuren wahrscheinlich in seinem Haus stehen und erfreute sich an dieser Trophäe. Man konnte ja wohl kaum alle Privatwohnungen und Häuser Italiens durchforsten. Aber er vermochte sich gut vorzustellen, welche Hektik Sanabotti entfalten würde, sobald er von den verschwundenen Bronzefiguren wusste. Vermutlich würde die Polizei erneut das Haus am Gardasee auf den Kopf stellen, und Laura müsste aufs Revier, um die näheren Umstände der Ersteigerung zu schildern. Mark schmunzelte. Nein, die nächsten Tage stellte er sich entschieden anders vor. Sanabotti würde seinen schönen Plan jedenfalls nicht durchkreuzen. Und von den Figuren könnte er ihm in einer Woche ja immer noch erzählen. Wahrscheinlich war es ohnehin besser, der Commissario konzentrierte sich zunächst auf diese schnuckelige Toilette.

Auf ein Zeichen Sanabottis eilte der Ober mit einer weiteren Flasche Wein herbei. Nach der Entkorkung wiederholte sich das ihm jetzt schon bekannte Ritual. Sanabotti begleitete den Vorgang mit einem freudigen Nicken. Vielleicht sollte der Mann in eine Spezialabteilung versetzt werden, die nach verschollenen alten Jahrgängen fahndete?

Mark und Wächter zögerten etwas, als die Vorspeise serviert wurde, die Sanabotti ausgewählt hatte. Das *Sfilacci di cavallo*, fein geschnittenes Pferdefleisch in Öl und Zitrone, schmeckte aber besser als erwartet. Nach dem folgenden *Risotto all'amarone*, das ebenso vorzüglich wie mächtig war, bestellte Wächter eine Runde Grappa. Wenn das so weitergehe, könne man ihn wie eine Kugel über den Brenner rollen, meinte er. Nichtsdestoweniger stellten sie sich nach einer kurzen Pause der Herausforderung eines *Costolette di agnello alla griglia con pesto di rucola*. Sie taten dies nicht nur aus Höflichkeit gegenüber ihrem Gastgeber. Als sich aber Sanabotti anschickte, ein Dessert zu ordern, winkten sie erschöpft ab. Außerdem erinnerte Wächter daran, dass der Zug nach München bald abfahren würde. Sie müssten also wohl oder übel dieses bacchantische Gelage abbrechen. Und sicher warte doch auf Sanabottis Schreibtisch eine Menge Arbeit. Mark fielen bei dieser Bemerkung von Wächter all die Bleistifte und der Spitzer ein.

Nachdem sie die Bottega verlassen hatten, brachte Sanabotti seinen deutschen Kollegen zum Bahnhof. Mark bummelte ziellos durch Veronas Altstadt. Er hatte seine Kamera dabei und machte einige Aufnahmen. Die touristischen Motive ignorierte er geflissentlich. Seiner Vorliebe für ausgefallene Sujets folgend, fotografierte er heute zur Abwechslung mal nur

Füße von Passanten. Dass er auf seine Mitmenschen reichlich irritierend wirkte, störte ihn nicht. Mit seinen Gedanken war er ohnehin ganz woanders. Ob man seine Entführer je fassen würde? Trotz der Versprechen von Hauptkommissar Wächter hatte er da so seine Zweifel. Und der heutige Termin hatte kaum dazu beigetragen, diese zu mindern. Es blieb nun mal ein Faktum, dass die Entführung reibungslos abgelaufen war. Pannen hatte es dabei auf Seiten der Entführer keine gegeben, schon eher bei der Polizei. Kein Telefongespräch konnte zurückverfolgt werden. Die Geldübergabe war perfekt über die Bühne gegangen. Und er selbst hatte während seiner Entführung keine einzige Beobachtung gemacht, die die Polizei wirklich weiterbringen würde. Das hatte sich erst heute wieder herausgestellt. Und die Bronzefiguren? Er war sich sicher, dass diese ihnen auch nicht helfen würden.
Mittlerweile war Mark auf dem für Autos gesperrten Ponte Pietra angelangt, jener Brücke über die Etsch, die schon von den Römern erbaut worden war. Er schaute durch den Sucher seiner Kamera. Ohne eine Aufnahme zu machen, schwenkte er vom weiß schäumenden Wasser der Etsch über die Uferstraße zu den malerischen Colle di San Pietro. Hinter den hohen Zypressen war die Galerie des römischen Theaters zu sehen, darüber die Zinnen eines österreichischen Kastells. Hier soll im 6. Jahrhundert die legendäre Burg von Theoderich gestanden haben, dem König der Ostgoten, der auf römischem Boden ein germanisches Reich errichtet hatte und als Dietrich von Bern in der Heldensage weiterlebte. Mark führte die Kamera nach links an der Kirche Santo Stefano vorbei zur Kuppel von San Giorgio in Braida. Auf einer Sandbank entdeckte er einen einsamen Angler. Mark legte die Kamera auf die Steinmauer der Brücke und schaute auf die Uhr. Es wurde Zeit, an den Gardasee zurückzufahren, wo Laura im Haus auf ihn wartete. Vorher musste er allerdings noch etwas organisieren. Er konnte sich ein schelmisches Grinsen nicht verknei-

fen. Auf Lauras Reaktion war er jedenfalls schon jetzt sehr gespannt.

28

Laura verabschiedete sich früh am Morgen von Mark, der noch verschlafen im Bett lag. Sie musste zunächst zu einem Kunstprofessor in Verona, der mit ihr über ein Studienprojekt reden wollte, und kurz nach Mittag würde sie dann in Vicenza eine amerikanische Reisegruppe übernehmen, die *The Best of Veneto* gebucht hatte, eine mehrtägige Reise mit den Höhepunkten Venetiens von Vicenza über Padua nach Venedig. Sie würden sich also erst Ende der Woche wiedersehen. Mark zeigte sich zuversichtlich, dass er diese Zeit gut überstehen würde, gab Laura einen Abschiedskuss, wünschte ihr eine gute Fahrt und verkroch sich wieder unter die Bettdecke. Laura war etwas enttäuscht, dass Mark die bevorstehende Trennung fast gleichgültig hinzunehmen schien.

VENETO

VILLA MICHELANGELO
Luxuriöses Hotel oberhalb von Vicenza

Wenige Stunden später stand der Reisebus mit laufendem Motor vor der Villa Michelangelo, ein Hotel in herrlicher Panoramalage auf den Colli Berici in Arcugnano bei Vicenza. Die Touristen hatten bereits ihre Plätze eingenommen. Laura rannte aus dem Hotel, drehte noch einmal um, weil ihr der Portier hinterherrief, nahm schnell die Liste mit den Namen der Reiseteilnehmer entgegen und kam schließlich atemlos im Bus an. Sie legte ihre Unterlagen aufs Armaturenbrett, verstaute ihre Reisetasche in der Gepäckablage, fuhr sich kurz durch die Haare, nahm das Mikrofon und begrüßte die Gäste: »Hallo everybody, my name is Laura and I welcome you on our tour from Vicenza to Venice. I am very sorry for my delay …«

VICENZA
Die Stadt des Andrea Palladio gehört zum Weltkulturerbe der UNESCO

Nach ihren einführenden Worten und nachdem sie kurz das Programm für die nächsten Tage erläutert hatte, gab sie dem

Fahrer ein Zeichen. Fauchend schlossen sich die Drucklufttüren, und der Bus setzte sich in Bewegung. Bis zu ihrem ersten Ziel, der historischen Villa Valmarana mit einem Freskenzyklus von Giambattista Tiepolo und seinem Sohn Giandomenico, war es zwar nicht weit, aber die Zeit sollte reichen, alle Teilnehmer ihrer Gruppe einzeln zu begrüßen. Laura lief durch den Gang, schüttelte Hände, machte kleine Scherze und fand die üblichen Worte, wie sie von amerikanischen Gästen erwartet werden: »Nice to have you here, we are Going to have a great day, you got a nice suntan, beautiful, I love your hat …« Als sie schließlich hinten ankam, musste sie sich festhalten – und dies nicht nur, weil der Bus gerade um eine Kurve fuhr. Entgeistert starrte sie den Gast an, der es sich als Einziger in der letzten Reihe bequem gemacht hatte, mit hochgelegten Beinen, den Rücken entspannt gegen das Fenster gelehnt und herausfordernd grinsend.

»Was machst denn du hier? Spinnst du? Das ist eine Reisegruppe.«

»Well I know and I've booked that damned tour. My name is Mark. Nice to meet you.«

Mark streckte Laura die rechte Hand entgegen.

»Du hast diese Tour gebucht?«

»Aber sicher doch, gebucht und bezahlt. War gar nicht so einfach, das so schnell zu bewerkstelligen. So, jetzt gehöre ich zu deiner Gruppe. Eine hübsche Reiseleiterin haben wir da abbekommen, alle Achtung.«

Laura schüttelte lachend den Kopf. »Du bist ein Spinner, weißt du das?«

»Warum denn? Weil ich mich plötzlich für die Kultur des Veneto interessiere?« Mark versuchte unschuldig dreinzublicken.

»Du weißt ganz genau, warum.« Laura sah kurz zurück, beugte sich zu Mark und gab ihm einen dicken Kuss auf den Mund. »Ich hab dich ganz schön gern.«

»Uups«, sagte Mark, »gehst du bei deinen Gästen immer so forsch ran?«

Wenig später hielt der Bus bei der Villa Valmarana. Mark hatte bereits erste Kontakte zu den Teilnehmern der Reisegruppe geknüpft. Vor allem zwei grauhaarige Damen aus Chicago waren seinem Charme erlegen. Bei Tiepolos Fresken hörte er Laura von Troja und der Opferung der Iphigenie erzählen, von Achilles, Pallas Athene und Agamemnon. Da habe ich mir ja etwas angetan, dachte Mark. Ganz so anspruchsvoll hatte er sich das nicht vorgestellt. Aber es machte ihm Spaß, Laura bei ihrer Arbeit zu beobachten. Wie sie temperamentvoll gestikulierte und mit Späßen und Anekdoten ihren Vortrag auflockerte. Er nahm seine Kamera, stellte scharf und schoss einige Aufnahmen. Lächelnd dachte er, dass er im Laufe dieser Fahrt keine einzige Sehenswürdigkeit, stattdessen nur die Reiseleiterin fotografieren würde. Laura erzählte, wie die Villa zu ihrem Spitznamen *dei Nani*, der Zwerge, gekommen war. Mark stand zwischen den beiden alten Damen und hörte Laura zu. Einer Sage zufolge habe hier einst eine ebenso kleine wie hübsche Prinzessin gewohnt. Ihr Hofstaat bestand aus Zwergen. Als ihre Liebe zu einem Prinzen unerwidert blieb, nahm sie sich das Leben. Aus Trauer über den Tod ihrer Prinzessin seien die Hofbediensteten zu Stein erstarrt. Laura deutete auf die Skulpturen der Zwerge. Mark tat es Leid, dass er keine Gelegenheit hatte, mit ihr über die Risiken einer unerwiderten Liebe zu frotzeln.
Von der Villa Valmarana führte Laura die Reisegruppe zwischen hohen Mauern einen kleinen Weg hinunter zur nahe gelegenen La Rotonda, dem ersten Höhepunkt ihrer Reise. Diese wohl berühmteste Villa Palladios, ein quadratischer und streng symmetrischer Kuppelbau, präsentiert sich auf allen vier Seiten mit einer breiten Treppe und einer klassischen Tempelfront. Auf seiner italienischen Reise hat schon Johann

PALLADIO

Goethe
Die ersten Etappen seiner italienischen Reise führten ihn 1786 u. a. nach Verona, Vicenza, Padua und Venedig

Wolfgang von Goethe mit scharfem Auge erkannt, dass die Treppen und Vorhallen bald größer sind als das eigentliche Haus, das den Bedürfnissen eines Sommeraufenthalts einer vornehmen Familie kaum gerecht würde. Und so hat der Dichterfürst bei aller Bewunderung der hohen Kunst Palladios über die Villa in sein Tagebuch geschrieben: »Man kann sie wohnbar, aber nicht wöhnlich nennen.« Tatsächlich war die Rotonda nie zum Wohnen gedacht gewesen, sondern von Palladio als Lusthaus für Sommerfeste konzipiert worden. Palladios Villen und seine Architekturlehre, die er in den berühmten *Quattro Libri dell'Architettura* niedergelegt hat, waren weltweit stilprägend. Die amerikanische Reisegruppe freute sich zu hören, dass auch ihr Weißes Haus in Washington mit seinen klassizistischen Giebeln und Säulen ein nachempfundener Palladio-Bau ist.

29

Alessandro stellte mit einem selbstgefälligen Lächeln die Sporttasche ab.

»Hier ist der Rest, Principale. Er hat seine Schulden bezahlt!«

Der Principale beugte sich im Lehnstuhl nach vorne und beäugte misstrauisch die Tasche. Nachdenklich begann er den Kopf hin und her zu wiegen. Er kniff die Augen zusammen und sah Alessandro zweifelnd an.

»Er hat wirklich bezahlt? Hätte ich nicht gedacht.« Unvermittelt stieß er mit dem Zeigefinger nach vorne. »Auch die Zinsen?«

Alessandro, der erst zurückgezuckt war, nickte triumphierend.

»Ja, auch die Zinsen.«

»Erstaunlich, wirklich erstaunlich.«

Alessandro war nicht überrascht, als er den Principale plötzlich mit einem Jeton spielen sah, der aus dem Nichts aufgetaucht war. Der Principale ließ den Jeton über die Finger gleiten. Er rutschte unter der Handfläche durch, erschien unversehens in der anderen Hand und rotierte zwischen Zeigefinger und Daumen. Eine kurze Drehung aus dem Handgelenk, und der Jeton war genauso plötzlich wieder verschwunden, wie er aufgetaucht war. Allzu gerne hätte Alessandro herausbekommen, wie der Principale das machte.

»Mein Kompliment, Alessandro. Du bist der beste Geldeintreiber, den ich je hatte. Du bist sogar so gut, dass du Geld bei jemandem eintreibst, der überhaupt keines hat.«

Alessandro grinste verlegen und massierte so nachdrücklich seine rechte Faust, dass die Gelenke in den Fingern krachten.

»Bitte lass das, Alessandro, das hört sich ja widerwärtig an. Weißt du eigentlich, wie unser Freund das Geld so unvermittelt aufgetrieben hat? Das würde mich wirklich interessieren.«

»Nein, Principale, keine Ahnung. Ist doch auch egal. Hauptsache, er hat gezahlt, oder?«

»Im Prinzip hast du Recht. Aber in diesem speziellen Fall würde es mich schon interessieren.« Der Principale strich sich grübelnd über die Stirn. Plötzlich hellte sich sein Gesicht auf. »Jetzt hab ich es. Du hast ihm einen Finger abgeschnitten. Wo ist die Schatulle mit der Relique? Komm schon, zeig sie mir!«

Alessandro hob beschwörend die Hände und schüttelte verneinend den Kopf. »Das war nicht nötig, Principale. Er hat die Schulden freiwillig bezahlt. Und die Schatulle, die habe ich ihm geschenkt, sozusagen als kleine Anerkennung für seine Bemühung.«

Der Principale sah Alessandro ungläubig an. »Du hast ihm wirklich diese hübsche silberne Schatulle geschenkt, die so schön mit Samt ausgeschlagen war? Mir hat das byzantinische Muster auf dem Deckel ausgesprochen gut gefallen.«

»Entschuldigen Sie, Principale. Ich besorge Ihnen eine neue Schatulle, die noch schöner ist.«

»Ich bitte darum, ja. Ich möchte wirklich, dass du bei nächster Gelegenheit einem säumigen Zahler den kleinen Finger abschneidest. Das wäre gut für mein Image.«

Das fröhliche Kichern des Principale ging in ein trockenes Hüsteln über.

»Dunque, Alessandro, da kann man wohl in diesem Fall nichts mehr machen. Eigentlich begrüße ich es ja, wenn Freunde unseres Hauses über genügend liquide Mittel verfügen. Streng genommen ist das eine Grundvoraussetzung für eine gedeihliche Geschäftsbeziehung. Da unser geschätzter Freund nicht nur über zehn gesunde Finger verfügt, was, wie gesagt, in gewisser Weise bedauerlich ist, sondern offenbar auch über mehr Kapital, als ich angenommen habe, sollten wir ihn wieder einladen. Wie du weißt, planen wir im nächsten Monat eine festliche Veranstaltung, die ihm zusagen sollte. Richte ihm aus, dass er herzlich willkommen ist. Ich werde mich persönlich um sein Wohlergehen kümmern.«

»Iolanda wäre ihm wahrscheinlich lieber …«, murmelte Alessandro.

»Wie bitte? Hast du etwas gesagt?«

»Nein, Principale. Ich werde ihn einladen, selbstverständlich.«

»Noch etwas, Alessandro. Wenn du wüsstest, wie er zu dem Geld gekommen ist, dann würdest du mir das doch sagen, oder?«

Der Principale sah Alessandro scharf an. Dieser hatte sich gut unter Kontrolle und nickte heftig.

»Aber was denken Sie, Principale, natürlich würde ich Ihnen das sagen, bei der Ehre meiner Mutter.«

»Du bist ein braver Junge. Ich hoffe für dich, dass deine Mutter eine ehrenhafte Frau ist.«

30

GRAN CAFFÈ GARIBALDI

Die beiden angejahrten Damen, die lilafarbene Jogginghosen trugen, hatten Mark in ihr Herz geschlossen. Mit geröteten Gesichtern saßen sie in Vicenza auf der Terrasse des Gran Caffè Garibaldi und himmelten ihren Begleiter an. Die an der mittelalterlichen Piazza dei Signori gegenübergelegene Basilika mit den berühmten Loggien von Palladio hatten sie im Rahmen ihres Sightseeing-Programms bereits absolviert. Der Kultur war vorläufig Genüge getan. Aus dem Caffè bahnte sich ein Ober, ein kleines rundes Tablett balancierend, mit elegantem Hüftschwung seinen Weg durch die Tische. Mark erzählte gerade die Pointe eines Witzes. Die Ladys aus Chicago quietschten vor Vergnügen. Bill, der die ausgelassene Runde am Tisch vervollständigte, schlug sich begeistert auf den prallen Oberschenkel. »That's crazy, really, you're great!« Dabei prustete er wie ein aufgetauchtes Nilpferd. Der Ober, mit schwarzer Weste und Schleife im Hemd, war bereits am Tisch angelangt und warf einen indignierten Blick auf seine undisziplinierten Gäste. Mit hochgezogenen Augenbrauen fragte er: »Posso servire?« Irgendwie schien er aus einer anderen Welt. Das Tablett schwebte auf drei Fingern über seinem sorgfältig gescheitelten Haupt. Die Aufmerksamkeit konzentrierte sich auf ihn.

»Naturalmente«, antwortete Mark.

Mit einer routinierten kreisförmigen Bewegung brachte der Ober das Tablett auf Servierhöhe. Bill faltete die Hände und sah ihm aufmerksam zu, wie er für die Damen die Eiskelche *Garibaldi* und für die Herren *birra alla spina* auf den Tisch beförderte. Kaum war der Ober wieder tänzelnd im Caffè verschwunden, stand Bill auf und spielte die vorausgegangene Szene pantomimisch nach. Die Persönlichkeitsveränderung war verblüffend. Ungeachtet seiner Leibesfülle bewegte er sich mit südländischer Eleganz und lockerer Hüfte. Man sah förmlich das Tablett auf seinen gespreizten Fingern. Empört warf Bill einen Blick auf den Tisch und zog die Augenbrauen nach oben. Sein »Posso servire?« war im Tonfall sogar noch eine Idee herablassender. Bei den angrenzenden Tischen, an denen die restliche Reisegruppe und auch Laura saßen, löste Bills schauspielerische Einlage Gelächter und Applaus aus. Bill quittierte dies mit einer scheuen Handbewegung und einem kurzen Tanzschritt. Ein gehauchtes »I love you«, und schon hatte er sich in Michael Jackson verwandelt. Wie Mark und Laura später erfuhren, war Bill ein in Amerika ziemlich bekannter Komödiant, der sogar eine eigene Fernsehshow hatte. Seine spontanen Sketche sollten fortan zum festen Repertoire dieser Reisegruppe gehören.

Mark hatte sich vorgenommen, am Nachmittag nur noch das Teatro Olimpico mit der Reisegruppe zu besuchen. Dieses weltberühmte Theater von Palladio mit seiner perspektivischen Bühnenarchitektur interessierte ihn. Danach würde er sich bis zum frühen Abend aus dem Programm ausklinken, alleine durch die mittelalterliche Altstadt streifen und fotografieren. Die Basilika Santa Corona, die Franziskanerkirche San Lorenzo und der Dom Santa Maria Maggiore würden sein Fernbleiben gewiss entschuldigen.

31

Padua
Universitätsstadt mit langer Geschichte und vielen Kunstschätzen

Es war spätabends des nächsten Tages, als Mark und Laura durch die Laubengänge von Padua schlenderten. Erschöpft vom straffen Programm, war die Reisegruppe im Hotel Majestic Toscanelli bereits zu Bett gegangen. Den Dom Santa Maria Assunta und das Baptisterium hatten sie im Laufe des Tages besichtigt, das Museo Civico Eremitani, die angrenzende Arenakapelle mit dem weltberühmten Freskenzyklus von Giotto und die Universität, die nach dem Wirtshaus zum

Majestic Toscanelli

Ochsen, das im 15. Jahrhundert dem Universitätsbau weichen musste, Il Bò genannt wird. Das Katheder, an dem Galilei lehrte, hatte ebenso zur Führung gehört wie das Teatro Anatomico, der älteste Anatomiesaal der Welt. Beim Besuch der Basilika Sant'Antonio hatte Laura vom heiligen Antonius berichtet, der in Padua einfach Il Santo genannt wird und der Schutzpatron all jener ist, die etwas verloren haben. Und natürlich hatte Laura die berühmte Geschichte erzählt, dass Padua die einzige Stadt auf der Welt sei, die eine Wiese ohne Gras habe, einen Ochsen ohne Hörner, einen Heiligen ohne Namen und ein Café ohne Türen. Die Wiese ohne Gras war der große gepflasterte Platz Prato (Wiese) della Valle. Mit dem Ochsen war der Spitzname der Universität gemeint. Der Heilige ohne Namen war Il Santo. Und das Café ohne Türen das Caffè Pedrocchi, das früher Tag und Nacht geöffnet hatte.

GIOTTO
Der Maler Giotto di Bondone (1266–1337) stammte aus dem toskanischen Mugello

Mark atmete tief durch. »Kein Zweifel, hier ist es entschieden schöner als in meinem Kellerverließ«, stellte er fest.
Laura hakte sich bei ihm unter. »Denkst du noch viel daran?«
»Nein, eigentlich nicht. Ist mir nur gerade eingefallen.« Mark blieb stehen. »Das heißt, um ehrlich zu sein, eigentlich doch. Ich denke nicht direkt darüber nach, ich versuch die Entführung zu vergessen, aber das klappt noch nicht so richtig. So lange liegt mein Ausflug ja auch noch nicht zurück. Mir wird erst jetzt klar, dass ich doch ganz schön Angst hatte. Im Keller, da wollte ich es mir nicht eingestehen.«
»Wahrscheinlich ist das eine Art Überlebensstrategie, ich meine, dass man in einer hoffnungslosen Situation, in der man selbst nichts zur Lösung beitragen kann, die Gefahr verdrängt.«
»Ist wohl so«, erwiderte Mark, »aber lass uns jetzt über etwas anderes reden.«
»Ich weiß auch schon, worüber«, sagte Laura leise, die Mark den Rücken zugedreht hatte und in das beleuchtete Schau-

fenster eines Antiquitätengeschäfts starrte. »Das gibt's doch einfach nicht!«

Mark sah Laura über die Schulter. »Was gibt es nicht?«

Laura ging in die Knie und neigte den Kopf zur Seite. »Doch, das ist sie. Das kann nur sie sein.«

Erst jetzt realisierte Mark, dass Laura von einer Bronzefigur sprach, die in der Auslage stand. Er sah genauer hin. Die Figur war etwa eineinhalb Meter hoch und stellte eine junge nackte Frau dar, die einen Apfel in der Hand hielt.

»Du meinst?«

Laura richtete sich wieder auf. »Ja, ich meine.« Und nach einer kurzen, bedeutungsvollen Pause: »Das ist unsere Eva!«

»Bist du dir sicher?«, fragte Mark zweifelnd. »Solche Figuren gibt's doch gewiss häufiger?«

»So häufig nun auch wieder nicht. Und diese ist schon sehr außergewöhnlich.« Laura zupfte an ihrem Ohrläppchen. »Ich muss morgen, sobald er offen hat, in diesen Laden rein. Dann kann ich die Identität zweifelsfrei feststellen.«

»Auf welche Weise?«

»Ganz leicht. Auf dem Rücken, unter dem rechten Schulterblatt, müssten die Initialen des Künstlers zu sehen sein, A und G für Andrea Goldano. Außerdem ist der linke Ellbogen leicht beschädigt. Das kann man nur von hier dummerweise nicht sehen.«

Mark schaute auf das kleine Schild an der Tür. »Franco Morlotti«, las er laut vor. »Antichità. Orario d'apertura: ore 10–12, ore 17–20.«

»Das klappt nicht«, ärgerte sich Laura, »da sind wir doch schon längst unterwegs. Morgen steht der Brenta-Kanal auf dem Programm, die Villa Pisani und so weiter. Wir fahren um acht Uhr los.«

»Kein Problem, ich klinke mich aus. Ich bleib hier und schau mir morgen die Figur genauer an. Das wäre doch wirklich verrückt, wenn das unsere Eva ist.«

»Komm, lass uns weitergehen.« Laura nahm Mark bei der Hand und zog ihn fort. Wenig später saßen sie gegenüber der Universität im Caffè Pedrocchi und dachten über ihre Entdeckung nach.

Caffè Pedrocchi Berühmtes Kaffeehaus in Padua

»Das kommt nicht in Frage«, stellte Laura unvermittelt fest.
»Was kommt nicht in Frage?«
»Dass du morgen in das Antiquitätengeschäft gehst. Wenn das wirklich unsere Eva ist, dann könnte dieser Antiquitätenhändler etwas mit deiner Entführung zu tun haben. Wer weiß, vielleicht war er höchstpersönlich daran beteiligt? Stell dir nur vor, er würde dich erkennen.«
»Das wäre nicht gut, gar nicht gut«, gab Mark zu.
Als Mark den Kellner kommen sah, der ihnen zwei Averna brachte, hellte sich sein Gesicht auf. »Ich hab's! Ich bitte Bill, mir zu helfen.«
»Unseren Bill aus der Reisegruppe?«
»Klar. Das macht er sicher. Bei den schauspielerischen Qualitäten, die er hat, fällt es ihm nicht schwer, sich als Kunde für diese Figur zu interessieren und sie, ohne Misstrauen zu erregen, genauer in Augenschein zu nehmen. Ich warte so lange um die Ecke. Und dann kommen wir mit einem Taxi nach. Du weißt doch sicher, wo ihr morgen zum Mittagessen seid. Da treffen wir uns.«
»Auf das kulturelle Programm verzichtet Bill sicher gern«, sagte Laura lachend. »Einen größeren Gefallen könntest du ihm wahrscheinlich gar nicht machen. Und wenn sich bestätigen sollte, dass das unsere Eva ist, dann verständigst du Commissario Sanabotti! Um alles Weitere kann sich die Polizei kümmern.«
»Das werde ich nicht tun!«, stellte Mark nach kurzem Zögern klar. »Nimm's nicht persönlich, aber mein Vertrauen in die italienische Polizei ist nicht allzu groß. Nein, ich werde der Sache selbst nachgehen. Vorläufig jedenfalls.«
»Und wie willst du das anstellen?«

Mark leerte sein Averna-Glas mit einem Schluck. »Zu Eva gehört doch Adam, richtig?«
»Esatto, das ist sogar typisch für diese Art von Figuren, da gehören immer zwei zusammen.«
»Also, dann machen wir das so: Bill muss sich als reicher Kunstsammler ausgeben und sagen, dass er nur an einer Eva zusammen mit Adam interessiert sei. Wenn wir Glück haben, ist der Adam woanders, und die müssen ihn erst herbeischaffen. Vielleicht ist er noch in den Händen meiner Entführer, dann könnte ich die Spur zurückverfolgen.«
»Sehr schön, mein Sherlock Holmes. Und was machst du, wenn auch der Adam im Laden ist?«
»Dann kommt Plan B zum Zug. Wir greifen uns den Antiquitätenhändler in einer Nacht-und-Nebel-Aktion und zwingen ihn, uns die Wahrheit zu sagen oder seine Kumpel zu verpfeifen.«
»Du hast wohl zu viele Filme gesehen?«
»Bestimmt nicht, ich gehe ausgesprochen selten ins Kino, und einen Fernseher besitze ich nicht.« Mark spielte nachdenklich mit dem leeren Glas. »Aber ich will die Sache versuchsweise mal selbst in die Hand nehmen. Das ist mir jetzt klar geworden. Du erinnerst dich an unser Gespräch von vorhin? Ich kann meine Entführung nicht so einfach zur Seite schieben. Das war schon eine böse Erfahrung. Wenn es mir gelingt, die Entführer aufzuspüren, dann geht's mir glaube ich besser, entschieden besser.«
»Ich schätze, da wirst du Hilfe brauchen«, sagte Laura. »Immerhin bist du in Italien.«
»Wahrscheinlich hast du Recht. Immer vorausgesetzt, das ist wirklich unsere Eva.«
Laura stützte ihren Kopf in die Hände und sah Mark eindringlich an. »In Ordnung. Du versprichst mir, dass du nichts alleine unternimmst. Bill soll morgen die Identität feststellen, und er kann ja nach der anderen Bronzefigur fragen. Aber an-

schließend stoßt ihr wieder zu unserer Reisegruppe. Ich werde dir dann weiterhelfen.«

»Du wirst mir weiterhelfen?«

»Nicht ich. Aber ich kenne jemanden, der dir helfen kann.«

»Kann man ihm vertrauen?«

Laura schmunzelte. »Ja, man kann ihm vertrauen!«

»Ein verflossener Freund von dir? Ich glaube, mit dem Gedanken kann ich mich nicht so recht anfreunden.«

Jetzt musste Laura lachen. »Nein, du kannst beruhigt sein. Kein ehemaliger Freund. Viel besser! Aber du musst nicht alles wissen.«

32

Am frühen Morgen des nächsten Tages, auf dem Weg zum Frühstück, wurde Bill von Laura und Mark abgefangen. Sie zogen sich in eine stille Ecke zurück und erklärten ihm ihr Vorhaben. Wie erwartet, war Bill sofort mit Begeisterung dabei. Von der Entführung erzählten sie nichts, aber dass zwei wertvolle Bronzefiguren aus Marks Haus am Gardasee gestohlen wurden und dass sie eine davon in einem Antiquitätengeschäft ganz in der Nähe wieder entdeckt hatten. Das heißt, ganz sicher seien sie sich eben nicht, und deshalb solle Bill …

»I'm your man!«, unterbrach Bill ihre Ausführungen und klatschte in die Hände. »Was genau soll ich tun?«

Laura beschrieb ihm die Besonderheiten der Statue, erzählte ihm von der zugehörigen Figur des Adam, gab ihm kurze Erläuterungen zum Künstler und einige knappe kunstgeschichtliche Informationen.

»Macht euch keine Sorgen, das kriege ich hin. Ich habe mal in einem Fernsehfilm den Besitzer einer Kunstgalerie gespielt, diese Rolle ist mir wie auf den Leib geschneidert.«

»Aber nicht übertreiben«, versuchte Mark Bills Elan zu bremsen. »Du spielst hier nicht vor Publikum. Applaus gibt es nicht. Wichtig ist, dass der Händler keinen Verdacht schöpft. Du musst dich als Kunstsammler aus Amerika ausgeben. Wenn es sich wirklich um unsere Figur handeln sollte, dann ist die Frage nach Adam wichtig. Du musst ihm glaubhaft machen, dass du nur an einem Kauf beider Figuren interessiert bist und dass du dafür bereit bist, auch richtig Geld auszugeben.«

Laura sah mit leichtem Zweifel auf Bills Turnschuhe von Nike, die roten Shorts und das ausgewaschene T-Shirt mit der Aufschrift *New York Police Department*.

»Relax, das habe ich doch längst alles verstanden. Jetzt brauche ich erst mal ein vernünftiges amerikanisches Frühstück – Sausages, Potatochips, Ham and Eggs and so on. See you later.« Schon bei dem bloßen Gedanken an diese kulinarischen Genüsse zu so früher Stunde musste sich Laura schütteln, was Bill im Weggehen mit einem breiten Grinsen quittierte.

Eine gute Stunde später stand die Reisegruppe wartend vor dem Majestic Toscanelli in der Via dell'Arco, Marks ältliche Freundinnen wie immer in ihren unverwechselbaren Jogginghosen. Da hatte Bill seinen großen Auftritt. Fast hätten sie ihn nicht wieder erkannt, wie er aus dem Hotel ins Freie trat – blauer Blazer mit Einstecktuch passend zur Krawatte, die Haare nach hinten gegelt, mit Hornbrille und dicker Zigarre. Bill nahm einen Zug aus der Zigarre und warf einen verächtlichen Blick auf seine versammelten Mitreisenden. »Oh my God, was sind das hier für schlecht angezogene Banausen. Eine Schande für unser großartiges amerikanisches Volk. Da dürfen wir uns nicht wundern, dass man uns auf der ganzen Welt als Ignoranten ansieht, die Mickey Mouse und McDonald's für die größten kulturellen Errungenschaften des 20. Jahrhunderts halten.« Bill rückte die Hornbrille zurecht und winkte Mark zu sich. »Let's go. Ich möchte mir noch einmal

dieses Fresko von Giotto in der …?« Er schnippte auffordernd mit den Fingern.
»… in der Arena-Kapelle«, vervollständigte Laura seinen Satz.
»Yes, in der Arena-Kapelle anschauen. Nicht schlecht, dieser Giotto, er hatte Talent. Obwohl ich finde, dass Andy Warhol mit Farben besser umgehen konnte.«
Bill unterstrich seine Aussage mit einem ernsten Nicken. Laura schlug in gespieltem Entsetzen die Hände über dem Kopf zusammen.
Bill sah auf die Uhr. »Und im Anschluss sehen wir uns mal bei den Kunsthändlern hier in Verona um …«
»In Padua, wir sind in Padua«, korrigierte Laura lachend.
»Sind Sie sich da sicher? Anyway, ich würde gerne einige Stücke für meine Kunstsammlung erwerben. Have a nice day!«

Kurz nach zehn Uhr rückte Bill seinen Krawattenknoten zurecht. Mark hatte sich bereits davon überzeugt, dass der Laden geöffnet war. Aufmunternd schlug er Bill auf die Schulter. »Und nicht übertreiben, okay?«
»Übertreiben? Ich?« Bill sah Mark empört an. »Ich bin für meine diskrete Art bekannt.«
Mark sah Bill hinterher, wie er die wenigen Meter zum Antiquitätengeschäft schlenderte, dort erst interessiert das Schaufenster studierte, um schließlich den Laden zu betreten. Mark saß vor einem kleinen Caffè, verborgen hinter einem großen Terrakottatopf mit einem buschigen Lorbeerstrauch. Nervös verrührte er den Schaum in seiner Cappuccinotasse. Ob es sich bei der Figur wirklich um die Eva aus dem Haus seiner Grandma handelte? Und wenn ja, ob ihn das auf die Spur seiner Entführer bringen würde? Mark beugte sich vor und warf einen Blick auf das Antiquitätengeschäft. Was Bill dort wohl so lange machte? Hoffentlich trieb er es nicht zu toll. Jetzt. Die Tür öffnete sich, und Bill trat heraus. Was war denn nun los?

Hinter ihm tauchte der Antiquitätenhändler auf und redete heftig gestikulierend auf Bill ein. Dann verschwanden beide wieder im Laden. Stöhnend lehnte sich Mark zurück und bestellte ganz gegen seine Gewohnheiten eine Grappa. Die Minuten vergingen so zäh wie Stunden. Endlich! Wieder ging die Tür auf. Der Antiquitätenhändler verbeugte sich mehrfach und schüttelte Bill zum Abschied temperamentvoll die Hand. Dann kam Bill auf ihn zu, ging am Caffè vorbei, ohne Mark eines Blickes zu würdigen, die Straße hinunter Richtung Universität. Hektisch zahlte Mark und eilte Bill hinterher.
»Und? Erzähl schon, wie lief's? Ist das meine Eva?« Atemlos stand Mark neben Bill auf der Piazza delle Erbe.
»Bingo. Sie hat das Tattoo auf der rechten Schulter, und ihr linker Ellbogen ist ein Fall für einen guten Chirurgen.«
Mark schlug sich begeistert mit der rechten Faust in die linke Handfläche. »Super. Und wie ging's weiter? Hat er dir deine Rolle abgenommen?«
»Wie darf ich das verstehen?« Bill sah Mark entsetzt an. »Ich spiele keine Rollen, ich verwandle mich komplett in eine andere Persönlichkeit. Il Signor Morlotti war hocherfreut, meine Bekanntschaft gemacht zu haben. In seinen glänzenden Augen konnte ich lauter kleine Dollarzeichen sehen.«
»Und warum bist du noch einmal in den Laden zurück?«
»Weil Morlotti erst behauptet hat, es gebe keinen zugehörigen Adam. Da habe ich das Gespräch abgebrochen und den Laden verlassen. Das hat seiner Erinnerung ausgesprochen gut getan, jedenfalls ist ihm doch plötzlich eingefallen, dass es eventuell einen Adam geben könnte. Er hat dann mit irgendjemandem telefoniert, hinten in einem kleinen Zimmer. Ich hab nichts verstanden, war ja auch auf Italienisch. Und, was soll ich dir sagen, es gibt diesen Adam.«
»Bill, ich liebe dich!«
»Das höre ich gerne. Leider bist du nicht mein Typ. Dieser Signor Morlotti hat mir versprochen, dass ich Adam morgen

Vormittag im Laden besichtigen könne. Ich habe gesagt, dass es morgen sein müsse, weil ich nicht länger Zeit hätte. Wir haben auch schon einen Preis vereinbart, hunderttausend Dollar für beide Figuren zusammen.«

»Das würde ich mir an deiner Stelle noch überlegen«, gab Mark grinsend zu bedenken. »Meine Grandma hat vor einigen Jahren umgerechnet keine dreißigtausend Dollar dafür bezahlt.«

»Er war mir ja eigentlich ganz sympathisch, dieser Morlotti, aber jetzt halte ich ihn doch für einen Gauner. Nun, dann investiere ich das Geld wohl lieber in antike Barbiepuppen.«

»Ein reizvolles Sammelgebiet. Bill, du hast mir sehr geholfen. Ich werde mich dafür revanchieren. Jetzt besorge ich dir ein Taxi, und du fährst zur Trattoria Nalin am Brenta-Kanal, wo um zwölf Uhr unsere Reisegruppe zum Mittagessen eintreffen wird.«

NALIN
Fischlokal
in Mira

»Du willst sagen, wir fahren beide zu diesem Lokal! Das hatten wir doch verabredet.«

»Nein, Bill, das macht keinen Sinn. Ich werde das Antiquitätengeschäft rund um die Uhr beobachten. Ich möchte die Anlieferung von Adam nicht verpassen.«

»Und Laura?«

Mark zog sein Handy aus der Hosentasche. »Ich werde sie anrufen und ihr alles erklären. Bill, nochmals tausend Dank. Wir sehen uns dann spätestens morgen in Venedig.«

»Und meine beiden Figuren? Was soll Morlotti von mir denken, wenn ich einfach nicht mehr komme?«

»Er wird denken, du hast es dir anders überlegt, kein Problem.«

»Richtig, kein Problem. Außerdem ist Eva nackt. Wenn ich eine nackte Frau sehen will, kaufe ich mir den *Playboy*.«

33

Wie erwartet, war Laura mit Marks Abänderung des Programms überhaupt nicht einverstanden gewesen. Er habe doch versprochen, zur Reisegruppe zurückzukommen. Und was wolle er denn machen, wenn die Figur wirklich angeliefert wird? Er habe doch nicht einmal ein Auto, mit dem er jemanden verfolgen könne. Da hatte sie wohl Recht, musste Mark zugeben, aber das war noch lange kein Grund, diese Chance nicht zu nutzen.
Mark sah auf die Uhr, es war kurz vor Mitternacht. Er saß auf einer leeren Obststeige hinter einem Müllcontainer in einer kleinen Seitengasse. Von hier hatte er das Antiquitätengeschäft gut im Blick. Schon am Nachmittag hatte er sich davon überzeugt, dass es keinen Hintereingang gab. Vor wenigen Minuten war Morlotti, der das Geschäft um zwanzig Uhr verlassen hatte, zurückgekehrt. Jetzt brannte im Laden Licht. Mark hielt das für ein viel versprechendes Zeichen. Konzentriert schaute er die Straße hinunter. Ob er bald einen Lieferwagen sehen würde, der mal als Gefangenentransporter gedient hatte?
Mark zuckte erschrocken zusammen, als ihn jemand auf die Schulter tippte. Hinter ihm kniete sich ein Mann nieder, den er im Dunkeln nicht genau sehen konnte.
»Mein Name ist Guido.«
Der Mann hielt ihm zur Begrüßung die rechte Hand hin. Schaute irgendwie nicht so aus, als ob dieser Guido ihn gleich niederschlagen würde.
»Kennen wir uns?«, fragte Mark, während er in die Hand einschlug.
»Jetzt kennen wir uns. Du bist Mark, richtig?« Der Mann sprach Deutsch, mit kräftigem italienischem Akzent.
»Stimmt, ja. Woher wissen Sie das?«, flüsterte Mark.
»Ich hab dir doch gesagt, ich heiße Guido. Wir sollten uns

duzen, schließlich haben wir eine gemeinsame Freundin, Laura.«
»Sie, entschuldige, du kennst Laura?«
»Etwas, ja. Und sie hat mir erzählt, dass ich dich hier irgendwo in der Nähe dieses Ladens finde und dass du etwas verrückt, aber sonst ganz nett seist.«
»Das hat sie gesagt?«
»Ja, und noch einige Dinge, aber die waren vertraulich.«
Bevor Mark nachfragen konnte, hielt ihn Guido an der Schulter fest und deutete die Straße hinunter. Ein blauer Transporter, auf dem groß »Campari« stand, näherte sich dem Antiquitätengeschäft, blieb dort stehen, der Motor und die Scheinwerfer wurden ausgeschaltet. Aus dem Laden kam der Antiquitätenhändler und öffnete die Fahrertür. In Zeitlupentempo stieg ein Hüne von einem Mann aus, neben dem Signor Morlotti auf die Größe eines Kindes schrumpfte. Der große Mann machte ein paar Dehnübungen. Mark führte seine Kamera ans Auge und schoss einige Aufnahmen. Er hatte einen besonders lichtempfindlichen Film eingelegt.
»Per bacco, da haben wir uns aber ein schwaches Bürschchen ausgesucht«, flüsterte Guido.
»Ja, doch dafür ist es wohl der Richtige!« Mark dachte daran, mit welcher Leichtigkeit ihn sein Entführer die Treppen hinuntergetragen und im Wagen verstaut hatte. Ihm war vom ersten Augenblick an klar gewesen, dass es sich hier um einen besonders kräftigen Mann handeln musste. Aber dass es gleich ein ausgewachsener Riese war, das hätte nicht unbedingt sein müssen.
»Vielleicht wirkt er im Dunkeln größer?«, gab Mark zu bedenken.
»Oder kleiner!«, raubte ihm Guido diese Hoffnung.
»Auch die Campari-Aufschrift passt, ich habe im Wagen Flaschen klappern hören.« Plötzlich fiel Mark ein, dass Guido vielleicht gar nicht wusste, wovon er sprach. Außerdem, wie

kam er dazu, diesem Guido sein Vertrauen zu schenken? Nun, der Name Laura war wohl so etwas wie ein Codewort.
»Was hat dir Laura eigentlich erzählt? Was weißt du?«, wollte Mark wissen.
»Psst, du solltest nicht so viel reden. Und zu deiner Frage – ich weiß alles, was Laura weiß.«
So viel? dachte Mark. Das wäre ja nun wirklich nicht nötig gewesen. In der Zwischenzeit hatte der Hüne den Wagen umkurvt, die Hecktüren geöffnet – und einen Karton mit Flaschen herausgehoben, den er in den Laden trug.
»Das gibt's nicht, er liefert Getränke aus«, flüsterte Mark.
»Non credo, aspetta!«
Der Hüne kam zurück, beugte sich in den Wagen und – welche Erlösung – tauchte mit einer Last auf, die unschwer als eine große Figur zu identifizieren war.
»Adamo!«, stellte Guido fest.
Nach einigen Minuten im Laden kamen beide wieder heraus, Morlotti schloss die Tür ab, der Hüne streckte sich und ließ einen Arm kreisen. Der Antiquitätenhändler konnte sich gerade noch in Sicherheit bringen. Dann verabschiedeten sie sich voneinander, Morlotti stieg auf ein Fahrrad und radelte davon. Der Lieferwagen wurde angelassen.
»So ein Mist«, sagte Mark. Hektisch zoomte er auf das Nummernschild und drückte auf den Auslöser.
»Mach schnell, wir werden il colosso verfolgen.«
Guido sprang auf und eilte die Straße hinunter. Ungläubig schaute Mark auf eine Vespa, auf die Guido zusteuerte.
»Mit diesem Ding willst du den Lieferwagen verfolgen?«
»Aber sicher. Die ist wendiger als jedes Auto. Und mit der Höchstgeschwindigkeit dieses Transporters nimmt sie es leicht auf.«
Guido klopfte seinem Motorroller aufmunternd auf den Tank. Kurz darauf hatten sie gewendet. Noch waren die Heckleuchten des Lieferwagens zu sehen. Wie Mark feststellte, hatte

Guido nicht übertrieben. Ohne Probleme verfolgten sie den Wagen durch Padua und konnten später auch spielend auf der Landstraße mithalten. Guido fuhr ohne Licht, was Mark zwar klug, aber zunächst reichlich riskant fand. Schließlich kam er zu der Erkenntnis, dass junge Italiener – Guido mochte vielleicht Ende zwanzig sein – mit ihrem Motorroller wie verwachsen sind. Die erste große Liebe hörte bei den meisten Ragazzi wahrscheinlich auf den Namen Vespa. Apropos Liebe, ging es Mark durch den Kopf, wie stand Guido zu Laura? Es konnte ja fast nicht sein, dass Guido an Laura nicht interessiert war. Irgendwie gefiel ihm die Vorstellung nicht, dass er mit einem Rivalen nachts auf einer unbeleuchteten Straße ohne Licht und Sturzhelm hinter einem gewiss gewalttätigen Riesen herbrauste. Aber das hatte er sich selbst eingebrockt. Schließlich war er es, der etwas dagegen hatte, die Polizei einzuschalten.

Der Lieferwagen bremste und bog rechts in einen kleinen Weg ab. Guido und Mark warteten an der Abzweigung und beobachteten, wie der Wagen nach gut hundert Metern bei einem Bauernhaus stehen blieb, dessen Umrisse aufgrund des sternenklaren Himmels gut zu sehen waren. Guido schob die Vespa in die Wiese und versteckte sie hinter einem Busch. Zu Fuß und tief geduckt pirschten sie sich zum Haus vor. Der Transporter stand in einem Schuppen. Guido spähte durch ein Fenster ins Wohnzimmer, in dem mittlerweile das Licht angegangen war.

»Unser Freund scheint alleine zu sein«, berichtete er Mark, der vor einem Kellerfenster kauerte. »Nun, was meinst du? Könnte es sich hier um das Haus handeln, in dem du eingesperrt warst?«

»Ich denke schon. Die Anfahrt von der Hauptstrasse stimmt jedenfalls, ich erinnere mich an eine Bodenwelle und an Zweige, die am Auto entlangschrammten. Das passt alles. Um sicher zu sein, müsste ich mir allerdings den Eingang zum Haus genauer ansehen.«

»Nur zu, ich behalte den Zwerg im Auge.«

Mark nickte und atmete tief durch. Vorsichtig schob er sich durch eine Lücke zwischen zwei dornigen Rosenbüschen und spähte um die Ecke. Die Eingangstür lag nur wenige Meter vor ihm im Schein einer gelb leuchtenden Kutscherlampe. Außer dem monotonen Zirpen der Zikaden war nichts zu hören. Die Luft schien rein. Mutig geworden, robbte er noch ein Stück weiter. Links neben der Haustür war ein kleiner gemauerter Sims zu sehen. Lag da nicht irgendetwas? Mark richtete sich langsam auf. Genau, ein Handy! Wahrscheinlich hatte es dieser Typ beim Aufschließen der Tür auf dem Sims abgelegt und dort vergessen. Mark juckte es in den Fingern. Er schnappte sich das Handy, warf noch einen kurzen Blick auf den Eingangsbereich des Hauses, wobei er sich die wichtigsten Merkmale einzuprägen versuchte, dann trat er den Rückzug an.

»Und? Wie war's?«, begrüßte ihn Guido mit leiser Stimme.

»Sehr aufschlussreich.« Und nach einer kurzen Pause: »Es spricht alles dafür, dass wir am richtigen Ort sind. Vor der Tür sind drei Steinstufen, daran erinnere ich mich. Und dann ist da auch ein Gitter, über das ich gelaufen bin, außerdem ein Kiesweg und ein großer Topf, an dem ich mir das Schienbein angehauen habe. Es passt einfach alles.«

»Dann ist es auch das richtige Haus, basta. So viele Zufälle gibt es nicht.«

»Ich hab übrigens ein Souvenir mitgebracht.« Mark zeigte Guido das Handy. »Das hat er vor dem Haus liegen gelassen.«

Guido schüttelte verständnislos den Kopf. »Und was willst du mit dem Cellulare?«

»Keine Ahnung«, musste Mark zugeben.

»Na, hoffentlich vermisst er es nicht allzu bald.«

»Und was machen wir jetzt?«

»Gute Frage. Wir sollten dem Tipo einen Besuch abstatten und uns mit ihm unterhalten.«
»Bist du verrückt?«
»Perché? Er ist alleine im Haus, davon können wir ausgehen. Die Gelegenheit ist günstig.«
»Ich glaube kaum, dass er auf unsere Fragen freiwillig antworten wird.«
»Wer spricht denn von freiwillig? Wir müssen ihn überzeugen. Zugegeben, das wird nicht leicht werden, aber mir wird schon etwas einfallen.«
Während Mark noch darüber nachdachte, mit welchen Mitteln man diesen Hünen zum Reden bringen könnte und wie vor allem sicherzustellen war, dass sie dabei keinen körperlichen Schaden nahmen, sahen sie plötzlich die Lichtkegel eines Fahrzeugs, das von der Landstraße in ihren Weg abbog.
»Madonna mia, wir bekommen Besuch!«
Guido und Mark legten sich flach auf den Boden. Der Wagen kam näher und wendete. Im Haus ging das Licht aus. Der Riese trat heraus und sperrte die Tür ab.
»Ciao, Alessandro, scusa per il ritardo.«
»Ciao, Alberto. 'Fa niente, non c'è problema, andiamo.«
»Alessandro«, wiederholte Mark leise. Jetzt hatte sein Entführer immerhin schon einen Namen.
»Aspetta, dov'è il mio telefonino?« Alessandro blieb stehen und klopfte seine Taschen ab.
»Jetzt haben wir den Salat«, sagte Guido.
»Un attimo!« Alessandro ging zum Eingang zurück, starrte grübelnd auf den Sims neben der Tür, schüttelte den Kopf, schloss das Haus auf und verschwand. Eine gute Minute später tauchte er fluchend wieder auf. Als seine Suche auch in der Scheune und im dort geparkten Lieferwagen ergebnislos blieb, packte er wütend einen Schubkarren, stemmte ihn hoch und warf ihn über eine Hecke. Offenbar ging es ihm nach dieser Leibesübung besser. Alessandro machte eine Kniebeuge, gab

Alberto das Zeichen zum Aufbruch und stieg in den Wagen, der sofort losfuhr.
»Ein dunkler Cadillac«, stellte Mark fest, »ein guter alter Fleetwood.«
»Nicht gerade typisch für diese Gegend. Los, Mark, hinterher.«
Sie sprinteten den Weg hinunter. Guido startete die Vespa. Mit hochdrehendem Motor jagten sie dem Wagen hinterher. Die Fahrt gestaltete sich noch abenteuerlicher als die vorangegangene. Nur mit Mühe konnte Guido den Anschluss halten. Auf den Geraden zog der Cadillac regelmäßig weg, was Guido in den Kurven wettzumachen versuchte. Und das alles wieder ohne Licht. Mark klammerte sich an Guido – das Handy hatte er in die Hosentasche gesteckt – und hoffte auf einen guten Ausgang dieser Parforcejagd. Sollten Alberto und Alessandro auf die Autostrada fahren, dann konnten sie die Verfolgung sowieso abbrechen, so viel war klar. Aber das taten die beiden nicht. Auf Landstraßen ging es an Padua vorbei Richtung Stra und dann weiter entlang dem Brenta-Kanal. Nach einer guten halben Stunde bog der Cadillac durch ein offen stehendes Tor in eine repräsentative Auffahrt, die auf beiden Seiten von Zypressen gesäumt wurde.
Guido bremste ab und blieb mit laufendem Motor am Straßenrand stehen.
»Hier ist unser Ausflug zu Ende«, stellte er lakonisch fest. »Wir drehen um!«
»Lass uns doch erst mal nachsehen, ob hier irgendwo ein Name steht und wo diese Allee hinführt.« Mark wollte von der Vespa steigen.
»Die Mühe kannst du dir sparen. Außerdem sollten wir besser schnell verschwinden.« Das große Gittertor begann sich elektrisch zu schließen. Guido deutete auf eine Kamera neben dem Tor. »Ich weiß auch so, wer hier residiert. Mark, ich schätze, wir haben ein Problem!«

Guido wendete die Vespa und fuhr Mark zum nahe gelegenen Hotel Villa Ducale, wo Laura und ein Teil ihrer Reisegruppe nächtigten.

VILLA DUCALE Hotel in Dolo am Brenta-Kanal

»Das muss man den beiden lassen«, bemerkte Guido, »rein geografisch haben sie es besonders gut mit uns gemeint. Sehr viel näher wäre es kaum mehr gegangen. Ich dachte vorhin schon, die fahren direkt in dein Hotel.«

Guido brachte die Vespa im Park des Hotels vor einer angeleuchteten Palme zum Stehen. »Das fehlte mir noch zu meinem Glück«, erwiderte Mark und stieg vom Motorroller. »Nun sag schon, wem gehört der Landsitz, auf dem dieser Alessandro verschwunden ist?«

»Ist alles nicht so einfach, Amico«, antwortete Guido und schlug Mark freundschaftlich auf die Schulter. »Jedenfalls zu schwierig, um es dir jetzt zu erklären. Außerdem bin ich etwas stanco, müde, du verstehst? Also, ich schlage vor, du haust dich jetzt ins Bett. Ich muss noch nach Hause fahren. Grüß Laura von mir. Ich ruf sie an. Ciao, dormi bene!«

34

Nachdenklich stand er an der Balustrade der Rialtobrücke und beobachtete das Treiben auf dem Canal Grande. Ein Vaporetto der Linie 1 machte gerade an der Station Rialto fest. Dahinter die elegante Renaissancefassade des Palazzo Dolfin-Manin. Hier lebte einst Ludovico Manin, der letzte Doge Venedigs, der 1797 vor den Truppen Napoleons kapitulieren musste und damit den endgültigen Untergang Venedigs besiegelte. Eine Gondel verschwand im Schatten unter der Brücke. Ob die Fahrgäste wussten, dass der Ponte di Rialto schon einige Male eingestürzt war? Besonders eindrucksvoll muss die Katastrophe 1444 gewesen sein, als die Rialtobrücke, damals noch aus Holz, unter dem Gewicht der Menschen zu-

CANAL GRANDE Venedigs einziger Canale ohne »e« am Ende

Carpaccio, Canaletto Die Maler Vittore Carpaccio (1460–1526) und Antonio Canaletto (1697–1768) wurden beide in Venedig geboren

sammengebrochen war, die sich auf ihr zum Anlass der Hochzeit des Marchese di Ferrara versammelt hatten. Er musste sich eingestehen, dass ihn solche Unglücke belustigten. Gewiss war auch der Stadtbrand von 1513, dem große Teile des Rialto-Viertels zum Opfer fielen, ein grandioses Spektakel gewesen. Die neu errichtete Holzbrücke, die er von einem berühmten Gemälde von Vittore Carpaccio kannte, hatte das Feuer seltsamerweise überstanden. Die damals einzige Brücke über den Canal Grande war dennoch in einem so beklagenswerten Zustand, dass man im 16. Jahrhundert beschloss, jetzt endlich eine Steinbrücke zu bauen. Fast wäre ein Entwurf von Andrea Palladio realisiert worden. Antonio Canal, genannt Canaletto, hat diese nie errichtete schwergewichtige Brücke mit palastähnlichen Aufbauten in einem überaus lebendigen Phantasiegemälde überliefert. Die heutige Brücke stammt von Antonio da Ponte und wurde zwischen 1588 und 1591 erbaut. Der Marmor stammt aus Istrien. Über zwölftausend in den schlammigen Untergrund getriebene Eichenpfähle geben der Brücke ihr solides Fundament. Nach seinem Geschmack zeichnete sich der Ponte di Rialto trotz seines großen Ruhms nicht gerade durch besondere Anmut oder Eleganz aus. Mit seinen Souvenirshops und den drängelnden Touristen hatte er jedes Mindestmaß an Würde eingebüßt. Das änderte freilich nichts am grandiosen Blick, den man von der zentralen Plattform der Rialtobrücke hatte. Man musste nur das Treiben um einen herum ausblenden. Das fiel ihm nicht schwer. In der Kunst, andere Menschen zu ignorieren, hatte er es zu einer gewissen Meisterschaft gebracht.

Er liebte es, hier zu stehen, die Hände auf die Balustrade gestützt, und seinen Blick schweifen zu lassen. Die Paläste, deren Fassaden sich im Canal Grande spiegelten, konnten einem schon gefallen. Eigentlich war es an der Zeit, sich nach einer entsprechenden Behausung umzusehen. Ein Palazzo am Canal Grande, ja, das hatte Stil. Damit wäre er über jeden Zweifel erhaben. So würde er seinem Leben sozusagen die Krone aufsetzen. Und wann sollte er sich diesen Traum erfüllen, wenn nicht jetzt? Nun, es musste nicht unbedingt der Canal Grande sein, ein Palazzo an einem kleinen Kanal in einem der Sestieri, in Santa Croce, San Polo oder Dorsoduro, tat es auch. Eine eigene Bootsanlegestelle, die war wichtig. Und elegante Gesellschaftsräume im Piano nobile. Dort würde er seine Gäste empfangen und sich an ihrem blassen Neid erfreuen. Und gewiss hätte auch sein Palazzo eine schaurig-schöne Vergangenheit, gab es Legenden, die die Mauern erzählten. Ihm fiel die Geschichte des Palastes Ca' Foscari ein, die er besonders liebte. Er beugte sich leicht nach vorne. Dort, wo der Canal Grande in einer Biegung verschwand, irgendwo dort musste sie sein, die Ca' Foscari, benannt nach dem Dogen Franceso Foscari, der sich diesen Familienpalast erbauen ließ. Der Mann hatte wirklich ein göttliches Pech. Erst wurde sein geliebter Sohn und Erbe des Mordes angeklagt und in die Verbannung geschickt, wo er schließlich starb. Makabrerweise musste sein Vater das Urteil unterzeichnen. Dann wurde der gramgebeugte Francesco Foscari auch noch seines Amtes als Doge enthoben, was zu seinem baldigen Tode führte. Den fertigen Palast hat er jedenfalls nicht mehr erlebt. Kein Wunder, dass sich der englische Dichter Lord Byron von der Tragödie der Foscari zu einem Drama hinreißen ließ. Lord Byron, den sah er ohnehin als Verwandten im Geiste an. Byron stammte aus einer Familie von großen Spielern, die ähnlich wie er immer bereit waren, alles auf eine Karte zu setzen. Außerdem war er dem weiblichen Geschlecht sehr zugetan. Er hatte gelesen, dass Byron in Venedig ein *Cavalier servente*, ein dienender Ritter, gewesen war. Darunter verstand man die Rolle eines offiziellen Liebhabers, der mit Wissen des Ehemanns für die sexuellen Bedürfnisse der Angetrauten zuständig war. Im Falle von Byron handelte es sich um Marianna, die wunderschöne zweiundzwanzigjährige Ehefrau eines venezianischen Kaufmanns.

Ja, Venedig war in vielerlei Hinsicht sehr fortschrittlich gewesen. Ihm fiel Verdis Oper *Due Foscari* ein, die auf Byrons Drama basierte. Nun, diese Oper war seiner bescheidenen Meinung nach kaum ein Meisterwerk, da gefielen ihm *Nabucco*, *Macbeth*, *Aida* und *Rigoletto* viel besser. Nicht zu vergessen *Otello*, seine Lieblingsoper von Verdi. Mit dem alten Foscari hätte er jedenfalls nicht tauschen mögen. Dann schon lieber mit einem späteren Bewohner des Palastes. König Heinrich III. von Frankreich – er glaubte sich zu erinnern, dass er zu diesem Zeitpunkt noch nicht gekrönt war – ließ sich hier von einer Kurtisane verwöhnen. Wie war doch gleich ihr Name? Veronica Franco, richtig, so hieß die Edelhure. Er fuhr sich genussvoll mit der Zunge über die Lippen. So eine venezianische Kurtisane, mit der er sich in den Nächten vergnügen würde, die gehörte natürlich auch dazu. Ohne Kurtisane wäre sein Palast nicht perfekt. Es musste ja nicht immer dieselbe Nutte sein, in Venedig gab es durchaus eine ansprechende Auswahl.
Er stellte fest, dass seine Gedanken Kapriolen schlugen. Plötzlich fiel ihm das Flittchen von gestern Abend ein. Desdemona hatte sie sich genannt, einfach lachhaft. Die Desdemona aus Verdis *Otello* hatte bestimmt ein anderes Format als diese billige Schlampe. Wo war er gerade gewesen, beim Palast des Foscari? Desdemona? Otello? Ja, die Paläste Venedigs, sie waren ein unendlicher Quell für Tragödien, einfach wunderbar. Am Ende des Canal Grande, oder am Anfang, wie man's nimmt, jedenfalls kurz vor San Marco, neben dem Hotel Gritti Palace, da stand die Casa di Desdemona. Jedes Mal, wenn er an diesem Palazzo Contarini-Fasan im Vaporetto oder Motoscafo vorbeifuhr, bedachte er ihn mit einem stillen Gruß. Hier wurde einst die Patrizierin Desdemona von ihrem Mann Cristoforo Moro aus Eifersucht ermordet. William Shakespeare schuf aus diesem Drama seinen *Otello*. Und Verdi komponierte nach den Szenen Shakespeares die Oper, die er so mochte. Ein Mord aus Eifersucht? Jago, Rodrigo, Cassio! Wahn und Liebes-

GRITTI PALACE Hemingway schätzte an diesem Hotel am Canal Grande nicht nur den Luxus, sondern auch die Nähe zur Harry's Bar

SHAKESPEARE

gewalt? Ein Spiel mit höchsten Einsätzen – und tödlichem Ausgang.
Mit tödlichem Ausgang? Das war der maximale Einsatz, der nicht immer zu vermeiden war. Er dachte an die zurückliegende Entführung. Alles hatte perfekt geklappt. Die Schäfchen waren im Trockenen. Keinem war ein körperlicher Schaden zugefügt worden. Ein seelischer vielleicht schon, aber wer konnte darauf Rücksicht nehmen? Bei ihm hatte ja auch nie jemand gefragt, wie es im Inneren aussah. Mit tödlichem Ausgang? Er legte die Stirn in Falten. Ja, ganz würde das auch in diesem Fall nicht zu vermeiden sein. Die Entführung bedurfte im Nachspiel noch einer dramatischen Zuspitzung. Verdi, Shakespeare, Lord Byron hätten gewiss ihre Freude daran. Gerade weil alles so wunderbar nach Plan gelaufen war, musste er das Werk zu einem soliden Abschluss bringen. Nichts und niemand durfte ihn mehr gefährden. Auch nicht dieser Alessandro. Nein, das konnte und wollte ihm nicht gefallen. Einen Komplizen zu haben, der einen über die Klinge gehen lassen könnte, barg unkalkulierbare Risiken. Zwar war dieser muskelbepackte Hüne in seinem Verhalten leicht auszurechnen, aber konnte er wirklich sicher sein? Vielleicht nicht heute, doch in einigen Jahren mochte Alessandro in eine Situation kommen, die ihn zum Verräter werden ließ. Und was würde dann aus ihm werden? Im freien Fall aus dem Paradies ins Fegefeuer? O nein!
Er schlug entschlossen mit der flachen Hand auf die Balustrade der Rialtobrücke. Neben ihm zuckte eine junge Touristin zusammen, die mit aufgestützten Ellbogen gerade ihren Fotoapparat in Position bringen wollte. Er nahm sie genauso wenig wahr wie das verliebte Paar links neben ihm, das eng umschlungen die Magie der Brücke und des Canalazzo auf sich wirken ließ.
So Leid es ihm tat, Alessandro musste eliminiert werden. Erst mit seinem Verschwinden wären alle Spuren verwischt. Wie

von selbst fuhr seine Hand in die Jackentasche und ertastete dort die kleine silberne Schatulle mit den elfenbeinernen Würfeln, die ihm den Weg durchs Leben wiesen. Ob er sie auch diesmal befragen sollte? Sein Zögern war nur von kurzer Dauer. Nein, zum Tod von Alessandro gab es keine Alternative. Dies war eine Entscheidung von so zwingender Logik, dass er hierzu den Rat seiner Würfel nicht benötigte. Alessandro musste sterben, erst dann war sein eigenes Leben gesichert. Fast erleichtert atmete er tief durch. Er würde diesen finalen Akt so schnell wie möglich in die Tat umsetzen. Zugegeben, damit hatte er sich keine leichte Aufgabe aufgebürdet. Alessandro war nicht nur unermesslich stark, sondern es bereitete ihm auch ein geradezu kindliches Vergnügen, Gewalt auszuüben. Aber all das würde Alessandro nichts helfen. Diesmal wäre er selbst das Opfer – und diese Erfahrung dürfte für Alessandro ziemlich neu sein. Außerdem konnte man davon ausgehen, dass seine geistigen Fähigkeiten nicht ganz so hoch entwickelt waren wie seine Muskulatur. Es bedurfte also einer intelligenten Methode, Alessandro gefahrlos zu entsorgen. Ein Schmunzeln umspielte seine Mundwinkel. Da fielen ihm doch auf der Stelle einige raffinierte Möglichkeiten ein. Er nahm sich vor, mehrere Varianten gedanklich auszuarbeiten und dann seine Würfel zu befragen. Er würde ihnen die endgültige Entscheidung über die Methode der Liquidation überlassen. So viel Mitspracherecht war er seinen Würfeln schuldig.

35

Villa Ducale

Laura und Mark hatten sich ihr Frühstück im Hotel Villa Ducale aufs Zimmer bringen lassen. Laura kam aus dem Bad und setzte sich an den kleinen Tisch, wo Mark bereits wartete und mit sorgenvoller Miene einen Teebeutel im Kännchen schwenkte.

»Die Teekultur ist in Italien nicht besonders weit entwickelt«, stellte er resignierend fest. »Außerdem hast du noch die Zahnbürste im Mund. Du scheinst mir heute etwas unorganisiert.«
Irritiert nahm Laura die Zahnbürste in die Hand, um sie dann kurz entschlossen mit der Bürste voran in Marks Teekanne zu stecken.
»Sag mal, spinnst du?« Mark sah entgeistert auf seinen Tee.
»Nein, ich bin nur stinksauer auf dich!«
»Warum denn das, was habe ich getan?«
»Wir hatten vereinbart, dass du nichts unternimmst und mit Bill zur Reisegruppe zurückkommst. Und was machst du? Legst dich in Padua wie ein kleines Kind beim Indianerspielen auf die Lauer.«
»Ich weiß nicht, was du hast, es ist ja nichts passiert.«
»Ja, fortunatamente, aber auch nur, weil ich dir Guido geschickt habe.«
»Okay, da bin ich dir auch wirklich dankbar dafür. Apropos Guido, wer ist das eigentlich, wie stehst du zu ihm?«
»Jetzt fängst du schon wieder damit an. Freu dich, dass er dir geholfen hat. Ich habe übrigens vorhin mit ihm telefoniert, während du im Bad warst.«
»Und? Was sagt er?«
Laura biss ein Stück vom noch warmen Cornetto ab. »Er sagt, dass ihr großes Glück hattet und jetzt wisst, wer dich entführt hat und wo du versteckt gehalten wurdest ...«
»Das habe ich dir doch schon heute Nacht erzählt.«
»Unterbrich mich nicht, trink deinen Tee.«
Mark betrachtete die Zahnbürste. »Ich hätte lieber etwas von deinem Caffelatte.«
Laura lächelte spitzbübisch. »Aber gerne. Also, Guido sagt, dass ihr diesen Alessandro zu einem Anwesen hier ganz in der Nähe verfolgt habt. Und dass er weiß, wem dieser Palazzo gehört.«
»Mach's nicht so spannend.«

Laura hielt ihr Cornetto dramatisch in die Luft. »Andrea da Domenico!«

»Ist ja toll. Und wer ist dieser Domenico?«

»Man nennt ihn allgemein nur den Principale.«

»Wow, klingt bedeutend.«

»Ist er auch, mein Lieber. Der Principale ist ein alter Herr und der unumschränkte Herrscher über ein mächtiges Imperium rund um Glücksspiel, Prostitution, Schutzgelder und Drogenhandel.«

»So etwas wie ein Pate?«

»Ja, so ähnlich kann man sich ihn wohl vorstellen.«

Mark sah Laura überrascht an. »Sag mal, woher weißt du das eigentlich, du bist doch Kunsthistorikerin und keine Kriminalreporterin?«

»Guido hat's mir erzählt. Und um deine nächste Frage gleich zu beantworten, Guido arbeitet für eine große Versicherung. Er ist Kunstexperte, er bestimmt den Wert der Objekte, legt die Versicherungstarife fest und reguliert Schadensfälle. Und der Principale ist einer der größten Privatsammler venezianischer Renaissance-Maler. Daher kennt Guido den Principale persönlich und war schon einige Male in seinem Palazzo.«

»Ein Krimineller residiert in einem Palast und sammelt Gemälde?«

»Andrea da Domenico ist kein gewöhnlicher Verbrecher, das sagte ich doch schon, er ist eben der Principale. Man kann ihm nichts nachweisen, die schmutzigen Geschäfte erledigen andere. Der Principale ist im Veneto hoch angesehen, ist mit wichtigen Politikern und Wirtschaftsbossen befreundet, und finanziert sogar eine Stiftung, die Waisenhäuser unterhält. Der Principale ist unantastbar.«

»Und dieser Alessandro, der Hüne, der mich wie einen halb leeren Kartoffelsack über die Schulter geworfen hat, dieser Alessandro arbeitet für den Principale?«

»So ist es. Laut Guido ist Alessandro der Geldeintreiber des Principale. Er sorgt dafür, dass es niemand am nötigen Respekt mangeln lässt.«

Mark spielte geistesabwesend mit dem Handy, das er vergangene Nacht entwendet hatte und das neben seinem Teller auf dem Frühstückstisch lag.

»Dieser Principale hat also meine Entführung in Auftrag gegeben, und Alessandro hat das Ganze durchgezogen. So wird's gewesen sein.«

Laura lehnte sich zurück und verschränkte die Arme vor der Brust. »Diese Schlussfolgerung hätte ich auch gezogen, aber Guido glaubt nicht daran.«

Mark klappte das Handy auf und zu. »Warum nicht? Ist doch eindeutig, oder?«

»Guido sagt, dass Entführungen unter dem Niveau des Principale seien. So etwas würde er nicht machen.«

»Aber Alessandro war's, da bin ich mir sicher, und das Haus stimmt auch. Ich wette, dass wir im Keller mein Versteck finden würden.«

»Comunque, wie auch immer, jetzt ist jedenfalls die Polizei am Zug. Ich schlage vor, du rufst sowohl deinen Hauptkommissar Wächter als auch diesen unseligen Sanabotti an und erzählst ihnen alles.«

»Wird wohl das Beste sein«, stimmte Mark zögernd zu.

Laura goss etwas Caffè nach und schob dann mit dem Löffel Milchschaum darüber. Mark beugte sich plötzlich über das Handy und drückte erwartungsvoll auf die Taste fürs Adressverzeichnis.

»Schade, leer, nichts eingegeben. Wäre ja vielleicht für die Polizei interessant gewesen.«

»Ist dies das Handy, das du dem Alessandro letzte Nacht geklaut hast?«

»Richtig. Das lag so dumm rum, da habe ich es eingesteckt. Weiß auch nicht, was ich damit soll.«

»Zeig mal her!«

Mark gab Laura das Handy. »Der Akku ist fast leer. Bald können wir sowieso nichts mehr damit anfangen, weil wir den PIN-Code nicht kennen und kein passendes Ladegerät haben.«

Laura studierte die Funktionen und drückte auf einige Tasten. »Sorpresa!« Sie sah Mark triumphierend an. »Hier sind die Nummern der letzten zehn Telefonate gespeichert, die Alessandro geführt hat. Ich hol mal einen Zettel. Wir sollten sie alle aufschreiben, bevor das Handy leer ist.«

Mark nahm in der Zwischenzeit den Apparat und sah sich die Nummern an. Als Laura ihm das Handy wieder abnehmen wollte, machte er eine abwehrende Handbewegung. Ungläubig starrte er auf das Display. 0049-89 war die Vorwahl gleich zweier Gespräche. Die folgenden Ziffern kamen ihm bekannt vor. Mark sprang auf und holte sein Telefonnummern-Verzeichnis aus der Reisetasche. Aufgeregt blätterte er in den Seiten. Dann folgte eine Pause. Mark legte das Handy zur Seite und blickte mit großen Augen auf die weiße Wand des Hotelzimmers.

»Was ist los?« Laura gab Mark einen sanften Schubs. »Was hast du entdeckt, nun sag schon!«

Mark fuhr sich durch die Haare. »Gibt es einen vernünftigen Grund, warum dieser Alessandro in den letzten Tagen gleich zweimal mit Rudolf telefoniert hat?«

»Mit deinem Bruder?«

»Mit meinem Halbbruder, ja, mit Rudolf Krobat in München.«

»Caspita, Donnerwetter!« Mehr fiel Laura dazu spontan nicht ein. Sie nahm ihren Zettel und schrieb den Rufnummernspeicher ab.

»Vielleicht handelt der Principale mit Wein, und Rudolf ist sein Partner in München?«, spekulierte Mark. »Das wäre eine Erklärung.«

»Assurdo«, erwiderte Laura, »Blödsinn. Der Principale handelt nicht mit Wein, das kann ich mir nicht vorstellen.«
»Und dieser Alessandro?«
»Der bricht anderen Leuten die Knochen, der ist nun wirklich kein Weinhändler.«
»Bestimmt gibt's eine Erklärung. Das mit der Nummer im Speicher hat nichts zu besagen. Vielleicht hat Alessandro Rudolf geklaute Antiquitäten verkauft, das scheint ja so eine Art Nebenerwerbsquelle für Alessandro zu sein.«
»Stimmt. Immerhin hat er Adamo und Eva mitgenommen.«
»Also, so könnte es sein.«
»Wäre aber ein schier unglaublicher Zufall.«
Mark stand auf und lief im Zimmer hin und her.
Laura sah auf die Uhr. »O Gott, ich bin spät dran. Die Reisegruppe wartet sicher schon im Bus.« Sie rannte ins Bad.
»Vergiss deine Zahnbürste nicht«, rief Mark ihr hinterher.
Wenige Minuten später stand Laura vor Mark. »Ich muss weg. Was ist mit dir? Du hast ja noch nicht einmal eine Hose an?«
»Ich komm nach, fahrt schon los. Ich muss nachdenken. Die Polizei ruf ich jedenfalls noch nicht an, die kann warten.«
»Wie du meinst. Kann ich verstehen. Lass dir Zeit, aber bitte unternimm nichts Unüberlegtes. Pass auf, am besten fährst du nachher mit dem Linienbus nach Fusina, von dort geht mit der Nummer 16 regelmäßig eine Fähre nach Venedig zur Fermata Zattere. Die Abfahrtzeiten kannst du dir unten im Hotel geben lassen. Ich bin mit der Reisegruppe um dreizehn Uhr zum Mittagessen im Montin, das ist eine Trattoria mit schönem Garten im Stadtviertel Dorsoduro.«

MONTIN
Landestypische Trattoria in Venedig

»Und wie finde ich diese Trattoria?«
»Sie ist gleich hinter Zattere, wo dein Schiff anlegt. Dort musst du halt nach der Antica Locanda Montin fragen. Sie ist ziemlich bekannt.«
»Wird schon schief gehen, und grüß Bill von mir. Der will si-

cher wissen, was sich in Padua weiter getan hat. Ich werd's ihm beim Mittagessen erzählen.«

»Ciao!«

»Take care. Bye-bye!«

36

Alberto sah in den Rückspiegel und beobachtete Alessandro, der hoch konzentriert an seinen Fingernägeln feilte.

»Machst du dich fein für die Damen in Abano?«

»Für die Damen bin ich immer fein genug, mein lieber Alberto«, antwortete Alessandro.

»Aber nicht fit genug«, sagte Alberto kichernd.

Alessandro drohte lachend mit der Faust. »Dein Glück ist, dass du am Steuer sitzt. Andernfalls würde ich dich für diese Frechheit auf der Stelle erwürgen. Mir tut meine Schulter weh, sonst funktioniert alles bestens.«

Abano Terme
Kurort mit heißen Quellen

»Na ja, immerhin war auch Giacomo Casanova zum Kuren in Abano Terme. Aber er hat gleichzeitig eine Gräfin beglückt.«

»Kann ja noch werden«, erwiderte Alessandro und begutachtete zufrieden seine Fingernägel.

Bristol Buja

Es waren nur noch wenige Kilometer bis Abano Terme. Der Principale hatte Alessandro für eine Woche in Kur geschickt, damit er endlich seine Schulter auskurieren konnte. Alessandros körperliche Fitness stellte nach Ansicht des Principale eine Art Betriebskapital dar. Deshalb hatte er auch Wert darauf gelegt, dass Alessandro im Bristol Buja untergebracht wird, einem luxuriösen und zentral gelegenen Hotel mit allen erforderlichen Einrichtungen. Die Schlammbäder, für die Abano Terme berühmt ist, sollten Alessandro wieder auf Vordermann bringen. Nur in Notfällen, die einen sofortigen Einsatz Alessandros erforderlich machten, würde er die Kur unterbrechen müssen.

»Alberto, du kannst mir einen Gefallen tun. Schau mal bei

meinem Schwager Franco in Padua vorbei. Mich würde interessieren, was aus den beiden Bronzefiguren geworden ist. Dieser Amerikaner hat sich ja leider nicht mehr gemeldet. Da hätte ich mir die Arbeit mit der zweiten Figur sparen können.«

»Ich verstehe sowieso nicht, warum du Franco immer mit diesem alten Zeug versorgst?«

»Er ist mein Schwager. Und seiner Familie muss man helfen. Das Geschäft mit Antiquitäten geht nicht mehr so gut wie früher. Und es ist schwer, an Nachschub heranzukommen, da helfe ich ihm eben. È così semplice! Ich versteh zwar nichts davon, aber Franco ist ein dankbarer Abnehmer von allem, was irgendwie alt aussieht.«

»Der Principale dürfte das aber nicht wissen.«

»Ich glaube, er weiß es. Solange es seine Geschäfte nicht betrifft, ist es ihm egal. Und ich verdiene ja nichts daran, ich mache es für Franco umsonst.«

»Und die Entführung?«

Alessandro beugte sich nach vorne. Plötzlich hatte seine vorher sanfte Stimme einen scharfen Ton. »Das ist eine andere Sache. Dafür würde er uns umbringen, das ist dir klar, oder? Aber nur du und Mauro wissen davon. Ihr habt beide viel Geld dafür bekommen. Mauro ist der Sohn meines Patenonkels, ihm kann ich vertrauen.« Alessandro packte Alberto mit festem Griff am Oberarm. »Und du, lieber Alberto, du bist mein bester Freund. Ich vertraue auch dir. Doch bete zum Himmel, dass mir an deiner Freundschaft nie Zweifel kommen.«

»Bei der Jungfrau Maria, ich verspreche es.« Alberto klang weinerlich. »Aber bitte lass meinen Arm los, ich habe überhaupt kein Gefühl mehr in meiner Hand, und meine Knochen sind wahrscheinlich schon zerbröselt.«

»Dabei habe ich noch gar nicht angefangen zuzudrücken.« Alessandro löste den Griff und lehnte sich ruhig zurück. Alberto atmete erleichtert auf und versuchte seine tauben Finger zu bewegen. Das hätte ins Auge gehen können. Er wusste, wie schnell Alessandros Gutherzigkeit in nackte Gewalt umschlagen konnte. Vor einigen Tagen erst hatte sich Alessandro bei einem gemeinsamen Mittagessen so über den Hund seiner Schwester geärgert, dass er ihn kurzerhand aus dem Fenster geworfen hat, um dann in Seelenruhe weiterzuessen. Die Schwester wohnte im fünften Stock! Und mit Menschen ging Alessandro kaum weniger herzlich um, wenn sie ihn reizten. Das hatte Alberto oft genug miterlebt. Außerdem war die Entführung ja wirklich einträglich gewesen. Er schuldete Alessandro großen Dank. Nie im Leben würde er ihn verpfeifen. Warum auch? Damit würde er sich nur sein eigenes Grab schaufeln. Und den Auftraggeber der Entführung, den kannte er sowieso nicht. Alessandro war hier verschlossen wie eine Auster. Wie er auch bis heute nicht herausbekommen hatte, wie die Lösegeldübergabe abgelaufen war. Sie hatten einmal mit Alessandros altem Transporter zwei Mountainbikes südlich von Verona in der Nähe von Villafranca am Straßenrand deponiert. Aber erstaunlicherweise wurden sie später nicht mehr benötigt.

Alberto warf erneut einen kurzen Blick in den Innenspiegel. Alessandro war wieder damit beschäftigt, seine Fingernägel zu pflegen. Er hatte sich offenbar beruhigt.

»Was macht eigentlich dein Cellulare, hast du es gefunden?«

»Nein, dabei habe ich es überall gesucht. È stregato! Es ist einfach weg. Ich hab mir ein neues besorgt. Der Principale möchte, dass ich immer erreichbar bin.«

Alberto lag es auf der Zunge, Alessandro mit seiner Vergesslichkeit aufzuziehen oder ihn zu fragen, ob er das Telefon auch ins Fangobad mitnehmen würde. Diese kleinen Neckereien zählten zu ihrem üblichen Umgangston. Aber er hatte den Eindruck, dass es diesmal besser war, sich zurückzuhalten.

37

Wie verabredet stieß Mark in der Antica Locanda Montin zur Reisegruppe. Gerade rechtzeitig kam er für die köstlichen *Antipasti di pesce*. Danach gab es feine *Tortellini fatti a mano al radicchio* und später *Filetti di branzino agli asparagi*. Dazu einen spritzigen *Vino bianco della casa*.

MONTIN

Mark bedankte sich bei Bill für dessen große Hilfe und stillte seine Neugier auf den weiteren Fortgang des Abenteuers. Er erzählte ihm, dass die zweite Figur tatsächlich in der Nacht angeliefert worden sei und er das Kennzeichen des Transporters fotografiert und alles der Polizei gemeldet habe. Letzteres war zwar gelogen, stellte aber Bill zufrieden, der sich mit Genuss über sein *Tirami su* hermachte.

TIRAMI SU
Das Dessert hat seinen Ursprung in Venedig und soll einen schnell wieder auf die Beine bringen

Laura nutzte die Gelegenheit, ihrer Gruppe zu erzählen, dass Venedig gleichsam die Wiege des guten Essens und der Tischkultur sei. Als gebürtige Venezianerin konnte sie dabei ihren Stolz nicht ganz verhehlen, wie Mark schmunzelnd feststellte. Das Tirami su sei eine uralte venezianische Spezialität, berichtete sie. Wie ja auch der im Tirami su enthaltene Kaffee seinen Weg aus Arabien erst über Venedig nach Europa gefunden habe. Das erste Kaffeehaus überhaupt habe es in Venedig gegeben.

Ebenso wie den Kaffee hätten die Venezianer auch den Zucker für das Abendland entdeckt und die Kunst der Zuckerbäckerei entwickelt. Nur logisch, dass auch das zuckerreiche Marzipan seinen Ursprung in Venedig habe. Als Brot des heiligen Markus habe man es *Marci panis* genannt. Auch die Krapfen, die normalerweise die Wiener für sich in Anspruch nehmen, hätten in Venedig eine viel längere Tradition. Laura hob triumphierend ihre Gabel. »Selbst die Forchetta ist eine Erfindung der Serenissima. Sie hatte ursprünglich nur zwei Spitzen, was aber zum Aufspießen der Köstlichkeiten völlig reichte.«

Bill warf ein, dass man in Amerika auf eine Gabel gut verzichten könne, für den Verzehr eines Hamburgers im Sesambrot brauche man nur zwei gesunde Hände. Mark und Laura stimmten in das Gelächter der Gruppe ein.

Eine halbe Stunde später liefen sie am Rio di San Trovaso entlang, der den Canale della Giudecca mit dem Canal Grande verbindet. Sie blieben vor einer leeren Gondel stehen, die an bunten Anlegepfosten festgemacht war und sanft vor sich hin schaukelte.

Laura deutete auf die Gondel. »Der Gondoliere ist wahrscheinlich in einem der Bàcari – so heißen die kleinen Kneipen, die typisch für Venedig sind –, um sich dort bei einem Gläschen Wein zu stärken. Über die Bàcari erzähle ich Ihnen später einiges. Konzentrieren wir uns kurz auf die Gondel. Hier an diesem Kanal ist übrigens eine der letzten Gondelwerften, die es in Venedig noch gibt. Diese Werften werden *squeri* genannt. Die Gondeln sind etwa zehn Meter lang und werden von Hand aus acht oder neun verschiedenen Hölzern gefertigt. Vorne an der Spitze sehen Sie den so genannten Ferro, die sechs eisernen Sporne stehen für die sechs Sestieri von Venedig, der große Sporn darüber symbolisiert den Dogenhut. Achten Sie auf die Form der Gondel. Sie ist links wesentlich stärker gebogen als rechts.«

»Wie eine lackierte Banane«, stellte Bill fest.

Laura ließ sich nicht aus dem Konzept bringen. »Ein bisschen vielleicht, aber doch entschieden schöner. Durch die asymmetrische Form läuft die Gondel trotz des einseitigen Ruderns immer geradeaus und dreht sich nicht im Kreis. Das Ruder wird rechts durch eine raffinierte Riemengabel, die Forcola, geführt.«

»Und warum sind all die verdammten Gondeln schwarz? Das ist ja wie bei unserem guten alten Henry Ford. Dessen T-Modell konnte man auch in jeder beliebigen Farbe haben, vorausgesetzt, sie war schwarz!« Bill freute sich über seinen Vergleich und klatschte vergnügt in die Hände.

»Ich muss bei den Gondeln immer an Beerdigungen denken«, sagte eine ältere Mitreisende.

»Das Schwarz passt sicher gut zum morbiden Charme dieser Stadt, deren glanzvolle Epoche lang zurückliegt und die dem Untergang geweiht scheint«, fuhr Laura in ihren Erläuterungen fort. »Allerdings waren die Gondeln der reichen Venezianer bis ins 16. Jahrhundert bunt bemalt, voller goldener Verzierungen, mit wertvollen Teppichen und Pelzen ausgelegt und mit prunkvollen Baldachinen versehen.«

»Ist den Venezianern dann das Geld ausgegangen?«

»Nein, lieber Bill, ganz im Gegenteil. Weil der Prunk und der Luxus immer aufwändiger ausfielen, nicht nur bei den Gondeln, sondern von der Kleidung angefangen bis hin zu den großen Festen, die in Europa ihresgleichen suchten, wurden in Venedig immer wieder so genannte Luxusgesetze erlassen. Mit ihnen wurde die Zurschaustellung übermäßigen Reichtums verboten. So durften die Frauen in der Öffentlichkeit keinen Schmuck und allzu wertvolle Stoffe tragen.«

»O Gott, wie furchtbar«, entfuhr es einer Dame, die erschrocken an ihre Halskette langte.

»So ein Gesetz wird es bei uns nie geben«, stellte Bill beruhigend fest. »Die Zurschaustellung von Reichtum ist ein amerikanisches Grundrecht!«

»1562 schließlich wurde eine Verordnung erlassen, nach der alle Gondeln einheitlich schwarz zu sein haben. Auch die Verzierungen am Bug und am Heck, die Ferri und Delfini, sie durften nicht mehr vergoldet sein. Nur die beiden kleinen Seepferdchen aus Bronze neben den Bänken sind gestattet. Bei feierlichen Anlässen wie Hochzeiten …«

Mark hatte sich auf eine Mauer gesetzt und hörte Lauras Ausführungen nur mit halbem Ohr zu. Er war mit seinen Gedanken bei Rudolfs Telefonnummer im Speicher von Alessandros Handy. Den ganzen Vormittag hatte er hin und her überlegt, welche vernünftige Erklärung es dafür geben könnte, aber ihm war wenig Überzeugendes eingefallen. Allenfalls, dass Rudolf von Alessandro Antiquitäten erhielt, war als vage Möglichkeit in Betracht zu ziehen. Aber dieser Zufall wäre doch allzu unwahrscheinlich. Auch wenn es ihm eigentlich widerstrebte und sich alles in ihm gegen diesen Gedanken sperrte, setzte sich in seinem Kopf immer mehr die Vorstellung durch, dass Rudolf etwas mit seiner Entführung zu tun haben könnte.

»Die Gondel ist wie geschaffen für Liebende. Es gibt eine venezianische Legende, nach der einst der Halbmond vom Himmel fiel ...«

Mark saß mit dem Rücken zur Gruppe und sah hinauf zum blauen Himmel. Ignorierte man einmal die Tatsache, dass Rudolf so reich war, dass er die Lösegeldzahlung aus einer Entführung nicht benötigte, ignorierte man, dass er zur Familie gehörte – zog man all dies nicht in Betracht, dann ließen sich einige Puzzlesteine erschreckend gut zusammenfügen. Rudolf war nach dem Tod ihrer gemeinsamen Großmutter beim Erbe fast gänzlich leer ausgegangen. Rudolf wusste sehr genau, wie viel man von ihm bei einer Entführung fordern konnte. Er kannte die Villa am Gardasee. Rudolf war durch seinen Weinhandel sehr häufig in Italien, liebte das Land, sprach ausgezeichnet Italienisch und hatte viele Kontakte. Es war also gut möglich, dass er auch Alessandro kannte, um ihn als Handlanger einzusetzen. Aber warum sollte sich Alessandro, der in Diensten des Principale stand, dazu hergeben? Und welches Motiv könnte Rudolf haben? Nun, er wusste nicht besonders viel von seinem Halbbruder, aber gerade in den letzten Monaten hatte er ihn besser kennen gelernt und bei aller Gegensätzlichkeit auch immer sympathischer gefunden. Gut, vielleicht war Rudolf gar nicht so reich, vielleicht steckte er in finanziellen Nöten? Aber eine solche Entführung, die erforderte doch eine immense kriminelle Energie, die er sich bei ihm einfach nicht vorstellen konnte. Außerdem war sich Hauptkommissar Wächter sicher, dass hier Profis am Werk waren. Im Falle Alessandros war diese Einschätzung ja auch zutreffend, sah man einmal davon ab, dass kaum nachvollziehbar war, warum Alessandro die beiden Bronzestatuen mitgenommen hatte.

»Bitte folgen Sie mir, unser nächstes Ziel ist die nahe gelegene Peggy-Guggenheim-Collection im Palazzo Venier dei Leoni. Peggy Guggenheim hatte diesen Palast 1947 gekauft und dort eine der bemerkenswertesten Sammlungen der klassischen Moderne zusammengetragen. Mit Gemälden und Skulpturen von Kandinsky, Miró und Magritte über Jackson Pollock und Mondrian bis hin zu Picasso und Max Ernst, mit dem sie in zweiter Ehe verheiratet war. Peggy Guggenheim war …«

GUGGENHEIM
Die amerikanische Millionärin starb 1979 und wurde im Garten ihres Palastes beigesetzt

Mark rutschte von der Mauer und lief in einigem Abstand hinter der Reisegruppe her. Er versuchte sich an die Einzelheiten der Lösegeldübergabe zu erinnern, wie sie ihm von Hauptkommissar Wächter und von Rudolf selbst geschildert worden waren. Angenommen, Rudolf steckte hinter der Entführung, dann wäre die Geldübergabe geradezu genial gewesen. Alessandro – mal unterstellt, dass er es war, der mit der Polizei telefoniert hatte – wollte einen Familienangehörigen für die Lösegeldübergabe. Da kam ohnehin einzig Rudolf in Betracht. Dieser hätte dann einzig die leere Tasche aus dem Auto werfen müssen. Während die Polizei die Gegend um die kleine Brücke hermetisch abriegelte, wäre er mit dem Geld unbehelligt weitergefahren und hätte es in aller Ruhe irgendwo deponieren können. Die beiden Fahrräder wären in diesem Fall nur eine falsche Fährte gewesen. So könnte es gewesen sein, aber das war noch lange kein Beweis, dass es sich wirklich so zugetragen hatte. Schließlich gab es nur diese Telefonnummer in Alessandros Speicher, das war auch schon alles. Nur eine Telefonnummer! Berechtigte ihn dieser einzige Hinweis, einen solch kühnen Verdacht zu hegen? Mark beschleunigte seinen

Schritt, um nicht den Anschluss zur Gruppe zu verlieren. Dabei fasste er einen Entschluss. Er würde in den nächsten Tagen nach München fahren und dort seinem Halbbruder einen Überraschungsbesuch abstatten. Und er würde nicht lange um den heißen Brei herumreden, sondern ihn direkt mit seinem Verdacht konfrontieren. Mark hoffte inständig, dass Rudolf den Verdacht sofort mit einer plausiblen Erklärung zerstreuen könnte. Dann würde er sich bei ihm entschuldigen, auf seine angespannten Nerven verweisen, ihn zu einem Abendessen einladen, die Sache mit der Telefonnummer vergessen und am nächsten Tag Hauptkommissar Wächter alles über Alessandro erzählen. Okay, genauso wird es laufen!

»Der Palast hätte eigentlich viergeschossig werden sollen, aber es ist nur das Erdgeschoss fertig geworden, weshalb man ihn auch den Palazzo nonfinito nennt. Peggy Guggenheim war eine großartige Frau …«

»Natürlich war sie das, sie war ja auch eine Amerikanerin!«, warf Bill ein.

»Auf diesen Hinweis habe ich gewartet«, erwiderte Laura lachend.

38

Die beiden letzten Tage mit der Reisegruppe in Venedig hatte sich Mark geschenkt. Zwar hatten noch die Glanzlichter der Lagunenstadt auf dem Programm gestanden, die Basilica di San Marco zum Beispiel, der Dogenpalast, die Seufzerbrücke, die Barockkirche Santa Maria della Salute, die Scuola Grande di San Rocco mit dem berühmten Gemäldezyklus von Tintoretto. Aber eigentlich war dieses gedrängte Kulturerlebnis ohnehin nicht nach seinem Geschmack. Er würde lieber alleine mit Laura durch die Gassen schlendern, gemütlich einen Cappuccino trinken, versteckte Campi entdecken, den Fischmarkt am Rialto anschauen, bröckelnde

Fassaden in Stadtvierteln abseits der Touristenströme fotografieren, in einem Bàcaro Cicheti kosten. Und zwischendurch, da hätte er nichts dagegen, auch mal einen Blick auf Fresken von Tiepolo zu werfen. Normalerweise hätte er auch nie eine solche Rundreise gebucht, das war ein spontaner Einfall gewesen, um Laura zu überraschen. Allerdings, das musste er zugeben, hatte es ihm mit den Amerikanern Vergnügen bereitet, weil die das Kulturangebot von der lockeren Seite nahmen und keine bitterernste Studienreise daraus machten.

BÀCARO
Kleine, für Venedig typische Weinschenke

Aber das war nur der eine, unwichtigere Grund für seine vorzeitige Abreise. Tatsächlich schaffte er es nicht mehr, sich in das touristische Programm zu integrieren, zu sehr war er mit den Gedanken ganz woanders. Und bevor er ständig den Anschluss an die Gruppe verlor, war er lieber abgereist. Vom Haus am Gardasee hatte er einige Male bei Rudolf in München angerufen. Da er ihn daheim nicht erreichen konnte, hatte er sich in Rudolfs Firma nach seinem Verbleib erkundigt. Wie sich herausstellte, war er gerade geschäftlich unterwegs. Morgen sei er allerdings wieder zurück. Rasch hatte er eine Tasche gepackt, den Morgan aus der Garage geholt und war nach München gefahren.

Jetzt stand er im Nobelvorort Grünwald am Marktplatz. Es war früh am Abend. Aus dem Auto rief er bei Rudolf an. Dieser war mehr als verblüfft, als er hörte, dass Mark rein zufällig in unmittelbarer Nähe war. Natürlich könne er sofort bei ihm vorbeikommen, keine Frage. Allerdings habe er gerade Damenbesuch, und es wäre ihm angenehm, wenn er nicht allzu lang bliebe.

Rudolfs Villa war keine zwei Minuten entfernt. Sein Halbbruder öffnete ihm im Bademantel. »Jedem anderen wäre ich jetzt böse«, sagte er zur Begrüßung und boxte Mark im Spaß an die Brust. »Ich hasse solche Überfälle, vor allem, wenn ich gerade vorhabe, eine junge Russin zu vögeln. Aber tritt ein, du bist trotzdem herzlich willkommen. Ich werde Olga fragen, ob sie eine Freundin hat, die rasch vorbeischauen kann.«

»Nein, wirklich nicht, danke«, wehrte Mark ab. »Doch ich weiß deine Gastfreundschaft zu schätzen.«

»Das will ich hoffen, kleiner Bruder. Trinkst du ein Glas Champagner mit, ich habe gerade eine Flasche aufgemacht?«

Rudolf wirkte auf Mark ziemlich überdreht, seine Stimme war viel hektischer als sonst und seine Bewegungen irgendwie fahrig. Doch das mochte an dieser jungen Russin liegen, war ja zu verstehen. Sein Besuch kam wirklich zur unpassenden Zeit.

»Ein Glas Champagner? Gerne. Aber das ist mir jetzt ehrlich unangenehm. Soll ich nicht besser in einer Stunde wieder kommen?«

»In einer Stunde? Bist du verrückt, da bin ich doch mit Olga längst nicht fertig. Da geht die Party erst richtig los. Kein Problem, ich bin in allerbester Stimmung. Lass uns in die Schwimmhalle gehen.«

Er führte Mark eine Treppe hinunter. Die Glastüren gingen automatisch auf.

»Voilà, mein ganz persönliches Naherholungsgebiet.« Rudolf machte eine einladende Handbewegung. »Zieh bitte die Schuhe aus. Olga, mein Schatz, gieß unserem Gast Champagner ein.« Rudolf setzte sich in einen Korbsessel vor der Bar. Während Mark noch an seinen Schnürsenkeln nestelte, sah er aus dem Augenwinkel, wie eine junge Frau aus dem Pool stieg und sich die nassen Haare nach hinten strich.

»Hat diese Olga nicht traumhafte Brüste? So groß und so prall wie die Zwiebeltürme am Kreml.«

Und so unecht wie Pamela Anderson in ihren besten Jahren, dachte Mark, der gleichwohl zugeben musste, dass er Rudolfs Begeisterung nachvollziehen konnte. Als ihm Olga kurz darauf das Champagnerglas reichte, nicht ohne es vorher wie unabsichtlich an ihren Brustwarzen vorbeigeführt zu haben, wäre

Mark fast auf Rudolfs Angebot mit der Freundin zurückgekommen.
Rudolf hob sein Glas. »Prost, mein Lieber. Du schaust gut aus, das freut mich. Deine Entführung sieht man dir jedenfalls nicht mehr an.« Sein dröhnendes Lachen hallte im Schwimmbad wider.
»Nein, äußerlich nicht, Gott sei Dank. Prost.«
Rudolf leerte das Glas in einem Zug. »Wie geht's Laura?«
»Sehr gut, sie hat viel mit ihren Reisegruppen zu tun.«
»Aber sie hat hoffentlich auch genug Zeit für dich. Du brauchst jetzt jede nur mögliche Aufmunterung.«
Mark grinste viel sagend. »Ich kann mich nicht beklagen. Laura ist auch was meine Person betrifft sehr engagiert.«
»Es geht doch nichts über eine anständige Sexualtherapie.« Rudolf sah zu Olga, die sich gerade aufreizend langsam aufs Sprungbrett legte. »Und? Gibt es irgendwelche Hinweise über den Verbleib des Lösegelds? Ist die Polizei ein Stück weitergekommen?«
Mark registrierte, dass Rudolf die Frage eher beiläufig stellte, scheinbar mehr an Olga als an der Antwort interessiert. Jedenfalls machte er es ihm leicht, indem er das Gespräch genau in die gewünschte Richtung lenkte.
»Ich war erst vor kurzem bei Sanabotti in seinem Veroneser Kommissariat, und dieser Wächter war auch anwesend. Nach meinem Eindruck tappt die Polizei ziemlich im Dunkeln. Sie gehen mittlerweile den komischsten Hinweisen nach. Das letzte Mal dachten sie doch, mein Chemieklo im Kellerverließ könnte ihnen weiterhelfen. War aber ein Flop, das Modell ist der aktuelle Renner der Saison.«
Rudolf verschüttete vor Lachen fast den Champagner, den er sich gerade nachgeschenkt hatte. »O Gott, wenn sich die polizeilichen Ermittlungen auf Klos konzentrieren, dann haben sie wohl wirklich verschissen!« Und nach einer kurzen Pause: »Versteh mich richtig, das finde ich natürlich überhaupt nicht

toll, dass sich die Polizei so dumm anstellt, aber die Sache mit dem Chemieklo ist wirklich zu komisch.«
Mark drehte den Stiel des Glases zwischen den Fingern. »Sag mal, haben sich die Entführer eigentlich je direkt mit dir in Verbindung gesetzt?«
Rudolfs Gesicht zeigte keine Reaktion. »Nein, haben sie nicht. Der Kontakt lief ausschließlich über Dr. Leuttner, das weißt du doch.«
»Ich meine auch nach der Entführung, als alles vorbei war, da hat niemand bei dir angerufen?«
»Wie kommst du darauf? Warum sollte jemand von den Entführern bei mir anrufen? Nein, es hat sich nie jemand gemeldet. Schade, sonst hätten wir ja vielleicht eine Spur.«
»Ja, schade. Hätte ja sein können.«
Mark überlegte, ob er Rudolf direkt auf Alessandro ansprechen sollte. Eigentlich hatte er vorgehabt, ihn unmittelbar mit seinem Verdacht zu konfrontieren. Jetzt, da es so weit war, fehlte ihm der Mut. Fürchtete er sich vor der Antwort? Nein, das wohl nicht. Aber plötzlich schien es ihm ausgesprochen unklug, Alessandros Namen zu nennen. Damit würde er unweigerlich alle Karten auf den Tisch legen müssen.
»Ich denke oft an unsere Mutter. Geht es dir auch so?« Mark war über seine Frage selbst überrascht, sie war ihm einfach so herausgerutscht.
Rudolf sah Mark irritiert an. »Wie kommst du denn jetzt darauf? Du bist vielleicht ein komischer Vogel. Ich überlege mir gerade, ob ich Olga auf dem Sprungbrett bumsen soll, das Wippen stelle ich mir supergeil vor, und du kommst unvermittelt mit unserer Mutter daher.«
»Entschuldige, ist mir gerade eingefallen. Ich habe sie nämlich sehr geliebt, und ihr Selbstmord ist mir damals sehr ans Herz gegangen.«
»Mir doch auch, das kannst du glauben.« Rudolf sprang erregt auf und stolperte über seinen Bademantel. »Sag mal, Mark,

kann es sein, dass du seit deiner Entführung etwas schwermütig und verwirrt bist? Sei mir nicht böse, aber du tauchst überraschend auf, stellst mir komische Fragen und machst die ganze Stimmung kaputt, indem du über unsere Mutter sprichst.«

»Sorry, das wollte ich nicht.«

»Dabei war ich eigentlich bester Laune. Bei mir häufen sich momentan die Erfolgserlebnisse. Und jetzt unsere Mutter …« Rudolfs Stimme überschlug sich. »Ich will über unsere Mutter nicht reden!«

»Das war doch gar nicht meine Absicht!« Mark blieb ganz ruhig.

»Also, dann lass unsere Mutter aus dem Spiel.« Rudolf hatte einen roten Kopf und zog energisch am Gürtel seines Frotteemantels.

»Und Grandma Ottilia?«

Rudolf griff zum Champagnerglas und warf es gegen die gekachelte Wand. »Jetzt ist aber Schluss, ich will auch nicht über unsere Großmutter reden.«

Mark stand auf und nahm Rudolf, der sich zuerst wehrte, dann aber nachgab, in den Arm. »Entschuldige, ich bin seit meiner Entführung wohl wirklich nicht mehr richtig im Kopf. Ich wollte dich nicht aufregen. Tut mir Leid. Ich geh jetzt besser und lass dich mit Olga allein.«

Rudolf löste sich von Mark. Zwar war sein Gesicht noch gerötet, aber er schien sich schon wieder beruhigt zu haben. »Schon gut, ich habe sicher gerade etwas überreagiert. Doch das ist wirklich der falsche Ort und der falsche Zeitpunkt, um über Mutter und Großmutter zu reden. Das wirst du doch zugeben? Wir können das Gespräch gerne einmal nachholen.«

»Das muss nicht sein. Vergiss es, ich zieh jetzt Leine. Melde dich mal, wenn du wieder in Italien bist. Ich würde mich über einen Besuch freuen.«

Rudolf wirkte schon wieder ganz locker. »Aber ich komme

ohne Vorwarnung, darauf kannst du dich verlassen. Hoffentlich störe ich dich dann bei einem Fick mit Laura.«

»Ich werde dir nicht verraten, zu welcher Tages- oder Nachtzeit die Chance am größten ist«, versuchte Mark die Situation weiter zu entkrampfen.

Rudolf deutete zur Glastür. »Findest du alleine raus?«

»Ja, natürlich, kein Problem, und nichts für ungut.«

»Steig nicht in die Scherben. Und schließ die Haustür, ich will jetzt nicht mehr gestört werden.«

Rudolf zog den Bademantel aus. »Olga, mach die Beine breit, ich komme.«

Mark schlüpft erst auf der Treppe in seine Schuhe. Die Automatiktür zum Hallenbad hatte sich hinter ihm bereits geschlossen. Er war von Rudolfs kurzem, aber heftigem Wutausbruch immer noch wie benommen. Auf dem Weg zur Eingangstür der Villa fiel ihm ein großes Bild auf, das so gegen die Wand gelehnt war, das man nur die Rückseite der Leinwand sehen konnte. Auch aus dieser Perspektive kam ihm der dunkle Holzrahmen bekannt vor. Mark blieb stehen, zögerte kurz, dann drehte er das Bild um. Er hatte sich nicht getäuscht, es handelte sich um ein Ölgemälde seines Vaters, genauer gesagt um das Porträt seiner Mutter, das Rudolf von Grandma Ottilia geerbt hatte. Schon seltsam, gerade waren sie wegen ihrer Mutter aneinander geraten, und jetzt stieß er auf ihr Bild. Noch seltsamer aber war, dass das Gemälde mit dem Gesicht zur Wand am Boden stand. Mark drehte das Bild um, hauchte seiner Mutter über die flache Hand einen Kuss zu und verließ nachdenklich die Villa.

39

Vor dem kleinen Hafen schaukelte ein Segelboot in der abendlichen Flaute. Tief stand die Sonne am gegenüberliegenden Ufer über den Hügeln von Manerba und Moniga.

Hinter der Mole raschelte es im Schilf. Einige Enten ließen sich durchs Hafenbecken treiben. Von der Ferne waren leise Kirchenglocken zu hören. Mark saß auf der Mole an einem der kleinen Tische und sah entspannt auf den See hinaus. Wie Recht hatte doch seine Großmutter gehabt, für die San Vigilio der bezauberndste und friedvollste Platz am Gardasee war. Südlich von Torri del Benaco, auf der Höhe von Garda, liegt die kleine Landzunge mit der Punta San Vigilio. Den Wagen hatte Mark am Parkplatz abgestellt. Zu Fuß war er durch eine schattige Zypressenallee, am schmiedeeisernen Tor der Villa Brenzoni vorbei, über alte, gefährlich glatte Pflastersteine zu diesem winzigen Hafen gelangt. Er wartete auf Laura, die am Nachmittag eine Reisegruppe in Peschiera betreut hatte. Eine gute Woche schon lag sein Besuch in München zurück, und nichts hatte er in der Zwischenzeit unternommen. Weder hatte er der Polizei von den beiden Bronzefiguren und seinem nächtlichen Abenteuer erzählt, das ihn auf die Spur von Alessandro gebracht hatte, noch war er mit seinen Überlegungen weitergekommen, die Rudolf betrafen. Er hatte wieder einmal eine jener Durchhängephasen, über die sich Norma immer so aufgeregt hatte. Apropos Norma, er sollte seine Agentin in London bei Gelegenheit mal anrufen. Erstens war es sehr uncharmant, so gar nichts mehr von sich hören zu lassen. Er wusste ja, dass Norma immer ein klein wenig in ihn verliebt gewesen war. Und zweitens würde die Zeit des süßen Nichtstuns bald ein Ende haben. Viel war ihm nach der Lösegeldzahlung vom Erbe seiner Großmutter jedenfalls nicht geblieben. Und wenn er die Villa am Gardasee behalten wollte, und das glaubte er seiner Großmutter schuldig zu sein, dann musste er wohl wieder mit dem Fotografieren beginnen. Mit Roberto, seinem Freund aus Belluno, hatte er schon telefoniert. Der war ganz versessen darauf, mit ihm ein Fotobuch über die venezianische Küche und über ausgesuchte Restaurants zu machen. Aber davon würde er nicht leben können. An einer Rückkehr

San Vigilio

Peschiera
Der Ort an der Südspitze des Gardasees bildet mit dem Fluss Mincio die Grenze zwischen Venetien und der Lombardei

zur Modefotografie kam er nicht vorbei. Welche Haarfarbe Norma wohl mittlerweile hatte?

»Buona sera, du Träumer.« Mark hatte Laura überhaupt nicht kommen sehen.

»Hallo, Laura, lass dich umarmen.«

»Nicht so stürmisch«, protestierte Laura kichernd. »Man könnte ja glauben, wir haben uns seit Wochen nicht mehr gesehen.«

»Stunden der Trennung erscheinen mir wie Wochen«, erwiderte Mark theatralisch.

»Von der schmalzigen Seite kenne ich dich überhaupt nicht. Dir wird dein Übermut gleich vergehen, ich habe was mitgebracht.«

Laura legte eine italienische Tageszeitung auf den Tisch. »Hier, auf Seite fünf, ich hab's angestrichen.«

Mark schlug die Seite auf. Auf einem Foto sah ihm Alessandro entgegen. Daneben eine große Überschrift: »Assassinio nel bagno di fango!«

»Das gibt's doch gar nicht. Hat Alessandro jemanden im Fangobad ermordet?«

»Nein, ganz im Gegenteil. Unser Alessandro ist selbst Opfer eines Mordanschlags geworden. Du kannst dir das Lesen und mühevolle Übersetzen sparen, ich erzähl's dir. Viel steht sowieso nicht drin. Offenbar war Alessandro, jetzt wissen wir übrigens, dass er mit Nachnamen Gherardo hieß, in Abano Terme zur Kur. Gestern Vormittag hat man seine Leiche in einem Fangobecken gefunden. Irgendjemand hat ihm mit einer schweren Terrakotta-Vase den Schädel zertrümmert.«

»Mit einer Terrakotta-Vase?«

»Ja, die ist dabei auch zu Bruch gegangen. Die Einzelteile hat die Polizei aus dem Fango gefischt. Offenbar, so steht es im Artikel, hat sich der Mörder von hinten an Alessandro herangeschlichen, der in einem separaten Raum alleine im Fangobad lag. Die Vase, so eine Art Amphore, stand wohl zur Dekoration neben dem Eingang. Vermutlich hat nur Alessandros Kopf aus dem Schlamm herausgeschaut. Er hatte keine Chance. In dem Artikel heißt es auch, dass Alessandro im Dienste Domenicos stand und dass der Mörder wahrscheinlich aus dem kriminellen Milieu komme.«

Mark schüttelte resignierend den Kopf. »Jetzt war es doch falsch, dass ich nicht zur Polizei gegangen bin. Von Alessandro werden wir jedenfalls nichts mehr erfahren.«

»Nun, allzu gesprächig wird er nicht mehr sein, da hast du Recht. Aber ich wollte dir nicht den Abend verderben, das wäre ausgesprochen schade, ich habe nämlich in der Locanda San Vigilio einen Tisch reserviert.«

Locanda San Vigilio
Restaurant und Hotel in traumhafter Lage am Gardasee

»Tatsächlich? Weißt du, dass ich dort mit Grandma gewesen bin, als ich sie das letzte Mal besucht habe?«

»Nein, doch das überrascht mich nicht. Ottilia hat die Punta San Vigilio und die Locanda geliebt. Wir waren auch oft zusammen hier.«

»Aber ich fürchte, ich habe nicht genug Geld dabei.«

»Keine Sorge, heute lade ausnahmsweise ich dich ein, ich habe in der letzten Zeit gut verdient.«

»Die Einladung nehme ich gerne an«, erwiderte er. »Mein Lebensabschnitt als Millionär war leider von ungewöhnlich kurzer Dauer, ich kann eine finanzielle Entlastung gut gebrauchen.«

»Du siehst, ich tue, was ich kann. So, jetzt trink deinen Campari aus, dann können wir rübergehen.«

Einige Minuten später standen sie im Vorraum der Locanda San Vigilio. Mark betrachtete die alten Bilder, die an der Wand hingen. Laura deutete auf einen alten Stich mit einer Karte des Gardasees.

»Wie würdest du die Form des Sees interpretieren?«, fragte sie.

Mark studierte die Landkarte, runzelte die Stirn und sah dann zweifelnd Laura an. »Ich denke, der See gleicht dem Rüssel eines alten Elefanten.«

Laura lachte. »Was wieder einmal beweist, dass wir Frauen viel eindeutigere Fantasien haben. In meinen Augen hat der Gardasee ganz zweifellos eine phallische Form.«

Mark spielte den Empörten. »Und von so jemandem lasse ich mich zum Abendessen einladen. Du gehörst auf die Couch eines Psychoanalytikers. Abgesehen davon, hätte ich einige anatomische Verbesserungsvorschläge …«

Laura kicherte und deutete auf den Spruch, der über der Tür zum Restaurant stand. »Carpe diem! Wir haben heute sicher noch Zeit für weiterführende Übungen. Jetzt sollten wir uns erst mal stärken.«

»Carpe diem? Ich fand schon immer, dass man nicht nur den Tag, sondern auch die Nacht nutzen sollte«, erwiderte Mark und folgte ihr am Büffett mit den Antipasti vorbei in die Loggia, wo Laura links im Eck einen Tisch reserviert hatte.

»Du könntest ja mit einer halben Languste anfangen«, schlug Laura vor, als sie über die Empfehlungen der Küche nachdachten. »Ihr wird immerhin eine aphrodisische Wirkung zugesprochen.«

Risotto alla tinca, San Vigilini
Die Locanda San Vigilio gibt ihre Rezepte im Anhang preis

»Es tröstet mich, dass du eine halbe Languste für ausreichend hältst.«

»Im Ernst, lass uns mit einem feinen *Risotto alla tinca* beginnen.«

»Klingt gut, einverstanden.«

»Und du kannst dich schon auf die köstlichen *San Vigilini* freuen, die mit der Rechnung serviert werden.«

»Vor allem deshalb, weil du ja heute die Zeche übernimmst.«

Ein Ober zündete die Kerze am Tisch an. Sanft schlugen Wellen gegen die Mole. Am gegenüberliegenden Ufer funkelten die ersten Lichter.

Mark fuhr sich mit der Hand über die Stirn. »Mir geht Alessandros Tod nicht aus dem Sinn. Fast könnte er einem Leid tun.«

»Immerhin war er dein Entführer.«

»So sieht es aus, ja. Nur werden wir dieses Geständnis von ihm nie zu Gehör bekommen.«

Laura biss ein Stück von einem Grissino ab. »Nicht nur das, der Drahtzieher deiner Entführung kann sich jetzt beruhigt ins Bett legen. Alessandro wird ihn nicht mehr verpfeifen. Was für ein wunderbares Glück.«

»Du meinst, da besteht ein Zusammenhang?« Mark sah Laura zweifelnd an.

»Warum nicht? Einem Alessandro, der harmlos wie ein Kind im Fangoschlamm vor sich hin döst, könnte auch ein Rudolf mit einer Amphore den Schädel einschlagen!«

»Rudolf? Das kann ich mir beim besten Willen nicht vorstellen.«

»Warum nicht? Komischerweise vermag ich mir das sehr wohl vorzustellen.«

»Um ehrlich zu sein, eigentlich glaube ich, dass er mit der Sache nichts zu tun hat, dass wir uns da in etwas hineingesteigert haben.«

»Mark, du bist zu gutgläubig. Ich habe einen Vorschlag. Ich bitte Guido, herauszufinden, ob ein gewisser Rudolf Krobat gestern oder vorgestern in einem Hotel in Abano Terme gemeldet war. Und du rufst bei Rudolfs Firma in München an und fragst, ob er sich zufällig auf einer Auslandsreise befindet.«

Mark nickte. »Einverstanden, das klingt vernünftig, das können wir so machen. Vielleicht hat er ja ein Alibi.«

»Ich würde wetten, dass er das nicht hat.«

Mark grinste. »Du solltest einem Engländer nie eine Wette anbieten, er wird sie höchstwahrscheinlich annehmen.«

»Einverstanden. Bleibt die Frage nach dem Wetteinsatz. Mach einen Vorschlag!« Laura sah ihn auffordernd an.

»Da hätte ich spontan eine Idee. Falls ich die Wette verliere, übernehme ich höchstpersönlich die Therapie deiner fehlgeleiteten sexuellen Assoziationen. Ich kenne eine Methode,

die auf der Ganzkörperbehandlung aufbaut und sich dann auf die erogenen Zonen …«
Die zusammengeballte Serviette verfehlte nur knapp Marks Kopf und landete in dem weißen Vorhang hinter ihm.
Der Ober, der gerade mit der Weinkarte kam, nahm kommentarlos eine frische Serviette vom Nebentisch und überreichte diese leise lächelnd Laura.

40

Im hohen Bogen flog die Reisetasche durch den Flur und schlitterte über den Marmorboden. Rudolf trommelte mit den Händen an der Wand entlang. »What a wonderful day …« Mit ausgebreiteten Armen ließ er sich aufs Sofa fallen. So prächtig wie heute hatte er sich schon lange nicht mehr gefühlt. Er schloss die Augen und atmete mehrere Male tief durch.
Einige Minuten später goss er einen Whisky ein und prostete sich im Spiegel augenzwinkernd zu. Mit dem Glas in der Hand lief er pfeifend durchs Haus. Plötzlich blieb er erschrocken stehen. Von einem Moment auf den anderen war seine gute Laune verflogen. Was war mit dem Porträt seiner Mutter passiert? Warum lehnte es richtig herum an der Wand? Rudolf nahm einen Schluck aus dem Whiskyglas. Seine Haushaltshilfe, die einen Schlüssel zum Haus hatte und jeden Vormittag kam, war einfach zu beflissen. Ein verkehrt herum platziertes Bild widersprach offenbar ihrem Ordnungssinn.
Er zog sich einen Stuhl heran und setzte sich in einiger Distanz vor das Gemälde. Es maß einen guten Meter in der Höhe und hatte einen schlichten dunkelbraunen Holzrahmen. Mit zusammengekniffenen Augen betrachtete er das Porträt. Seine Mutter schien ihn direkt anzusehen. Ihre Lippen war leicht geöffnet, ganz so, als ob sie gleich etwas sagen würde.

Wie könnte man ihren Gesichtsausdruck deuten? überlegte Rudolf. Nun, fröhlich war er jedenfalls nicht. Eher melancholisch, sentimental. Im Rückblick musste man zugeben, dass seine Mutter niedergeschlagen wirkte, depressiv. Tatsächlich war das Bild ja nur wenige Monate vor ihrem Selbstmord entstanden. Hätte man damals erkennen können, dass sie ihrem Leben ein Ende setzen würde? Nein! Rudolf war fest davon überzeugt, dass kein Mensch damit rechnen konnte. Nein, wirklich nicht.

Er stellte das Whiskyglas auf den Boden und neigte den Kopf leicht zur Seite. Warum hatte ihm seine Großmutter genau dieses Bild vererbt? Verbarg sich dahinter eine Botschaft? Er glaubte es nicht, wollte es nicht glauben. Was hatte seine Großmutter schon gewusst? Nichts, absolut nichts! In ihren Augen war der Tod seiner Mutter eine unvorhersehbare Tragödie gewesen. Eine Tragödie, für die es keinen rationalen Grund gab, die einzig in ihrer Psyche begründet lag.

Ihm fiel Marks Besuch vor einer guten Woche ein und wie ihn die unvermittelte Frage nach ihrer Mutter aufgeregt hatte. Mark konnte leicht erzählen, dass er oft an sie denken musste. Für ihn war das ja auch einfach. Die sentimentalen Regungen eines geliebten Sohns, wie rührend. Er dagegen sträubte sich, an seine Mutter zu denken. Sie war tot, das Leben ging weiter!

Rudolf stand abrupt auf und trat einige Schritte nach links. Ein erneuter Blick zum Bild ließ ihn erschaudern. Seine Mutter war ihm mit den Augen durchs Zimmer gefolgt. Lag da ein Vorwurf in ihrem Blick? Er umklammerte seine linke Faust mit der rechten Hand. Dabei drückte er unwillkürlich so fest zu, dass die Fingergelenke knackten.

Er kehrte zum Stuhl zurück und stellte ihn an seinen angestammten Platz in die rechte Ecke des Raums. Mit dem leeren Whiskyglas in der Hand wendete er sich wieder dem Bild zu. Erneut sah ihm seine Mutter direkt in die Augen. Rudolf fühlte den Schweiß auf seiner Stirn. Er glaubte nicht an übersinnliche Mätzchen. Eher schon an einen geschickten Umgang mit dem Malpinsel. Hieß es denn nicht auch von der Mona Lisa, dass sie dem Betrachter mit den Augen folge? Aber irritierend war dieser Effekt gleichwohl. Und er hatte nicht vor, sich von seiner Mutter tyrannisieren zu lassen. Wenn es das war, was Großmutter Ottilia mit dem Bild bewirken wollte, dann hatte sie sich getäuscht. Seine Mutter war tot. Und das würde sie auch bleiben! Entschlossen drehte Rudolf den Rahmen mit dem Bild zur Wand. So, jetzt war ihm wohler. Was nur sollte er mit dem Porträt seiner Mutter anfangen? Es an die Wand hängen, nein, das wusste er von Anfang an, das konnte er nicht. Am besten wäre es, das Bild in den Keller zu verdammen. Gut verpackt und verschnürt, in einem verborgenen Winkel verstaut, dort, wo er es nie mehr finden würde – außer er suchte danach. Bislang hatte es ihm am erforderlichen Mut gefehlt. Aber wenn ihn seine Mutter noch einmal so vorwurfsvoll ansehen würde, dann hatte sie es nicht besser verdient!

41

Als Laura die Villa am Gardasee betrat, erschrak sie, hörte sie doch eine Arie von Ottilia Balkows Lieblingsplatte, der Platte, die sich die alte Dame auch in jener verhängnisvollen Nacht angehört hatte. Plötzlich war es ihr, als ob Ottilia noch am Leben wäre. Sie glaubte den Duft ihres schweren, süßlichen Parfums zu riechen. Und wäre sie jetzt die Treppe heruntergekommen, in einem langen weißen Seidenkleid, die grauen Haare hochgesteckt und mit einer Hand den Takt der Musik begleitend, Laura wäre nicht überrascht gewesen. Aber Ottilia kam nicht, konnte nicht kommen, sie lag auf dem Friedhof der Chiesa della Beata Vergine.
Laura stellte ihren Einkaufskorb ab und trat in den Salon, wo

sie Mark am Boden sitzend vorfand, vor ihm ein offener Schuhkarton, daneben ein verstaubter Deckel. Um ihn herum waren Briefe auf dem Perserteppich verstreut.

»Ciao Laura, come stai?« Marks Gruß wirkte geistesabwesend.

Laura ging zum Plattenspieler und stellte die Lautstärke runter. Erst dann kniete sie sich zu Mark auf den Boden und gab ihm einen Kuss.

Laura nahm einen Umschlag in die Hand. »Was treibst du denn hier? Hast du auf dem Speicher alte Liebesbriefe von Ottilia entdeckt?«

»Keine Liebesbriefe, nein, aber sehr aufschlussreiche, traurig stimmende Briefe. Sie sind erschreckend, geradezu bestürzend.«

»Von wem sind diese Briefe?«

»Sie stammen alle von meiner Mutter Patrizia und sind an Ottilia gerichtet. Meine Mutter hat darin in den letzten beiden Jahren vor ihrem Selbstmord Grandma Ottilia ihr Herz ausgeschüttet, von ihren Sorgen erzählt, von ihren psychischen Krisen. Aber nicht nur davon.« Mark hielt inne und schluckte.

»Erzähl schon!«

»Gleich, vorher noch eine Frage. Hast du etwas von Guido gehört?«

»Ja, habe ich, er hat mich unterwegs auf meinem Handy angerufen. Leider ohne Ergebnis. Fehlanzeige, in Abano Terme war in keinem Hotel ein Rudolf Krobat registriert. Aber Guido meint, das habe nichts zu besagen. Falls jemand vorhabe, einen Mord zu begehen, lasse er sich am Ort seiner Tat kaum mit dem richtigen Namen registrieren.«

»Hätte schon sein können, schließlich würde niemand die beiden miteinander in Verbindung bringen. Aber wahrscheinlich hat Guido Recht, Rudolf ist zu raffiniert und hinterhältig.«

»Ist zu raffiniert und hinterhältig? Kein ›vielleicht‹ oder ›möglicherweise‹. Das klingt ganz so, als ob du deine Zweifel überwunden hättest.«

»Stimmt«, antwortete Mark, »ich habe keinen einzigen Beweis, und dennoch bin ich mittlerweile von Rudolfs Schuld überzeugt.«

»Bravo, ich gratuliere! Hat diesen Sinneswandel dein Anruf in Rudolfs Firma bewirkt?«

»Nein, hat er nicht, aber immerhin hat mein Anruf auch nicht zu seiner Entlastung beigetragen. Rudolf war nach Auskunft seines Sekretariats bis einschließlich gestern auf Geschäftsreise – und zwar in Italien. Heute habe er sich einen Tag Urlaub genommen, ich könne ihn eventuell zu Hause erreichen. Aber auf dieses zweifelhafte Vergnügen habe ich verzichtet.«

Die Platte mit den Arien war zu Ende. Laura stand auf und stellte das Grammofon ab.

Mark deutete auf die leere Tasse, die neben ihm auf dem Boden stand. »Laura, kannst du bitte aus der Küche die Teekanne holen? Und eine Tasse für dich, wenn du auch einen Tee möchtest.«

»Gerne, und dann erzählst du weiter.«

Er nickte und nahm den letzten Briefumschlag aus dem Karton. Zunächst studierte er das Datum des Poststempels, dann zog er den Brief heraus, entfaltete ihn behutsam und begann zu lesen.

Er bemerkte kaum, wie sich Laura zu ihm auf den Boden setzte und Tee nachschenkte. Erst als er mit dem Brief fertig war, nahm er einen Schluck.

Laura sah ihn fragend an. Mark fuhr sich mit der Hand über das Gesicht. »Ein weiterer Brief von meiner Mutter, geschrieben zwei Wochen vor ihrem Selbstmord. Ihr letzter Brief.« Er machte eine lange Pause. »Offenbar hat Grandma Ottilia auf all diese Briefe ihrer Tochter geantwortet. Jedenfalls nimmt meine Mutter immer wieder Bezug auf Briefe, die sie von

Grandma erhalten hat. Meistens aber berichtet sie nur, ähnlich wie in einem Tagebuch, was ihr so widerfährt, was sie quält, warum sie zwischendurch verzweifelt ist, dann aber wieder Hoffnung schöpft und frohen Mutes ist.«
Laura nahm Marks Hand und streichelte ihn.
»Diese Briefe sind es, die mich an Rudolfs Schuld nicht mehr zweifeln lassen«, fuhr Mark fort, »denn um ihn dreht es sich meistens. Patrizia, ich habe meine Mutter mit ihrem Vornamen angesprochen, beschreibt einen Rudolf, den wir nicht kennen. Der Rudolf in den Briefen ist ein hemmungsloser Spieler, jemand, der alles riskiert, um alles zu gewinnen – meistens aber um alles zu verlieren. Schon als kleines Kind hat er offenbar damit angefangen, Entscheidungen von einem Würfel treffen zu lassen. Zunächst waren es nur unwichtige Entscheidungen, zum Beispiel, welche Kinder zu seinem Geburtstag eingeladen werden. Da hatte sich Patrizia noch über diese Eigenart amüsiert. Als er dann aber als Achtjähriger von einer Brücke in die Isar gesprungen ist und hinterher als einzige Begründung für diese Mutprobe, die er nur mit viel Glück überlebt hat, eine gewürfelte Sechs anführte, war Patrizia fassungslos.«
»Und du wusstest von diesem Charakterzug nichts? Immerhin ist Rudolf dein Halbbruder?«
»Wie sollte ich? Ich bin zwölf Jahre jünger als Rudolf. Meine Mutter hat sich ja von Rudolfs Vater scheiden lassen und ist nach England gezogen, wo ich dann geboren wurde. Ich habe Rudolf als Kind nie gesehen, ich wusste gerade mal von seiner Existenz. Das war auch schon alles. Jedenfalls ist aus dem würfelnden Kind später ein Hasardeur geworden. Seine Weinimportfirma, die er vom Vater geerbt hatte, stand einige Male kurz vor der Pleite, weil Rudolf sein ganzes Geld in Spielkasinos verzockt hatte. Sein luxuriöser Lebensstil verschlingt zudem Unsummen. Da fallen die teuren Callgirls noch am wenigsten ins Gewicht. Und immer, wenn er überhaupt nicht

mehr weiterwusste, wenn ihm das Wasser bis zum Hals stand, war er bei meiner Mutter aufgetaucht und hatte um Hilfe gebeten.«

»Wie hätte deine Mutter ihm helfen können?«

»Mit Geld, das sie eigentlich nicht hatte. Mein Vater war als Maler in England nicht unbekannt. Seine Bilder sind bis heute unter Sammlern sehr gefragt und mittlerweile ausgesprochen teuer. Leider besitze ich von ihm kein einziges Gemälde, nur einige wenige Grafiken und Skizzen. Ich kann mich noch gut erinnern, wie Patrizias Selbstmord meinen Vater aus der Bahn geworfen hat. Er hat nie mehr einen Pinsel angerührt.«

»Du sagtest, mit Geld, das sie eigentlich nicht hatte?«

»Ja, ganz offenbar hat Patrizia Bilder meines Vaters zu Geld gemacht, um Rudolf zu helfen. Als mein Vater das bemerkt hat, ist es zum ersten großen Streit zwischen meinen Eltern gekommen. Aber die Liebe einer Mutter zu ihrem Sohn, selbst wenn er so missraten ist wie Rudolf, stand offenbar über allem.«

»Das ist wohl so. Auch meine Mutter würde für ihre Söhne ihr letztes Hemd geben.«

»Du hast Brüder?«

Laura lächelte. »Diese Tatsache habe ich dir gegenüber schon einmal erwähnt, ja. Du wirst sie sicher mal kennen lernen. Kommst du eigentlich auch in den Briefen vor?«

»Natürlich, aber primär dreht sich alles um Rudolf.«

»Nun sag schon, wie kommst du dabei weg?«

»Das ist mir fast peinlich zu lesen. Von mir hat sie immer nur in den höchsten Tönen geschwärmt. Ich war anscheinend ihr ganzes Glück auf Erden, ich habe das nie so empfunden. Aber bei allem Kummer liebte sie Rudolf offenbar nicht minder.«

»Mütter haben sogar zu ihren Sorgenkindern oft eine besonders enge Beziehung«, stellte Laura fest. »Es ist fast so, als ob sie sich mitschuldig fühlen würden, weil sie glauben, in der Erziehung etwas falsch gemacht oder ihnen die falschen Gene vererbt zu haben.«

»Also, im Falle von Rudolf müssen die Gene ganz schön durcheinander geraten sein. Er ist nämlich ganz offenbar nicht nur ein hemmungsloser Glücksspieler, einer, der – wie Patrizia schreibt – sein ganzes Leben als ein einziges Spiel begreift, sondern er verfügt zudem über ein hohes Maß an Skrupellosigkeit und Gewaltbereitschaft. In einem Brief erzählt Patrizia eine bezeichnende Geschichte aus Rudolfs Kindheit. Moment mal, wo habe ich ihn denn?«

Mark suchte in den Briefen neben sich auf dem Boden, fischte einen heraus, räusperte sich und las vor: »›Es war an einem sommerlichen Nachmittag. Ich beobachtete den kleinen Rudolf – er war damals neun Jahre alt – aus dem Küchenfenster. Rudolf saß auf dem Steinfußboden der Terrasse. Sein blondes Haar schimmerte in der Sonne. Hübsch war er anzusehen, sein Anblick stimmte mich froh und glücklich. Rudolf hatte im nahen Weiher einen Frosch gefangen, den er an den Schenkeln festhielt. Ich dachte, er spiele mit dem Frosch. Das tat er auch, aber auf seine ganz persönliche Art. Ich sah, wie er mit der freien Hand drei Würfel über den Boden purzeln ließ. Ohne den Frosch loszulassen, beugte er sich über die Würfel, um die Zahlen zu lesen. Ich sah ihn lächeln. Dann nahm er einen großen Hammer, der neben ihm lag und den ich vorher nicht bemerkt hatte, und tötete den Frosch mit drei kräftigen Hammerschlägen …‹«

Laura sah Mark entsetzt an. »Wie ekelhaft.«

Mark ließ den Brief zu Boden gleiten. »Ein Herzchen, was? Hinter der Fassade des erfolgreichen Weinhändlers und Lebemanns verbirgt sich ein kleines Monster. Um die Geschichte der Briefe fertig zu erzählen, etwa zwei Monate vor Patrizias Tod muss sich Rudolf erneut in einer finanziellen Notsituation befunden haben. Er war bei Patrizia in London aufgetaucht und hatte geweint, gefleht, mit seinem Selbstmord gedroht.

Patrizia hat Rudolfs Drängen in ihren letzten Briefen an Ottilia ausführlich geschildert. Und sie hat auch ihre Gewissensnöte beschrieben. Hinzu kam, dass mein Vater wegen eines leichten Herzinfarkts in die Klinik musste. Patrizia war völlig verzweifelt, mit den Nerven am Ende. In ihrem letzten Brief gibt sie einen Hinweis darauf, was passiert sein könnte.«

Mark nahm den Brief zur Hand, den er vorhin gelesen hatte, als Laura den Tee holte.

»›Liebe Mutter, ich hoffe, es geht dir gut und dein Schnupfen ist abgeklungen. Blühen die Lilien schon? Ich bin so glücklich für dich, dass du am Gardasee dein Paradies gefunden hast. Du hast mir geschrieben, dass es ein großer Fehler sei, Rudolf immer wieder aus der Patsche zu helfen. Dass ich diesmal hart bleiben solle. Und du glaubst, dass sich Rudolf nichts antue, da könne ich unbesorgt sein. Liebe Mutter, sicher hast du Recht, und ich bin dir so dankbar für deine einfühlsamen Briefe. Ich kann ja nur mit dir über meine Sorgen reden. Patrick will nichts von Rudolf wissen, er lehnt ihn völlig ab. Die Ärzte sagen, dass es Patrick schon wieder besser gehe, bald dürfe er heim. Und wenn er sich dann etwas erholt hat, nehmen wir gerne dein Angebot an und kommen dich am Gardasee besuchen. Das wird Patrick gut tun. Vielleicht kommt auch Mark dazu, die Fotoakademie in Paris hat bald Semesterferien.

Zurück zu Rudolf. Ich bringe es nicht fertig, ihn im Stich zu lassen. Er ist trotz allem mein Sohn! Ich fahre später am Tag zu Patrick in die Klinik. Ich habe Rudolf den Schlüssel zum Atelier gegeben und ihm gesagt, dass er aus dem hinteren Archivregal zwei bis drei Gemälde herausnehmen kann, um sie zu verkaufen. Mit dem Erlös kann er seine Geldsorgen zwar nicht beheben, aber hoffentlich hilft das Geld über das Schlimmste weg. Ich hoffe, dass Patrick die Bilder nicht allzu bald vermissen wird. Sie sind ihm, glaube ich, nicht so wichtig. Irgendwann wird er es merken. Ich werde ihm dann beichten, dass ich die Bilder Rudolf überlassen habe. Er wird es nicht verstehen – aber mir doch verzeihen ...‹«

Mark ließ die Hand mit dem Brief sinken und sah Laura an. »Das war Patrizias letzter Brief. Zwei Wochen später setzte sie ihrem Leben mit Schlaftabletten ein Ende.«

»Jedenfalls wissen wir nun, warum Ottilia in ihrem Testament Rudolf übergangen hat.«

»Ja, jetzt ist mir ihre Entscheidung auch klar. Und ich Idiot hatte ein schlechtes Gewissen und hätte fast freiwillig mein Erbe mit Rudolf geteilt!«

»Ottilia wusste schon, was sie tat. Übrigens ist nun auch klar, warum Rudolf das Porträt bekommen hat. Das war von Ottilia als Mahnung gedacht, da sie ihn für den Tod deiner Mutter verantwortlich machte.«

Die alte Standuhr im Flur schlug zur vollen Stunde. Mark nahm die Briefe, sortierte sie nach Datum und legte sie wieder in den Schuhkarton. »Was glaubst du ist in jenen zwei Wochen zwischen diesem Brief und ihrem Tod passiert?«, fragte er.

Laura zögerte. »Vielleicht ist dein Vater aus dem Krankenhaus zurückgekommen, hat die fehlenden Bilder bemerkt, deiner Mutter große Vorwürfe gemacht, ihr nicht verziehen, ihr gesagt, dass er sich von ihr scheiden lassen möchte. Daraufhin hat Patrizia Selbstmord begangen. So ungefähr könnte es gewesen sein.«

Mark nickte zustimmend. »Meine Überlegungen gehen in dieselbe Richtung. Es gibt noch eine merkwürdige Episode, die ich dir erzählen muss. Nach dem Tod meiner Mutter bin ich sofort von Paris nach London gefahren. Ich erinnere mich noch wie heute an die Begegnung mit meinem Vater. Mitten in seinem Atelier hat er auf einem Drehstuhl gesessen, mit hängenden Schultern und starrem Blick. Ich habe mich vor ihm niedergekniet und ihn in die Arme genommen. Mein Vater hat kein Wort gesagt, nur leise und verzweifelt geschluchzt.

Mir ist damals etwas aufgefallen, worüber ich nie nachgedacht habe.«

Laura ließ Marks kurze Pause verstreichen, ohne etwas zu sagen.

»Das Atelier wirkte ungewöhnlich leer und aufgeräumt. Normalerweise standen immer viele Bilder herum, auf Staffeleien, hintereinander an die Wände gelehnt, in Regalen. Ich kann mich an kein einziges Bild an jenem Tag erinnern. Ich glaube, alle Bilder waren weg.«

»Entweder hat sich dein Vater im Schock über den Tod deiner Mutter von all seinen Bildern getrennt – vielleicht hat er sie verbrannt, so etwas soll es geben – oder die Bilder waren schon nicht mehr da, als er aus der Klinik zurückkam.«

»Ich denke, sie waren nicht mehr da, als er aus der Klinik kam. Und genau am Tag seiner Entlassung hat sich Patrizia das Leben genommen. Warum wohl? Ich glaube, Rudolf hat sich nicht nur die zwei bis drei Bilder aus dem hinteren Archivregal genommen, er hat das Atelier mehr oder weniger komplett ausgeräumt. Möglicherweise dachte er, mein Vater überlebt seinen Herzinfarkt sowieso nicht. Oder es war ihm wieder einmal alles egal. Vielleicht hat er ja vorher gewürfelt wie als kleiner Junge, bevor er den Frosch erschlagen hat.«

»Und noch während dein Vater in der Klinik war, hat Patrizia bemerkt, dass Rudolf alle Bilder mitgenommen hat«, setzte Laura den Gedankengang fort. »Die Situation war in ihren Augen ausweglos. Sie wollte Rudolf nicht ans Messer liefern, aber auch nicht ihre Ehe mit deinem Vater opfern. Deshalb hat sie in ihrer Verzweiflung an dem Tag Selbstmord begangen, an dem dein Vater wieder ins Atelier gekommen wäre.«

»So könnte es gewesen sein, genau so. Wahrscheinlich gab es einen Abschiedsbrief, von dem ich nichts weiß. Vermutlich hat sie Patrick alles gebeichtet und die Schuld auf sich genommen. Mein Vater wird dies sozusagen als ihren Letzten Willen respektiert und deshalb Rudolf nicht zur Rechenschaft gezogen haben.«

»Hat dein Vater nie mit dir darüber geredet?«

»Nein, hat er nicht. Nach dem Tod meiner Mutter war er ein gebrochener Mann. Er hat fast überhaupt nicht mehr gesprochen, auch nicht mit mir. Und er hat kein einziges Bild mehr gemalt.«

Laura stand auf und reichte Mark, der sich bereitwillig hochziehen ließ, die Hand. Still umarmten sie sich. Wenig später saßen sie auf der Terrasse im Schatten des großen Marktschirms. Mark hatte die Hände über dem Kopf verschränkt und sah hinaus auf den See. Einige dunkle Wolken hatten sich im Süden zusammengebraut. Die warme Luft lastete schwül und ohne einen Windhauch auf dem Land. Es waren kaum Geräusche zu hören.

»Spürst du die Ruhe vor dem Sturm?«, sagte Mark.

»Ja, es wird ein Gewitter geben. Die Ruhe vor dem Sturm? Meinst du das auch im übertragenen Sinne?«

»Könnte sein, ja. Oder besser nein, denn welchen Sturm wollen wir entfachen?«

»Einen Sturm, der deinen lieben Bruder hinwegfegt, ihn für all seine Sünden büßen lässt«, antwortete Laura.

»Wenn es denn so einfach wäre. Betrachten wir doch den Fall mal ganz nüchtern. Was wissen wir? Was können wir beweisen? Dass Rudolf meine Entführung in Auftrag gegeben hat? Das wissen wir nicht, wir glauben es nur zu wissen! Dass Rudolf Alessandro ermordet hat? Das können wir nicht beweisen, das ist nur so ein Verdacht von uns. Dass Rudolf meine Mutter in den Selbstmord getrieben hat? Das wird wohl so gewesen sein, ist aber nicht strafbar. Dass Rudolf meinen Vater um seine Bilder betrogen und diese zu Geld gemacht hat? Nachdem Patrick nie etwas gesagt oder gar Anzeige erstattet hat, bleibt auch das im Dunkeln. Dass Rudolf ein Spieler ist, ein Zocker, der sich einen Dreck um das Schicksal anderer Menschen schert, nun, davon können wir ausgehen, aber welches Gericht dieser Welt würde ihn dafür verurteilen?«

»Das kann doch wohl nicht wahr sein. Rudolf ist ein Schwein, er hat deine Mutter auf dem Gewissen, er hat Ottilias Testament mit den Füßen getreten und seinen Bruder entführen lassen. Das ist doch wohl schlimm genug, dafür muss er büßen.« Lauras Stimme klang heiser.

»Das soll er auch, ich verspreche es«, sagte Mark mit so ernstem Gesicht, wie es Laura noch nie gesehen hatte. »Aber ich werde nichts überstürzen. Und auf die Mithilfe der Polizei kann ich vorläufig verzichten, sie hat ohnehin bislang nichts Vernünftiges zu Stande gebracht.«

Mark ergriff Lauras Arm. »Versprich mir, dass du nichts der Polizei sagst. Ich will Rudolfs Spiel noch etwas mitspielen. Wir haben Zeit. Er wiegt sich doch jetzt in totaler Sicherheit. Ich möchte ihn besser kennen lernen, ich will nachdenken, ich will nach London fahren und versuchen, mehr über den Selbstmord meiner Mutter zu erfahren. Vielleicht kann man auch feststellen, wann und wo und vor allem von wem die verschwundenen Bilder meines Vaters verkauft wurden. Und um wie viele Bilder es sich tatsächlich gehandelt hat. Dann werden wir weitersehen. Rudolf läuft uns nicht davon.«

»Und was ist mit dem Lösegeld?«

»Wenn es etwas gibt, das mir derzeit völlig egal ist, dann ist es dieses Geld, das kannst du mir glauben. Ich möchte herausfinden, was Rudolf unserer Familie angetan hat – und dann will ich ihn dafür zur Rechenschaft ziehen.«

Laura streichelte Marks Hand. »Darf ich dir dabei helfen?«

»Natürlich darfst du das, mehr noch, ohne dich schaffe ich es sicher nicht. Ich brauche dich.«

»Nur dafür?«

Sie freute sich, als sie zum ersten Mal an diesem Nachmittag wieder Marks typisches Schmunzeln entdeckte.

»Mir ist entfallen, wofür man dich sonst noch brauchen kann.«
»Ich werde dir bei Gelegenheit einige Anregungen geben.«
Mittlerweile waren die Gewitterwolken näher gekommen, die ersten Böen fegten vom See heran. Mark gab Laura einen Kuss, klappte den Sonnenschirm zu und brachte die Sitzkissen in Sicherheit.
In dieser Nacht schlief Mark tief und fest, fast so, als hätten ihn die Entdeckungen und Überlegungen des Tages erschöpft. Er hatte sich eng an Laura geschmiegt und atmete gleichmäßig. Laura dagegen lag lange wach und sah an die Zimmerdecke. Ja, sie würde ihm mit Rudolf helfen. Aber Mark benötigte entschieden mehr Hilfe, als er wahrhaben wollte. Laura lächelte. Sie hatte soeben einen Plan gefasst. Er war noch unausgegoren, doch irgendwie sollte er in die Tat umzusetzen sein. Laura schloss die Augen. Und sicher war es besser, wenn sie Mark nichts davon erzählte. Bald war auch sie eingeschlafen.

42

Im Sestiere San Polo lässt sich noch etwas von Venedigs ursprünglichem Alltagsleben erahnen. Gleich hinter der Rialtobrücke liegen die verwinkelten Gassen dieses kleinsten aller venezianischen Stadtviertel. Schmale Brücken führen über enge Kanäle. Zwischen altersschwachen Fassaden zeugen elegante Palazzi von vergangener Pracht. Auf versteckten Campi spielen Kinder. Katzen rekeln sich in der Sonne. Am großen Campo di San Polo, der wie eine Theaterkulisse wirkt und wo einst Stierhatzen veranstaltet wurden, trifft man sich unter den Schirmen der Cafés. Auf dem Mercato di Rialto begegnet sich halb Venedig beim Einkauf. Frisches Obst und Gemüse. Das rege Treiben in der großen Halle der Pescheria, dem traditionellen Fischmarkt von Venedig. Seezungen, Tintenfische, Muscheln, Garnelen, Langusten, Seeteufel. Und nur wenige Schritte weiter kleine Bàcari, wo man gleich am Tresen mit dem Zahnstocher Fische und Muscheln probieren und dazu ein kleines Gläschen Wein trinken kann. »Andar per ombre«, sagt man dazu in Venedig. Der Name *ombra* für ein Gläschen Wein soll darauf zurückzuführen sein, dass früher am Markusplatz die Weinhändler während des Tages dem kühlenden Schatten (ombra) des Campanile folgten. Besonders beliebt ist es, einen *Giro delle ombre* zu machen und Wein trinkend von Bàcaro zu Bàcaro zu ziehen.

BÀCARO, DO SPADE

Zu den ältesten Bàcari in San Polo, in unmittelbarer Nähe der Rialtomärkte gelegen, zählt das Do Spade, wo schon Casanova einzukehren pflegte. Rudolf hatte noch den Geschmack der köstlichen Tramezzini im Mund, als er sich vom Wirt verabschiedete. Eine letzte *ombra*, dann schlenderte er die Ruga Vecchia San Giovanni hinunter, begrüßte einen Bekannten, kaufte frisches Brot bei Mauro und holte seine Zeitungen ab, die er sich hatte zurücklegen lassen. Am Campo Sant' Aponal bog er nach rechts ab und stand wenig später vor dem Eingangsportal eines barocken Hauses. Mit zufriedenem Lächeln zog er einen Schlüssel aus dem Jackett und sperrte auf. Er hatte seinen Traum wahr gemacht. Zwei Dinge waren es, die er sich erst vor wenigen Wochen auf der Rialtobrücke vorgenommen hatte. Beide Vorhaben hatte er in die Tat umgesetzt. Alessandro würde ihm nicht mehr schaden können. Das hatte geradezu hervorragend geklappt. Rudolf kicherte. Er hatte ihn endgültig von seinen Rückenschmerzen kuriert. Schade nur um die schöne Amphore. Ein vergleichbares Stück suchte er für seine Empfangshalle. Und den Palazzo, den hatte er schneller gefunden als erwartet. Schon das erste Projekt, das ihm von einem Makler gezeigt worden war, hatte all seine Erwartungen erfüllt. Der Palazzo lag am Rio delle Beccarie und war gut mit einem Motoscafo oder mit der Gondel zu erreichen, die vor sehr repräsentativen Säulenarkaden anlegen konnten. Wie überhaupt die Wasserseite geradezu perfekt seinem Geschmack entsprach. Die Fassade war üppig verziert, mit Säulen und Rosetten versehen und kleinen steinernen Engeln, die einem zuzulächeln schienen. Im Obergeschoss gab es über die gesamte Breite einen prächtigen Balkon, auf dem man seinen Gästen sehr eindrucksvoll einen guten Spumante servieren konnte. Und erst die Innenräume, schon ihre Höhe war atemberaubend, die Parkettfußböden, Stuckaturen an den Wänden, Deckengemälde, alte Möbel aus edlen Hölzern – einfach ein Traum.

Er hatte diesen Palazzo zunächst nur gemietet, aber er verfügte über eine Kaufoption, konnte es sich also noch anders überlegen. Das hatte den Vorteil, dass er über sein wunderbares Geld weiter uneingeschränkt zu verfügen vermochte. Ein herrliches Gefühl! Nur die Möbel, die hatte er gekauft. Auch das war ausgesprochen einfach gewesen. In Santa Croce hatte ein verarmter Adliger sein ganzes Inventar veräußern müssen, um seine Schulden zu bezahlen. Eine beklagenswerte Situation, armer Kerl. Jedenfalls konnte er das gesamte Mobiliar übernehmen, inklusive der Teppiche, des Familiensilbers und einiger riesenhafter Ölgemälde für die Wände. Ausgesprochen angenehm, wenn man das alles sozusagen aus der Portokasse bezahlen konnte.

Rudolf lief die Treppe hinauf, die Stufen aus Marmor hatte und breit geschwungen war, warf die Zeitungen auf ein Barocktischchen und ließ sich im Salon selbstzufrieden in einen mit rotem Samt bezogenen Sessel fallen. Er hatte es schon immer gewusst, er war ein Gewinner. Und die Rückschläge im Leben, die hatte er alle locker weggesteckt. Stets war ihm ein Ausweg eingefallen. Er hatte sich nie unterkriegen lassen. Mit Glück, aber auch mit Genie, Improvisationstalent, Mut zum Risiko und zum entschlossenen Handeln hatte er alle Klippen umschifft. Gewiss, es hat Opfer gegeben, darunter auch einige, wenige, die ihm wehtaten. Aber so war das Leben. Charles

Darwin hatte Recht, alles war eine Frage des Survival of the fittest! Und jetzt war es so weit, er hatte es endgültig geschafft. Alles, was er sich je erträumt hatte, war Realität geworden. Die letzten Risiken waren beseitigt, keiner mehr konnte ihm sein Glück nehmen.

Rudolf holte die kleine silberne Schatulle aus der Tasche und legte sie vor sich auf die breite, gepolsterte Armlehne. Lächelnd fiel ihm ein, dass sie ein Geschenk von Alessandro war. Nun, er hatte sich ihm gegenüber nicht gerade von der dankbaren Seite gezeigt. Alessandro war eigentlich ein netter Kerl gewesen. Einfach köstlich, wie leicht es war, ihn zu dieser Entführung zu überreden. Damit sei er all seine Probleme los, hatte er ihm gesagt. Der Principale würde sein großes Geschick beim Geldeintreiben loben, und gleichzeitig kassiere er eine ansehnliche Provision, die ihn zu einem wohlhabenden Mann mache. Die Alternative sei weit weniger verlockend. Alessandro könne ihn quälen, ihm wie vom Principale befohlen den Finger abschneiden, die Beine brechen, ihn an einen Betonklotz gefesselt in einem Baggersee versenken – nur, das Geld bekomme er auf diese Weise nicht, einfach deshalb, weil er keines mehr habe. Alessandro war auf diesen Handel eingegangen. Natürlich hatte ihn vor allem das Geld gelockt, das er bei der Entführung für sich ganz privat verdienen konnte. Diese Möglichkeit hatte er beim Principale nie.

Und Mark? Der hatte die Entführung gut überstanden. Alessandro hatte ihn erstaunlich sanft behandelt. Mark konnte sich also nicht beklagen. Im Gegenteil, er durfte sich dafür bedanken, dass er noch am Leben war. Das hätte auch dümmer laufen können. Und das Lösegeld? Rudolf grinste hämisch. Mark hatte doch ohnehin kein Talent, das Erbe ihrer Großmutter in angemessener Form auszugeben. Ihm fehlte es an der dafür notwendigen Lebensart. Er hatte sich ja nicht einmal ein neues Verdeck für seinen klapprigen Roadster gekauft oder dieser Laura, die ja wirklich ein hübsches Kind war, ein kleines

Brillantkollier geschenkt. Und wie Mark herumläuft? In Jeans und Tennisschuhen! Dafür brauchte man wirklich keine Millionen. Da hätte man ja gleich Perlen vor die Säue werfen können. Er dagegen, er bevorzugte Kaschmirsakkos von Kiton, seine Schuhe ließ er sich in London maßschneidern, die Zigarren wurden in Kuba extra für ihn mit einer persönlichen Banderole versehen. Das hatte Stil, dafür lohnte es sich, Geld auszugeben. Nicht zu reden von den Frauen, die er sich leistete. Mark hatte die Laura ja umsonst, so ein Glückspilz. Für sie würde er schon etwas springen lassen, sie war sicher auch im Bett ein Hochgenuss. Womit er beim aktuellen Problem angelangt war. Rudolf lachte laut auf. Was heißt Problem? Echte Probleme gab es für ihn keine mehr. Er musste nur entscheiden, ob er heute Abend die rothaarige Vanessa oder die schwarzhaarige Carla ficken sollte. Beide hatten sie einen üppigen Busen, einen flachen Bauch und lange Beine. Vanessa war vielleicht etwas temperamentvoller, und sie konnte einem hervorragend einen blasen. Carla dagegen war nicht kaputtzukriegen, die machte die ganze Nacht durch. Rudolf spielte mit der silbernen Schatulle. Wahrlich eine schwierige Entscheidung. Er öffnete die Schatulle und nahm die drei elfenbeinernen Würfel heraus. Einmal würfeln, legte er die Bedingungen fest, drei bis neun bedeutete Vanessa, zehn bis achtzehn Carla. Rudolf zögerte. Oder sollte er den Sechserpasch für Laura reservieren? Bei dem unwahrscheinlichen, aber gar nicht so seltenen Fall von drei Sechsern könnte er sich ja verpflichten, bei nächster geeigneter Gelegenheit Laura zu vergewaltigen. Rudolf gab sich einen Ruck. So verrückt war er ja nun wirklich nicht! Wegen Laura alles aufs Spiel setzen? Nein, Schluss, aus, vorbei. Er würde keine kopflosen Dinge mehr tun. Ab jetzt sollte alles seine geregelten Bahnen gehen. Rudolf blies in die Hand mit den Würfeln, schüttelte sie und ließ sie vor sich auf den Boden rollen. Er pfiff durch die Zähne. Drei Sechser! Gott sei Dank hatte er sich nicht zu diesem Irrsinn mit Laura hinreißen lassen. Wahrscheinlich wollten ihm die Würfel mit dem Sechserpasch ein Zeichen geben, dass er sich in Zukunft zügeln sollte. Rudolf machte einen militärischen Gruß. Zu Befehl! Dreimal die Sechs? Wer war das gleich? Richtig, Carla! Da hatte er eine lange, anstrengende Nacht vor sich.

TERZA PARTE

Resa dei conti alla veneziana
Venezianische Abrechnung

43

Die Kapelle unter dem halbrunden hellen Baldachin des Caffè Florian spielte einen Walzer von Johann Strauß. Die späte Nachmittagssonne warf lange Schatten über die Piazza San Marco, auf der wie zu fast jeder Tageszeit reges Treiben herrschte. Große Pfützen erinnerten an die jüngste Überschwemmung. Nach einem lauten Schlag schreckten Tauben auf, flogen dicht über die Köpfe der Besucher hinweg und setzten vor dem Campanile wieder zur Landung an.

FLORIAN
Das Caffè Florian wurde 1720 gegründet und ist das älteste Kaffeehaus Italiens

Eine gute Woche erst lag jener Tag zurück, an dem Mark die verhängnisvollen Briefe gefunden hatte. Immer wieder hatte er sie in der Zwischenzeit gelesen. Er hatte sich an seine Kindheit in England erinnert. Wie er im Atelier seines Vaters zwischen Farbtuben, Pinseln und Leinwänden gespielt hatte. Wie seine Mutter ohne allzu viel Hoffnung versucht hatte, ihm Tischmanieren beizubringen. Wie er größer geworden war und zum ersten Mal alleine zu seiner Großmutter Ottilia nach Torri del Benaco an den Gardasee fahren durfte. Wie seine Mutter zunehmend unter Stimmungsschwankungen gelitten hatte, die er aber nicht allzu ernst nahm. Wie sein Vater seinen ersten Herzinfarkt hatte. Wie er in Paris vom Selbstmord seiner Mutter erfahren hatte.

Und natürlich hatte er in den vergangenen Tagen immer wieder über Rudolf nachgedacht. Sein Halbbruder, den er seit den Briefen seiner Mutter mit anderen Augen sah, ging ihm nicht mehr aus dem Sinn, beschäftigte seine Phantasie, verfolgte ihn bis in den Schlaf. Er hatte sich an Rudolfs Vater zu erinnern versucht, den ersten Mann seiner Mutter. Er war ihm nur ein einziges Mal begegnet, und da hatte er keinen unsympathi-

schen Eindruck auf ihn gemacht. Ob er etwas von Rudolfs absonderlichen Neigungen geahnt hatte? Und warum hatte sich seine Mutter eigentlich von ihm scheiden lassen?
Mark hatte in der vergangenen Woche einige Male mit Rudolf telefoniert, hatte mit ihm über belanglose Dinge geplaudert. Dabei hatte ihm Rudolf von seinem neuen Domizil in Venedig vorgeschwärmt und ihn und Laura eingeladen. Im Caffè Florian wollten sie sich treffen und dann gemeinsam zu Rudolfs Palazzo hinübergehen.
Jetzt saßen sie hier und warteten auf Rudolf. Mark hatte die Hände hinter dem Kopf verschränkt und sah geistesabwesend zur Torre dell'Orologio. Laura wippte mit dem Fuß im Dreivierteltakt des Walzers.
»Das hätten sich die Venezianer Anfang des 19. Jahrhunderts auch nicht träumen lassen, dass ausgerechnet vor ihrem Caffè Florian mit Hingabe Wiener Operetten gespielt werden.«
Mark nahm die Hände herunter und sah Laura fragend an.
»Na ja, immerhin war das Caffè Florian während der Zeit der österreichischen Besatzung der Treffpunkt aller Venezianer, die gegen die Österreicher opponierten.« Laura deutete auf die andere Seite der Piazza San Marco. »Die Österreicher ihrerseits hatten das gegenüberliegende Caffè Quadri in Beschlag genommen.«
»Da waren die Fronten wenigstens klar«, meinte Mark nachdenklich. »Das ist, wie ich jetzt feststellen durfte, im Leben überhaupt sehr hilfreich.«
»Du bist aber nicht leicht auf andere Gedanken zu bringen«, sagte Laura.
»Ist ja kein Wunder, oder?« Mark sah auf die Uhr. »Und pünktlich ist er auch nicht!«
»Also, wenn du so stocksteif dasitzt und ein Gesicht machst wie ein Totengräber von San Michele, wird Rudolf gleich merken, dass was im Busch ist. Dann kannst du dir dieses ganze Theater auch sparen.«

Mark lächelte. »Okay, ich schalte jetzt wieder auf locker. Kein Problem. Erzähl mir noch irgendetwas, das garantiert nichts mit Rudolf zu tun hat!«

Laura überlegte kurz. »Weißt du, wo der italienische Gruß *Ciao* herkommt? Wo er seine Wurzeln hat?«

»Da gibt's doch eine chinesische Hunderasse, die so ähnlich heißt. Ciao-Ciao, stimmt's?«

»So gefällst du mir schon besser. Also erstens heißen die Hunde Chow-Chow, und zweitens kommt der Gruß natürlich nicht aus China.«

»Na ja, wäre ja möglich gewesen. Eure Spaghetti jedenfalls sind eine chinesische Erfindung.«

»Das ist durchaus umstritten. Aber selbst wenn, wäre ihr Import immerhin unserem Marco Polo zu verdanken. Nein, das *Ciao* hat seine Wurzeln hier in Venedig. Die Venezianer haben früher als übertriebene Höflichkeitsfloskel *Schiavo vostro* gesagt, in dem Sinne wie: Ich bin Ihr Sklave. Aus diesem traditionellen Gruß ist zunächst im venezianischen Dialekt das verkürzte *Sciao* und später das heutige *Ciao* entstanden.«

»Ich bin Ihr Sklave? Vielleicht sollte ich diesen Gruß nicht mehr verwenden.« Erneut sah Mark auf die Uhr. »Meinst du, er versetzt uns?«

»Glaube ich kaum. Entspanne dich! Was kann uns Besseres passieren, als hier im Caffè Florian zu sitzen. Wir befinden uns sozusagen in bester Gesellschaft. Hier haben schon ganz andere ihre Zeit totgeschlagen, der alte Richard Wagner zum Beispiel, Proust, Nietzsche, Ruskin, Thomas Mann, Byron, Henry James.«

»Alles ziemlich kaputte Typen. Manchmal glaube ich, dass Venedig eine Stadt für Menschen ist, die ihr baldiges Ende herbeisehnen ...«

»Wer sehnt sein baldiges Ende herbei?«, fiel Rudolf, der unbemerkt an den Tisch gekommen war, Mark scherzend ins Wort.

Er gab Laura zwei Küsschen auf die Wangen. »Buona sera, bellezza. Hallo, Mark, wie geht's?«
»Gut geht's, schön, dass du da bist, setz dich.« Mark nahm seine Jacke vom freien Stuhl. »Wir freuen uns schon sehr auf deine kleine Hütte.«
»Ihr werdet Augen machen.« Rudolf lehnte sich selbstzufrieden zurück, entnahm einem ledernen Etui eine große Zigarre und zündete sie an. »Laura, du siehst immer bezaubernder aus. Kann man dich eigentlich auch ganz privat für eine Fremdenführung in Venedig buchen?«
»Natürlich, aber was hat das mit meinem Aussehen zu tun?«
»Ich kann dich nur warnen«, sagte Mark zu Rudolf, »Lauras Programm ist sehr kulturlastig, überaus anstrengend und nur etwas für hart gesottene Bildungsbürger. Ich habe mich dieser Strapaze bereits unterzogen, mir brummt jetzt noch der Kopf.«
»Erstens, wie kommst du darauf, dass ich nicht an Kultur interessiert bin? Und zweitens kann man ja vielleicht ein alternatives Programm buchen.« Rudolf zog genussvoll an seiner Zigarre. »Zum Beispiel das Venedig der Sünde und verbotenen Leidenschaften. Mit persönlicher Betreuung durch eine der schönsten Töchter der Serenissima.«
»Kommt darauf an, was du unter persönlicher Betreuung verstehst«, entgegnete Laura mit einem vieldeutigen Lächeln. »Und herzlichen Dank für das Kompliment.«
Mark sah Rudolf grinsend an und hob den Zeigefinger. »Also, wenn Laura diese Führung wirklich in ihr Repertoire aufnehmen sollte – übrigens eine reizvolle Anregung –, dann, mein lieber Rudolf, werde ich sie als Erster und Einziger ganz exklusiv für mich buchen.«
»Schade, war ja nur so eine Idee.«
Rudolf winkte einen Ober herbei und bestellte eine Flasche Prosecco. Laura und Mark protestierten, aber Rudolf ließ sich nicht davon abbringen, dass man auf diesen schönen Tag und

den bevorstehenden Abend anstoßen müsse. Dann erzählte er ihnen voller Stolz von seinem Palazzo, den sie gleich kennen lernen würden. Im nächsten Monat plane er ein rauschendes Fest, einen Maskenball wie im Carnevale des 18. Jahrhunderts. All seine Geschäftsfreunde und seine Bekannten aus Deutschland lade er dazu ein. Mark konnte es sich nicht verkneifen, Rudolf bewundernd auf seinen verschwenderischen Lebensstil und seine schier unerschöpflichen finanziellen Möglichkeiten anzusprechen. Dabei ignorierte er Lauras Fußtritt unter dem Tisch. Rudolf entging der spöttische Unterton, vielmehr rühmte er umgehend seine herausragenden Leistungen als Unternehmer, die ihm ein Leben in Saus und Braus erlaubten. Geld sei für ihn nie ein Problem gewesen, er habe immer glänzende Geschäfte gemacht, verfüge, wie man so sage, über ein goldenes Händchen und eine sichere Nase.

Mark hörte Rudolf mit großen Augen zu. So viel Unverfrorenheit musste man erst mal aufbringen. Geld sei für Rudolf nie ein Problem gewesen? Berücksichtigt man die Dreistigkeit seiner Beschaffungsmethoden, dann hatte er vielleicht sogar Recht!

»Als Nächstes möchte ich mir ein eigenes Weingut kaufen«, erzählte Rudolf großspurig. »Ich hatte schon mal eines im Piemont. Leider habe ich es vor zehn Jahren veräußert.«

Weil dir Hasardeur wahrscheinlich wieder einmal das Wasser bis zum Hals gestanden hat, dachte Mark.

»Aber ich will nicht so ein Allerweltsweingut, sondern eine Spitzenadresse, die meinen Konkurrenten vor Neid die Tränen in die Augen treibt.« Rudolf schmatzte zufrieden mit den Lippen. »Ich bin gerade dabei, die ersten Gespräche einzufädeln.«

»Ich wünsch dir viel Erfolg bei der Suche«, sagte Laura. »Übrigens, dürfen wir auch zu deinem Fest kommen?«

»Aber natürlich, Laura, und ich würde es als ein großes Privileg ansehen, mit dir dein Ballkleid aussuchen zu dürfen, das ich dir selbstverständlich schenken möchte. Ich denke da an verführerische Spitzen, feinste Seide …«

»Bei mir kannst du dir die Mühe sparen«, warf Mark ein, »ich komme als Pestdoktor mit einer großen schwarzen Schnabelmaske.«

»Ich liebe deinen englischen Humor!«

44

Der Principale saß im Lehnstuhl und spielte mit einem Jeton. Die schweren Vorhänge waren zugezogen, so dass der Raum trotz des helllichten Tages im Halbdunkel lag. Die vier Männer, die in gebührendem Abstand vor dem Principale warteten, traten unruhig von einem Bein auf das andere. Alberto, der zu ihnen zählte, kämpfte mit einem Niesreiz. Keiner wagte den Principale bei seinem Ritual zu unterbrechen. Er hatte sie in das Kaminzimmer zitiert, um ihnen Anweisungen zu geben.

Plötzlich war der Jeton verschwunden. Der Principale betrachtete mit gefurchter Stirn seine leeren Handflächen, als wäre er soeben selbst von seinem Trick überrascht worden. Er legte die Hände auf die Armlehnen, nahm die vier Männer ins Visier und räusperte sich.

»Meine lieben Freunde, ich bin sehr unglücklich über den Verlust von Alessandro, sein plötzliches Ableben deprimiert mich.«

Alberto nickte stumm.

»Che il Signore sia con lui!« Der Principale bekreuzigte sich. »Außerdem missfallen mir die Umstände seines Dahinscheidens. Ich schätze es überhaupt nicht, wenn ein enger Mitarbeiter von mir auf diese unwürdige Art und Weise verstirbt. Wo kommen wir da hin, wenn man sich schon in einem Fangobad nicht mehr sicher fühlen kann? Das ist fast so etwas wie ein heiliger Ort. Hätte er in Ausübung seines Berufs sein Leben gelassen, aufgrund einer Unachtsamkeit, nun, das wäre etwas anderes. Das würde mir auch missfallen, zweifellos, aber das wäre zumindest ehrenhaft.« Nach einem kurzen Hustenanfall fuhr er fort. »Ich hatte Alessandro in mein Herz geschlossen. Schon deshalb fühle ich mich verpflichtet, diese schändliche Tat zu sühnen. Hinzu kommt, dass es allgemein keinen besonders guten Eindruck macht, wenn es scheint, man könnte ungestraft einen meiner leitenden Mitarbeiter liquidieren. Ein solcher Eindruck wäre ausgesprochen geschäftsschädigend.«

Der Principale machte erneut eine längere Pause und massierte sich die Schläfen. »Nun, ich habe euch hergebeten, um euch von euren aktuellen Aufgaben zu entbinden.«

Alberto blickte erschrocken auf.

»Von jetzt an kümmert ihr euch ausschließlich um die Aufklärung der Umstände, die zu Alessandros Tod geführt haben. Im Klartext, ich will wissen, wer ihn umgebracht hat!« Die vorher schwache Stimme des Principale hatte plötzlich einen scharfen Klang bekommen. »Alberto, du warst Alessandros Fahrer, du kanntest ihn am besten. Du gehst mit Arturo, Giuseppe und Gustavo jeden kleinsten Verdacht durch. Ich habe euch eine Liste mit allen Leuten gemacht, bei denen Alessandro in der letzten Zeit Geld eingetrieben hat. Knöpft euch jeden einzeln vor, und verleiht euren Fragen den erforderlichen Nachdruck. Besorgt euch bei der Polizei das Protokoll zu Alessandros Tod, obwohl ich mir davon nicht allzu viel verspreche. Recherchiert in Abano. Wie ihr wisst, haben wir dort gute Freunde. Sprecht mit seiner Familie, vielleicht hat er seiner Schwester etwas erzählt.« Der Principale sackte wie erschöpft in seinem Lehnstuhl zurück.

»Irgendwelche Fragen?«

»Nein, Principale, keine Fragen«, antwortete Gustavo. »Sie können sich darauf verlassen, dass wir unser Bestes geben werden. Das sind wir nicht nur Ihnen, sondern auch Alessandro schuldig.«

Der alte Mann im Lehnstuhl nickte zustimmend. »Ach ja, und noch etwas. Ihr habt genau eine Woche Zeit, dann will ich Ergebnisse hören.«

Mit einer angedeutenden Handbewegung forderte er die vier Männer auf zu gehen. »In bocca al lupo!«

45

Da kann man sich nicht beschweren, als Gastgeber hat sich Rudolf von seiner besten Seite gezeigt«, sagte Mark, der Laura durch die schmalen Gassen von Santa Croce folgte. »Er war ausgesprochen amüsant und herzlich. Ich wusste gar nicht, dass Rudolf so gut kochen kann. Die Ravioli waren vom Feinsten, und das Perlhuhn in Mandelsauce echt super. Ganz zu schweigen vom Wein, aber das ist ja bei Rudolf schon berufsbedingt selbstverständlich.«

»In der Himbeercreme war entschieden zu viel Gelatine drin!«, bremste Laura Marks Begeisterung und bog nach rechts über eine kleine Brücke ab. »Und seine Herzlichkeit ist wohl der blanke Hohn. Erst lässt er dich entführen, und jetzt spielt er deinen lieben Bruder.«

Mark überging Lauras Bemerkung. »Sein Palazzo ist jedenfalls sehr eindrucksvoll. Ich hab noch nie in einem Zimmer mit so hohen Räumen geschlafen.«

»Kein Kunststück, mit deinem Geld lässt sich's gut leben«, erwiderte Laura. »Außerdem hat er mich ständig angebaggert, das geht mir auf den Geist.«

»Na ja, so schlimm war's auch wieder nicht. Ich fand's witzig. Er hält dich eben für eine tolle Frau. Weiß auch nicht, wie er darauf kommt.«

Laura blieb stehen, stemmte die Arme in die Hüften und deu-

tete mit dem Kopf auf den direkt angrenzenden Kanal. »Noch so eine blöde Bemerkung, und ich werfe dich in den Rio Mocenigo.«
Mark stellte die Reisetasche ab und blickte skeptisch auf das trübe Wasser, das ölig schimmerte und in dem ganz unübersehbar ein toter Fisch schwamm. »Ich fürchte, das überlebe ich nicht, mein Immunsystem ist für diese Kloake zu schwach.« Er hob grinsend die Hände. »Okay, okay, das eben war ein dummer Scherz. In diesem Punkt hat Rudolf ausnahmsweise Recht. Du bist eine wunderbare Frau, schön, begehrenswert, charmant, klug ...«
»Du Feigling, du hast nur Angst vor einem Bad im guten venezianischen Wasser.«
»Stimmt, auch das.«
Mark nahm Laura in die Arme und gab ihr einen Kuss. »So, bist du wieder friedlich gestimmt? Lass uns weitergehen.«
»D'accordo, amor mio, andiamo!«
Sie kamen an der Ca' Mocenigo vorbei, einer der vielen Paläste der Familie Mocenigo, aus der in der langen Geschichte Venedigs gleich sieben Dogen hervorgegangen sind. Über die Calle del Tintor und zwei weitere Brücken gelangten sie zum Palast Fóndaco dei Turchi. Heute ist hier das Naturhistorische Museum untergebracht, im 17. Jahrhundert, während der Blüte des Handels mit dem Orient, hatten dort die Türken ein großes Warenhaus.
Gegenüber der Kirche von San Marcuola warteten sie auf das Traghetto, eine jener Gondeln, die an einigen Stellen über den Canal Grande pendeln und die drei Brücken Ponte dell'Accademia, Ponte di Rialto und Ponte degli Scalzi ergänzen.
Mark setzte sich auf die Reisetasche und knüpfte an das vorangegangene Gespräch an. »Damit wir uns nicht missverstehen, Laura, sein Palazzo beeindruckt mich überhaupt nicht. Meine Bewunderung war ironisch gemeint. Erstens weiß ich sehr

wohl, dass er ihn wahrscheinlich meinem Geld zu verdanken hat, zweitens finde ich die Bude ausgesprochen großkotzig, und drittens würde ich lieber im Zelt wohnen als in so einem Prunkgebäude. Von seiner Herzlichkeit lasse ich mich auch nicht mehr blenden, ganz im Gegenteil komme ich mir auf diese Weise erst recht verarscht vor.«

»Na, Gott sei Dank, ich habe schon an deinem gesunden Menschenverstand gezweifelt. Bleibt die Frage, was uns dieses Spiel bringt? Warum tun wir so nett, statt dass wir ihn zur Rede stellen?«

Mark zögerte. »Nun, nachdem wir ihm schwerlich etwas beweisen können, glaube ich weiterhin, dass es vorläufig besser ist, ihn in Sicherheit zu wiegen. Er läuft uns nicht davon.«

»Aber du musst endlich irgendetwas unternehmen, von selbst passiert nichts.«

»Tu ich ja. Übermorgen fliege ich nach London und treffe mich mit dem ehemaligen Galeristen meines Vaters. Ich hoffe von ihm zu erfahren, was mit all den Bildern meines Vaters geschehen ist, die aus seinem Atelier verschwunden sind. Sie müssen ja auf dem Markt aufgetaucht sein. Vielleicht können wir die Spur zu Rudolf zurückverfolgen.«

»Gut, das wäre dann der erste Nagel für seinen Sarg«, stellte Laura zufrieden fest.

Währenddessen hatte die Gondel angelegt. Auf der anderen Seite des Canal Grande angelangt, liefen sie durch das Sestiere Cannaregio. Laura erzählte, dass sie in diesem Stadtteil aufgewachsen und es nicht mehr weit zum Haus ihrer Eltern sei.

»Bist du schon nervös?«, fragte sie ihn lachend.

»Nein, sollte ich? Hast du einen so despotischen Vater?«

»Babbo? Nein, er ist lieb, aber meine Mutter ist sehr kritisch. Sie hat bisher jeden Freund von mir abgelehnt.«

»Auch Guido?«, ließ Mark einen Versuchsballon los, um endlich herauszubekommen, ob Laura mal mit ihm befreundet war.

»Nein«, antwortete Laura laut lachend. »Guido liebt meine Mutter von ganzem Herzen. Übrigens, jetzt kommen wir ins ehemalige jüdische Viertel Venedigs, das so genannte Ghetto.«

»Wirklich Ghetto?«, reagierte Mark überrascht.

»Ja, der Name stammt aus Venedig und hatte nichts Schlimmes an sich. Ursprünglich hat eine kleine jüdische Gemeinde auf Giudecca gewohnt, weshalb das Sestiere noch heute so heißt. Später hat man den Juden hier in Cannaregio einen Bereich zum Wohnen zugewiesen. Und weil hier früher die Gießereien waren, hatte die Gegend den Namen *getto*, was auf Italienisch in diesem Fall nichts anderes als Gießerei heißt.«

»Demnach durften die Juden auch in Venedig nicht überall wohnen, oder?«

»Richtig, so weit ging die Toleranz nun auch nicht, immerhin fürchteten die Venezianer die Geschäftstüchtigkeit der Juden. Sie durften auch nur in bestimmten Berufen arbeiten und nachts ihr Viertel nicht verlassen. Aber im 16. und 17. Jahrhundert, als zunächst das Ghetto Vecchio und dann das Ghetto Nuovo gegründet wurden, fühlten sich die meisten Juden trotz der Beschränkungen bestimmt recht wohl in Venedig. Erst später verschlechterten sich ihre Lebensbedingungen, wurden ihre Bürgerrechte weiter eingeschränkt. Und im Faschismus fielen auch in Venedig viele Juden dem Holocaust zum Opfer.«

Sie kamen an einer der wenigen verbliebenen Synagogen vorbei. Mark blieb vor einer jüdischen Bäckerei stehen. Laura machte ihn auf die für Venedig ungewöhnlich hohen Häuser aufmerksam, die aus der einstigen Platznot im Ghetto entstanden waren. Heute leben nur noch wenige hundert Juden in Venedig. Sie zeigte ihm den verlassenen Campo di Ghetto Nuovo, der nicht mehr viel vom vergangenen Wohlstand der

jüdischen Gemeinde erahnen ließ und ihrer Meinung nach viel zu selten von Touristen besucht wurde.
Sie verließen das Ghetto über eine Brücke und gelangten in das nördlichste Eck Venedigs, das sich deutlich von den touristischen Arealen abhob und bei dem viele Häuser dem Zahn der Zeit zum Opfer gefallen waren. Nach einigen Minuten standen sie vor Lauras Elternhaus. Mark betrachtete die einfache, aber tadellos gepflegte Fassade, die grünen Fensterläden und den schmiedeeisernen Balkon. Aus einem offen stehenden Fenster im ersten Stock hörte er Klavierspiel.
»Jetzt wird's ernst«, bereitete ihn Laura auf den bevorstehenden Empfang vor.
»Willst du mich einschüchtern? Ich komme mir langsam vor, als ob ich vor Gericht geladen wäre.«
Laura lachte. »Im Prinzip liegst du mit dem Vergleich nicht so falsch. Aber es wird bestimmt viel lustiger. Zum Sonntagsessen ist immer die halbe Familie im Haus.«
Während sie klingelte, rückte Mark unwillkürlich den Kragen seines Polohemds zurecht und fuhr sich durch die Haare. Sie hörten laute Rufe, das Klavierspiel verstummte. Eilige Schritte näherten sich, die Tür wurde aufgerissen. Lauras Mutter breitete die Arme aus. Sie war eine schöne, schlanke Frau mit hochgesteckten schwarzen Haaren und den gleichen grünen Augen, die er von Laura kannte. Und auch die kleinen Grübchen, die er an Laura so liebte, fand er wieder.
»Laura, carissima, lass dich umarmen.«
Das folgende Begrüßungszeremoniell war ebenso stürmisch wie für Mark unübersichtlich. Laura stellte ihn ihrer Mutter vor, die ihn zu seiner Überraschung auch sogleich umarmte. Lauras Vater, der die Treppen heruntergekommen war, inspizierte ihn zunächst von oben bis unten, nickte dann und hieß ihn herzlich willkommen. Eine Katze lief zwischen Marks Beinen hindurch und brachte ihn fast zu Fall. Ein kleiner Junge, der Marcello hieß, nahm ihm die große Reisetasche ab und

schleppte sie in ein Nebenzimmer. Eine Gabriella, jung und hübsch, küsste ihm die Wangen. Laura und ihre Mutter redeten so schnell miteinander, dass Mark kein Wort verstand. Währenddessen wurde er irgendwie durch den Flur in einen kleinen Salon geschoben, wo ihr Vater schon dabei war, die bereitstehenden Gläser zu füllen.

Laura tippte Mark auf die Schulter. »Darf ich dir noch jemanden vorstellen. Obwohl, ihr kennt euch ja schon.«

Er drehte sich um und stutzte. »Guido? Was machst du denn hier?«

Laura kicherte vergnügt. »Er wohnt hier. Als mein Bruder darf er das.«

»Dein Bruder?« Mark schaute überrascht. Der Bruder also, auf diese nahe liegende Möglichkeit war er gar nicht gekommen.

»Was dachtest du denn?«, amüsierte sich Guido. Und zu seinen Eltern gewandt: »Passt auf, dieser Kerl klaut Telefone!«

Später fand er heraus, dass Gabriella die Ehefrau von Guido war und Marcello der Sohn eines weiteren Bruders, der heute keine Zeit hatte. Am Tisch saß er neben Lauras Mutter, die ihn entgegen Lauras Androhung alles andere als abzulehnen schien. Er stellte fest, dass ihm die Mutter, die für ihr Alter wirklich jung aussah, ausgesprochen gut gefiel. Sie hatte sehr viel von Laura, beziehungsweise – Mark korrigierte sich – Laura hatte viel von ihrer Mutter. Gerade deshalb aber war es ihm ein Leichtes, die Mutter für sich einzunehmen. Er wusste instinktiv, wie sie reagieren würde, welche Scherze sie amüsierten und worüber sie gerne redete.

Ständig eilte irgendjemand in die Küche, um von dort mit gefüllten Tellern und Schüsseln zurückzukehren. Gemischte Antipasti gab es, Spaghetti alla carbonara, Lammbraten … Mark war es ein Rätsel, wie das Organisationsprinzip in der Küche ablief, jedenfalls kam ununterbrochen Nachschub auf den Tisch, ohne dass jemand wirklich zum Kochen abgestellt war.

Al Bacco
Alte Weinschenke an der Fondamenta delle Cappuccine

Am späten Nachmittag schlug Guido vor, mit Laura und Mark ein wenig spazieren zu gehen. Er wolle mit ihnen etwas besprechen, sagte er den Eltern, sie seien bald wieder zurück. Auf dem Weg, der sie zur Fondamenta delle Cappuccine führte, erzählte er ihnen, dass er Marks Bruder begegnet sei. Der Principale hatte vor kurzem ein großes Fest gegeben, was er einige Male im Jahr tat. Zum ersten Mal war auch Guido dazu eingeladen, vielleicht deshalb, weil er dem Principale vor ein paar Monaten bei einem großen Versicherungsfall geholfen hatte. Einige hundert Leute waren dort gewesen, große Limousinen aus Italien, Österreich, der Schweiz, Deutschland und Ungarn waren vorgefahren. Vorwiegend hatte es sich um Männer ohne Begleitung gehandelt. Für weibliche Gesellschaft hatte der Principale gesorgt. So viele junge schöne Frauen hatte Guido noch nie auf einmal gesehen. An mehreren Tischen wurde Roulette gespielt. In einem Nebenzimmer hatte er Gäste beobachtet, die sich ungeniert mit Koks in Stimmung brachten. Mehrere Bands spielten, und am späteren Abend tanzten Mädchen nackt auf den Tischen.

»Also, stellt euch vor, ich stehe gerade an einem Roulettetisch, da höre ich, wie von einem Croupier ein Herr Krobat mit Namen angesprochen wird. Ich habe mich dann diskret erkundigt und erfahren, dass es sich um Rudolf Krobat, einen großen Weinhändler aus München, handele. Nun, den Namen kannte ich von Laura. Ich habe ja für euch recherchiert, ob er zurzeit des Todes von Alessandro in Abano als Kurgast gemeldet war.«

»Und ich hatte dir unseren Verdacht angedeutet, nämlich dass Rudolf irgendwie in Marks Entführung verstrickt sei.«

»Richtig. Du hättest allerdings ruhig etwas auskunftsfreudiger sein können. Jedenfalls fand ich es schon sehr auffällig, dass Rudolf genau in dem Haus herumturnt, zu dem uns in jener Nacht dieser Alessandro geführt hat. Ich habe in meinem Beruf gelernt, Zufällen zunächst mal keinen Glauben zu schenken.«

»Das war auch kein Zufall«, sagte Laura, »wir müssen dir nämlich noch einiges erzählen, das heißt, sofern Mark einverstanden ist.«

»Nachdem ich jetzt weiß, dass er dein Bruder ist, sehe ich die Sache ganz entspannt«, erwiderte Mark lachend. »Natürlich können wir es ihm erzählen, vorausgesetzt, das bleibt unter uns.«

»Vorher will ich euch aber noch einige Eindrücke von diesem Abend wiedergeben. Also, die Gäste waren offenbar fast alles passionierte Spieler. Ich habe noch nie erlebt, dass um annähernd so hohe Einsätze gespielt wurde. Dagegen ist unser Spielkasino in Venedig ein Kindergarten. Ich habe mich Rudolf etwas an die Fersen geheftet. Meiner Meinung nach ist er ein absoluter Profi. Er war bei fast allen Croupiers persönlich bekannt, hat völlig locker an mehreren Tischen gleichzeitig gespielt und dabei nie den Überblick verloren. Zwei Blondinen, die ihm nicht von der Seite wichen, hat er immer wieder Jetons in den Ausschnitt gesteckt. Er konnte sich das auch leisten, denn er hatte an jenem Abend eine Glückssträhne. Später ist er mit den beiden Blondinen im ersten Stock in einem Zimmer verschwunden.«

»Genauso habe ich mir das vorgestellt«, kommentierte Mark Guidos Schilderungen.

»Hoffentlich hat er sich mit den beiden Blondinen übernommen«, sagte Laura.

»Ihr seid überhaupt nicht überrascht«, wunderte sich Guido. »Wusstet ihr, dass Rudolf ein Glücksspieler ist und beim Principale ein und aus geht? Und wie hängt das alles mit Alessandro und Marks Entführung zusammen?«

»Nein, Guido, wir sind nicht überrascht«, antwortete Laura. Dann erzählte sie ihm von Rudolfs Telefonnummer, die in Alessandros Handy gespeichert war, von den Briefen, die

Mark gefunden hatte und die Rudolf als hemmungslosen Glücksspieler beschrieben, vom Selbstmord seiner Mutter und den verschwundenen Gemälden seines Vaters. Mark schilderte, wie die Lösegeldübergabe vonstatten gegangen war und dass es für Rudolf ein Leichtes gewesen sei, die Polizei ins Bockshorn zu jagen. Und er erzählte, dass Rudolf zurzeit des Mordes an Alessandro auf Geschäftsreise in Italien war.

»Ist ja toll, einen netten Bruder hast du!«, stellte Guido fest.

»Ich wäre dir dankbar, wenn wir uns darauf verständigen können, dass er mein Halbbruder ist«, sagte Mark.

»Egal«, erregte sich Guido, »könnt ihr mir mal verraten, worauf wir noch warten. Warum sitzt das Schwein nicht längst hinter Gittern?«

»Weil man ihm so ohne weiteres nichts beweisen kann«, antwortete Laura. »Mark will Rudolf zunächst in Sicherheit wiegen. Deshalb waren wir ja auch gestern Abend und heute Vormittag mit ihm zusammen und haben gute Miene zum bösen Spiel gemacht. Leider hat Rudolf auch unter Alkoholeinfluss keine unbedachte Äußerung getan, die uns weiterhelfen würde.«

Mark nickte bestätigend. »Aber ich habe bei einem Besuch in München festgestellt, dass Rudolf längst nicht so souverän ist, wenn man ihn provoziert. Es hat schon gereicht, dass ich das Gespräch auf unsere Mutter gelenkt habe, und er ist völlig ausgeflippt.«

»Dann solltet ihr in Zukunft vielleicht nicht ganz so lieb sein.«

»Da hast du wahrscheinlich Recht«, entgegnete Mark, »aber die Provokation will gut überlegt sein. Als Nächstes werde ich einige Nachforschungen anstellen. So werde ich übermorgen nach England fliegen und die Spur der verschwundenen Gemälde aufnehmen, die uns hoffentlich zu Rudolf führen wird.«

Guido zupfte nachdenklich am Ohrläppchen. »Vielleicht habt ihr gar nicht so Unrecht. Und wahrscheinlich könnt ihr in der jetzigen Phase tatsächlich eher etwas herausfinden als die Polizei. Passt aber auf euch auf, der Typ ist unberechenbar. Übrigens, möglicherweise kann ich bei den Bildern helfen. Geraubte Kunst fällt ja in meinen Bereich. Ich brauch nur einige Anhaltspunkte, dann kann ich mal meine Kontakte spielen lassen.«

»Gerne«, meinte Mark. »Hoffentlich bring ich in London was raus. Der Galerist meines Vaters müsste eigentlich sagen können, was aus den Bildern in Vaters Atelier geworden ist. Noch wissen wir ja nicht mal sicher, dass sie entwendet wurden. Und erst recht nicht, dass es Rudolf war.«

Guido hakte sich bei Mark und Laura unter. »Keine Sorge, er war es, da bin ich mir absolut sicher.«

46

Es war in den frühen Morgenstunden des nächsten Tages. Der Himmel war bewölkt, es regnete leicht, das gedämpfte Licht hatte einen fahlen Schleier über Venedig gelegt. Am Anlegesteg Arsenale warteten einige Studenten mit Rucksäcken auf das nächste Vaporetto. Gegenüber dem Canale di San Marco war die Klosterkirche San Giorgio Maggiore zu sehen. Linker Hand führte der Rio dell'Arsenale in den Campo, wo einst die mächtigste und größte Schiffswerft der Welt ihren Sitz hatte. Selbst heute, in der Zeit moderner Fließbandfertigung, erscheint es unvorstellbar, dass im 15. und 16. Jahrhundert in nur wenigen Stunden ein komplett mit Rudern und Kanonen ausgestattetes Kampfschiff gebaut werden konnte. Die venezianischen Trireme sicherten der Seemacht ihren Herrschaftsbereich.

Von der Leistungsfähigkeit der Werft und Waffenschmiede Arsenale konnten sich Ende des 14. Jahrhunderts die Genueser auf unliebsame Weise überzeugen. Vor dem istrischen Pula hatte die genuesische Flotte die Venezianer vernichtend geschlagen und die Flotte der Lagunenstadt fast vollständig zerstört. Die Genueser eroberten kurz darauf Chioggia, machten dann aber den entscheidenden Fehler, dass sie den direkten Angriff auf Venedig hinauszögerten. Die kurze Zeitspanne genügte den Venezianern, im Arsenale vierunddreißig neue Kampfschiffe herzustellen. Als dann der Gegenangriff Venedigs mit einer komplett neuen, scheinbar aus dem Nichts entstandenen Flotte erfolgte, mussten sich die überraschten Genueser nach verlustreichen Kämpfen, bei denen auch ihr Befehlshaber Ambrosio Doria ums Leben kam, ergeben.

Die Studenten standen müde und wortkarg auf dem Kai neben der Vaporetto-Station. Vor ihnen führten steinerne Stufen ins Wasser. Jemand zündete sich eine Zigarette an, ein Mädchen suchte im Rucksack nach ihrem Regenumhang. Das Vaporetto musste jeden Augenblick kommen. Ein junger Mann saß etwas abseits auf einem gusseisernen Festmacherpoller und starrte geistesabwesend ins grünliche, still vor sich hin schwappende Wasser des Rio dell'Arsenale, auf dem die vereinzelten Regentropfen ihre Kreise hinterließen. Plötzlich sprang er auf und wäre dabei fast ausgeglitten und ins Wasser gestürzt. Seine Freunde eilten herbei und sahen mit ihm ins Wasser. Entsetzt beobachteten sie, wie hinter vier großen Holzpollern, die mit einer rostigen Kette zusammengehalten wurden, von einer leichten Strömung geschoben, ein toter Körper auftauchte. Der nackte Leichnam schwamm mit dem Gesicht nach unten im Kanal. Die langen Haare und die Umrisse des Körpers ließen keinen Zweifel zu, dass es sich bei der Leiche um eine Frau handelte.

Schon am Nachmittag war die Tote aus dem Rio dell'Arsenale das alles beherrschende Gesprächsthema in den Bars von Venedig. Und am nächsten Tag konnte jeder in der Zeitung lesen, dass es sich bei ihr um eine Edelhure aus Mestre handelte, die in den Spitzenhotels von Venedig ein und aus ging und nur besonders zahlungskräftige Freier hatte. Ihr Tod war durch Strangulation mit einer roten Samtkordel herbeigeführt worden.

47

Im offenen Mercedes fuhr Rudolf über die Landstraße. Montebelluno lag bereits hinter ihm, es waren nur noch wenige Kilometer nach Asolo, wo er zum Mittagessen eine geschäftliche Verabredung hatte. Rudolf war bester Laune und grenzenlos optimistisch. Er ahnte, dass das Gespräch, das unerwartet zu Stande gekommen war, einen positiven Verlauf nehmen würde. Er drehte die Musik lauter. Vivaldis *Vierjahreszeiten* orchestrierten das Wechselspiel des Lichts und der Farben, die durch das Laub der vorbeiziehenden Alleebäume fielen. Rechts oben waren am Hügel bereits die mittelalterlichen Häuser von Asolo zu sehen, jener kleinen, befestigten Stadt, die für ihre hundert Horizonte berühmt ist. *Cittadina dei cento orizzonti* hatte der Dichter Giosuè Carducci Asolo wegen seiner herrlichen Ausblicke auf die vielen Hügel genannt, die sich – ähnlich wie in der Toskana – im Dunst verlieren. Der englische Dichter Robert Browning, der 1889 in Venedig starb, hatte hier gelebt und ebenso das angenehme Klima wie das herrliche Panorama genossen. Eleonora Duse, die große italienische Charakterdarstellerin der Jahrhundertwende und Geliebte von Gabriele d'Annunzio, hatte in Asolo ein Sommerhaus, bei dem sie auch beigesetzt wurde. Auf Kardinal Pietro Bembo geht der Begriff *asolare* für das angenehme Nichtstun zurück, das sich in Asolo so vortrefflich kultivieren lässt. Die größte Berühmtheit in der Geschichte Asolos aber war Caterina Cornaro, die 1454 in Venedig im Familienpalast am Canal Grande geboren wurde. Bei der Vaporetto-Station San

Asolo

Stae steht der nach ihr benannte Palazzo Corner della Regina, der allerdings erst im 18. Jahrhundert an Stelle des alten Palastes errichtet wurde. Die Lebensgeschichte der Caterina Cornaro liest sich wie ein Roman, der alle Elemente von Kitsch bis zur großen Tragödie enthält, vor allem aber die kompromisslose Machtpolitik Venedigs entlarvt. Geboren als Tochter einer der reichsten und vornehmsten Familien Venedigs, war Caterina Cornaro erst vierzehn Jahre alt, als der König von Zypern um ihre Hand anhielt. Dabei war Jakob II. wohl weniger von ihrer jugendlichen Schönheit geblendet als von der stattlichen Mitgift, die er von den Eltern erwartete und die ihm aus seinen finanziellen Nöten helfen sollte. Venedig war von seinem Werben mehr als angetan, sah die Lagunenstadt doch plötzlich eine raffinierte Möglichkeit, sich Zypern einzuverleiben. Caterina Cornaro wurde kurzerhand zur Tochter der Republik erklärt und die Heirat an die Bedingung geknüpft, dass das Königreich Zypern beim Ausbleiben von Erben an Caterina Cornaro fallen würde. Hunderttausend Dukaten bekam der Bräutigam zur Hochzeit, eine für damalige Zeiten ungeheure Summe. Doch lange sollte er sich an diesem Vermögen nicht erfreuen können. Nur acht Monate nachdem er mit seiner blutjungen Frau nach Zypern zurückgekehrt war, fiel er einem Giftmord zum Opfer. Gar nicht im Sinne von Venedig war Caterina aber bereits schwanger und brachte mit Jakob III. einen Sohn und Thronerben auf die Welt. Doch keine zwei Jahre später war auch dieser verstorben, und Zypern fiel dem Ehevertrag entsprechend an Caterina Cornaro. Zwar übte Venedig fortan bereits die eigentliche Macht aus, aber endgültig am Ziel war es erst, als die Königin fünfzehn Jahre später zur Rückkehr überredet werden konnte. Mit großem Pomp wurde sie empfangen. Venedig hatte eigens den *Bucintoro* ausgeschickt, jene legendäre vergoldete Prachtgaleere, die über dreißig Meter lang war, zwei Stockwerke hatte und einen mit Samt überspannten Thronraum. In der Basilica di San

Marco ließ man bei einem großen Festakt Caterina Cornaro Zypern an Venedig übereignen. Zum Ausgleich wurde ihr am Fuße der Dolomiten das kleine Fürstentum Asolo zum Geschenk gemacht. Zwanzig Jahre lebte sie dort, hielt im Castello della Regina Hof, feierte Feste und förderte die Künste, bis sie schließlich 1510 in Venedig starb.

Rudolf lebte viel zu sehr in der Gegenwart, als dass er sich je für Asolos Geschichte oder das Leben der Königin von Zypern interessiert hätte. Aber er mochte den mediterranen Charme dieser Gegend, die weiten Blicke, die Zypressen, die schmalen mittelalterlichen Straßen Asolos und die alten Häuser. Über die Via Santa Caterina lenkte er den Wagen durch ein Tor in der wehrhaften Stadtmauer am Haus der Eleonora Duse vorbei in die Via Canova, wo er links in eine offene Garage fuhr und parkte. Pfeifend überquerte er die Straße und betrat die Villa Cipriani. Das exklusive Hotel befindet sich in einem alten Landhaus und geht auf eine Gründung des legendären Giuseppe Cipriani aus Venedig zurück. Obwohl die Villa Cipriani heute nichts mehr mit der Harry's Bar zu tun hat, leben im ausgezeichneten Restaurant des Hotels die klassischen Gerichte und Drinks des Giuseppe Cipriani fort – vom Carpaccio bis hin zum Bellini.

VILLA CIPRIANI
Hotel und Restaurant in Asolo

Rudolf, der in der Villa Cipriani kein Unbekannter war, wurde am Empfang mit Handschlag begrüßt. Der Concierge teilte ihm mit, dass die Herren bereits warteten, und begleitete ihn zu einem runden Ecktisch. Schon während des Näherkommens verschaffte er sich einen ersten Eindruck von den beiden Männern, die aufstanden, um ihn zu begrüßen. Der eine, etwas jüngere war braun gebrannt, trug eine Rolexuhr, hatte Jeans an, ein sportliches Sakko und ein Hemd mit offenem Kragen. Rudolf vermutete, dass es sich bei ihm um den Makler handelte, der ihn angerufen hatte. Der andere Mann war ausgesprochen konservativ, geradezu klassisch gekleidet. Der Nadelstreifenanzug und die Weste waren, wie

Rudolf mit Kennerblick feststellte, maßgeschneidert und aus bestem Stoff. Das Einstecktuch passte zur dezent gemusterten Krawatte.
»Buon giorno, Signor Krobat«, begrüßte ihn der jüngere der beiden, während er vom anderen über den Rand einer Lesebrille in Augenschein genommen wurde. »Schön, dass Sie kommen konnten. Mein Name ist Andrea Bianchi, wir haben gestern miteinander telefoniert. Ich darf Sie mit Dottor Luzzo bekannt machen.«
Rudolf schüttelte den beiden Männern die Hand und setzte sich an den Tisch, der mit Silberbesteck, hellen Stoffservietten und geriffelten Gläsern eingedeckt war.
»Ich hoffe, Sie hatten eine angenehme Fahrt.«
»Ja, herzlichen Dank, ganz ausgezeichnet. Wenig Verkehr und dieser herrliche Tag heute, keine Wolke am Himmel und doch nicht zu heiß.«
»Wir könnten uns natürlich auch auf die schöne Terrasse setzen«, sagte Bianchi. »Ich habe vorsorglich auch dort einen Tisch reserviert. Aber sie ist gut besucht, und ich glaube, wir können uns hier besser unterhalten.«
»Ganz in meinem Sinne. Wir sollten hier bleiben. Darf ich Sie zu einem Aperitif einladen?«
»Nein, Sie sind selbstverständlich unser Gast«, widersprach Bianchi, »ich habe bereits eine Flasche Champagner bestellt. Sind Sie mit Dom Perignon einverstanden?«
Dom Perignon? Die Herren hatten zweifellos Lebensart. »Natürlich, wer wäre das nicht? Herzlichen Dank für die Einladung. Ich nehme sie unter leichtem Protest sehr gerne an.«
Rudolf lehnte sich zurück und schmunzelte zufrieden. Kein schlechter Auftakt. Er hatte das sichere Gefühl, dass sie ins Geschäft kommen würden.
Die erste halbe Stunde verbrachten sie damit, locker miteinander zu plaudern und ein Gefühl füreinander zu bekommen. Nach der Vorspeise – Bianchi hatte *Ossocollo e prosciutto con*

melone, hauchdünne Scheiben vom besonders feinen Ossocollo-Schinken, rohen Schinken und ein Stück Honigmelone, bestellt – beschloss Rudolf, aufs eigentliche Thema zu kommen.

»Herr Bianchi, Sie haben angedeutet, dass Sie als Makler mit der Vermittlung eines renommierten Weinguts betraut sind. Können Sie da etwas konkreter werden?«

Andrea Bianchi sah kurz zu Dottor Luzzo, der zustimmend nickte.

»Nun, ich muss vorausschicken, dass die gesamte Angelegenheit außerordentliche Diskretion verlangt. Sie müssen sich verpflichten, absolutes Stillschweigen zu bewahren. Jedenfalls so lange, bis – wenn es dazu kommen sollte – der Kauf beurkundet ist. Aber auch wenn unser Gespräch zu keinem Resultat führt, möchten wir Sie bitten, die Informationen nicht weiterzugeben.«

Dottor Luzzo öffnete seinen Aktenkoffer und entnahm ihm ein vorbereitetes Schriftstück. »Sie werden in wenigen Minuten den Grund für die gewünschte Diskretion verstehen und nachvollziehen können. Ich darf Sie bitten, zunächst diese kurze Erklärung zu unterschreiben, mit der Sie sich zum Stillschweigen verpflichten, ansonsten hätten wir das Recht, auf Schadensersatz zu klagen.« Dottor Luzzo nahm die Lesebrille ab, ließ sie an einem Bügel kreisen und lächelte freundlich. »Ich bitte Sie, das nicht falsch zu verstehen, es handelt sich hier um eine reine Formsache. Natürlich wissen wir, dass das in Ihrem Fall völlig überflüssig ist. Wir haben uns erkundigt, Sie sind ein Ehrenmann, und mir persönlich würde Ihr Wort genügen.«

Rudolf sah kein Problem darin, dieses Papier, das er nur kurz überflog, zu unterschreiben. Er hatte nichts zu verlieren. Entweder die Sache war wirklich interessant, und nach diesem Vorspiel durfte man das annehmen, oder es war ein Flop, dann konnte er es auch für sich behalten. Er nahm den Füller von

Dottor Luzzo und setzte seine Unterschrift unter die Erklärung.

»Jetzt bin ich aber wirklich neugierig«, sagte Rudolf. »Sie machen es ja spannend!«

»Wir können es noch etwas spannender machen«, erwiderte Bianchi lächelnd, »indem ich Ihnen eine Frage stelle. Was ist nach Ihrer Einschätzung das traditionsreichste und renommierteste Weingut hier in der weiteren Umgebung?«

Mossina
Suche zwecklos: Dieses Weingut ist ebenso wie seine vorzüglichen Weine eine Erfindung des Autors

Rudolf antwortete, ohne lange nachzudenken. »Das ist natürlich die Azienda Agricola Mossina. Der Cabernet-Sauvignon Mossicaia kann es mit den großen Bordeauxweinen aufnehmen. Leider ist er fast nicht mehr zu bezahlen. Der Chardonnay Volaia mit seiner dezenten Barriquenote ist in den letzten Jahren auch in Deutschland zum Kultwein geworden. Und dem Collolaia, einem Cru aus Merlot und Cabernet-Franc mit sanftem Tannin und fruchtigem Körper, gehört die Zukunft.« Rudolf hielt kurz inne. »Entschuldigen Sie bitte meine Begeisterung. Wir kommen vom Thema ab. Um Mossina kann es sich ja nicht handeln. Natürlich gibt es in der weiteren Region noch viele andere ausgezeichnete Weingüter. Nun sagen Sie schon, welches ist es?«

Dottor Luzzo schmunzelte und lies einige Sekunden vergehen. »Die Azienda Agricola Mossina!«

Rudolf musste schlucken. Die Azienda Agricola Mossina? Tatsächlich, nicht zu fassen. So viel Glück auf einmal konnte es doch gar nicht geben.

»Ist das Ihr Ernst? Sind Sie mir nicht böse, dass ich leichte Zweifel anmelde.« Rudolf hob fragend die Augenbrauen.

»Ich kann Ihre Überraschung gut verstehen«, erklärte Dottor Luzzo. »Zunächst einmal darf ich Ihnen sagen, dass ich der Generalbevollmächtigte des Conte Battista Colleoni bin, der, wie Sie vielleicht wissen, das Weingut in vierter Generation sein Eigen nennt. Ich habe übrigens einige Schriftstücke dabei, die mich als Generalbevollmächtigten der Familie ausweisen und die ich Ihnen nachher gerne vorlege. Um Ihnen den Sachverhalt zu erklären, darf ich Sie an Ihr gegebenes Versprechen erinnern, das Sie jetzt sofort verstehen werden. Aufgrund unglücklicher Umstände ist Conte Colleoni aktuell in finanzielle Schwierigkeiten geraten. Das ist natürlich in keinster Weise Besorgnis erregend, der Conte verfügt über uralten Familienbesitz, über Ländereien und Firmenbeteiligungen. Es handelt sich eher um einen temporären Liquiditätsengpass. Deshalb hat sich der Conte entschlossen, sich vom Weingut Mossina zu trennen.«

»Die Entscheidung fällt ihm umso leichter«, warf Andrea Bianchi ein, »weil ihm sein Arzt aus gesundheitlichen Gründen Alkohol gänzlich verboten hat. Der Gedanke ist ihm unerträglich, seinen eigenen Wein nicht mehr trinken zu dürfen. Also will er ihn auch gar nicht mehr sein Eigen nennen.«

»Natürlich darf niemand wissen, dass der Conte sozusagen zum Verkauf gezwungen ist. Deshalb musste ich auf Ihre Unterschrift so großen Wert legen.«

Rudolf ärgerte sich, dass er sich gerade derart begeistert über das Weingut ausgelassen hatte. Damit hatte er den Preis unbeabsichtigt in die Höhe getrieben. Aber er hatte nie damit gerechnet, dass es sich wirklich um Mossina handeln könnte. Er dachte sogar, es wäre geschickt, hier die absolute Priorität zu setzen und damit jedes andere Weingut herabzustufen. Der Conte in Schwierigkeiten? Der Gedanke gefiel ihm. So etwas kam eben in den besten Familien vor. Klar, dass er nicht wollte, dass diese Information bekannt wurde.

»Übrigens habe ich mir erlaubt, zum nächsten Gang eine Flasche Volaia zu ordern«, sagte Dottor Luzzo und gab dem Ober ein Zeichen.

Ein Liquiditätsengpass? überlegte Rudolf. Das hatte seine Vorteile und machte seinen Fehler von vorhin wahrscheinlich wieder wett. Das bedeutete, dass der Conte rasch Geld brauchte. So eine Art Notverkauf also. Was für ein Glück, dass er selbst derzeit ausgesprochen flüssig war. Dem armen Mann konnte geholfen werden. Rudolf verbarg seine Freude hinter einem gleichgültigen Gesichtsausdruck, den er sich in den vielen Jahren des Glücksspiels anerzogen hatte.

»Ein Volaia? Eine gute Idee, sozusagen, um auf den Geschmack zu kommen!«, bedankte sich Rudolf für die Bestellung. »Wenn ich Sie also richtig verstehe, bieten Sie mir gerade das Weingut Mossina zum Kauf an, oder?«

Dottor Luzzo nickte bestätigend. »In der Tat, und zwar mit dem gesamten Grund und Boden, den Rebstöcken, dem großen Landhaus aus dem 17. Jahrhundert, den Kellereien mit allen Einrichtungen und vor allem natürlich auch mit den uneingeschränkten Marken- und Verwertungsrechten für die Weine, die Sie zum Teil ja gerade selbst aufgeführt haben. Ich habe ein Exposé dabei, das ich Ihnen bei Interesse mitgeben würde und in dem das Objekt im Detail bis hin zum letzten Barriquefass spezifiziert ist.«

Rudolf strich sich nachdenklich über den Nasenrücken. »Vermutlich soll die Transaktion relativ schnell über die Bühne gehen?«

»Ich sehe, wir verstehen uns. Aus besagten Liquiditätsgründen ist der Conte an einer ausgesprochen zügigen Abwicklung interessiert«, antwortete der Dottore. »Wie Sie sich vorstellen können, gibt es an potenziellen Interessenten für das Weingut keinen Mangel. Sie haben aber gegenüber Herrn Bianchi, der übrigens von uns exklusiv mit der Vermittlung beauftragt wurde, erwähnt, dass Sie im Falle einer Einigung eine erste nennenswerte Zahlung sofort in die Wege leiten könnten?«

»Das hängt natürlich vom Preis ab, über den wir uns noch verständigen müssen. Aber einer sofortigen Zahlung stünde nichts im Wege.«

»Damit sind Sie natürlich in einer guten Ausgangssituation. Nun, was den Kaufpreis betrifft, um hier eine Größenordnung zu nennen, bin ich befugt, über eine Summe von ca. zwanzig

Millionen Mark zu verhandeln. Davon müssten fünf Millionen sofort gezahlt werden, und zwar auf ein Konto in der Schweiz. Die restlichen fünfzehn Millionen könnten bei entsprechender Bankbürgschaft über fünf Jahre je drei Millionen Mark verteilt werden. Das hätte für den Käufer den Vorteil, dass er die Zahlungen zum Teil aus dem Cashflow finanzieren kann.«

Rudolf überschlug die genannten Zahlen rasch im Kopf. Das Weingut war auf jeden Fall mindestens das Doppelte wert, da gab es überhaupt keinen Zweifel, das konnte er einschätzen. Fünf Millionen Mark sofort? Das war kein Pappenstiel, aber erstens konnte er sich das leisten, und zweitens machte er damit das Geschäft seines Lebens. Gar nicht zu reden vom Ansehen, das er gewinnen würde. Rudolf Krobat, der Eigner von Mossina! Einfach phantastisch. Es würde ein Kinderspiel sein, über Verträge mit Distributoren in Europa und in Amerika, wo der Cabernet-Sauvignon Mossicaia unter Weinkennern einen hohen Bekanntheitsgrad hatte, den Differenzbetrag aufzutreiben. Und mit den Markenrechten konnte man ein perfektes Merchandising aufziehen. Er hatte sich immer gewundert, warum es kein sündteures Mossicaia-Olivenöl gab, keine exklusive Grappa mit dem Mossicaia-Markenzeichen, keine eigene Kollektion Mossina-Weingläser und so weiter. Tausend Möglichkeiten der Vermarktung gab es. Passieren konnte gar nichts. Im schlimmsten Fall würde er das Weingut an einen der großen Luxuskonzerne weiterverkaufen und bei diesem Deal sein Kapital vervielfachen. Was hatte er doch in der letzten Zeit für eine unglaubliche Glückssträhne? Warum war das früher nicht schon so gewesen? Aber vermutlich musste man erst durch manch finsteres Tal wandern, bis man auf dem sonnenumfluteten Gipfel des Erfolgs stehen durfte.

Rudolf nahm einen Schluck vom Volaia. »Falls wir uns auf einen Kaufpreis von achtzehn Millionen Mark einigen könnten, wäre ich durchaus interessiert.«

»Da muss ich natürlich mit dem Conte Rücksprache halten. Möglicherweise gibt es einen gewissen Spielraum. Aber die fünf Millionen a conto sind unverrückbar. Sie wissen schon, aus den genannten …«

»… aus den genannten vorläufigen Liquiditätsgründen, ja, ich weiß. Kein Problem, das könnten wir so handhaben. Zunächst muss ich natürlich Ihr Exposé einer sorgfältigen Prüfung unterziehen. Und dann benötige ich möglichst schnell die letzten Bilanzen und Informationen über bestehende Verträge mit Distributoren. Wie sehen die Gewinnerwartungen für die nächsten Jahre aus? Welche Mitarbeiterverträge gibt es?«

Der Dottore klopfte auf seinen Aktenkoffer. »Habe ich schon alles vorbereitet und kann es Ihnen sofort aushändigen.«

Rudolf war von der Professionalität seiner Gesprächspartner beeindruckt. Da sage noch einer, Italiener seien Chaoten.

»Und dann möchte ich natürlich das Weingut in Augenschein nehmen. Ich war zwar schon einmal dort, aber das ist Jahre her.«

»Das ist selbstverständlich bereits arrangiert«, erwiderte Andrea Bianchi. »Wir haben für Sie nächste Woche am Montag einen Besichtigungstermin vorgesehen. Sie werden Gelegenheit haben, sich ausgiebig umzuschauen. Außerdem wird der Chefönologe anwesend sein und Ihnen Rede und Antwort stehen.«

Dottor Luzzo hob die Hand. »Bitte haben Sie Verständnis dafür, dass der Conte selbst für kein Gespräch zur Verfügung stehen wird. Er ist gesundheitlich etwas angeschlagen. Außerdem schmerzt ihn der bevorstehende Verkauf doch so sehr, dass er persönlich nichts damit zu tun haben möchte. Er ist nur an dem Geld auf seinem Schweizer Konto interessiert. Er will Mossina, an dem seit frühester Jugend sein Herz hing, so schnell wie möglich vergessen.«

»Da sehe ich keine Schwierigkeit«, sagte Rudolf, »dafür habe ich vollstes Verständnis.«

Der steckt ganz schön in der Klemme, dachte er, sonst würde er Mossina nie verkaufen. Aber des einen Pech ist des anderen Glück. So ist das Leben!

48

Er hob nur kurz den Kopf, um zu sehen, ob alle da waren, dann ließ er ihn wieder auf das Frotteetuch sinken und schloss die Augen. Der Principale atmete ruhig durch und versuchte seine Muskeln zu entspannen. Mit kräftigem Druck arbeiteten sich die Hände der Masseurin an seiner Wirbelsäule entlang, von der Hüfte kommend, langsam und systematisch dem Nacken entgegen. Alberto, Arturo, Giuseppe und Gustavo standen in einigem Respektabstand vor der Massagebank und beobachteten Carla bei ihrer Arbeit. Sie war jung und hatte ein hautenges Trikot an, das vorne tief ausgeschnitten war. Alberto dachte, dass es eine große Verschwendung ihrer Talente sei, sich in dieser hingebungsvollen Weise auf den altersschwachen Körper des Principale zu konzentrieren. Allzu gerne hätte er sich selbst einmal dieser wohligen Tortur unterzogen. Allerdings hätte er die Rückenlage bevorzugt. Und vielleicht …

»Also, was haben eure Ermittlungen im Laufe der vergangenen Woche ergeben? Alberto, fang bitte mit dem Bericht an.«

Alberto zuckte zusammen und versuchte seine Gedanken zu ordnen.

»Wir haben alle Typen durchgecheckt, bei denen Alessandro in letzter Zeit Geld eingetrieben hat, wir haben unsere Freunde von der Polizei ausgequetscht, in Abano rumgefragt, mit seiner Schwester gesprochen …«

»Alberto, bitte konzentriere dich auf die Ergebnisse«, unterbrach ihn der Principale. »Dass ihr hoffentlich alles gemacht habt, was wir besprochen haben und was wichtig ist, davon gehe ich aus. Dafür bezahle ich euch ja. Also, sagt mir doch einfach, wer Alessandro umgebracht hat. Dann könnt ihr wieder gehen, und ich kann mich in aller Ruhe entspannen.«

Alberto zupfte nervös an seinem Ärmel und sah seine Kollegen an. Gustavo verzog den Mund und machte eine hilflose Handbewegung.

»Es tut uns Leid, Principale, wir wissen es noch nicht.«

»Peccato, un gran peccato!«

Carla war bei seiner rechten Schulter angelangt. Ungefähr an dieser Stelle hat es Alessandro immer wehgetan, dachte Alberto.

»Aber wir haben einige Anhaltspunkte. Sie werden Ihnen allerdings nicht gefallen.«

»Ob sie mir gefallen oder nicht, spielt keine Rolle.« Die Stimme des Principale klang etwas gepresst. Vielleicht hatte Carla gerade ein bisschen zu kräftig am Oberarm gezogen.

»Also, es haben sich bei unseren Routineüberprüfungen keine konkreten Verdachtsmomente ergeben, die uns ermittlungstechnisch weiterbringen.« Alberto war stolz auf diesen Satz, er hatte ihn gestern Abend in einem amerikanischen Fernsehkrimi gehört. »Aber wir haben einiges über Alessandro erfahren. Offenbar hat er nebenher Antiquitäten beschafft und an seinen Schwager Franco geliefert.«

»Bitte, Alberto, tue mir einen Gefallen und erzähle keine Sachen, die ich längst weiß. Dieser Franco hat ein Antiquitätengeschäft in Padua. Alessandro hat das nur gemacht, um seiner Familie zu helfen, das ist ehrenwert. Und außerdem hast du ihm schon seit Jahren dabei geholfen.«

Alberto schoss das Blut in den Kopf. Gleichzeitig fühlte er sich erleichtert, dass diese Klippe offenbar umschifft war.

»Ja, aber das ist noch nicht alles. Wie es scheint, hat Alessandro vor einigen Monaten jemanden entführt und dabei viel Geld erpresst.«

Alberto wartete ängstlich auf eine Reaktion. Als diese ausblieb, fuhr er fort. »Wir wissen nicht, ob er das in Ihrem Auftrag gemacht hat.«

Er hielt den Atem an. Natürlich wusste er, dass die Entführung einzig Alessandros Idee gewesen war. Schlimmer noch, er hatte bei ihr mitgewirkt. Aber was sollte er machen? Gustavo und Arturo hatten mit Mauro gesprochen, dem Sohn von Alessandros Patenonkel, und dieser Idiot hatte sich verplaudert. Gott sei Dank hatte er nicht erwähnt, dass sie zu dritt gewesen waren.

»Wen hat Alessandro entführt?«

»Einen jungen Engländer, er heißt Mark Hamilton. Alessandro hat ihn aus seinem Haus am Gardasee verschleppt und für seine Freilassung Geld erpresst.«

»Alessandro, Alessandro, sciocco ragazzo, du dummer Junge, was machst du für Sachen.« Der Principale sprach so leise, dass er kaum zu verstehen war.

Carla fuhr dem Principale mit der flachen Hand beruhigend, fast zärtlich über den dicht behaarten Rücken.

»Ich will alles über diese Entführung wissen. Sie ist nicht in meinem Auftrag erfolgt. Ich glaube aber nicht, dass sie Alessandros Einfall war. Das entspricht überhaupt nicht seiner Mentalität, ist außerdem viel zu kompliziert. Jemand muss ihn auf diese Idee gebracht haben.« Der Principale machte zwischen den einzelnen Sätzen lange Pausen. »Gut möglich, dass dieser Jemand Alessandros Mörder ist. Sehr gut möglich, wenn nicht sogar wahrscheinlich. Wer hat schon gerne Mitwisser?«

Alberto dachte daran, dass er selbst ein Mitwisser war und dass es ausgesprochen schwierig sein würde, seine Mittäterschaft gegenüber dem Principale zu verheimlichen. Warum hatte er sich damals nur auf dieses Spiel eingelassen? Aber Alessandro war nun mal sein Freund gewesen. Verdammt noch mal, er hatte ja wirklich keine Ahnung, wer der Drahtzieher der Geschichte war. Alessandro hatte einige Male mit jemandem telefoniert, daran erinnerte er sich. Und auch daran, dass Alessandro langsamer als üblich gesprochen hatte, ganz so, wie man es mit einem Ausländer macht, der nicht perfekt Italienisch kann. Außerdem hatte es ein paar Telefonate auf Deutsch gegeben, die er nicht verstanden hatte. Alessandro war immer stolz auf seine Deutschkenntnisse gewesen, die er in jungen Jahren erworben hatte, als er für einige Zeit als Rausschmeißer einer Bar in Hamburg gearbeitet hatte. Diese Telefonate mussten nichts besagen, aber vielleicht hatte er mit dem Auftraggeber der Entführung gesprochen. Das würde bedeuten, dass …

»Oder es war dieser junge Engländer.« Der Principale bekam einen Hustenanfall, den Carla mit einigen leichten Schlägen auf den Rücken zu lindern versuchte. Als er wieder Luft hatte, fuhr er fort. »Es könnte doch sein, dass er sich bei seinem Entführer rächen wollte. Auf jeden Fall solltet ihr ihn mal genauer unter die Lupe nehmen. Bleibt die Frage, wo das Geld ist? Gustavo, finde mal heraus, wie viel Alessandro auf der Seite hatte, er selbst und seine engste Familie, und ob da kurz nach der Entführung viel dazugekommen ist.« Wieder machte der Principale eine lange Pause. Carla knetete mit beiden Händen die Nackenmuskulatur. »Überhaupt möchte ich alles über diese Entführung wissen. Wie hoch war das Lösegeld? Stellt mir ein Dossier zusammen aus Polizeiberichten, Presseveröffentlichungen und so weiter.« Alberto sah, dass sich Arturo Notizen machte. Das war gut so, sie durften nichts vergessen. Der Principale pflegte sich minuziös an seine Anweisungen zu erinnern.

»Alberto, du hast vorhin gesagt, ihr habt alle Namen auf meiner Liste überprüft, habe ich das richtig verstanden? Mit welchem Resultat?«

»Ja, alle Typen, bei denen Alessandro überfällige Zahlungen eingetrieben hat. Aber die haben ausnahmslos brav geblecht, ohne dass Alessandro allzu grob werden musste. Da gibt's also kein vernünftiges Motiv. Und wer von denen würde sich schon mit dem Principale anlegen? Nein, das können wir sicher ausschließen.«

»Die Schlussfolgerungen, lieber Alberto, überlasse bitte mir. Ihr sollt für mich nur die Fakten sammeln.« Der Principale, der immer noch auf dem Bauch lag, hob langsam einen Arm, woraufhin Carla sofort mit der Massage aufhörte. »Alessandro war zwar ein Mann, der außerordentlich aggressiv werden konnte, im Grunde seines Herzens aber war er ein guter Kerl. Und er war leicht zu manipulieren, jedenfalls von jemandem, der intelligent genug war und den er respektierte. Wenn ich es recht bedenke, halte ich es durchaus für möglich, dass ein Zusammenhang zwischen einem meiner Schuldner und der Entführung besteht. Vielleicht war er jemandem dabei behilflich, das Geld aufzutreiben, das er mir schuldete? Damit hätte Alessandro nach seinem Verständnis ja niemandem geschadet. Ich hätte mein Geld bekommen, Alessandro wahrscheinlich eine satte Provision, und mein Kunde wäre wieder auf den Beinen und für weitere Geschäfte verfügbar. Ja, so etwas könnte ich mir vorstellen.«

Der Principale atmete einige Male tief durch. Carla rieb sich währenddessen ihre Hände mit Massageöl ein, was erneut Albertos Phantasie beflügelte.

Nach einem kurzen, trockenen Hüsteln fuhr der Principale fort: »Mir ist soeben eingefallen, dass ich mich vor nicht allzu langer Zeit sehr über eine erfolgreiche Mission von Alessandro gewundert habe. Dieser arrogante Signor Krobat aus München, er hat mir viel Geld geschuldet, sehr viel Geld. Und obwohl er nach meinen Informationen so gut wie pleite war, hat Alessandro das Geld herbeigeschafft. In Etappen zwar, aber sogar mit Zinsen. Alessandro hat mir bei der Ehre seiner Mutter geschworen, dass dabei alles mit rechten Dingen zugegangen sei.«

»Alessandros Mutter ist doch bei seiner Geburt gestorben«, entfuhr es Alberto.

»È la verità? Das wusste ich nicht.«

Gustavo kicherte. »Wahrscheinlich war Alessandro schon als Baby etwas zu groß geraten. Das hat seine Alte nicht überlebt.«

»Gustavo! Deine Späße sind pietätlos, zügle dich! Sowohl unser toter Alessandro als auch das bedauernswerte Schicksal seiner Mutter verdienen Respekt und Würde.«

Gustavo schaute betreten drein.

»Um zum Ende zu kommen, dieser Krobat, den wir ja erst vor kurzem auf unserem großen Spielerparkett zu unseren Gästen zählen durften, dieser merkwürdige Mensch macht auf mich einen sehr intelligenten Eindruck. Er ist zwar pazzo, zweifellos verrückt, aber er hat einen scharfen Verstand. Und ich traue ihm einiges zu, auch dass es ihm gelingen konnte, Alessandro für seine Zwecke einzuspannen. Fazit: Ihr nehmt mir diesen Krobat genau unter die Lupe. Aber auch alle anderen Dinge, die wir besprochen haben, werden von euch immediatamente angegangen. Euren Bericht erwarte ich spätestens heute in einer Woche. So, ihr könnt gehen, ihr habt viel zu tun. Und Carla möchte mit ihrer Massage fortfahren.«

Carla rückte mit den Fingerspitzen ihren Ausschnitt zurecht, schob das Handtuch, das über seinen Lenden lag, zurück und begann den Principale mit langsam kreisenden Bewegungen, die sich immer mehr seinem Schritt näherten, zu massieren. Alberto warf Carla zum Abschied einen wehmütigen Blick zu. Wie gerne hätte er jetzt mit dem Principale getauscht. Und bei ihm wären Carlas Bemühungen gewiss nicht unerwidert geblieben. Obwohl, der Principale war zwar ein alter Mann, aber wusste man es?

49

»Ah, squisito!« Roberto schnalzte mit der Zunge, rührte noch einmal in dem Topf und reichte Laura den Löffel zum Probieren.

»Eccellente, che bontà!«, schwärmte sie. »Il ragù è magnifico, meraviglioso!«

»Na, habe ich dir zu viel versprochen?«, sagte Mark. »Mein Freund Roberto ist am Herd ein wahrer Künstler.«

»Das ist er, keine Frage, so gut gelingt nicht einmal meiner Mutter diese Sauce. Und er ist sehr nett. So einen sympathischen Freund hätte ich dir bis vor einem Monat, als du mir Roberto in Belluno zum ersten Mal vorgestellt hast, gar nicht zugetraut.«

»Warum eigentlich nicht?« Mark schaute beleidigt drein. »Glaubst du, ich begebe mich mit einem Idioten auf eine Wanderung durch die Dolomiten?«

»Könnt ihr euch bitte über mich unterhalten, wenn ich nicht dabei bin.« Roberto nahm einen kleinen Zweig mit frischem Thymian, zog ihn durch seine Finger, rieb die abgelösten Blätter leicht zwischen den Handflächen, bröselte den Thymian in die Sauce und rührte diese erneut um.

»Allora, perfetto«, stellte er fest, »etwas Thymian hat noch gefehlt. Im Grunde ist das Rezept ganz einfach – gewürfelter Schinken, gehackte Zwiebeln, Karotten, Stangensellerie, feinstes durchgedrehtes Rindfleisch und mageres Schweinefleisch, etwas Hühnerleber, Muskatnuss, einige Esslöffel Olivenöl, süße Sahne, Tomatenmark, Salz und Pfeffer. Schon ist das Ragù fertig. Auf die richtige Mischung kommt es an und auf die Qualität der Produkte. Laura, was machen die Tagliatelle?«

Laura hob mit der Gabel eine Nudel aus dem kochenden Wasser und kostete sie. »Vielleicht noch eine Minute.«

»Wisst ihr eigentlich, wie die Tagliatelle erfunden wurden?«

Roberto nahm einen Schluck aus dem Rotweinglas, schaute auf den Topf mit der Sauce und schüttete kurz entschlossen den Rest aus dem Glas dazu. »Kann nicht schaden. Also, ihr kennt die Geschichte nicht? Nun, die Tagliatelle kommen aus der Emilia-Romagna. In Bologna war um 1500 herum Lucrezia Borgia bei einem adligen Verehrer zum Abendessen eingeladen.«

»Lucrezia Borgia, das war doch die Giftmischerin, oder?«, warf Mark ein. »Hoffentlich hat ihr Verehrer das Essen überlebt.«

»Das hat er bestimmt«, stellte Laura fest, »denn die Fürstin war wesentlich besser als ihr heutiger Ruf. Ihr Bruder Cesare war es, der ihren zweiten Mann hat umbringen lassen, nicht sie. Und später hat sie als Gemahlin des Herzogs von Este am Hof von Ferrara häufig Einladungen gegeben, bei denen nur selten jemand zu Tode gekommen ist.«

»Ich bin beeindruckt, da konnten sich die Gäste ja glücklich schätzen.«

»Außerdem war ihr Vater ein leibhaftiger Papst. Obwohl, das hatte zu jenen Zeiten nichts zu besagen. Aber zurück zu den Tagliatelle. Das blonde Haar der Lucrezia, so erzählt man sich in Bologna, habe den Koch beflügelt. Ungekocht müssen die Tagliatelle so zart sein wie die Haare der Lucrezia Borgia.«

»Also, ich kann mir nicht vorstellen, dass diese Lucrezia Haare hatte, die fast zwei Zentimeter breit waren«, kommentierte Mark Robertos Anekdote mit einem Blick in das kochende Wasser.

»Mark, du bist ein Ignorant. Ist der Tisch auf der Terrasse fertig gedeckt?«

»Alles ist bereit. Soll ich die Teller aus dem Rohr holen?«

»Das mach ich. Hier, nimm den Parmesan, übrigens ein wunderbarer *Parmigiano Reggiano*. Bitte stell ihn auf den Tisch, und gieß schon mal den Wein ein, den ich mitgebracht habe. So, jetzt wird's ernst.«

PARMIGIANO
Hartkäse aus Kuhmilch

Laura schüttete die Tagliatelle in ein Sieb, schwenkte dieses

kurz und verteilte sie mit einer Nudelzange auf die Teller. Roberto nahm eine Schöpfkelle, gab reichlich Sauce auf die Tagliatelle und garnierte sie mit einigen frischen Basilikumblättern.
»Allora, tutto a posto, avanti.«

Mark lehnte sich zurück, wischte sich mit der Serviette den Mund ab und hob das Glas.
»Wäre ich leider nicht genauso schnell wieder verarmt, wie ich reich geworden bin, ich würde dich sofort als meinen Koch einstellen. Salute.«
Roberto lachte. »Da bin ich ja fast froh, dass du dir diese Stelle nicht mehr leisten kannst. Ich koche grundsätzlich nur zum Vergnügen. Aber ich freue mich, wenn es euch schmeckt. Salute!«
Nach dem nächsten Bissen ergriff Roberto wieder das Wort. »Um noch einmal auf die Umstände deiner erneuten Verarmung zurückzukommen, du warst doch gerade in England, um einige Nachforschungen anzustellen. Hat sich etwas ergeben?«
Mark nickte bestätigend. »Ja. Ich hab's Laura schon erzählt. Der ehemalige Galerist meines Vaters heißt Jerry LeVine. ich kenne ihn bereits von Kindesbeinen an. Jerry hat sich über meinen Besuch sehr gefreut, und er hat gesagt, dass er mit mir schon immer über dieses Thema habe reden wollen, aber mein Vater habe ihm kurz vor seinem Tod das Versprechen abgenommen, Stillschweigen zu bewahren.«
»Wahrscheinlich im Angedenken an deine tote Mutter, die ihm keiner zurückgeben konnte«, meinte Laura.
»Sicher hatte das etwas mit seiner Liebe zu meiner Mutter und mit seiner Verzweiflung zu tun. Er hatte nach ihrem Selbstmord und seinem vorangegangenen Herzinfarkt wohl mit dem Leben abgeschlossen und vegetierte nur noch so dahin. Wie auch immer, jedenfalls bestätigte Jerry, dass seiner Schätzung

nach sechsunddreißig Gemälde meines Vaters während seines Krankenhausaufenthalts aus dem Atelier verschwunden sind. Nur drei Bilder, an denen er noch gearbeitet hatte, seien noch da gewesen. Mein Vater hat sie später nicht mehr fertig gemalt, sondern vernichtet.«

»Und? Sind diese sechsunddreißig Bilder irgendwann wieder aufgetaucht?«

»Sind sie, ja, sehr bald sogar. Zu Jerrys Verwunderung wurden die ersten Bilder nach wenigen Wochen bei einer Auktion in Frankfurt verkauft, obwohl man mit ihnen in England einen deutlich höheren Preis erzielt hätte. Als Verkäufer ist eine Galerie aus Bad Homburg aufgetreten. Kurz darauf seien die nächsten Bilder in Hamburg, dann in Paris und London aufgetaucht. Innerhalb weniger Monate hätten sie alle neue Besitzer gefunden. Jerry sagte, dass auch das ausgesprochen seltsam gewesen sei. Diese plötzliche Schwemme von Hamiltons habe auf die Preise gedrückt.«

»Rudolf konnte aber nicht warten, er brauchte ja das Geld«, sagte Laura. »Übrigens habe ich gerade eine lustige Beobachtung gemacht, die einmal mehr bestätigt, dass du nicht viel mit deinem Halbbruder gemeinsam hast.«

»Ich bin für jedes Unterscheidungsmerkmal außerordentlich dankbar«, erwiderte Mark, während er mit der Gabel die Tagliatelle aufdrehte.

»Fast jeder Mensch, den ich kenne, dreht Nudeln rechtsherum, also im Uhrzeigersinn, auf die Gabel. Ich mache das ebenfalls so, übrigens auch Roberto und natürlich auch dein lieber Rudolf. Eine der wenigen Ausnahmen war deine Großmutter Ottilia, sie drehte immer linksherum. Uns ist das irgendwann mal aufgefallen. Normalerweise achtet man ja nicht darauf. Wir haben dann aber immer genau hingeguckt, wenn irgendjemand Nudeln gegessen hat. Das macht Spaß. Deshalb weiß ich auch, dass Rudolf ein Rechtsdreher ist.«

»Ein Rechtsträger?«

Laura lachte. »Darauf habe ich nicht geachtet, das kannst du mir glauben. Jetzt beobachte dich mal, wie herum du die Nudeln drehst.«

Mark steckte bedächtig die Gabel in die Tagliatelle und fing langsam an zu drehen.

Roberto, der es ihm nachmachte, staunte. »Ist ja unglaublich, Mark dreht linksherum, gegen den Uhrzeigersinn. Und ich drehe wirklich rechtsherum, andersherum kann ich es gar nicht.«

»Ist doch lustig, oder? Mark ist wirklich der legitime Enkel seiner Großmutter.«

»Na, ob das tatsächlich vererbbar ist, so wie angewachsene Ohrläppchen, ich weiß nicht«, schränkte Mark ein.

»Warum nicht? Wäre schon möglich. Aber ich wollte nicht vom Thema ablenken. Erzähl weiter.«

»Okay. Jerry hat mir den Namen der Galerie in Bad Homburg gegeben. Ich bin dann dorthin gefahren, habe mich vorgestellt und gesagt, dass ich von meinem Vater noch diverse Bilder aus seiner letzten Schaffensperiode hätte, von denen ich gerne einige verkaufen würde. Und von meinem lieben Bruder Rudolf Krobat wisse ich, dass er das ja bereits in hervorragender Weise mit seinen Bildern gemacht habe.«

Roberto klopfte Mark anerkennend auf die Schulter. »Ben fatto, du wirst noch richtig raffiniert.«

»Auf jeden Fall hat's geklappt, der Galerist war ganz begierig auf meine Bilder und hat sogleich bestätigt, dass er dazumal im Auftrag von Rudolf Bilder meines Vaters verkauft habe.«

»Also, da haben wir doch wieder einmal eine wunderbare Bestätigung, dass sich alles so zugetragen hat, wie wir annehmen«, sagte Laura. »Die Mosaiksteinchen fügen sich langsam, aber sicher zusammen.«

»Sieht ganz so aus«, bestätigte Mark. »Ich habe übrigens noch Doktor Leuttner einen Besuch in seiner Kanzlei abgestattet.«

»Doktor Leuttner?«, fragte Roberto.

»Der ehemalige Vermögensverwalter meiner Großmutter und jetzt der bedauernswerte Verwalter meines dahingeschmolzenen Restvermögens, das diesen Namen kaum mehr verdient. Doktor Leuttner hat sich bereit erklärt, über eine befreundete Detektei, die auf Wirtschaftsdelikte spezialisiert ist, die Vermögensverhältnisse von Rudolf ausforschen zu lassen. Es wäre doch zu schön, wenn Rudolf kurz nach der Entführung einige erhebliche und unerklärliche Geldeingänge gehabt hätte. Alles kann er ja nicht in der Schweiz oder in Lichtenstein geparkt haben. Wenn unsere Theorie stimmt, war er ja wieder einmal ziemlich pleite, also müsste wenigstens ein Teil des Geldes aufgetaucht sein.«

Roberto rieb sich die Hände. »Mark, ich bin stolz auf dich. Es geht, wie es scheint, voran. Aber um auf die wirklich wesentlichen Dinge im Leben zu kommen: Ich stelle fest, unsere Teller sind leer. Es wird also Zeit, dass ich mich wieder in die Küche begebe. Ihr wisst, der kulinarische Höhepunkt steht uns erst bevor. Bei aller Bescheidenheit muss ich erwähnen, dass es Feinschmecker von Rang und Namen gibt, die mein *Fegato alla Veneziana* für eine Offenbarung halten. Nur Banausen vertreten die Auffassung, die Zubereitung von gebratener Kalbsleber sei einfach. Schon beim Dünsten der Zwiebeln und der Salbeiblätter können die ersten folgenschweren Fehler unterlaufen. Nicht zu reden von der sachkundigen Vorbereitung der Kalbsleberstreifen. Na ja, und die Polenta, die es dazu gibt, auch die erfordert vollste Konzentration und innere Anteilnahme.«

Fegato alla Veneziana
Venezianische Kalbsleber mit Zwiebeln

Polenta

»Wenn man dir zuhört, dann könnte man glauben, du komponierst eine Oper, dabei rührst du nur in der Küche einige bodenständige Speisen zusammen«, ulkte Mark.

Roberto sah Laura kopfschüttelnd an. »Ich habe schon immer gesagt, diese Engländer können nicht einmal ein Porridge vernünftig zubereiten. Das nächste Mal bringe ich ihm Fish and

Chips mit. Und das Stellenangebot als Koch lehne ich hiermit unwiderruflich ab.«

»Eine gute Polenta ist wirklich nicht selbstverständlich«, sprang Laura Roberto zur Seite. »Sie soll ja nicht schmecken wie die Getreidegrütze, die die alten Römer Pulmentum nannten und mit der sie ihre Legionäre aufpäppelten. Eine zeitgemäße Polenta wird zunächst einmal aus Mais hergestellt, den die alten Römer noch nicht kannten und der erst nach der Entdeckung Amerikas über die Türkei nach Venedig und von dort in die alte Welt gekommen ist. Außerdem gibt es unzählige Varianten als Pudding, als Fladen in Öl gebraten oder gegrillt bis hin zur Polenta, die am Spieß gebraten wird.«

»Laura, du hast dich in hervorragender Weise qualifiziert, mir bei der Zubereitung zu assistieren. Das Wichtigste bei der Zubereitung einer Polenta ist ja das fortwährende Rühren, damit sich keine Klumpen bilden. Mit dieser verantwortungsvollen Aufgabe betraue ich dich. Und wenn die Polenta fertig ist, kann Mark einen Löffel in die Mitte des Topfs stecken und prüfen, ob er aufrecht stehen bleibt. Ich schätze, das wird er zu Wege bringen.«

50

Andrea Bianchi erwartete Rudolf, der mit der Morgenmaschine aus München gekommen war, am Aeroporto Marco Polo, dem Flughafen von Venedig. Als Rudolf den roten Ferrari des Maklers sah, der im Halteverbot direkt vor dem Haupteingang parkte, dachte er einmal mehr, dass es ausgesprochen erfreulich ist, mit Menschen Geschäfte zu machen, die über eine kultivierte Lebensart verfügen. Rudolf verstaute seinen Aktenkoffer im winzigen Gepäckraum unter der Fronthaube. Bianchi erklärte ihm, dass Dottor Luzzo im Weingut Mossina bereits auf sie warte und dass alles für die Besichtigung der Azienda Agricola vorbereitet sei. Rudolf hörte noch die Frage, ob denn der Flug über die Alpen angenehm gewesen sei? Der aufbrüllende Zwölfzylinder im Rücken machte indes jede Antwort hinfällig. Wenig später demonstrierte Bianchi – beim Autobahnkreuz auf die A4 nach Padua –, wie die exzellente Straßenlage des Ferrari zu beachtlichen Fliehkräften am Kopf führen konnte. Unter Missachtung der in Italien üblichen Geschwindigkeitsbegrenzung beschleunigte Bianchi zügig auf über 200 Stundenkilometer. Beruhigt stellte Rudolf mit einem Blick zum Fahrer fest, dass Bianchi den Wagen völlig entspannt und routiniert unter Kontrolle hatte.

Das Schild flog so schnell vorbei, dass der Hinweis auf die *controllo velocità* kaum zu lesen war. »Haben Sie denn keine Angst vor einer Geschwindigkeitskontrolle?« Rudolf musste schreien, um zu Bianchi durchzudringen.

»Niente affatto!« Bianchi lachte. »Das ist der Vorteil eines Ferrari. Dieses Auto ist ein nationales Kulturgut. Es hat ein Anrecht auf freie Fahrt. Das wird sogar von der Polizia stradale respektiert.«

Als Bianchi, am Ziel angekommen, vor dem Hauptgebäude des Weinguts den Motor abstellte, erschrak Rudolf. So unglaublich still war es plötzlich, dass er ernsthaft einen Hörsturz in Erwägung zog. Vielleicht sollte er sich für die Rückfahrt Watte in die Ohren stopfen?

Bianchi drückte ihm die Autoschlüssel in die Hand. »So, zurück fahren Sie. Einverstanden?«

Rudolfs Augen glänzten. »Sehr gerne, aber Ihre Zeit werde ich kaum unterbieten.«

»Das hoffe ich, sonst wäre ich in meiner Ehre verletzt. Ah, da ist ja schon Dottor Luzzo.«

Der Generalbevollmächtigte des Conte Colleoni kam auf Rudolf zu, der sich mittlerweile aus dem Wagen geschält hatte, und begrüßte ihn. Rudolf stellte fest, dass Luzzo wie schon bei ihrem ersten Treffen in Asolo erneut vorzüglich gekleidet war.

Der Anzug war höchstwahrscheinlich von Zegna. Und die Krawatte von Armani.
»Herzlich willkommen auf der Azienda Agricola Mossina. Nun, darf ich die Tatsache, dass Sie diesen Besichtigungstermin wahrnehmen, als positives Zeichen Ihres Interesses werten?«
Rudolf nickte. »Wie ich Ihnen bereits am Telefon gesagt habe, bin ich durchaus interessiert. Ich habe das Exposé und die Geschäftsunterlagen, die Sie mir zur Verfügung gestellt haben, prüfen lassen. Insgesamt macht alles einen sehr ordentlichen Eindruck. Ich habe noch einige Fragen, so zum Beispiel zu dem Vertrag mit dem Importeur für den nordamerikanischen Markt, aber das können wir sicherlich später klären.«
»Aber gewiss doch. Ich habe ganz in der Nähe in einem vorzüglichen Restaurant einen Tisch reservieren lassen, so dass wir dann bei einem kleinen Mittagessen das Angenehme mit dem Nützlichen verbinden können. Jetzt sollten Sie sich erst einmal in aller Ruhe umsehen. Wie erwartet, lässt sich der Conte entschuldigen. Der Verkauf seines Weinguts fällt ihm nicht leicht, er möchte nicht direkt damit konfrontiert werden. Aber er wünscht, dass Sie alle Informationen bekommen, die Sie benötigen. Und er hat mich gebeten, Ihnen auszurichten, dass es ihn sehr beruhigen würde, wenn Sie, sehr geehrter Herr Krobat, der Käufer wären. Er glaubt, dass Sie Mossina in seinem Sinne weiterführen würden.«
»Ich fühle mich geschmeichelt. Selbstverständlich würde ich die Tradition von Mossina respektieren und die hohe Qualität der Weine auch weiterhin pflegen. Alles andere wäre ja auch unsinnig. Allerdings könnte ich mir einige Modernisierungen zum Beispiel in der Verwaltung und im Marketing vorstellen.«
»Gegen etwas frischen Wind ist gewiss nichts einzuwenden, davon kann Mossina nur profitieren«, bestätigte Luzzo. »Abgesehen davon hätten Sie als neuer Eigner ohnehin freie Hand, zu tun und zu lassen, was Sie wollen. So, bitte begleiten

Sie mich in das Büro, dort erwartet Sie bereits Fabrizio Scalmozzi, unser Chefönologe und Kellermeister.«

»Ich freue mich, ich habe Signor Scalmozzi vor einigen Jahren mal auf der Vinitaly in Verona kennen gelernt.«

»Na, umso besser. Bitte folgen Sie mir. Ach ja, noch etwas. Der Conte hat Fabrizio Scalmozzi noch nicht erzählt, dass er das Weingut verkaufen möchte. Wir wollen ihn erst ins Bild setzen, wenn der Verkauf perfekt ist. Wobei wir sehr hoffen, dass der Käufer unseren Chefönologen auch weiterhin beschäftigen wird. Er ist ja der eigentliche Garant für die herausragende Qualität unserer Tropfen.«

»Da kann ich Sie beruhigen. Natürlich würde ich Signor Scalmozzi übernehmen. Ein Mann mit seiner Erfahrung und internationalen Reputation ist nicht so leicht zu finden.«

»Da haben Sie Recht. Scalmozzi hat im Bordeaux gelernt und lange im kalifornischen Napa Valley gearbeitet. Unser viel gerühmter Chardonnay Volaia ist ja sozusagen seine Erfindung.«

Die nächsten Stunden vergingen mit einer ausführlichen Besichtigung der Weinberge und der Kellerei. Scalmozzi erklärte, dass das Lesegut streng selektioniert werde. Auf große Mengen verzichte man zu Gunsten der Qualität. Manche Rebstöcke seien zwanzig Jahre alt und älter. Vergoren werde der Most nach alter Tradition ohne Kühlaggregate. Rudolf dachte, dass man hier einiges ändern könnte, eine kontrollierte Gärtemperatur wäre nur von Vorteil. Einige Weine würden in modernen Edelstahltanks ausgebaut werden, berichtete Scalmozzi, die meisten aber in Kastanienfässern und in Barriques aus französischer Eiche. Vier bis fünf Jahre reife der Cabernet-Sauvignon Mossicaia im Holz, länger als vorgeschrieben. Und bevor er verkauft werde, lagere er noch einige Monate in der Flasche. »Um seine Ruhe zu finden«, wie Scalmozzi erklärte. Im Natursteingewölbe des unterirdischen Gär- und Flaschenkellers verkosteten sie einige Tropfen, auch den Collolaia aus der

Weinernte des letzten Jahres, der zu den größten Hoffnungen berechtigte. Die Tannine waren unaufdringlich, der Körper präsentierte sich geschmeidig und weich, und das Aroma erinnerte zart an Vanille. Rudolf versuchte seiner Begeisterung nicht allzu heftig Ausdruck zu verleihen. Dabei sah er sich schon in der großen Halle der Fattoria stehen, vor ausgesuchten internationalen Gästen, Weinkennern allemal, Fachjournalisten und viel Prominenz. Zu Klängen von Verdi würde er sich als neuer Eigner von Mossina präsentieren und danach mit seinem eigenen Spumante, der wie Champagner nach der klassischen Flaschengärmethode produziert wird, auf die Zukunft anstoßen. Er konnte schon den Neid in den Augen mancher Gäste sehen. Ein wunderbares Gefühl. Das waren die Momente, für die es sich zu leben lohnte. Und mit einem kleinen Kreis von VIPs würde er am nächsten Tag nach Venedig fahren und in seinem Palazzo weiterfeiern.

Gegen zwei Uhr saßen Andrea Bianchi, Dottor Luzzo und Rudolf im Nebenzimmer eines kleinen Restaurants. Die noch offenen Fragen waren schnell geklärt. Nach den Antipasti misti erkundigte sich Luzzo, ob Rudolf zu einer Entscheidung gekommen sei. Er dränge ihn ja nur ungern, das entspreche auch überhaupt nicht seinen Geschäftsgepflogenheiten, aber es gebe noch weitere Interessenten. Vor allem ein Amerikaner aus Dallas melde sich täglich bei ihm und versichere ihm, dass sein Jet bereits aufgetankt sei, um zur Vertragsunterzeichnung einzufliegen. »Aber ein neureicher Texaner, Sie verstehen«, Luzzo hob verzweifelt die Hände, »der kennt sich vielleicht mit Öl aus, aber doch nicht mit der Kunst der Weinherstellung. Conte Colleoni würde nur höchst ungern an diesen Menschen verkaufen. Aber er braucht das Geld …«
»Vor allem jene fünf Millionen, die auf das Konto in der Schweiz eingezahlt werden müssen, ich weiß«, unterbrach ihn Rudolf. »Kann ich davon ausgehen, dass der Conte mit dem

diskutierten Kaufpreis von insgesamt achtzehn Millionen einverstanden ist? Davon dreizehn Millionen über fünf Jahre?«

»Ja, schweren Herzens hat der Conte zugestimmt. Haben Sie den Vertragsentwurf geprüft, den ich Ihnen nach München gefaxt habe?«

»Meine Finanzexperten haben ihn geprüft, ich selbst verstehe nicht so viel davon. Wie man mir sagte, ist alles in Ordnung. Der offizielle Kaufpreis ist also dreizehn Millionen Mark, die fünf Millionen tauchen gar nicht auf, oder?«

»Natürlich nicht.«

Rudolf nickte zustimmend. »Zufällig habe ich selbst Gelder in der Schweiz, so dass wir die erste Rate problemlos abwickeln können.«

»Sehr schön. Nun liegt es an Ihnen, sehr geehrter Herr Krobat. Ich habe einen vom Conte unterschriebenen Vertrag dabei, Sie müssten nur noch unterzeichnen.« Dottor Luzzo lächelte. »Und dann gehört Mossina Ihnen!«

Andrea Bianchi rieb sich demonstrativ die Hände. »Und ich bin um eine ansehnliche Provision reicher. Keine Sorge, die trägt in diesem Fall der Verkäufer. Normalerweise wären Sie ja mit fünfzig Prozent dabei, aber wir haben in Ihrem Fall eine für Sie vorteilhafte Sonderregelung getroffen. Dass die Register-, Hypotheken- und Katastersteuer zu Ihren Lasten geht, das wissen Sie?«

»Richtig, das waren insgesamt zehn Prozent, oder?«

»Korrekt. Des Weiteren müssen Sie circa drei Prozent des Kaufpreises als Honorar für den Notar ansetzen, und es kommen noch die Eintragungsgebühren ins Notararchiv und ins hiesige Immobilienregister hinzu. Das sind aber keine Beträge, die Sie ruinieren werden.«

Rudolf stimmte in Luzzos vergnügtes Lachen ein. Nein, ruinieren würde er sich bei diesem Deal gewiss nicht. Ganz im Gegenteil. Erst gestern hatte er eine Bewertung vorgelegt bekommen, die für das Weingut Mossina einen exakt doppelt so

hohen Wert auswies. Die Finanzierung hatte er bereits stehen, das war ein Kinderspiel gewesen. Und die fünf Millionen, die hatte er flüssig. Rudolf schmunzelte. Mark sei gedankt!
»Der Kauf wird mit Ihrer Unterschrift unter dem Vertrag rechtskräftig. Sobald das Geld auf dem Schweizer Konto eingegangen ist, was bis Ende der Woche der Fall sein sollte, händige ich Ihnen die Schlüssel für Mossina aus. Den Notartermin würde ich für die nächste Woche vorbereiten, aber wie Sie wissen, gibt Ihnen bereits der unterschriebene Vertrag Rechtssicherheit.«
Rudolf hob das Glas. »Also, worauf warten wir noch? Lassen Sie uns auf den Kauf anstoßen. Und dann geben Sie mir diesen Vertrag. Ich unterschreibe. Und Ende der Woche hat der Conte keine finanziellen Probleme mehr.«
Luzzo zwinkerte verschmitzt mit den Augen. »Welche Probleme? Ich kann mir nicht vorstellen, dass der Conte irgendwelche Schwierigkeiten hätte. Sie doch sicher auch nicht, oder?«
Rudolf lachte. »Nein, dieser Gedanke ist völlig abwegig. Salute!«
»Salute. Und meinen herzlichsten Glückwunsch, Signor Krobat, hiermit sind Sie der neue Besitzer von Mossina.«
Signor Krobat, der neue Besitzer von Mossina ... Die Worte klangen in Rudolfs Kopf nach. Er hörte sie selbst dann noch, als er am Steuer von Bianchis Ferrari, den brüllenden Zwölfzylinder im Rücken, zurück nach Venedig fuhr, wo er die nächsten Tage in seinem Palazzo verbringen wollte.

51

Die Zeiger auf dem vergoldeten Zifferblatt der Torre dell'Orologio rückten gegen zwei Uhr vor. Der nächtliche Himmel über Venedig war sternenklar. Die in Bronze gegossenen Mohren auf dem Dach warteten auf den nächsten Stundenschlag. Seit über fünfhundert Jahren gingen sie mit großen Hämmern dieser Aufgabe nach. Die Piazza San Marco war zu dieser späten Stunde menschenleer. Von der Calle San Moisé näherten sich Schritte. Sie waren kurz und schnell und hatten einen hellen Klang.

Giuliana war Mitte zwanzig. Sie hatte rote, hochhackige Stöckelschuhe an, schwarze Netzstrümpfe und einen ausgesprochen kurzen Rock. Ein Stoffjäckchen wärmte ihre bloßen Schultern. Giuliana freute sich auf ihr Zuhause. Nur einen Freier hatte sie an diesem Abend gehabt, aber der hatte sich gelohnt. Sie war stolz darauf, dass es ihr wieder einmal gelungen war, sich im eleganten Gritti Palace an der Rezeption vorbeizumogeln. Das war eigentlich ein Ding der Unmöglichkeit, aber sie kannte einen der Aushilfsportiers. Giuliana war bei einem Russen aus St. Petersburg auf dem Zimmer gewesen. Und die Entlohnung ihrer Liebesdienste war geradezu fürstlich ausgefallen. Sie mochte diese neureichen Russen, die immer häufiger in den besten Häusern Venedigs residierten. Zwar rochen sie oft nach Alkohol, aber sie wussten einen guten Fick zu schätzen. Es machte sich bezahlt, wenn man sich engagierte.

GRITTI PALACE
Lieblingshotel von Ernest Hemingway

Giuliana lief an den Arkaden der Procuratie Nuove entlang über die Piazza San Marco. Dabei fiel ihr die Tote aus dem Rio dell'Arsenale ein. Eigentlich hatte sie Angelica nicht gemocht, was nur zu natürlich war, denn sie waren unmittelbare Konkurrentinnen. Beide hatten sie es auf zahlungskräftige Touristen und Geschäftsleute abgesehen. Und Angelica war gut im Geschäft gewesen, hatte ihr sogar einige Male einen Freier weggeschnappt. Aber diesen Tod, nein, den hatte sie nicht verdient. Grauenvoll. Nackt hatte man sie aus dem Rio dell'Arsenale gefischt. In der Zeitung hatte gestanden, dass sie mit einer roten Samtkordel erdrosselt worden sei. Von einem Bekannten bei der Polizei hatte sie erfahren, dass man bei der

Leiche außerdem tiefe Stiche in der Brust gefunden habe. Sie stammten offensichtlich von einem Stilett. Vermutlich seien ihr die Stiche erst nach ihrem Tod zugefügt worden. Aber ganz sicher schien sich die Gerichtsmedizin nicht zu sein. Erdrosselt und erstochen! Schaudernd zog Giuliana die Strickjacke enger um ihre Schultern und beschleunigte ihre ohnehin schon eiligen Schritte, die auf dem leeren Markusplatz hohl widerhallten. Schon vor einigen Wochen hatte man am Strand vom Lido, ganz in der Nähe des Spielkasinos, eine nackte weibliche Leiche gefunden. Über die Todesursache hatte nichts in der Zeitung gestanden. Ob sie wohl auch eine rote Kordel als Halsschmuck getragen hatte? Giuliana hatte damals nicht weiter darüber nachgedacht, weil sie annahm, dass es sich um eine Touristin handelte. Aber vielleicht war das auch eine Professionelle gewesen? Eine, die von auswärts kam und im Milieu nicht bekannt war?
Giuliana bog nach rechts auf die Piazzetta. Hätte sie sich umgedreht, hätte sie vor der Loggetta das kurze Aufglühen einer Zigarette bemerken können. Vom Fuße des Campanile löste sich ein Schatten, der ihr in einigem Abstand folgte. Giuliana fühlte sich beruhigt, als sie an dem Molo San Marco einige Menschen sah. Am Dogenpalast vorbei kam sie zum Ponte della Paglia. Sie warf einen kurzen Blick auf den Ponte dei Sospiri, die Seufzerbrücke, die den Palazzo Ducale mit den Kerkern auf der anderen Seite des Rio di Palazzo verband. Giuliana dachte, dass es ihr entschieden wohler wäre, wenn sie Angelicas Mörder so sicher eingesperrt wüsste wie einst die Gefangenen in den Pozzi, den feuchten Kellerverließen der Prigioni nuove. Ob es sich um einen Serientäter handelte? So eine Art Jack the Ripper? Der es einzig auf Nutten abgesehen hatte? Während sie die Riva degli Schiavoni hinuntereilte, nahm sie sich vor, bei einer etwaigen weiteren Toten mal eine Pause einzulegen und zu ihrer Mutter nach Kalabrien zu fahren.

Corte Sconta
Nur wenige Meter weiter liegt dieses empfehlenswerte Fischlokal

Giuliana wendete sich nach links in eine schmale Gasse, die sich hinter einer kleinen Lampe im Dunkeln verlor. Der Schatten, der ihr vom Campanile gefolgt war, verharrte an der Ecke. Nur noch zwei, drei Minuten, dann war sie zu Hause. Vor dem Zubettgehen würde sie noch ein Bad nehmen. Sie liebte diese Entspannung in der Wanne bei leiser Musik und mit einem Glas Rotwein. Und hinterher kam sie sich wieder sauber vor, fast so unbefleckt wie eine Jungfrau.

Giuliana schaltete im Treppenhaus das Licht an und zog hinter sich erleichtert die Eingangstür ins Schloss. Sie atmete tief durch und machte sich auf den Weg zu ihrer Wohnung im dritten Stock. Sie hatte den zweiten Stock noch nicht erreicht, da öffnete sich erneut die Haustür. Ein Dietrich verschwand in einer Jackentasche. Das Türschloss war so alt, dass es auch ein Kind hätte knacken können. Der Schatten glitt hinter Giuliana die Treppe hinauf. Dabei spielte eine Hand mit einer roten Samtkordel.

52

Mark kniete auf dem Fahrersitz und suchte hinter der Lehne nach den Grappaflaschen, die er dort verstaut hatte. Sein geliebter Morgan mochte viele Vorzüge haben, aber für italienische Einkaufstouren war er mangels entsprechender Stauräume ziemlich ungeeignet. Nun, eigentlich hatten sie ja auch nur eine kleine Landpartie gemacht. Am Vormittag waren sie am Gardasee losgefahren. In Marostica hatten sie Fra' Girolamo besucht, jenen Pastor, der Mark nach seiner Entführung am Straßenrand aufgelesen hatte. Der Geistliche hatte Laura und ihn durch seine Kirche Sant' Antonio geführt, ihnen das berühmte Fresko von Jacopo Bassano erläutert, das den heiligen Paulus bei seiner Predigt in Athen zeigt. Und dann mussten sie seinen Messwein probieren, dem Fra' Girolamo regelmäßig zuzusprechen schien. Mit roten

Marostica

Wangen erzählte er ihnen von einer Hochzeit, die er vor einigen Tagen zelebriert hatte. Er sei berühmt dafür, dass die von ihm geschlossenen Ehen besonders glücklich würden. Fröhlich kichernd hatte er daraufhin mit Laura und Mark angestoßen. Mark wusste nicht so recht, ob er dies als Anspielung verstehen sollte. Jedenfalls hatte Laura den Pastor umarmt und geküsst, was aus Marks Sicht doch wohl etwas übertrieben war. Später waren sie hinaufgefahren zur oberen Burg, dem Castello Superiore, die auf die Zeit der Skaliger zurückgeht. Von Verona aus hatte das Geschlecht der Scala im 13. und 14. Jahrhundert seine Herrschaft auf große Teile des Veneto ausgedehnt. Überall stößt man auf ihre mächtigen Burgen und wehrhaften Mauern, die immer die geschweiften Zinnen der kaisertreuen Ghibellinen tragen. Laura hatte von den erstaunlichen Namen der Skaliger erzählt, die alle etwas mit Hunden zu tun hatten. Vom Kampfhund Mastino über den großen Hund Cangrande reicht die Ahnengalerie bis zum Can Rabbiso, dem tollwütigen Hund. Mastino della Scala, der 1277 ermordet wurde, hatte den Handel mit Venedig ausgebaut. Cangrande, der berühmteste Scala und ein glänzender Heerführer, eroberte unter anderem Vicenza, Belluno und Padua. Nach seinem Tod kamen dann noch Brescia, Parma und sogar das toskanische Lucca zum Herrschaftsbereich hinzu. Damit hatten die Skaliger aber nun auch Florenz gegen sich aufgebracht. Die Toskaner verbündeten sich mit Venedig gegen die Skaliger, die Visconti aus Mailand schlossen sich an und die Este von Ferrara. Gegen diese übermächtige Allianz konnten die Skaliger nicht bestehen. Die verlorene Schlacht von Padua leitete 1337 den Niedergang der Skaliger ein. Fünfzig Jahre später flüchtete Antonio della Scala nächtens in einem Boot auf der Etsch aus Verona.

Fra' Girolamo hatte seine Vespa im Hof des Castello Superiore neben Marks Morgan geparkt. Gemeinsam hatten sie den herrlichen Panoramablick über die mittelalterliche Stadt hin-

BASSANO Jacopo Bassano (1517/18 bis 1592) hat seinen Namen von seinem Geburtsort Bassano del Grappa

Al Castello Superiore

aus aufs weite Land genossen. Fra' Girolamo hatte die Geschichte vom historischen Schachturnier auf der Piazza Castello erzählt, die Mark bereits von Laura kannte. Im Ristorante Al Castello Superiore hatten sie zu Mittag gegessen. Fra' Girolamo erwies sich dabei als ein prächtiger Unterhalter, dem nie der Stoff für Erzählungen auszugehen schien.

Bassano del Grappa

Am Nachmittag waren Laura und Mark dann nach Bassano del Grappa weitergefahren. Das Städtchen, am Fuße des Monte Grappa am Brenta-Fluss gelegen, ist nicht nur wegen der Holzbrücke Ponte degli Alpini berühmt, die auf einen Entwurf von Palladio zurückgeht, sondern wohl noch bekannter für seinen Tresterschnaps. Bassano del Grappa ist der Geburtsort der Grappa, deren Name sich eigentlich von *graspo* beziehungsweise *graspa* ableitet, der Traube und dem Saft, aus dem der Schnaps destilliert wird, der früher ein *digestivo* für arme Leute gewesen war. Schließlich ist der Trester der Abfall, der bei der Weingärung übrig bleibt. Laura und Mark hatten in der Schankstube der Grapperia Nardini, die sich direkt an dem Ponte degli Alpini befindet, ein Glas getrunken und waren dann die wenigen Meter weiter zum Museo della Grappa der Distilleria Jacopo Poli gelaufen.

Grappa, Grapperia Nardini, Jacopo Poli

Am frühen Abend waren Laura und Mark wieder am Gardasee eingetroffen. Und jetzt suchte er im Auto nach den Grappaflaschen, die er so gut verstaut hatte, dass sie nicht mehr zu finden waren. Hatten sie eigentlich fünf oder sechs Flaschen gekauft? Bisher waren jedenfalls erst drei wieder aufgetaucht. Und es schien ihm, dass der Morgan bereits verdächtig nach Grappa roch. Hoffentlich hatte es keinen Bruch gegeben. Bei etwaigen Polizeikontrollen würde es ihm schwer fallen zu erklären, dass nicht der Fahrer, sondern das Auto eine Alkoholfahne hatte.

»Mark, telefono!« Laura winkte aus dem offenen Fenster im ersten Stock.

»Ich bin beschäftigt. Wer ist es denn?«
»Doktor Leuttner. Er möchte dich dringend sprechen.«
»Okay, soll einen Moment warten, ich komme schon.«
Mark kletterte aus dem Roadster und eilte zum Telefon ins Haus.
»Hallo, Doktor Leuttner. Wie geht's? Haben Sie etwas herausgefunden?«
»Guten Abend, Mister Hamilton. Mir geht's wahrscheinlich nicht so gut wie Ihnen. Bei uns ist es kalt, und es regnet.«
»Das sind die Vorzüge Italiens. Sie haben Recht, wir haben herrliches Wetter.«
»Um auf Ihre Frage zurückzukommen, ja, wir haben neue Erkenntnisse. Die Detektei, von der ich Ihnen erzählt habe, hat einige Anhaltspunkte ermittelt, die Ihre Vermutung bestätigen.«
»Dass sich also die Vermögensverhältnisse von Rudolf nach meiner Entführung merklich verbessert haben?«
»In der Tat haben sich seine Vermögensverhältnisse grundlegend verändert. Es sieht so aus, als ob er noch kurz zuvor fast pleite war. Bald nach der Entführung sind erhebliche Zahlungen aus dem Ausland eingegangen, wobei sich das Geld nur schwer zurückverfolgen lässt. Und jetzt scheint ihr werter Bruder förmlich im Geld zu schwimmen.«
»Das ist doch ein eigenartiger Zufall, finden Sie nicht?«
»Doch, das würde ich auch so sehen. Soll die Detektei ihre Nachforschungen fortsetzen, oder wollen Sie die Polizei informieren?«
»Die Polizei, nein, noch nicht. Die haben sich bisher nicht mit Ruhm bekleckert. Erst vor einigen Tagen habe ich mit Kommissar Wächter telefoniert, der mir wenig Hoffnungen gemacht hat. Offenbar haben die italienischen Kollegen eine kriminelle Vereinigung aus Sardinien im Verdacht. Wir sind mit unseren eigenen Recherchen viel erfolgreicher. Und wenn wir alles beieinander haben, werden wir denen Rudolf

auf dem silbernen Tablett servieren. Die Detektei soll ruhig weitermachen. Das heißt vorausgesetzt, ich kann mir deren Dienste überhaupt noch leisten.«

»Gerade noch, Mister Hamilton, aber um ehrlich zu sein, schaut es finanziell nicht besonders rosig aus. Wir sollten uns mal treffen und uns darüber unterhalten. Meiner Meinung nach müssen Sie einen Verkauf des Hauses am Gardasee in Betracht ziehen.«

»Kommt nicht in Frage, das wäre nicht im Sinne meiner Großmutter. Ich werde in den nächsten Tagen mit meiner Agentin in London telefonieren. Immerhin habe ich ja einen Beruf, mit dem man durchaus Geld verdienen kann. Mal sehen, vielleicht hat sie einen einträglichen Auftrag für mich. Also, lassen Sie die Detektei weiter nachforschen. Möglicherweise lässt sich die Herkunft der Gelder zurückverfolgen.«

»Wenn Sie Bewegung in die Sache bringen wollen, könnten wir ja bei der Steuerfahndung eine anonyme Anzeige gegen Herrn Krobat erstatten?«

»Keine schlechte Idee, aber wir sollten diese Aktion noch etwas zurückstellen. Warten wir mal ab, was Ihre Detektive herausbringen.«

»In Ordnung, ich halte Sie auf dem Laufenden.« Dr. Leuttner lachte. »Und schicken Sie uns doch bitte einige Sonnenstrahlen über die Alpen in den tristen Norden.«

»Ich werde es versuchen, bin aber nicht sehr optimistisch. Besten Dank für Ihren Anruf, Doktor Leuttner, auf Wiederhören.«

Später am Abend, Laura war im Haus, lag Mark im Freien auf einer Liege und sah hinauf zu den Sternen. Als er eine Sternschnuppe erblickte, dachte er, dass er sich jetzt etwas wünschen darf. Aber ihm wollte nichts einfallen. Nur, dass er sich wünschen würde, dass seine Eltern noch am Leben wären, und seine Großmutter Ottilia. Und dass Rudolf nicht so ein Schweinehund wäre. Und dass es diese Entführung nicht gegeben hätte. Aber das war ja wohl etwas zu viel verlangt für eine einzige kleine Sternschnuppe. Hier auf dieser Terrasse war es passiert, vielleicht zu genau dieser Stunde war Ottilia ins Rosenbeet gestürzt. Er hatte diesen Unfall nie so recht verstanden, und auch Laura hatte gesagt, dass ihr der Sturz ausgesprochen seltsam vorkomme. Und einige Male schon war im Zusammenhang mit Grandmas Tod Rudolfs Name unausgesprochen im Raum gestanden. Und wenn es denn wirklich so gewesen war, dass Rudolf auf das Erbe spekuliert hatte? Mark fuhr sich mit der Hand über die Stirn. Aber ein Mord an seiner eigenen Großmutter, nein, das konnte einfach nicht sein. Es war etwas anderes, für einen Selbstmord verantwortlich zu sein, das war schlimm genug. Aber wenn Rudolf tatsächlich auch Alessandro umgebracht hatte, dann wäre es doch vielleicht …

Mark wurde aus seinen Gedanken gerissen. Vor ihm stand Laura, sie war nur undeutlich zu erkennen, aber dass sie nackt war, das konnte er sehen. Mark stand auf und nahm sie in die Arme. Er streichelte sanft ihren Rücken und küsste ihren Hals.

»Laura, bevor wir ins Bett gehen, habe ich einen Wunsch, der dir vielleicht etwas komisch vorkommt.«

»Da bin ich aber neugierig.«

»Könntest du bitte für einen kurzen Augenblick eines dieser langen Kleider anziehen, die Ottilia so gerne getragen hat.«

Laura schob Mark entrüstet von sich. »Spinnst du, bist du ein Perverser, oder was?«

»Nein, bin ich nicht.« Marks Stimme war ganz leise. »Aber ich möchte etwas ausprobieren. Tu mir den Gefallen, bitte!«

»Ich glaube nicht, dass mir die Kleider passen. Ottilia war zwar ziemlich groß, aber …«

»Versuch es doch einfach, und dann komm wieder zu mir auf die Terrasse.«

Leise protestierend ging Laura ins Haus. Als sie nach zehn Minuten zurückkam, fühlte sie sich alles andere als wohl in ihrer Haut. Sie hatte ein geblümtes Seidenkleid an, das fast auf den Boden reichte. Ein ganz ähnliches Kleid, wie es Ottilia getragen hatte, als Laura sie im Rosenbeet gefunden hatte.

»Mark, wo bist du?«

»Hier unten!«, rief Mark aus der Richtung des Rosenbeets. Laura schauderte es. Fehlte nur noch, dass im Haus die Platte mit den Arien von Verdi spielte.

»Und nun komm her, und geh an dem Mäuerchen entlang wieder zurück zum Haus. Und lauf ganz langsam, so wie Grandma.«

Laura atmete tief durch und lief barfuß den schmalen Weg entlang. Sie warf einen kurzen Blick über das Mäuerchen, konnte aber im Dunkel der Nacht das Rosenbeet nicht sehen, geschweige denn Mark, der dort irgendwo sein musste. Zwei, drei Schritte weiter geriet sie plötzlich ins Straucheln, sie hatte den Eindruck, dass ihr Kleid irgendwo hängen geblieben war. Immer kräftiger zog es sie nach rechts, dorthin, wo es hinter der kleinen Mauer einige Meter hinunterging zum Rosenbeet. Laura versuchte ihr Gleichgewicht wiederzuerlangen. Sie blickte nach unten und sah eine Hand, die an ihrem langen Kleid zog.

»Mark, hör sofort auf!« Laura riss sich los. Die Hand war verschwunden. Kurz darauf stemmte sich Mark über die Mauer und setzte sich neben Laura auf den Rasen. »Da gibt es einen Sims, auf dem man gut stehen kann«, erklärte Mark. Er wollte ihr beruhigend einen Arm über die Schulter legen, aber Laura wehrte sich. »Nein, ich möchte erst das Kleid loswerden.« Sie zog das Seidenkleid über den Kopf und faltete es zusammen. »So, jetzt darfst du dich bei mir entschuldigen. Du hast mir einen großen Schrecken eingejagt.«

»Dabei habe ich nur ein klein wenig gezogen und sofort wieder losgelassen.«

»Wenn du aber richtig fest am Kleid gezogen hättest …«

»Und wenn ich nicht wieder losgelassen hätte ...«
»Und wenn ich eine alte Frau wie Ottilia gewesen wäre ...«
»Ja, dann würdest du vielleicht jetzt auch da unten im Rosenbeet liegen.«
Sie machten eine Pause. Er fuhr mit den Fingerspitzen über ihren nackten Körper.
»So könnte es gewesen sein«, flüsterte sie.
»Er könnte es gewesen sein«, ergänzte er und drückte Laura fest an sich.

53

ANTICHE CANTINE ARDENGHI
Bàcaro im nördlichsten Sestiere von Venedig

Franco Paolo saß in den Antiche Cantine Ardenghi an einem kleinen Holztisch direkt an der Theke. Die venezianische Weinschenke in Cannaregio, ganz in der Nähe des Campo de S.S. Giovanni e Paolo, ist über hundert Jahre alt. Von den dunklen Holzbalken an der Decke hingen Krüge, große Schinken und Würste. Die Theke war dicht belagert von einem bunt gemischten Publikum aus Einheimischen und Touristen. Franco Paolo hatte einen kleinen Teller mit Salami vor sich. Neben dem obligatorischen Glas Rotwein lag die Tageszeitung. Er wartete auf Alberto, mit dem er verabredet war. Ebenso wie sein Schwager stand auch er in Diensten des Principale, hatte allerdings einen bei weitem nicht so aufregenden Job wie dieser. Er war der für Venedig zuständige Ragioniere des Principale, der Buchhalter, der die Einnahmen aus den diversen Geschäften bilanzierte. Er musste seinem Schwager Alberto dankbar sein, dass er ihm diese Stelle besorgt hatte. Bei der Behörde, für die er früher gearbeitet hatte, hatte man ihn rausgeschmissen, obwohl er sich eigentlich nichts zu Schulden hatte kommen lassen. Nur weil er etwas verschroben war und mit seinen weiblichen Kollegen so seine Probleme hatte. Das war ja nun wirklich kein Grund. In der Organisation des Principale fühlte er sich jedenfalls gut aufgehoben. Da störte sich niemand an seinen Eigenarten. Und seine Leistungen als Buchhalter waren über jeden Zweifel erhaben. Er brach ein Stück Brot ab, legte eine Scheibe Salami darauf und schob es sich in den Mund. Sein Blick fiel auf die Tageszeitung. »Il killer delle prostitute colpisce ancora!«, stand in großen Lettern auf der Titelseite. Darunter das unscharfe Bild der Badewanne, in der die Tote gefunden worden war. Ihr Name wurde mit Giuliana M. angegeben. Sie war offenbar der Polizei als Prostituierte bekannt gewesen. Auch Franco Paolo hatte Giuliana gekannt, das brachte sein Beruf mit sich. Eigentlich war sie ein nettes Mädchen gewesen. Viel zu nett für die ekelhaften Freier, mit denen sie sich ins Bett legte. Mit zitternden Händen rückte er seine Brille zurecht. Im Artikel stand auch, dass der Mörder Giuliana mit einer roten Samtkordel erdrosselt hatte. Franco Paolo leerte sein Rotweinglas mit einem Schluck. Wo nur Alberto blieb? Er trennte die Titelseite ab, faltete sie akkurat zusammen und steckte sie in seine Aktentasche.

54

Die Nachtbar in der Nähe des Teatro La Fenice war gut besucht. Rudolf saß auf einem hohen Hocker und schaute dem Barkeeper zu, wie er einen Gin Fizz mixte. Langsam beruhigte er sich wieder. Noch vor einer halben Stunde hätte er sich am liebsten selbst verprügelt. So ein Schwachsinn. Warum hatte er sich von Andrea Bianchi zu dieser wahnwitzigen Pokerrunde einladen lassen. Mit Spielkarten hatte er noch nie besonderes Glück gehabt. Roulette und Würfelspiele, ja, das war seine Welt, da fühlte er sich sicher wie in Abrahams Schoss. Aber Poker? Nein, das war eigentlich überhaupt nicht nach seinem Geschmack. Doch ihn hatten die hohen Einsätze gelockt, um die bei dieser privat organisierten Pokerrunde gespielt wurde. Bianchi hatte ihm die Teilnahme ermöglicht. Der Rahmen war tatsächlich außergewöhnlich gewesen, um nicht zu sagen pervers, geradezu gotteslästerlich. Mit der Gondel waren sie zu einer versteckten Chiesa gefahren. Die Tür wurde hinter ihnen sofort wieder verriegelt. Hunderte von hohen weißen Kerzen illuminierten den Kartentisch, der im Kreuzgang vor dem Hochaltar stand. Die Kirchenorgel verstummte. Fünf Spieler hatten bereits auf ihn gewartet. Rasch hatte man sich über die Regeln verständigt. Gespielt wurde ohne Limit, also nichts für Waschlappen. Schon lag das erste Blatt auf dem Tisch. Vom Deckenfresko schien ihm ein Erzengel ständig in die Karten zu schauen. Es hatte gut angefangen. Aber nach zwei Stunden wendete sich das Glück. Und eine Stunde später hatte er ein kleines Vermögen verloren. Dabei hatte er wirklich ein unglaubliches Pech gehabt. Gleich zweimal hatte er bei einem Straight hoch gesetzt, um dann von einem noch besseren Blatt geschlagen zu werden. Das gab es doch einfach gar nicht. Und als er dann bei einem Full House aufs Ganze gegangen war, da hatte ihm ein Straight Flush das Genick gebrochen.

Der Erzengel hatte es nicht gut mit ihm gemeint. Und obwohl solche Pokerrunden normalerweise die ganze Nacht andauern, hatte er nach dem Straight Flush die Segel gestrichen. Sollten doch die anderen von ihm denken, was sie wollten. Das spielte keine Rolle.

Er hatte wirklich genug verloren. Es reichte!

Rudolf nippte am Gin Fizz und betrachtete sich im Spiegel über der Bar. Eigentlich hatte er allen Grund, auf sich stolz zu sein. Dass er den Absprung geschafft hatte, ohne sich um Kopf und Kragen zu spielen, das war eine tolle Leistung gewesen. Noch vor wenigen Jahren hätte er das nicht gepackt. Und das verlorene Geld, das konnte er verschmerzen. Aber häufiger sollte er sich solche Ausrutscher nicht leisten. Rudolf prostete sich im Spiegel zu. Eigentlich gab es ja was zu feiern. Übermorgen würde er ganz offiziell das Weingut Mossina übernehmen.

Er hatte die Zahlung auf das Schweizer Konto bereits angewiesen.

»Ciao dolazza, non mi vuoi offrire qualcosa? Willst du mir einen Champagner spendieren?«

Rudolf unterzog die Rothaarige einer raschen Inspektion. Sah viel versprechend aus, die Dame.

»Warum nicht? Komm, setz dich zu mir.«

Antonella hieß die Signorina, und dass sie eine puttana war, eine Prostituierte, das sah man auf den ersten Blick. Sie hatte nicht ganz die Klasse, die er sonst bevorzugte, aber sie war herrlich ordinär. Und ihre körperlichen Attribute waren bemerkenswert.

Einige Gin Fizz und Champagner später wollte er mit Antonella aufbrechen. Das große Himmelbett in seinem Palazzo würde heute Nacht noch etwas erleben. Rudolf legte seine goldene Amexco-Karte auf den Tresen. Kurz darauf kam der Barkeeper wieder und eröffnete ihm, dass die Karte gesperrt sei. Antonella schaute ihn zweifelnd an. Rudolf erklärte, dass dies geradezu lächerlich sei, und legte ihm zur Auswahl seine MasterCard und Diners-Karte hin. Als der Barkeeper zurückkehrte, mit den Schultern zuckte und erklärte, dass auch diese Karten gesperrt seien, konnte Rudolf nur mit Mühe einen Wutanfall unterdrücken. Waren diese Pappnasen denn zu blöd, mit einer Kreditkarte abzurechnen? Als ob die Karten alle gesperrt wären, das war ja nun wirklich absurd. Rudolf lachte abfällig, warf lässig einige Geldscheine auf die Theke, was Antonella mit einem freudigen Lächeln quittierte, hakte sie unter und verließ die Nachtbar. Irgendwie war das heute ein Scheißtag. Erst diese bekackte Pokerrunde und jetzt die gesperrten Kreditkarten. Verarschen konnte er sich selbst. Wahrscheinlich sank jetzt auch noch das Motoscafo auf dem Weg zu seinem Palazzo oder das Himmelbett krachte zusammen. Er packte Antonella fest am Arm.

55

Der Principale nickte bestätigend. »Ich kann mich doch immer noch auf meine gute Nase verlassen. Dieser Signor Krobat also. Ich habe mir gedacht, dass bei ihm nicht alles mit rechten Dingen zugegangen ist.«

Er saß im Lehnstuhl und spielte mit einem Jeton. Alberto, Arturo, Giuseppe und Gustavo standen vor ihm und waren froh, dass sie ihren Bericht sogar einige Tage vorher fertig bekommen hatten als vereinbart. Und Alberto fühlte sich erleichtert, weil seine Mitwirkung an der Entführung unentdeckt geblieben war. Die Informationen, die sie zusammengetragen hatten, ergaben tatsächlich ein ziemlich klares Bild. Es sprach alles dafür, dass Rudolf Krobat der Auftraggeber der Entführung gewesen war, hatte sich doch herausgestellt, dass er der Halbbruder des entführten Mark Hamilton war. Das konnte man natürlich bei den unterschiedlichen Namen und Nationalitäten nicht ahnen. Außerdem kannte ihn Alessandro sehr gut, hatte er doch oft genug bei ihm Spielschulden eintreiben müssen. Und bei einem dieser Besuche hatte ihn Rudolf Krobat wohl überredet, Mark Hamilton zu entführen und das Lösegeld zu erpressen. Nachweislich hatten sie sich vor und kurz nach der Entführung häufiger getroffen. Auch am Morgen jenes Tages, an dem Alessandro beim Principale Rudolf Krobats letzte Schulden beglichen hatte. Außerdem hatte Rudolf Krobat für die Zeit des Mordes an Alessandro kein Alibi. Schlimmer noch, ganz offenbar war er zur Tatzeit in Italien gewesen. Als ob es noch eines weiteren Beweises bedurft hätte. Dieser Tedesco hatte ihren Alessandro abserviert. Alberto verspürte gute Lust, ihn höchstpersönlich aus dem Weg zu räumen.

»Es gibt aber keine hundertprozentigen Beweise, oder?« Der Principale ließ den Jeton auf dem Zeigefinger kreiseln.

»Nein, das nicht, doch es passt alles so gut zusammen, dass es eigentlich nicht anders gewesen sein kann«, sagte Arturo.

»Übrigens hatten Sie Recht, auf Alessandros Konto ist nach der Entführung eine größere Einzahlung erfolgt.«

»Das, mein lieber Alessandro, war nicht besonders intelligent«, stellte der Principale leise fest.

»Es sieht so aus, als ob Rudolf Krobat nach dem Tod seiner Großmutter als Erbe übergangen worden wäre. Vielleicht wollte er dies mit der Entführung korrigieren«, ergänzte Giuseppe. »Außerdem brauchte er ja dringend Geld, um seine Schulden bei uns zu bezahlen.«

Der Prinicipale ließ den Jeton mit einer Drehung aus dem Handgelenk verschwinden. »Die Schulden hat er ja auch bezahlt. So gesehen war Alessandro sogar erfolgreich.« Der Principale hüstelte. »Er hätte diesem Stronzo doch den Finger abschneiden sollen. Oder besser noch den Kopf.«

»Wie bitte?« Alberto hatte seinen Chef nicht richtig verstanden.

»Non è importante. Bleibt die Frage, was wir mit ihm machen?«

Alberto und seine Freunde wussten, dass der Principale auf diese Frage keine Antwort erwartete. Er würde ihnen gleich sagen, was sie zu tun hatten. Sie hatten schon seit längerem niemanden mehr in der Lagune versenkt. Alberto konnte sich gut vorstellen, dass er sich für diese klassische Variante entscheiden würde.

Der Principale trommelte mit den Fingern auf die Armlehne. Alberto dachte während der längeren Pause, die keiner zu unterbrechen wagte, an seinen Schwager Franco Paolo, den er gestern Mittag versetzt hatte. Er wusste nicht, was Franco von ihm wollte. Hoffentlich gab's nicht schon wieder Probleme, er hatte momentan genug von der Sorte. Franco war ein eigenartiger Typ. Wenn er nicht der Bruder seiner Frau wäre, würde er ihm lieber aus dem Weg gehen. Er war verstockt, dabei überaus penibel, so ein richtiger Buchhalter eben. Der Principale war mit ihm zufrieden, das also immerhin. Doch warum

Franco keine Frau hatte, verstand er nicht. Keine Frau und keine Freundin. Schwul war er aber auch nicht, sonst hätte man ihn damals nicht wegen unsittlicher Annäherungen aus dem Staatsdienst entlassen. Ein seltsamer Typ, wirklich. Wie es wohl hinter seiner spießigen, gottesfürchtigen Fassade aussah?

Der Principale schlug mit der flachen Hand auf die Lehne.

»Ich werde darüber noch etwas nachdenken. Wir sind es Alessandro schuldig, dass wir seinem Mörder besondere Aufmerksamkeit schenken. Die Strafe sollte angemessen sein. Dieser Signor Krobat läuft uns nicht davon. Ihr sagtet, er hat jetzt einen Palazzo in Venedig? Vortrefflich, da haben wir den ahnungslosen Vogel ja direkt vor unserer Flinte, symbolisch gesprochen. Ich möchte, dass ihr ihn nicht mehr aus den Augen lasst. Sobald mir etwas eingefallen ist, das dem Andenken an Alessandro gerecht wird, lasse ich es euch wissen.«

Mit einer herrischen Handbewegung beendete er die Zusammenkunft.

»Potete andare!«

56

Das Teatro La Fenice hat eine wechselvolle Geschichte hinter sich. Gleich mehrmals wurde es durch Brände zerstört. Ursprünglich als Teatro San Benedetto gegründet, wurde es 1788 zum ersten Mal ein Raub der Flammen. Aber wie ein Phönix aus der Asche erstand es neu und eröffnete 1792 als Teatro La Fenice wieder seine Pforten. Fenice, so heißt der Phönix auf Italienisch. Im Dezember 1836 brannte La Fenice erneut. Aber schon ein Jahr später hatte das Theater seinem Namen alle Ehre gemacht. Als eines der schönsten Opernhäuser Italiens feierte es fortan große Premieren von Rossini über Bellini, Puccini bis hin zu Strawinsky und Prokofjew. Auch Verdis Opern *La Traviata* und *Rigoletto* wurden im La Fenice uraufgeführt. Groß war der Schock, als La Fenice 1996 wieder abbrannte. Aber was ein richtiger Phönix ist, der steigt erneut aus der Asche und erstrahlt in altem Glanz. Auch wenn es diesmal etwas länger dauern sollte.

Die beiden Kriminalbeamten würdigten das Opernhaus mit keinem Blick. Sie betraten die nahe gelegene Nachtbar, die zu dieser frühen Stunde noch fast menschenleer war, und steuerten direkt auf die Theke zu. Dem Barkeeper zeigten sie kurz ihre Ausweise.

»Waren Sie auch gestern Abend hier?«, wollten sie von ihm wissen.

Der Barkeeper nickte. »Ja, gestern Abend, vorgestern Abend, eigentlich jeden Abend seit zwei Monaten.«

Die Beamten kamen sofort zur Sache. »Kennen Sie eine Prostituierte namens Antonella?«

»Antonella, ja, die kenne ich. Hat sie was ausgefressen?«

»War sie gestern Abend hier?«

»Ja, war sie. Was sollen diese Fragen? Was ist passiert?«

Die Kriminalbeamten schauten sich kurz an. »Allora, Sie werden es sowieso bald aus den Medien erfahren, da können wir es Ihnen auch sagen. Antonella ist tot. Man hat heute am frühen Morgen ihre Leiche gefunden, im Giardino Papadopoli.«

Der Barkeeper langte sich erschrocken ans Kinn. »Tot, mamma mia!« Er zögerte kurz. »War das wieder dieser Serienkiller, der mit der roten Kordel?«

Erneut schauten sich die Beamten kurz an. »Ja, er war es. Zurück zu gestern Abend. Wie lange war Antonella hier? Haben Sie irgendetwas beobachtet? Wann ist sie weggegangen? War sie da in Begleitung?«

Der Barkeeper legte die Hände auf den Tresen und beugte sich nach vorne. »Sie haben Glück. Ich kann Ihnen all Ihre Fragen beantworten. Sie ist gegen Mitternacht gegangen, und zwar in Begleitung eines Mannes.«

»Kannten Sie den Mann?«

»Nein, er war zum ersten Mal hier. Es handelte sich um einen Deutschen. Ich kann seinen Namen nachsehen, wir hatten nämlich Ärger mit seinen Kreditkarten. Wenn Sie bitte einen Moment warten, ich komme gleich wieder.«
Keine Minute später legte er den Kriminalern triumphierend einen Zettel auf die Theke. »Rudolf Krobat ist sein Name. Kreditkarten sind doch was Wunderbares. Ich kann Ihnen übrigens noch einen weiteren Anhaltspunkt geben. Ob man will oder nicht, man bekommt ja doch immer einiges von den Gesprächen mit. Also, dieser Herr Krobat hat offenbar eine Wohnung oder ein Haus in Venedig. Da wollte er mit Antonella hin.«
»Sehr schön, das sollte herauszufinden sein. Sie haben uns wirklich weitergeholfen, mille grazie, arrivederci!«

57

Sein Stimmungstief von vorgestern war nur von kurzer Dauer gewesen. Die missratene Pokerrunde hatte Rudolf weitgehend verdrängt. Und der Zwischenfall mit den Kreditkarten hatte sich auch aufgeklärt. Da hatte doch tatsächlich irgendein Scherzbold in seinem Namen die Kreditkarten als gestohlen gemeldet. Sehr witzig. Jedenfalls war jetzt alles wieder im Lot.
Nur noch wenige Kilometer, dann würde er beim Weingut Mossina vorfahren und von Dottor Luzzo die Schlüssel übernehmen. Der Eingang seiner Zahlung auf das Schweizer Nummernkonto war bereits bestätigt, der Notartermin in zwei Tagen nur noch reine Formsache, und so wollte ihn Dottor Luzzo bereits heute der versammelten Mannschaft als neuen Eigentümer vorstellen.
Rudolf pfiff fröhlich vor sich hin. Seine PR-Agentur in München bereitete schon eine Pressemappe vor, um die Medien

von dieser Übernahme zu informieren. Und nächste Woche würde er in Mossina eine Pressekonferenz geben, die nicht nur für die Wirtschafts- und Fachpresse, sondern vor allem auch für die Society-Titel, die über die Schönen und Reichen dieser Welt berichteten, gedacht war. Andrea Bianchi hatte sich für den heutigen Termin entschuldigen lassen. Er war offenbar dabei, ein anderes wichtiges Geschäft einzufädeln. Andrea Bianchi, der ihn zu dieser Pokerrunde eingeladen hatte. Jetzt drängte sich das obskure Kartenspiel doch wieder in sein Bewusstsein, obwohl er sich vorgenommen hatte, nicht mehr daran zu denken. Im Rückblick kam ihm diese Partie ausgesprochen irreal vor. Das Orgelspiel in der Kirche, die brennenden Kerzen, der Altar, der Erzengel. Wie eine Inszenierung in einem Film von Visconti. Vergleichbares hatte er jedenfalls noch nicht erlebt. Zugegeben, Bianchi konnte nichts dafür, dass er so hoch verloren hatte. Er hatte ja auch gar nicht mitgespielt. Das Ganze sei einige Schuhnummern zu groß für ihn, hatte er erklärt. Rudolf schmunzelte. Mit dieser Einschätzung hatte Bianchi wohl nicht falsch gelegen, das war eine Pokerrunde für Hochkaräter gewesen, kein Zweifel.

Warum nur hatte er vorher nicht seine Würfel befragt, ob er an dieser Runde teilnehmen sollte? Mit einer Hand tastete Rudolf nach der kleinen Schatulle, die in seiner Sakkotasche steckte. Die Berührung tat gut. Ja, warum hatte er seine Freunde nicht befragt? Sie hätten ihm sicher abgeraten. Rudolf wurde bewusst, dass er die Würfel in letzter Zeit überhaupt sehr vernachlässigt hatte. Seltsam, hatte er doch früher jede noch so kleine Entscheidung mit den drei Würfeln aus Elfenbein besprochen. Vielleicht lag es daran, dass er sein Leben seit der gelungenen Entführung grundlegend geändert hatte. Der kompromisslosen Alles-oder-Nichts-Strategie, die für ihn seit Kindesbeinen charakteristisch war, hatte er abgeschworen. Sein Leben verlief jetzt weitgehend in geregelten Bahnen. Den erreichten Wohlstand würde er nicht mehr aufs

Spiel setzen, diese Zeiten waren vorbei, unwiderruflich vorbei. Daran konnte auch der kleine Rückfall am Kartentisch nichts ändern. Aber vielleicht hatten ihn die Würfel dafür bestrafen wollen, dass er sie so missachtet hatte? Ja, das wäre möglich, diese Kraft traute er ihnen zu. Vielleicht hätten ihn die Würfel auch von Antonella abgeraten, dieser abgehalfterten Nutte aus der Nachtbar. Sie hatte es jedenfalls überhaupt nicht gebracht. Bei welchen Gelegenheiten hatte er eigentlich in jüngster Vergangenheit auf den Rat seiner Würfel verzichtet? Er versuchte sich auf diese Frage zu konzentrieren. Allzu viele konnten es nicht gewesen sein. Rudolf fiel der Mord an Alessandro ein. Da hatte er die Würfel zwar über die Todesart mitentscheiden lassen, aber nicht über die Liquidation an sich. Gut, das war offenbar kein Fehler gewesen, ganz und gar nicht. Bei dem Palazzo, da hatte er die Würfel befragt. Sie hatten ihm dringend zu dieser Verbesserung seines Lebensstils geraten, er konnte sich noch genau an die Augenzahl erinnern. Und gab es noch irgendetwas von Belang, wo er die Würfel außen vor gelassen hatte? Rudolf erschrak, als ihm bewusst wurde, dass er beim Kauf von Mossina in seiner Euphorie das Würfeln vergessen hatte. Unglaublich, da würfelte er um die belanglosesten Nichtigkeiten, und bei dieser großen Sache hatte er einfach nicht daran gedacht. Zu keiner Sekunde war ihm die Idee gekommen, seine elfenbeinernen Freunde um Rat zu fragen. Rudolf versuchte den Gedanken abzuschütteln. Er hatte es vergessen, punktum, es war nicht mehr zu ändern. Und was hätten ihm die Würfel raten können? Etwa, Mossina nicht zu kaufen und die Chance seines Lebens ungenutzt verstreichen zu lassen? Rudolf lächelte, er fühlte sich wieder besser. Nein, diesen Rat hätten ihm die Würfel nie und nimmer gegeben, da konnte er absolut sicher sein.

Er hatte die Abzweigung erreicht, die von der Hauptstraße zum Weingut führte. Das Tor stand offen, das Schild *Proprietà privata. Vietato l'accesso* amüsierte ihn, war er doch der neue

Besitzer von Mossina. Rudolf fuhr durch die lange Zypressenallee und hielt vor dem Haupthaus.
Eine junge Frau kam auf ihn zugeeilt. »Mi dispiace, Sie können hier nicht parken.«
Rudolf konnte sich ein Grinsen nicht verkneifen. Und ob er das konnte. »Mein Name ist Rudolf Krobat, ich bin hier mit Dottor Luzzo verabredet.«
»Dottor Luzzo, wer soll das sein?«
Rudolf zog eine Augenbraue nach oben. »Dottor Luzzo, liebe junge Frau, ist der Generalbevollmächtigte des Conte Battista Colleoni. Und ich bin der neue Eigentümer von Mossina. So, und jetzt fragen Sie schon nach Dottor Luzzo, ich vertrete mir hier in der Zwischenzeit die Beine.«
Die Frau schaute ihn entgeistert an. Sah eigentlich ganz nett aus, das Mädchen, dachte Rudolf. Vielleicht gehörte sie zum Personal, dann hatte er sie sozusagen mitgekauft.
»Ich kenne keinen Dottor Luzzo, und der Conte hat auch keinen Generalbevollmächtigten.«
Jetzt hörte aber der Spaß langsam auf. »Woher wollen Sie das wissen? Kann ich bitte Signor Scalmozzi sprechen, er kennt mich.«
»Tut mir Leid, Scalmozzi ist heute in Mailand. Woher ich das wissen will, dass der Conte keinen Generalbevollmächtigten hat? Ich bin seine Enkelin!«
Rudolf zuckte zusammen. Damit hatte er nun wirklich nicht gerechnet. Warum kannte sie dann Dottor Luzzo nicht? Die Sache fing an etwas unübersichtlich zu werden.
»Entschuldigen Sie bitte meine Impertinenz, doch ich habe einen unterschriebenen Kaufvertrag bei mir und bereits eine ansehnliche Zahlung geleistet. Aber vermutlich hat ihr Großvater sie darüber nicht informiert. So viel ich weiß, wollte er die Angelegenheit diskret abgewickelt haben. So, und jetzt werde ich Dottor Luzzo im Büro anrufen. Sie können dann mit ihm sprechen.«

Rudolf nahm sein Handy aus der Jackentasche und wählte die eingespeicherte Nummer. Die junge Frau wartete nicht ab, sondern eilte zurück ins Haupthaus.
Die automatische Ansage trieb Rudolf erste Schweißperlen auf die Stirn. »Il numero da lei selezionato è inesistente. Kein Anschluss unter dieser Nummer. Kein Anschluss …«
Wie war das möglich, er hatte Dottor Luzzos Büro doch diverse Male unter dieser Nummer erreicht? Egal, er würde jetzt den Kaufvertrag aus dem Auto holen und schnurstracks ins Haus marschieren. Das alles war doch geradezu lächerlich. Noch bevor er sich umdrehen konnte, sah er einen alten Herrn aus dem Gutshaus treten.
»Wer immer Sie auch sind, verlassen Sie sofort meinen Besitz! Immediatamente!« Der weißhaarige Herr brachte eine doppelläufige Schrotflinte in Anschlag. »Ich bin der Conte Colleoni, und ich vertrete auf meinem Grund und Boden das Gesetz.«
Der Conte Colleoni? Was lief hier ab? Rudolf hob beschwörend die Hände. »Kein Grund, sich aufzuregen, verehrter Conte Colleoni, mein Name ist Rudolf Krobat. Sie wissen doch sicher von Ihrem Generalbevollmächtigten Dottor Luzzo, dass ich der Käufer von Mossina bin. Das Geld ist bereits auf Ihrem Schweizer Konto. Nehmen Sie also bitte die alberne Schrotflinte weg.«
»Ich glaube, Sie sind verrückt.« Der alte Herr wirkte außerordentlich erregt. »Ich kenne keinen Dottor Luzzo. Das Weingut ist seit Generationen in Familienbesitz und wird es auch bleiben. Außerdem habe ich kein Konto in der Schweiz, das habe ich nicht nötig. Und jetzt hauen Sie endlich ab! Se ne vada adesso!«
Rudolf erschrak, als der Conte einen der beiden Läufe seiner Flinte abfeuerte. Der Wahnsinnige meinte es ernst. Rudolf flüchtete ins Auto, wendete und fuhr mit durchdrehenden Rädern davon. In seinem Kopf hämmerte es. Wenn es keinen

Generalbevollmächtigten Luzzo gab, mit wem hatte er dann gesprochen und den Vertrag geschlossen? Und wem gehörte das Schweizer Konto, auf das er die fünf Millionen Mark überwiesen hatte? Rudolf schleuderte durch das Tor auf die Bundesstraße. War das soeben alles ein großes Missverständnis gewesen? Oder? Rudolf wagte es kaum, den Gedankengang fortzusetzen. Oder war er etwa einem riesigen Schwindel aufgesessen? Nein, das konnte, das durfte einfach nicht sein. Er spürte plötzlich einen sanften Druck, der von der silbernen Schatulle in seiner Jackentasche ausging. Als ob die Würfel zu ihm sprechen wollten. Als ob sie ihm Vorwürfe machen wollten, weil er sie vor dem Kauf nicht zu Rate gezogen hatte.

58

Der Principale ruhte auf der Terrasse vor seinem Palazzo im Schatten einer alten Platane. Ein warmer Wind fächelte durch die Blätter. Alberto, der sich langsam genähert hatte, überlegte, ob der Principale vielleicht schlief. Die dunkle Sonnenbrille verbarg seine Augen. Sicherlich war es nicht gut, ihn beim Mittagsschlaf zu stören. Noch dazu mit einer so schlimmen Nachricht. Bestimmt war er eingenickt. Am besten schlich er sich wieder leise davon. Außerdem war es wahrscheinlich ohnehin ein Fehler, dem Principale alles zu erzählen.

»Buona sera, Alberto, was führt dich zu mir?«

Alberto erschrak. Der alte Herr schlief also doch nicht. »Buona sera, Principale, mi dispiace il disturbo.«

»D'accordo, non c'è problema. Also, was gibt's? Habt ihr was Neues über unseren sympathischen Freund aus Deutschland herausbekommen?«

»Nein, haben wir nicht.«

»Wo ist er jetzt?«

Alberto zupfte verlegen am Ohrläppchen. »Wissen wir leider nicht, er ist uns heute Morgen entwischt. Er war mit dem Auto unterwegs, und Arturo hat bei einer roten Ampel den Anschluss verloren. Aber ich bin sicher, er wird bald wieder auftauchen.«

Der Principale schüttelte ungläubig den Kopf. »Seit wann hält Arturo bei einer roten Ampel?«

»Wenn direkt daneben zwei Carabinieri stehen, dann schon.«

»Stimmt, das ist ein Argument. Eine junge Frau mit Kinderwagen, die gerade die Straße überquert, wäre auch eine Entschuldigung gewesen.«

Alberto fasste all seinen Mut zusammen. »Principale, ich bin wegen meines Schwagers Franco Paolo hier. Ich habe eine Hiobsbotschaft.«

»Eine Hiobsbotschaft? Alberto, das ist nicht gut. Weißt du, was man in alttestamentarischen Zeiten mit den Überbringern schlechter Nachrichten gemacht hat? Man hat sie geköpft!«

Alberto fühlte sich ausgesprochen unwohl in seiner Haut. Warum quälte ihn der Principale? Er hatte sich doch den Bruder seiner Frau nicht ausgesucht. Was konnte er dafür?

»Alberto, ich wollte dich nicht erschrecken. Also sag schon, hat Franco etwa Geld unterschlagen?«

»Wenn es nur das wäre, nein, hat er nicht. Ich habe ihn heute Vormittag in seiner Wohnung gefunden. Tot. Er hat sich erhängt.«

Der Principale zeigte keine Regung. »È un gran peccato, aber er wird seine Gründe gehabt haben. Gibt es einen Abschiedsbrief?«

»Es gibt keinen Brief, nein.«

»Strano, vielleicht hat er doch Geld unterschlagen und sich jetzt aus Angst vor mir das Leben genommen. In diesem Fall wäre das sogar eine ausgesprochen kluge Entscheidung gewesen.«

Alberto trat nervös von einem Bein auf das andere. Sollte er es wirklich erzählen?

»Principale, ich denke, ich kenne den Grund für seinen Selbstmord. Obwohl ich es immer noch nicht glauben kann. Es ist einfach unvorstellbar und eine Schande für die Familie. Sie haben doch von den Prostituiertenmorden in Venedig gehört?«

»Natürlich, die Zeitungen berichten ja fast täglich davon. Außerdem hat das letzte Opfer, Antonella, für uns gearbeitet. Was hat der Freitod von Franco mit den Serienmorden zu tun?«

»Sie müssen wissen, Franco hat alleine gelebt. In seiner Wohnung habe ich einiges gefunden. So zum Beispiel eine Schachtel mit roten Samtkordeln.«

»Mit roten Samtkordeln? Doch nicht etwa solche, wie sie der Mörder verwendet?«

»Sie sehen ganz genauso aus, ich habe sie mit den Bildern in einem Magazin verglichen.«

»Erstaunlich, sehr erstaunlich. Was hast du noch gefunden?«

»In seinem Schlafzimmer ist eine ganze Wand mit Zeitungsausschnitten über die Prostituiertenmorde behängt. Von der Toten am Strand vom Lido über Angelica und Giuliana bis hin zu Antonella.«

»Rote Samtkordeln und Zeitungsausschnitte? Das ist wirklich ein ausgesprochen unglückseliges Zusammentreffen.«

»Es kommt noch schlimmer. In einer Ecke des Wohnzimmers gibt es einen kleinen Altar mit einer Madonnenstatue. Die Kerzen haben noch gebrannt, als ich mir Zugang zur Wohnung verschafft habe. Übrigens bin ich zu Franco gefahren, weil meine Frau von ihm einen völlig verwirrten Anruf erhalten hat. Vor der Madonna lag ein Samtkissen und auf diesem ein Stilett. Es ist blutverschmiert.«

»Ein Stilett?« Der Principale nahm die Sonnenbrille ab und sah Alberto aufmerksam an.

»Ja, so ein antiker Dolch mit einem kunstvoll gearbeiteten Griff. Ich habe mich bei unseren Freunden in der Questura erkundigt. Man hat diese Information bewusst nicht an die Presse weitergegeben …«
»Ich weiß«, unterbrach ihn der Principale, »alle Opfer sind nicht nur stranguliert worden, sondern wiesen im Brustbereich zudem tiefe Stiche eines Stiletts auf.«
Alberto war es gewohnt, dass der Principale immer außerordentlich gut informiert war, aber jetzt war er aber doch mehr als überrascht.
Ganz entgegen seinen Gepflogenheiten gab der Principale diesmal die Quelle preis. »Ich hatte gestern zum Mittagessen einen Commissario aus Venedig zu Gast. Zufällig haben wir uns auch über die Ermittlungen im Zusammenhang mit den Prostituiertenmorden unterhalten. Das war sehr aufschlussreich. So weiß ich zum Beispiel auch, wer Antonellas letzter Freier war. Aber das tut jetzt nichts zur Sache.« Der Principale machte eine lange Pause, um dann die Hände zu falten. »Santo Dio! Franco, unser Franco, der Bruder deiner Schwester, mein Angestellter, er ist dieser Verrückte, der unschuldige Frauen umbringt.«
»Jetzt nicht mehr, er ist tot.«
»Dem Himmel sei Dank. Wusstest du, dass er verrückt ist, completamente fuori di testa?«
»Nein, natürlich nicht. Er kam mir allerdings schon immer etwas seltsam vor, aber meine Frau hat ihn in Schutz genommen, er habe eine unglückliche Kindheit gehabt und auch sonst viel Pech im Leben. Deshalb waren wir ja auch froh, dass er für Sie arbeiten durfte. Diese Tätigkeit hat ihm Spaß gemacht, das hat er immer wieder gesagt.«
Der Principale rieb sich die Augen. Alberto war froh, dass er alles erzählt hatte. Er hatte keine Ahnung, wie er sich in dieser Situation verhalten sollte. Er war sofort nach der schrecklichen Entdeckung zum Principale gefahren. Dieser wusste si-

cherlich, wie er weiter vorzugehen hatte. Er würde ihm die schwierige Entscheidung abnehmen.

»Lieber Alberto, ich bin betroffen, sehr betroffen. Franco hat die Mutter Gottes entehrt und Schande über deine Familie gebracht. Wenigstens ist er jetzt tot, er hat sich selbst gerichtet. Gesù mio ti ringrazio, die Morde haben ein Ende. Hast du irgendjemandem ein Sterbenswörtchen erzählt?«

»Nein, niemandem, noch nicht einmal meiner Frau.«

»Benissimo, ausgezeichnet.«

Der Principale klappte die Bügel seiner Sonnenbrille auf und zu. Plötzlich schien es Alberto, als ob der alte Herr lächeln würde. Das Lächeln wuchs sich zu einem trockenen Lachen aus, das schließlich von einem Hustenanfall erstickt wurde.

»Alberto, mir ist gerade eine Idee gekommen. Ein ausgesprochen reizvoller Gedanke, der nicht nur deine Probleme löst, sondern sozusagen auf überirdische Art und Weise Gerechtigkeit widerfahren lässt.« Der Principale winkte auffordernd mit der Hand. »Vieni qua, Alberto, nimm dir den Hocker, und setz dich zu mir. Und dann hör zu, ich werde dir genau sagen, was zu tun ist. Ascolta bene!«

59

Der Canale Buranelli führte zu dieser Jahreszeit nur wenig Wasser. Hochsommerliche Hitze lastete über der Altstadt von Treviso. Laura und Mark liefen über eine kleine Brücke zur nahe gelegenen Piazza Rinaldi, wo sie auf der Terrasse eines Cafés einen schattigen Platz fanden. Auf dem Weg zu Lauras Eltern nach Venedig hatten sie, vom Gardasee kommend, einen Abstecher in die kleine Provinzhauptstadt gemacht. Mark hatte von Laura erfahren, dass Treviso schon im Mittelalter als Garten Venedigs galt und die Lagunenstadt mit landwirtschaftlichen Produkten versorgt hatte. Er erinnerte sich, dass ihm sein Freund Roberto von den kulinarischen Genüssen vorgeschwärmt hatte, die in Treviso eine ganz besondere Tradition hätten. Schließlich seien die reichen Aristokraten schon allein wegen der guten Küche von Venedig nach Treviso gereist. Und wegen der dolce vita, wie Laura zu ergänzen wusste. In Treviso habe man sich schon immer auf die Kunst des guten Lebens verstanden. Davon könne man sich bei Boccaccio überzeugen, der die Liebes- und Verführungskunst nicht ohne Grund *danza trevisana* genannt hatte. Am Vormittag waren sie über die Obst- und Gemüsemärkte rund um die Piazza dei Signori geschlendert. Im Herbst und im Winter gebe es hier den berühmten Radicchio rosso di Treviso, hatte Laura erzählt, jenes rötliche, langblättrige Gewächs, für das Treviso berühmt sei. Der Radicchio rosso schmecke nicht nur köstlich, sondern sei auch schön anzusehen. Wie eine Blume, die man essen kann, »un fiore che si mangia«.

Radicchio
Der Radicchio ist dem Chicorée verwandt und besonders gut aus Treviso und Castelpanco

»Warst du eigentlich schon einmal in Treviso?«, wollte Laura wissen, während sie in der Getränkekarte blätterte.
»Nein, ich bin nur mal durchgefahren«, erinnerte sich Mark, »auf dem Weg nach Belluno, wo ich mich mit Roberto für unsere Dolomitenwanderung getroffen habe. Aber da habe ich von Treviso nicht viel gesehen.«
»War das damals, als Ottilia ums Leben gekommen ist und du nicht erreichbar warst?«
»Ja, genau. Ist eigentlich noch gar nicht so lange her. Und was ist in der Zwischenzeit alles passiert!« Mark verschränkte die Arme und lehnte sich zurück. »Unvorstellbar. Der Tod von Grandma, die Erbschaft, die Entführung. Mein ganzes Leben wurde aus den Angeln gehoben.«
»Kein Wunder, immerhin hast du die Frau aus deinen Träumen kennen gelernt!« Laura lächelte herausfordernd.
Mark legte die Stirn in Falten. »Tatsächlich? Ich kann mich gar nicht daran erinnern. Wer soll das gewesen sein?«

Laura nahm die Getränkekarte und schlug sie Mark mit Vehemenz auf den Kopf. »Noch so eine blöde Bemerkung, und du kannst dein jämmerliches Dasein als Single fortsetzen.«

Mark hob schützend die Arme vor sein Gesicht. »Ich liebe das Temperament italienischer Frauen. Und hab Dank für den Schlag, jetzt ist es mir wieder eingefallen. Die Verkäuferin auf dem Gemüsemarkt vorhin, die alte, die keine Zähne mehr hatte, einen Buckel und kaum mehr Haare, von der habe ich wirklich schon oft geträumt.«

»Jetzt reicht's aber.« Laura spielte die Entrüstete und stand auf, als ob sie gehen wollte.

»Komm, setz dich wieder, ich muss dir noch etwas aus meinen Träumen erzählen. Immer wenn ich diese alte Hexe küsse …«

»Igitt, du küsst diese vecchia strega in deinen Träumen?« Laura verzog angewidert das Gesicht.

»Ja, natürlich. Schließlich verwandelt sie sich dann in eine wunderschöne Prinzessin.«

»Und? Was hat es mit dieser Prinzessin auf sich?« Sie sah Mark fragend an.

Er ließ sich mit der Antwort Zeit. »Nun, sie sieht ganz genauso aus wie du.«

Laura beugte sich nach vorne, nahm lächelnd sein Gesicht in beide Hände und gab ihm einen dicken Kuss auf den Mund. »Da bist du aber gerade noch einmal davongekommen!«

Mark grinste. »Du darfst nicht so ungeduldig sein. Soll ich dir erzählen, was ich dann in meinen Träumen mit dieser Prinzessin anstelle? Also, zunächst einmal ziehe ich sie aus, ganz langsam …«

»Hör auf, ich kann mir schon vorstellen, was jetzt kommt. Bestell mir lieber einen Bellini. Und dann erzähl mir, ob du etwas von Doktor Leuttner erfahren hast.«

»Uups, das ist aber ein harter Themenwechsel. Was ich von Doktor Leuttner erfahren habe? Nun, nichts Gutes. Seine Detektive sind jedenfalls nicht weitergekommen. Wie es aussieht, lassen sich Rudolfs Geldeinnahmen, die ihm unmittelbar nach meiner Entführung auf höchst mysteriöse Weise zugeflossen sind, nicht zurückverfolgen. Die Spur versickert in der Schweiz und in Liechtenstein.«

»Womit wir keinen Schritt weiter wären«, stellte Laura fest.

»Ja, sieht ganz so aus. Es ist wirklich zum Verrücktwerden. Wir haben eine Fülle von Indizien, alle Mosaiksteinchen passen perfekt zusammen, und doch haben wir keinen einzigen Beweis, dass Rudolf wirklich mein Entführer ist, und schon gleich gar nicht, dass er Ottilia umgebracht hat.«

»Außerdem hat er deine Mutter in den Selbstmord getrieben, deinen Vater beraubt, wer weiß wie vielen Menschen Unrecht angetan. Er ist gemeingefährlich und gehört aus dem Verkehr gezogen.«

»So wie er es mit Alessandro gemacht hat? Indem wir ihm den Schädel einschlagen?«

»Nein, natürlich nicht. Du musst zur Polizei gehen! Du hast so viel herausbekommen, triff dich mit Kommissar Wächter, und erzähl ihm alles.«

Er schüttelte zweifelnd den Kopf. »Ich glaube, auch die Polizei wird Rudolf nichts Strafbares nachweisen können, er ist einfach zu gerissen.«

»Kann schon sein, ich teile deine Befürchtung. Aber versuchen musst du es.«

»Rudolf wird uns alle auslachen und in seinem Palazzo die Korken knallen lassen. Ich ahne es. Und mein Geld sehe ich ohnehin nie wieder.«

»Das kann man nicht wissen.«

Mark stützte die Ellbogen auf den Tisch, die Hände unter seinem Kinn, und dachte nach. Er zeigte keine Reaktion, als der Ober an den Tisch kam und Laura die Getränke bestellte. Nach einer Zeit, die ihr endlos lang vorkam, richtete er sich wieder auf.

»Okay, du hast Recht. Es gibt wohl keinen anderen Weg. Ich

verspreche dir, dass ich Kommissar Wächter anrufen werde. Aber erst übermorgen, auf ein oder zwei Tage kommt es nun auch nicht mehr an. Jetzt fahren wir nach Venedig und besuchen deine Eltern.«

60

Rudolf hatte sein Auto an dem Piazzale Roma geparkt. Im Motoscafo ließ er sich zu seinem Palazzo in Santa Croce bringen. Er stand im offenen Heck und erhoffte sich vom Fahrtwind eine kühlende Wirkung für sein Gesicht, das zu glühen schien. Er hatte keine Erinnerung mehr daran, wie er von Mossina zurück nach Venedig gekommen war. Welche Straßen er gefahren war, ob schnell oder langsam, mit viel Verkehr oder wenig? Ein totaler Blackout. Das Letzte, woran er sich erinnern konnte, war der Schuss des Conte, der ihn von Mossina vertrieben hatte; von seinem Weingut, für das er einen unterschriebenen Kaufvertrag und bereits fünf Millionen Mark bezahlt hatte. Fünf Millionen Mark! In seinem Kopf hämmerte es. Was war passiert? Er hatte während des Fahrens immer wieder versucht, Dottor Luzzo oder Andrea Bianchi zu erreichen. Fehlanzeige. Die Telefonnummern schienen einfach nicht zu existieren. War er wirklich einem Schwindel aufgesessen? Er, Rudolf Krobat, mit allen Wassern gewaschen und im Zweifelsfall derjenige, der andere aufs Glatteis führte – nicht umgekehrt.
Das Motoscafo fuhr durch den Canal Grande. An der Chiesa degli Scalzi waren sie bereits vorbei, die unvollendete Fassade von San Marcuola tauchte auf, dahinter der Palazzo Vendramin-Calergi. Wie lange war es her, dass er hier an den Spieltischen gestanden hatte? Damals hatte er sich in ernsten Schwierigkeiten befunden. Rudolf schlug mit der Faust auf das polierte Mahagonidach der Kajüte. Was war in der Zwischenzeit alles geschehen? Alles hatte sich zum Besten gewendet.

Und jetzt völlig unvorbereitet dieses Desaster mit dem Weingut. Es wollte ihm einfach nicht gelingen, seine Gedanken zu ordnen und sich über die weitere Vorgehensweise klar zu werden. Er sehnte seinen Palazzo herbei, die hohen, kühlen Räume, die Ruhe. Nur noch wenige Minuten, dann würde er zunächst einen Whisky hinunterschütten und sich dann aufs Sofa legen. Er brauchte jetzt einfach etwas Zeit, um wieder zur Besinnung zu kommen. Das Wassertaxi bog bei der Pescheria in den Rio delle Beccarie ein. Kurz darauf sprang er bei der Bootsanlegestelle seines Palazzo an Land. Sofort hatte er das Gefühl, das irgendetwas nicht stimmte. Die schweren Holztüren des Portals standen offen. Im Haus hörte er Geräusche und Stimmen. Rudolf stürmte in die Eingangshalle und stellte fest, dass alle Möbel und die schweren Teppiche fehlten. Auch die Bilder an der Wand waren abgehängt. Und der prächtige Leuchter aus Muranoglas war verschwunden. Auf der großen Treppe, die ins Piano nobile führte, kamen ihm Möbelpacker entgegen, die an ledernen Gurten eine Vitrine abtransportierten. Rudolf stellte sich ihnen in den Weg. »Alt, ferma, tornate indietro!«, schrie er mit sich überschlagender Stimme. »Questa è casa mia, sono il proprietario! Ich rufe sofort die Polizei.«

»Das können Sie sich sparen«, sagte jemand in seinem Rücken. Rudolf drehte sich wutentbrannt um. Wer wagte es, ihm zu widersprechen? Vor ihm standen zwei Männer in Uniform.

»Was soll das?«, brüllte er. »Sorgen Sie sofort dafür, dass meine Möbel wieder an ihren Platz zurückgebracht werden, und verlassen Sie umgehend mein Haus!« In der leeren Halle hatte seine Stimme einen unwirklichen Klang.

»Sie sind Signor Krobat, nehme ich an, Rudolf Krobat, richtig?« Der größere der beiden Männer sah ihn fragend an.

»Richtig, das bin ich, und wer sind Sie?«

»Wir sind von der Guardia di Finanza. Uns liegt ein Ordine di Pignoramento, ein Pfändungsbeschluss, vor. Ihr gesamtes Eigentum ist mit richterlichem Urteil beschlagnahmt. Und Ihnen ist es untersagt, sich in diesem Haus weiter aufzuhalten!« Der Finanzbeamte hielt ein Dokument in die Höhe. »Den Bescheid dürfen Sie gerne mitnehmen.«

Rudolf spürte ein Stechen im Brustkorb. Bekam er jetzt einen Herzinfarkt? Allen Grund dazu hätte er. Die letzten Tage und Stunden waren ein einziger Horrortrip. Erst diese ruinöse Pokerrunde, dann die gesperrten Kreditkarten, der Conte, der ihn mit der Schrotflinte von seinem Weingut vertrieb, und jetzt die Finanzpolizei mit einem Pfändungsbeschluss. Was lief hier ab? Hatte sich plötzlich die ganze Welt gegen ihn verschworen? Oder würde er gleich aufwachen und sich alles als Alptraum erweisen? Nein, das wusste er, alles war real, war grausame Wirklichkeit. Warum gönnte man ihm keine Ruhepause? Er brauchte dringend eine Pause, um sich zu orientieren und wieder einen klaren Gedanken zu fassen. Der Schweiß lief ihm von der Stirn in die Augen. Rudolf wischte sich mit einem Taschentuch das Gesicht ab. Dann nahm er wortlos den Pfändungsbeschluss entgegen und verließ den Palazzo auf der Straßenseite. Draußen angelangt, musste er sich an der Mauer abstützen. Schwer atmend blieb er einige Sekunden stehen. Der Schmerz in der Herzgegend ließ nach. Dafür nahm das Hämmern hinter den Schläfen weiter zu. Rudolf begann zu laufen. Planlos eilte er durch die verwinkelten Straßen. War das der Campo di San Polo? Er lief über kleine Brücken, eine Gasse führte ihn in einen Innenhof. Rudolf übergab sich hinter einer Statue. Eine verwahrloste Katze sah ihm dabei zu.

Später fand er sich an dem Ponte dell'Accademia wieder, der von Dorsoduro hinüber zum Sestiere San Marco führt. Er langte sich an die Schläfen. Er brauchte Ruhe, ganz dringend Ruhe. Rudolf lief mit taumelnden Schritten über die Brücke. Einige Jugendliche, die ihm entgegenkamen, stieß er wütend weg. Auf der anderen Seite des Canal Grande angelangt, wendete er sich am Campo Francesco Morosini nach rechts. Als er ein paar Minuten später das Luxushotel Bauer Grünwald sah, ging er kurz entschlossen hinein. An der Rezeption erfuhr er, dass zufällig ein Zimmer frei sei. Ruhe, gleich hatte er Ruhe. Auf dem Zimmer angelangt, warf er den Pfändungsbeschluss aufs Bett, öffnete die Minibar, der Whisky brannte im Magen. Rudolf riss sich die Kleider vom Leib und stellte sich unter die Dusche. Kalt war das Wasser, eiskalt.

BAUER GRÜNWALD
Luxusherberge am Canal Grande

61

Der Blick reichte weit über die nördliche Lagune. Die Nachmittagssonne verlieh dem Wasser einen goldenen Glanz. Direkt gegenüber der Fondamenta Nuove lag die Toteninsel San Michele mit ihren hohen Zypressen. Unmittelbar dahinter die Glasbläserinsel Murano. Am dunstigen Horizont ahnte Mark die Gipfel der Dolomiten. Er saß auf der Terrasse einer Bar neben der Vaporetto-Station. Laura hatte im Sestiere San Marco einiges zu erledigen. Außerdem wollte sie sich in Boutiquen umsehen. In knapp drei Stunden würde er sich mit ihr in einem kleinen Caffè treffen. In der Zwischenzeit hatte er vor, mit seiner Kamera ziellos durch die Straßen zu streifen. Weit war er noch nicht gekommen, das Haus von Lauras Eltern lag nur wenige Minuten entfernt. Ob er es wollte oder nicht, seine Gedanken kreisten beständig um Rudolf. Morgen würde er versuchen, Hauptkommissar Wächter zu erreichen. Man musste seinem Halbbruder das Handwerk legen. Es konnte nicht gerecht sein, dass Rudolf sein Leben in vollen Zügen genoss – nach alldem, was er angerichtet hatte. Wahrscheinlich gehörte er in therapeutische Behandlung. Jedenfalls war Guido, Lauras Bruder, gestern Abend dieser Ansicht gewesen. Gewiss war Rudolf psychisch krank. Dies ging ja schon aus den Briefen seiner Mutter hervor, die er im Haus am Gardasee gefunden hatte. Und anders war Rudolfs völlige Skrupellosigkeit auch nicht zu erklären. Ob er wohl immer

MURANO
Seit 1291 konzentriert sich Murano auf die Kunst der Glasmanufaktur

noch Würfel über sein Schicksal entscheiden ließ, wie er das offenbar schon als Kind gemacht hatte? Mark waren wieder die Briefe seiner Mutter eingefallen.

Er bezahlte seine *Coppa di gelato* und stand auf. Von der Pracht Venedigs war hier wenig zu sehen. Die wohlhabenden Zeiten Cannaregios lagen lang zurück. Der große Maler Jacopo Tintoretto hatte einst in diesem Stadtviertel gelebt; und das Künstlergenie Tizian, an dessen abgerissenes Haus nur noch eine Gedenktafel erinnert. Während Tintoretto seine Heimatstadt so gut wie nie verlassen hatte, war ein anderer Sohn Cannaregios bis ans Ende der Welt gereist. Erst nach über zwanzig Jahren kehrte Marco Polo, der am Hofe des Mongolenherrschers Kublai Khan gelebt hatte, reich beschenkt nach Venedig zurück. Seinen Geschichten, die er später im Kerker von Genua zu Papier bringen sollte, wollte man in Venedig indes nur wenig Glauben schenken. Allzu prächtig waren seine Beschreibungen vom Glanz am Hofe des Kublai Khan ausgefallen, was sich mit der Selbstherrlichkeit der Serenissima nicht vertrug.

TIZIAN, TINTORETTO
Tintoretto war zunächst Schüler von Tizian, überwarf sich aber bald mit dem großen Meister

Gedankenverloren schlenderte Mark an den Pontons der Linienboote vorbei, wo gerade ein Vaporetto anlegte. Er traute seinen Augen kaum, als er auf dem achterlichen Deck Rudolf sah. Mit beiden Händen hielt sich sein Halbbruder an der Reling fest. Er hatte den Eindruck, dass Rudolf die Augen geschlossen hielt. Kurz entschlossen rannte Mark über die Rampe an Bord. Schon legte das Boot ab. Mark wunderte sich, dass Rudolf wie Normalsterbliche mit dem Wasserbus fuhr, eigentlich entsprachen doch die oft sündhaft teuren Wassertaxis viel eher seinem Lebensstil. Er schob sich zwischen den Fahrgästen nach hinten. Tatsächlich, Rudolf hatte die Augen geschlossen. Sein Anzug war verknittert, der Kragen halb nach innen geschlagen, und die Krawatte hing lose über dem aufgeknöpften Hemd. So unordentlich hatte er Rudolf, der doch so viel Wert auf ein gepflegtes Äußeres legte, noch nie gesehen. Irgendetwas schien mit ihm nicht zu stimmen.

Plötzlich öffnete Rudolf die Augen. Irritiert sah er um sich. Mark hielt sich versteckt. Rudolf löste sich energisch von der Reling und drängte rücksichtslos zum Ausgang. Ob er vergessen hatte auszusteigen?

Nächster Halt war die Friedhofsinsel San Michele. Schon war die Renaissancekirche San Michele zu sehen, mit ihrer hellen Fassade aus istrischem Marmor. Bis ins 19. Jahrhundert war die Insel von Mönchen besiedelt, erst nach Auflösung ihres Klosters machten die Venezianer San Michele zu ihrem Friedhof. Genau genommen wurde die Entscheidung auf Betreiben von Napoleon Bonaparte herbeigeführt. Eigentlich dürfen nur gebürtige Venezianer dort beigesetzt werden. Doch machte man bei einigen berühmten Ausländern Ausnahmen. So finden sich dort die Gräber des Komponisten Igor Strawinsky und des Dichters Ezra Pound.

Napoleon

Kaum hatte der Wasserbus am Steg von San Michele festgemacht, stürmte Rudolf an Land. Mark, der ihm folgte, sah, wie Rudolf wütend gegen ein Blechschild schlug.

Mark ging auf ihn zu. »Hallo, Rudolf, was für ein Zufall, dich hier zu sehen.«

Rudolf zuckte zusammen und blickte Mark verstört an. »Was machst du denn hier?«

Mark deutete auf seine Kamera. »Ich fotografiere.«

»Ach so.«

»Und du?«

»Weiß ich auch nicht. Ich habe mich verfahren. Eigentlich wollte ich mit dem Vaporetto zum Piazzale Roma, wo mein Auto steht. Aber offensichtlich habe ich die falsche Linie erwischt. Und als ich das bemerkt habe, bin ich ausgestiegen. Ich nehme jetzt einfach das nächste Schiff in die umgekehrte Richtung.«

Mark zögerte. »Rudolf, versteh mich nicht falsch, aber du machst auf mich einen verwirrten Eindruck. Geht es dir nicht gut? Hast du ein Problem?«

Rudolf lachte laut auf. »Ich? Ein Problem? Wo denkst du hin, alles läuft prächtig, mir geht es geradezu göttlich.« Rudolf machte eine hektische Handbewegung. »Wenn man davon absieht, dass ich ziemlich viel Kohle in den Sand gesetzt habe, mein Palazzo zwangsgeräumt wurde, erneut meine Kreditkarten gesperrt sind und bei mir in München, wie ich heute Morgen erfahren habe, die Steuerfahndung im Haus ist. Aber sonst geht's mir gut, keine Probleme. Wie sagt man hier zu Lande? Tutto a posto!«
Mark sah Rudolf erstaunt an. Wie konnte das möglich sein? Wenn jemand keine finanziellen Probleme haben durfte, dann doch sein sauberer Halbbruder.
Rudolf suchte irgendetwas in seinem Sakko. »Mach dir keine Gedanken, Kleiner, das kriege ich alles wieder geregelt, davon kannst du ausgehen. Das ist mir noch immer im Leben gelungen. Hast du Zigaretten?«
O ja, das ist dir wirklich immer gelungen, dachte Mark.
»Nein, Rudolf, du weißt doch, ich rauche nicht. Aber nachdem wir uns hier schon zufällig getroffen haben – du hast doch sicher einige Minuten Zeit. Ich möchte mich mit dir unterhalten.«
»Ich habe überhaupt keine Zeit, nein, das müssen wir verschieben.« Rudolf fuhr sich mit gespreizten Fingern durch die verschwitzten Haare. »Sag mal, wenn du schon keine Zigaretten hast, vielleicht kannst du mir etwas Geld leihen, ein paar Scheine. Ich habe nichts bei mir, und dieser blöde Geldautomat hat vorhin meine Scheckkarte eingezogen. Nur damit ich tanken und die Autobahngebühren bezahlen kann. In München bin ich dann wieder flüssig.«
»Ja, ich hab etwas Geld, das kann ich dir geben. Vorausgesetzt, du hast einen Moment Zeit für ein Gespräch.«
Rudolf lächelte verkrampft. »Das kommt ja einer Erpressung gleich.«
»Mag sein.« Mark deutete zum Eingang des Klosters. »Komm,

lass uns ein wenig spazieren gehen. Der Friedhof soll sehr schön sein.«

»Ich hasse Friedhöfe, aber einverstanden. Wir machen ein paar Schritte, und dann gibst du mir das Geld.«

»Aber klar doch. Ist ja nicht das erste Mal.«

Sie gingen durch das offen stehende Tor, am Kreuzgang der alten Klosterkirche vorbei, über steinerne Grabplatten hinweg zum Friedhof.

Rudolf warf einen kurzen Blick auf die Grabsteine und fuhr sich mit dem Taschentuch über die Stirn. »Was meinst du eigentlich damit, dass das nicht das erste Mal sei. Du hast mir doch noch nie Geld gegeben?«

»O doch, ziemlich genau acht Komma fünf Millionen Mark.«

Rudolf blieb abrupt stehen. »Wie kommst du auf diese absurde …«

Er hielt mitten im Satz inne und fing unversehens an zu lachen. Immer lauter wurde sein Gelächter. Dann fasste er sich wieder. »Natürlich, du hast Recht, dieses Geld also meinst du.«

»Ja, das Lösegeld aus meiner Entführung!«

»Hab dank, das Geld konnte ich gut gebrauchen. Hat dir unser kleines Abenteuer gefallen?«

»Nicht unbedingt, ich kann mir eine amüsantere Abwechslung vorstellen.«

»Tut mir Leid. Und? Was willst du jetzt machen?« Erneut begann Rudolf zu lachen. Ganz allein standen sie im Schatten hoch gewachsener Zypressen vor einer bemoosten Gedenkkapelle. »Du hast keine Beweise. Stimmt doch, oder? Keine Beweise.«

»Nun, zumindest kann Alessandro nicht mehr gegen dich aussagen.«

Rudolf kniff kurz die Augen zusammen. »Mark, du überraschst mich.«

»Wirklich? Ist doch mal eine nette Abwechslung oder? Übrigens, hat es dir eigentlich Freude bereitet?«

»Was soll mir Freude bereitet haben?«

»Alessandro umzubringen.«

Wieder zuckte Rudolf nervös mit den Augen. »Nein, hat es nicht. Aber dass es nötig war, hast du ja selbst gerade richtig erkannt.«

Mark zögerte. »Genauso nötig, wie Grandma Ottilia in den Abgrund zu zerren?«

Jetzt hatte er es gesagt. Mark ging vorsichtshalber einige Schritte rückwärts. Er war sich nicht sicher, wie Rudolf auf diesen Vorwurf reagieren würde. Aber auf ganz merkwürdige Weise schien Rudolf alle Hemmungen verloren zu haben. Ohne zu zögern, hatte er bereits die Entführung und den Mord an Alessandro zugegeben. Diese Phase musste er ausnutzen. Schade nur, dass er kein Mikrofon unter seinem Hemd versteckt hatte. In Filmen klappte das immer so schön.

Zum ersten Mal machte Rudolf einen betroffenen Gesichtsausdruck. »Ottilia war alt, sehr alt. Ihre biologische Uhr war doch schon längst abgelaufen. Auf diese Weise ist ihr ein leidvolles Sterben erspart geblieben.«

»Du musst krank sein, schwer verhaltensgestört. Wie kann man seine eigene Großmutter umbringen?« Mark sprach ganz leise.

»Sie war alt, viel zu alt«, wiederholte Rudolf monoton.

»Und du hast leise gehofft, etwas von ihrem Vermögen zu erben?«

Rudolfs Gesicht, das soeben noch betroffen gewirkt hatte, bekam einen spöttischen Zug. »Richtig. Das wäre ja auch gerecht gewesen.« Nach einer kurzen Pause fuhr er fort: »Du denkst wohl, du kannst jetzt alles von mir in Erfahrung bringen. So eine Art Generalgeständnis oder so ähnlich. In Ordnung, einverstanden, wir sind unter uns. Einen schönen Platz hast du dir da ausgesucht. Nur die Toten sind Zeugen unseres Gesprächs. Und die können vor keinem Gericht der Welt mehr aussagen. Eine herrliche Kulisse für eine umfassende

Beichte. Die vielen Grabsteine und Kreuze. Zu dumm, dass ich völlig ungläubig bin.«
»Du glaubst nur an deine Würfel«, entgegnete Mark, »wie du es schon als Kind getan hast.«
Rudolf schüttelte amüsiert den Kopf. »Erstaunlich, wirklich erstaunlich, was du alles von mir weißt. Zu schade, dass es dir nichts geholfen hat und auch in Zukunft nicht helfen wird. Ja, ich glaube an meine Würfel. Hier, willst du sie sehen?«
Rudolf holte die silberne Schatulle aus seinem Jackett, öffnete sie und zeigte Mark die elfenbeinernen Würfel mit den kleinen Diamanten. »Ja, schau sie dir an! Das sind meine kleinen Götter. Jeder hat genau einundzwanzig Augen. Vor allen schwierigen Entscheidungen in meinem Leben habe ich ihren Rat eingeholt.«
Rudolf legte die aufgeklappte Schatulle auf eine kleine Steinmauer. Mark musste zugeben, dass von den Würfeln mit den funkelnden Diamanten eine magische Kraft auszugehen schien. Diese Würfel also hatten über Leben und Tod seiner Großmutter entschieden, hatten zu seiner Entführung geraten, hatten Alessandros Schicksal besiegelt. Ob Rudolf sie wohl schon hatte, als er die Bilder seines Vaters entwendete, als ihre gemeinsame Mutter Selbstmord beging?
»So, mein Kleiner, was willst du jetzt tun?« Rudolf hielt grinsend die Hände in die Höhe. »Nichts kannst du tun, gar nichts. Du stehst genauso blöd da wie vorher. Aber irgendwie mag ich dich, weißt du das? Deshalb habe ich auch Alessandro gebeten, dich schonend zu behandeln.«
»Sehr freundlich von dir, geradezu brüderlich.«
»Ich habe eben doch einen guten Kern. So, war das jetzt alles, worüber du mit mir sprechen wolltest? Können wir gehen?«
Mark dachte, dass es noch viel zu bereden gab. Was zum Beispiel hatte Rudolf für ihre Mutter empfunden? War ihm ihr Tod auch egal gewesen? Aber es brachte nichts, mit ihm darüber zu sprechen, das hatten die letzten Minuten offenbart.

Moralische Bedenken schienen ihm völlig abzugehen. So etwas wie Mitleid oder Nächstenliebe kannte Rudolf nicht. Er war nur auf sich fixiert, alles andere war Mittel zum Zweck, und der Zweck heiligte die Mittel.

»Es hat keinen Sinn. Wir können gehen, ja. Das heißt, ich werde noch etwas bleiben. Hau schon ab!«

Rudolf streckte Mark fordernd die Hand entgegen. »Was macht unsere Vereinbarung? Du wolltest mir doch Geld leihen?«

»Du hast Nerven. Glaubst du wirklich, du bekommst von mir eine Lira? Umbringen sollte ich dich.«

»Wer wird denn so grob sein? Also, dann halt nicht. Ich schlage mich schon durch. Übrigens danke ich dir für das Gespräch. Irgendwie fühle ich mich jetzt besser. So ähnlich stelle ich mir das in der Kirche vor. Nach der Beichte werden einem die Sünden vergeben, und das Herz ist wieder rein.«

»Deine Sünden werden dir nicht vergeben«, erwiderte Mark, »und dein Herz ist nicht rein, wird es niemals sein!«

»Im Namen des Vaters, des Sohnes und des Heiligen Geistes. Amen.« Rudolf schlug hämisch grinsend ein Kreuz. »Ciao, mein Kleiner. Das war's. Ich habe heute noch viel vor. Grüße Laura von mir!«

»Am besten wäre es, du bringst dich um«, flüsterte Mark.

»Da kannst du lange drauf warten!«

Rudolf drehte sich um und lief den Weg zurück, den sie gekommen waren. Mark glaubte ihn lachen zu hören. Er sah ihm nach, bis er hinter einer Biegung verschwunden war. Sein Blick fiel auf die kleine Steinmauer vor der Grabkapelle. Die Schatulle war mit rotem Samt ausgeschlagen. Mark schien es, als ob die Diamanten, die in die elfenbeinernen Würfel eingelassen waren, zornig funkelten. Rudolf hatte seine kleinen Götter vergessen.

62

Beim Betreten des Cafés sah Mark auf die Uhr. Er hatte sich nur um einige Minuten verspätet. Ziemlich lange noch war er nach Rudolfs Abschied auf San Michele herumgelaufen. Er musste zugeben, dass von der Friedhofsinsel eine seltsame Faszination ausging. Auch ohne das vorangegangene Gespräch hätte er dies wohl so empfunden. Die Grabsteine und Engelsstatuen, die Zypressen und Mausoleen blieben nicht ohne Wirkung auf seine ohnehin gedrückte Stimmung. Merkwürdigerweise war ihm jeder Satz von Rudolf wortwörtlich im Gedächtnis haften geblieben. Wie ein Tonband konnte er Rudolfs Aussagen vor- und zurückspulen. Immer wieder hatte er sich angehört, wie Rudolf ohne Hemmungen alle Verdächtigungen bestätigte. Gewiss war diese unerwartete Offenherzigkeit auf die Stresssituation zurückzuführen, in der sich Rudolf zu befinden schien. Aber dass er so unbeschwert alles gestand, damit hätte Mark nie und nimmer gerechnet.

Mark entdeckte Laura an der Bar. Er nahm sie von hinten in die Arme und küsste sie in den Nacken. Laura merkte sofort, dass etwas mit ihm nicht stimmte. Ob irgendwas vorgefallen sei, wollte sie wissen. Er erzählte ihr vom überraschenden Zusammentreffen mit Rudolf. Erneut rekapitulierte er das Gespräch in allen Details. Zum Abschluss legte er die Schatulle mit den Würfeln auf die Theke.

»Rudolf muss wirklich völlig von der Rolle sein«, stellte Laura fest. »Dass er seinen intimsten Schatz vergisst, einfach unglaublich.«

»Ja, er hat auf mich von Anbeginn einen verstörten Eindruck gemacht, wobei er im Laufe des Gesprächs wieder etwas von seinem überheblichen Selbstbewusstsein zurückerlangt hat. Das war schon sehr merkwürdig. Bei jedem normalen Menschen hätte die Reaktion doch genau umgekehrt sein müssen, hätten sich irgendwelche Schuldgefühle mitteilen müssen. Doch nein, auf Rudolf schienen die Geständnisse eine geradezu stimulierende Wirkung zu haben.«

»Aber trotzdem hat er die Schatulle mit den Würfeln vergessen. So gut drauf kann er also nicht gewesen sein.«

»Das war er auch nicht. Ganz bestimmt nicht. Er hat ja eingangs auch von seinen Problemen erzählt, davon, dass er gerade viel Geld verloren habe, dass er seinen Palazzo habe räumen müssen und dass irgendwie die Steuerfahndung hinter ihm her sei.«

Laura lächelte. »Ich kann nicht verhehlen, dass ich mich über Roberts Pechsträhne ausgesprochen freue. Hoffentlich hält sie an.«

»Ja, ich hätte auch nichts dagegen. Vielleicht gibt's ja doch so etwas wie eine ausgleichende Gerechtigkeit. Denn ich fürchte, Rudolf hat Recht, man wird ihm nie etwas nachweisen können. Diese Vorstellung ist ziemlich unerträglich.«

Über der Bar hing ein Fernsehgerät. Gerade lief die Ansage für die kommende Nachrichtensendung. »Buon giorno dagli studi di RAI uno ...«

Mark bestellte einen Espresso und sah kurz zum Fernseher.

»Cominciamo con una notizia speciale. ...«

»Aua!«, protestierte Laura, als Mark ihren Arm fest umklammerte. Wortlos deutete er auf das Fernsehgerät. Bildfüllend war das Gesicht von Rudolf zu sehen.

Die Gespräche in der Espressobar waren von einem Augenblick auf den anderen verstummt. Alle starrten auf den Bildschirm.

In der nächsten Einstellung sah man, wie Rudolf in Handschellen abgeführt wurde. Der Sprecher berichtete, dass man den mutmaßlichen Serienmörder gefasst habe, der für die Prostituiertenmorde verantwortlich sei. Sein Name sei Rudolf Krobat, ein Deutscher, der in Venedig einen Zweitwohnsitz habe. Der Leiter der Sonderkommission, die auf den spektakulären Fall angesetzt war, gab einem Reporter ein kurzes Interview. Die Indizien seien erdrückend, berichtete er. In Verdacht geraten sei Rudolf Krobat, weil er nachweislich der letzte Freier der ermordeten Prostituierten Antonella gewesen sei. Jetzt habe man im Kofferraum seines Autos auf einem Parkplatz an dem Piazzale Roma eine Schachtel mit roten Samtkordeln gefunden, die hundertprozentig identisch mit jenen waren, die man bei den strangulierten Frauen sichergestellt hatte. Im Handschuhfach habe ein Stilett gelegen, an dem noch das Blut seines letzten Opfers geklebt habe, wie ein sofortiger Laborbefund ergeben habe. Bei der Gelegenheit wurde die Öffentlichkeit erstmals davon in Kenntnis gesetzt, dass alle Frauen tiefe Stiche im Brustbereich aufgewiesen hatten. Zudem habe man in einer Truhe, die gestern von der Guardia di Finanza in Rudolf Krobats Haus beschlagnahmt worden sei, ein Bündel mit Zeitungsausschnitten entdeckt, die allesamt von den Prostituiertenmorden berichteten.

Fassungslos folgte Mark der Übertragung, die ihm von Laura synchron übersetzt wurde. Rudolf sollte der Prostituiertenmörder sein, nach dem seit Wochen intensiv gefahndet wurde? In ihm sträubte sich einiges, das zu glauben. Gewiss, Rudolf war ein Schwein, ein skrupelloser Egoist, der im wahrsten Sinne des Wortes über Leichen ging. Und er hatte eine Vorliebe für Nutten, auch das schien zu passen. Aber dass er ein pathologischer Killer war, der zum puren Vergnügen oder aus irgendwelchen Wahnvorstellungen heraus Prostituierte umbrachte, das konnte und wollte Mark nicht glauben. Rudolf befriedigte seine Gelüste auf andere Weise, er hatte die Nutten lieber lebendig.

Der Nachrichtensprecher kündigte zu einem späteren Zeitpunkt eine Sondersendung zur Verhaftung des Prostituiertenmörders an und fuhr mit weiteren Nachrichten des Tages fort. In der Bar setzten wieder die Unterhaltungen ein. Im Nu war der Lärmpegel so hoch wie zuvor. Wenigstens haben jetzt alle

ein Gesprächsthema, dachte Mark. Er hörte, wie Laura zwei Grappe bestellte.
»Ich glaube, wir brauchen jetzt einen Schnaps«, sagte sie. »Mir ist richtig übel.«
»Mir auch.« Mark schüttelte den Kopf. »Aber ich bezweifle, dass Rudolf schuldig ist. Diese Morde passen einfach nicht zu seiner Persönlichkeit.«
»Kann schon sein. Ich muss zugeben, dass es auch mir schwer fällt, das zu glauben. Doch die Beweise sind wirklich erdrückend. Die Tatsache, dass er mit dieser Nutte zusammen war, die Kordeln, das Stilett mit dem Blut, die Zeitungsausschnitte. Nein, da kommt Rudolf nicht mehr raus. Jetzt ist er fällig!«
»Jedenfalls kann ich mir den morgigen Anruf bei Kommissar Wächter sparen«, sagte Mark.
Er sah auf die silberne Schatulle, die vor ihm auf der Theke lag. Kam es ihm nur so vor, oder hatten die Diamanten plötzlich an Glanz eingebüßt? Er klappte die Schatulle zu und steckte sie ein. Wie es aussah, würde Rudolf keine Verwendung mehr für seine Würfel haben. Und wenn sie tatsächlich so etwas wie kleine Götter waren, dann hatten sie ihn jetzt wohl endgültig im Stich gelassen.

63

Der Principale saß im Schaukelstuhl und pendelte gemächlich vor und zurück. Sein Gesicht machte einen ausgesprochen zufriedenen Eindruck. Die linke Hand spielte mit einem Jeton.
Alberto, der vor ihm stand, fuhr in seinem Bericht fort. Alles habe genau nach Plan geklappt. Die Polizei sei sich hundertprozentig sicher, mit Rudolf den Serienmörder verhaftet zu haben.
»Diesen Triumph werden sie sich auch nicht mehr nehmen

lassen«, kommentierte der Principale. »Da wird Signor Krobat seine Unschuld noch so sehr beteuern können. Man wird ihm keinen Glauben schenken.«

»Vor allem, weil es ja auch keine weiteren Morde mehr geben wird.«

»Proprio così. Und dein Schwager bekommt ein christliches Begräbnis. Er hat es zwar nicht verdient, am Tag des Jüngsten Gerichts wird er zur Verantwortung gezogen werden. Aber für deine Familie ist es ein Segen, euch bleibt die Schande erspart.«

Alberto kniete sich hin und wollte dem Principale die Hände küssen.

»Che stai facendo? Was machst du da? Lass das sein!« Mit einer ärgerlichen Handbewegung wies der Principale Alberto zurück.

Dieser stand wieder auf und verbeugte sich. »Meine Familie und ich, wir sind Ihnen zu unendlichem Dank verpflichtet.«

»Ist ja gut.«

»Und Sie sind ein Genie.«

Der Principale lächelte. »Das ist mir zwar bekannt, aber ich bin eitel genug, das immer wieder gerne zu hören. Jedenfalls wäre auf diese raffinierte Weise auch der Mord an Alessandro gerächt.«

»Das Leben hinter Gittern wird für Rudolf Krobat kein Honigschlecken. Als Prostituiertenmörder hat er keine Freunde, weder bei den Wärtern noch bei den Mitgefangenen.«

Der Principale nickte. »Als zusätzliche Aufmerksamkeit werden wir ihm eine besondere Betreuung zuteil werden lassen. Egal, in welchem Gefängnis er landen wird, überall haben wir unsere Leute, die ihm die Hölle auf Erden bereiten werden, l'inferno sulla terra, un martirio …«

»Es wäre schön, wenn das Alessandro sehen könnte.«

»Was macht eigentlich unser Zeuge?«, fragte der Principale.

»Er wird sich morgen bei der Polizei melden und aussagen,

dass er Rudolf Krobat in der Nacht des Mordes an Angelica am Rio dell'Arsenale gesehen hat, zusammen mit Angelica.«

»Eccellente, das ist zwar nicht mehr nötig, trägt aber sicherlich zur Wahrheitsfindung bei.« Der Principale kicherte vergnügt.

»Hoffentlich hat Rudolf Krobat zu keiner der in Frage kommenden Tatzeiten ein Alibi«, gab Alberto zu bedenken.

»Keine Sorge, in der Nacht, als Angelica ermordet wurde, hatte er in seinem Haus Damenbesuch. Silvana, du kennst sie vielleicht, arbeitet für uns. Sie hat eine kleine Sondervergütung bekommen und wird eine längere Urlaubsreise antreten. Für jene Nacht hat dieser Signor Krobat jedenfalls kein Alibi. Mit Antonella war er ja tatsächlich zusammen gewesen, diese Tatsache könnte man als göttliche Fügung interpretieren. Und in der Nacht, als Giuliana in ihrer Badewanne getötet wurde, war er vorher in einer Bar, zur Tatzeit aber bereits zu Hause, offenbar alleine. Ich habe das überprüfen lassen.«

»Bleibt noch die erste Leiche, jene vom Lido.«

»Esatto, da wissen wir nicht, wo Signor Krobat zur Tatzeit war. Aber hier gibt es genau vier Möglichkeiten. Erstens, er war in Venedig und hat kein Alibi, perfetto! Zweitens, er war in Venedig und hat ein Alibi, non proprio perfetto. Beh, vielleicht kann man einen möglichen Zeugen überreden, seine Aussage zu überdenken. Drittens, Signor Krobat war nicht in Venedig und hat ein hieb- und stichfestes Alibi. Allora, ich vermute, dass er trotzdem schuldig gesprochen wird, weil sich die Justiz und die Polizei ihren großartigen Erfolg von diesem kleinen Schönheitsfehler nicht vereiteln lassen.«

»Und die vierte Möglichkeit?« Alberto sah den Principale fragend an.

»Sollte der unwahrscheinliche Fall eintreten, dass Signor Krobat freigesprochen wird, dann wird ihm im Gefängnis kurz vor der Haftentlassung ein Unglück zustoßen, un incidente mortale. Jedenfalls wird er keine Minute mehr in Freiheit leben.

Dieses Versprechen gebe ich Alessandro. Il Signore abbia misericordia di lui!«

64

Die spätbarocke Kirche Santa Maria della Pietà an der Riva degli Schiavoni ist für ihre Fresken von Tiepolo berühmt. Auf ihnen sind musizierende Engel zu finden, die an das 18. Jahrhundert erinnern, in dem die Kirche mit ihrem angeschlossenen Mädchenkonservatorium in der Musikwelt für Aufsehen sorgte. Wurde es doch von keinem Geringeren als Antonio Vivaldi geleitet, dem Komponisten der *Quattro stagioni* und dem größten Violinvirtuosen seiner Zeit. Prete rosso wurde der geweihte Priester von den Venezianern nach seiner Haarfarbe genannt.

TIEPOLO, VIVALDI

Als Laura und Mark aus dem Caffè kamen und wenig später an der Kirche Vivaldis vorbeiliefen, fiel es ihnen immer noch schwer, einen klaren Gedanken zu fassen. Wie ein Hammer hatte sie die Nachricht getroffen, dass Rudolf im dringenden Verdacht stand, der gesuchte Prostituiertenmörder zu sein.

»Falls er unschuldig sein sollte, dies aber nicht beweisen kann, dann wäre dies eine unglaubliche Ironie des Schicksals«, sagte Mark.

»Er würde für etwas büßen, das er nicht begangen hat«, ergänzte Laura, »und doch wäre die Strafe mehr als gerecht.«

Sie blieben auf einer kleinen Brücke stehen und sahen hinüber zur Klosterkirche San Giorgio Maggiore.

»Und falls er freigesprochen wird?«

Laura schüttelte den Kopf. »Das kann ich mir nicht vorstellen. Wenn das stimmt, was wir gerade gehört haben, dann hat er keine Chance. Und dann wird er es wohl auch gewesen sein. Wie sonst kommen die Samtkordeln und das Stilett in sein Auto?«

»Keine Ahnung.«

Mark holte die silberne Schatulle aus der Jackentasche, klappte sie auf und legte sie vor sich auf die steinerne Balustrade der Brücke. Wortlos betrachteten sie die drei Würfel aus Elfenbein mit den eingelassenen Diamanten. Auf dem Canale di San Marco fuhr ein Vaporetto vorbei. Hinter ihnen drängten sich die Passanten. Laura und Mark nahmen von alldem nichts wahr.

»Wahrscheinlich sind diese Würfel an allem schuld. Die kleinen Götter, wie sie Rudolf genannt hat, haben ihn zu seinen Taten angestiftet.«

»Das konnten sie aber nur, weil ihnen Rudolf völlig hörig war«, stellte Laura richtig.

»Trotzdem ist mir nicht wohl in ihrer Gesellschaft. Ich will sie nicht bei mir haben.«

Laura nahm die Würfel einzeln in die Hand, sah sie sich genau an und legte sie zurück in die Schatulle.

»Ich habe eine Idee. Lass doch die Würfel ausnahmsweise mal über ihr eigenes Schicksal entscheiden.«

»Wie stellst du dir das vor?«, fragte Mark.

»Ganz einfach. Wir machen das so ähnlich, wie das wahrscheinlich Rudolf getan hat. Drei Würfel haben als niedrigste Augenzahl dreimal die eins, also drei, und als höchste die achtzehn, richtig?«

»Stimmt!«

Laura nahm die Finger zu Hilfe und begann zu zählen. »Drei, vier, fünf …«

»Bei zehn sind die Chancen fünfzig zu fünfzig«, stellte Mark fest.

»Korrekt. Also, was hältst du von folgender Vorgehensweise. Wir würfeln ein einziges Mal. Ist die Augenzahl höher als zehn, dann haben sich die Würfel ihr Grab geschaufelt, und wir werfen sie umgehend möglichst weit hinaus ins Wasser.«

»Sozusagen eine Seebestattung.« Zum ersten Mal seit Stunden war Mark ein kleines Lächeln entschlüpft. »Und bei zehn und weniger?«, fragte er.

»Dann schicken wir sie ohne Absender zu Rudolf ins Gefängnis«, schlug Laura vor.

»Das halte ich für keine gute Idee.«

»Lass die Würfel entscheiden!«

»Ich finde, was wir hier machen, ist irgendwie absurd.«

»Sicher ist es das. Also?«

»Okay, du würfelst!«

Mark bildete auf der Steinbalustrade mit den Händen ein Dreieck. Laura nahm die Würfel, schüttelte sie und ließ sie vorsichtig auf die Mauer gleiten. Für einen kurzen Augenblick noch hielt sie die Würfel verdeckt. Laura und Mark sahen sich an. Dann zog sie ihre Hände weg.

Die Diamanten funkelten herausfordernd. Mark pfiff durch die Zähne. »Dreimal die Sechs! Eindeutiger ging's nicht.«

Laura nickte bestätigend. »Fast könnte man glauben, dass diesen Würfeln doch eine übersinnliche Kraft innewohnt. Als ob sie keine Zweifel an der Richtigkeit dieser Entscheidung dulden würden.«

»Dann schreiten wir also zur Tat. Wer wirft?«

»Du natürlich. Du und deine Familie waren die Leidtragenden dieses unheimlichen Pakts, den Rudolf mit diesen Würfeln geschlossen hatte.«

Mark nahm alle drei Würfel in die rechte Hand, sah sie noch einmal kurz an, holte dann aus und schleuderte sie weit in Richtung San Giorgio.

»Nun sinken sie auf den Grund des Canale di San Marco«, sagte Laura mit leiser Stimme. »Dorthin, wo sie keinen Schaden mehr anrichten können.«

Mark nahm Laura in den Arm und sah hinaus aufs Wasser.

»Glaubst du, Rudolf spürt, dass er nun ganz alleine ist, dass ihn jetzt auch seine einzigen Freunde verlassen haben?«

»Vielleicht, aber eigentlich war er es, der ihnen untreu geworden ist, indem er sie bei dir auf San Michele zurückgelassen hat.«

Nach einigen Minuten, in denen jeder seinen eigenen Gedanken nachhing, verließen sie die Brücke und liefen auf der Riva degli Schiavoni in Richtung Piazza San Marco. Auf der Piazzetta vermied es Laura, einem alten Aberglauben folgend, zwischen den beiden großen Säulen hindurchzugehen. Zu Füßen des geflügelten Bronzelöwen und des heiligen Theodor wurden über Jahrhunderte Todesurteile gesprochen und sofort am Galgen oder auf dem Schafott vollstreckt. Als sie auf der Piazza San Marco am Caffè Florian vorbeikamen, spielte die Kapelle gerade eine Ouvertüre aus einer Oper von Giuseppe Verdi.

EPILOGO

Einige Stunden später saß Mark mit Lauras Familie am großen Esstisch. Er hatte das Gefühl, dass die Zahl der Verwandten bei jedem Besuch zunahm. Guido und seine Frau Gabriella waren da, der kleine Marcello und Chiara, eine Cousine aus Padua. Vor allem hatte sich Mark gefreut, endlich Luigi kennen zu lernen, den zweiten Bruder von Laura. Von Luigi wusste er so gut wie nichts. Laura und Guido hatten es immer vermieden, etwas von ihrem Bruder zu erzählen. Mark war davon ausgegangen, dass er wohl so etwas wie das schwarze Schaf der Familie war. Umso überraschter war er, als sich Luigi als außerordentlich kultivierter Mann erwies, der im Unterschied zu seinen Geschwistern offenbar großen Wert auf ein klassisches Äußeres legte. Mark dachte, dass Luigi in der City von London jederzeit als erfolgreicher Börsianer durchgehen würde, der Zugang zu den wichtigsten Clubs hatte.

Lauras Mutter hatte wie üblich groß aufgekocht. Als Vorspeise gab es *Capelunghe* (Messermuscheln) in Weißweinsauße, danach *Risotto nero* mit Tintenfisch und als Hauptgericht *Bisato in umido*, gedünsteten Aal. Die Gespräche drehten sich anfangs ausschließlich um Rudolfs Verhaftung und den dringenden Verdacht, dass er der lang gesuchte Prostituiertenmörder war. Merkwürdigerweise waren sowohl Luigi als auch Guido der festen Auffassung, dass Rudolf unschuldig war. Dennoch glaubten sie nicht daran, dass er die geringste Chance hatte, je wieder auf freien Fuß zu kommen.

Am späteren Abend zogen sich Lauras Eltern in den ersten Stock zurück, und auch Gabriella, Marcello und Chiara gingen zu Bett. Guido schlug vor, im kleinen Salon noch einen

Schluck zu trinken. Er öffnete eine Flasche Spumante, goss die Gläser ein und setzte sich auf die Lehne eines schweren Sessels. Mark spürte, dass irgendetwas in der Luft lag. Guido, Laura und Luigi sahen sich so seltsam an.
»Mark, wir müssen dir einiges erzählen«, brach schließlich Laura das Schweigen. »Rudolf hat dir doch heute Mittag sein Pech angedeutet, das er in den letzten Tagen hatte.«
Mark nickte. »Ja, da hat er aber noch nicht geahnt, dass das dicke Ende erst noch kommt.«
»Vielleicht sollte ich, bevor wir uns dem eigentlichen Thema zuwenden, erst dazu was sagen«, ergriff Guido das Wort. »Wir wissen, dass Rudolf Alessandro umgebracht hat. Das hätte er besser sein lassen sollen. Den Geldeintreiber des Principale ermordet man nicht ungestraft. Meiner Meinung nach werden ihm die Nuttenmorde von der Organisation untergeschoben. Damit rächt der Principale den Mord an Alessandro. Allerdings hätte ich eher erwartet, dass man Rudolf exekutiert. Aber wer kennt schon die Hintergründe? Vielleicht werden damit zwei Fliegen mit einer Klappe geschlagen. Ich denke, wir werden das nie erfahren, doch wenn diese Theorie stimmt, dann ist Rudolfs Schicksal besiegelt.«
»Die Theorie stimmt sicher«, sagte Luigi, der sich gerade eine Zigarre angesteckt hatte. »Erstens kenne ich den Principale. Zweitens kann Rudolf zumindest in einem Fall nicht der Mörder gewesen sein. Drittens ist er nicht der Typ, der Prostituierte erwürgt und mit dem Stilett kleine hässliche Löcher in sie bohrt.«
Verwundert sah Mark Lauras Bruder an. »Wie willst du das wissen? Du kennst doch Rudolf überhaupt nicht.«
»Womit wir bei der eigentlichen Geschichte sind, die wir dir erzählen wollen«, sagte Guido. »Tatsächlich hatten mein Bruder Luigi und ich Gelegenheit, Rudolf etwas besser kennen zu lernen.«
Mark, der bislang mit dem Glas in der Hand mitten im Raum

gestanden hatte, ließ sich in einen der Sessel sinken. Jetzt verstand er überhaupt nichts mehr.
»Schuld daran bin ich«, sagte Laura. »Ich habe meine Brüder gebeten, mir einen Gefallen zu tun.«
»Das ist ja wohl die Untertreibung des Jahres«, merkte Luigi an.
»Du musst wissen«, fuhr Laura fort, »mein Bruder Luigi macht Geschäfte, die nicht immer …«
»Attenzione, sorellina, er muss nicht alles erfahren«, unterbrach Luigi sie.
»Sagen wir es einmal so«, ergriff Guido das Wort. »Luigi ist sehr kreativ, wenn es darum geht, einen Gewinn zu erwirtschaften.«
Luigi schmunzelte und zog genussvoll an seiner Zigarre.
Nun war Laura wieder dran. »Ich finde die Vorstellung unerträglich, dass dich Rudolf um dein ganzes Geld betrogen hat und dass du es nie mehr wiedersehen wirst.«
»Das ist in der Tat wenig erfreulich«, gab Mark zu, »vor allem, wenn man die Umstände bedenkt.«
»Um noch einmal auf das Pech zu kommen, von dem Rudolf heute Mittag gesprochen hat. Was genau hat er gesagt?«
»Dass er viel Kohle in den Sand gesetzt hat, sein Palazzo zwangsgeräumt wurde, seine Kreditkarten gesperrt wurden und in München die Steuerfahndung hinter ihm her ist.«
»Für den Palazzo, die Kreditkarten und die Steuerfahndung bin ich zuständig«, gestand Laura. »Ich wollte Rudolf das Leben etwas erschweren. Ich habe bei unserem ersten Besuch in seinem Palazzo zufällig seine Brieftasche herumliegen sehen, mir die Kreditkartennummern aufgeschrieben und sie vor kurzem als gestohlen gemeldet. Für die deutsche Steuerfahndung reichten einige anonyme Anzeigen bei der Finanzbehörde in München. Die Zwangsräumung seines Palazzos war schon etwas schwieriger zu bewerkstelligen. Aber wozu arbeitet meine beste Freundin bei der Guardia di Finanza? Dort sind auf uner-

klärliche Weise einige Papiere durcheinander geraten. Eigentlich hätte ein anderes Haus zur Räumung angestanden.« Laura lächelte verlegen.

»Unsere kleine liebe Schwester. Wie ekelhaft sie doch sein kann«, amüsierte sich Guido.

»Ich bin entsetzt. Dich möchte ich nicht zur Feindin haben«, sagte Mark, der aufstand und Laura in die Arme nahm. »Aber ich muss zugeben, dass mir dein eigenmächtiger Rachefeldzug gefällt. Jedenfalls hat Rudolf deutlich Wirkung gezeigt.«

»Was allerdings, ohne Lauras Leistung auf dem Gebiet der psychologischen Kriegsführung schmälern zu wollen, primär andere Ursachen haben dürfte«, warf Luigi ein.

»Womit wir beim entscheidenden Punkt angelangt wären«, sagte Guido, »nämlich beim Geldverlust, den Rudolf dir gegenüber erwähnt hat.«

»Um genau zu sein, sind ihm bei einem missratenen Geschäft fünf Millionen Mark abhanden gekommen«, ergänzte Luigi.

»Posso presentarti, darf ich vorstellen«, sagte Guido und deutete auf Luigi. »Dottor Luzzo, Generalbevollmächtigter des Conte Colleoni.«

»Und Andrea Bianchi, seines Zeichens Makler«, sagte Luigi mit einer Bewegung zu Guido.

»Dottor Luzzo? Andrea Bianchi? Ich verstehe nur Bahnhof«, meinte Mark, der sich erneut in den Sessel sinken ließ.

»Guido, erzähl du es ihm!«

»Nein, Luigi, mach du's!«

»Ich denke überhaupt nicht daran.«

Schließlich war es Guido, der Mark die abenteuerliche Geschichte erzählte, wie sie Rudolf das Weingut Mossina verkauft hatten. Mit großem Aufwand und viel Liebe zum Detail hatten sie Papiere gefälscht, Bilanzen getürkt und Expertisen vorgetäuscht. Dabei war ihnen zu Hilfe gekommen, dass Fabrizio Scalmozzi, der Chefönologe des Conte, ein entfernter Verwandter der Familie war. Vor allem aber habe sich Lauras Einschätzung bewahrheitet, dass Rudolf so versessen darauf war, ein renommiertes Weingut zu kaufen, dass er bereitwillig auf den Schwindel hereinfallen würde. Laura erinnerte an das Zusammentreffen mit Rudolf im Caffè Florian, wo er von diesem Traum erstmals erzählt hatte.

Mark schüttelte entgeistert den Kopf. In welche Familie war er da hineingeraten?

Luigi stand auf und reichte Mark wortlos einen kleinen Zettel.

»Was ist das?«, fragte dieser nach einem irritierten Blick auf eine lange Ziffernfolge.

»Die Nummer des Schweizer Kontos, auf dem sich die fünf Millionen Mark befinden«, sagte Laura triumphierend lächelnd, »zu deiner freien Verfügung. Den Namen des zugehörigen Kreditinstituts kannst du bei mir in Erfahrung bringen.«

»Das … das kann ich nicht annehmen«, stotterte Mark.

»In diesem Fall verschimmeln die fünf Millionen auf dem Schweizer Nummernkonto. Sei tu a decidere, es ist deine Entscheidung«, sagte Luigi, »aber es wäre schade darum, nachdem wir uns so viel Mühe gegeben haben.«

»Aber ihr hattet doch sicher enorme Unkosten, ich meine Auslagen, also ich weiß nicht, wie man das bei solchen Geschäften nennt.«

»Da mach dir mal keine Sorgen«, beruhigte ihn Luigi. »Wir sind zwar in unserer Güte unübertrefflich, aber nicht völlig selbstlos. Wir könnten dir noch von einer Pokerrunde berichten, die auf unsere Initiative zu Stande gekommen ist. Dein Halbbruder mag vielleicht beim Roulette ein glückliches Händchen haben, am Kartentisch ist er ein lausiger Anfänger.«

»Jedenfalls, wenn er auf die besten Trickspieler des Veneto trifft«, ergänzte Guido.

»Rudolfs Verlust war an diesem Abend ganz erheblich. Leider ist er allzu früh ausgestiegen, sonst hätten wir ihn noch mehr zur Ader gelassen. Aber es hat sich gelohnt, die Einnahmen waren ausreichend, um alle Unkosten zu decken.«

»Inklusive der Miete für einen Ferrari«, sagte Guido grinsend.

»Für einen Ferrari?« Jetzt musste auch Mark lachen. »Ich dachte, du fährst Motorroller.«

»Alles zu seiner Zeit. Ich finde, die Arbeit muss Spaß machen. Außerdem war Rudolf schwer beeindruckt.«

»Und eine kleine Provision, una piccola provvigione, ist für uns auf diese Weise auch noch hängen geblieben«, schloss Luigi den Bericht ab. »Diese steht zwar in keinem Verhältnis zum organisatorischen Aufwand und zum unternehmerischen Risiko …«

»Jetzt hör schon auf«, fiel ihm Laura ins Wort. »Ihr hättet es doch auch umsonst getan, für mich, für eure alles geliebte Schwester.«

Luigi zog eine Augenbraue hoch. »Für dich schon, aber ob es dieser unfrisierte Lümmel hier wert ist, das wissen wir nicht.«

»Ma dai, Luigi«, wies ihn Guido zurecht, »Mark gehört gewissermaßen zur Familie. Für unseren Schwager tun wir doch alles.«

Mark sprang auf. »Für euren Schwager?«

Guido hob ratlos die Hände. »Per carità, um Gottes willen, Laura, hast du es ihm nicht gesagt.«

»Was soll ich ihm nicht gesagt haben?«

»Dass dieser trunksüchtige Padre in Marostica, wie heißt er doch gleich?«

»Fra' Girolamo«, stammelte Mark.

»Ja, dass dieser Fra' Girolamo bereits eure Hochzeit vorbereitet.«

Laura schüttelte entrüstet den Kopf. »Wie kommst du auf diese verrückte Idee. Als Braut müsste ich das doch wissen.«

»Ah, sì, dann weißt du es eben jetzt«, meinte Guido, der die Situation sichtlich genoss.

»Was würde nur aus unserer Laura werden, wenn sie nicht so fürsorgliche Brüder hätte?«, sagte Luigi kopfschüttelnd.
»Und was erst würde aus mir werden?«, sagte Mark, der sich ein breites Grinsen nicht mehr verkneifen konnte.
»Eine gute Frage«, antwortete Laura. »Jedenfalls hättest du die einmalige Chance verpasst, eine der aufregendsten Frauen Venedigs zu heiraten.«
»Das wäre in der Tat ein unverzeihlicher Fehler.«
Guido hob unruhig sein Glas. »Nun gebt euch endlich einen Kuss, un bacino d'amore, damit wir anstoßen können. Der Spumante wird warm. Übrigens wüsste ich schon ein passendes Hochzeitsgeschenk. Da gibt es doch in Padua ein Antiquitätengeschäft, da wartet eine nackte Eva mit ihrem Adamo …«

FINE

REGISTRO TURISTICO

Touristischer Anhang mit ergänzenden und zusammenfassenden Erläuterungen, mit Namen und Hinweisen

Kultur und Geschichte (mit Personen)
Land und Leute
Städte, Orte
Restaurants
Hotels
Wein, Getränke
Essen
Caffè, Bar
Golf

Hier finden sich in alphabetischer Folge alle Begriffe, Rezepte, Hotels, Restaurants etc., die in der Erzählung bei ihrer ersten Erwähnung (und an zentraler Stelle) in der Außenspalte hervorgehoben sind. Darüber hinaus gibt es ergänzende Hinweise und Tipps. Auf die genannten Restaurants und Hotels wird zur besseren Orientierung (und Reiseplanung) zudem bei den jeweiligen Städten hingewiesen. Alle Begriffe mit Querverweisen im Register sind halbfett geschrieben.
Die genannten Preiskategorien für die Hotels dienen der groben Orientierung: von 2 (DZ unter 100,– €), 3 (DZ 100,– bis 150,– €), 4 (DZ 150,– bis 200,– €) bis zur Luxuskategorie 5 (DZ über 200,– €).

Abano Terme

Das südlich von **Padua** gelegene Abano gehört wie Montegrotto und Galzignano zu den euganeischen Thermalbädern. Schon die alten Römer wussten die heilende Kraft der Schlammbäder zu schätzen. Daher auch der Name: Abano leitet sich vom griechischen »aponos« (Schmerzlinderung) ab.

Heute gibt es allein in Abano über 100 Hotels mit eigenen Kuranlagen. Im Mittelpunkt steht die Fangotherapie (u. a. gegen Arthrose, Rheuma).

Casa Vecia (Monterosso)

Bristol Buja

Della Montecchia (Selvazzano Dentro), Frassanelle (Frassanelle di Rovolon)

Adria

Bei einem Besuch des kleinen Städtchens, das heute 25 km von der Küste entfernt liegt, kann man sich kaum vorstellen, dass Adria in der Antike einer der bedeutendsten Häfen an der Küste war, bereits von den Griechen gegründet wurde und dem Adriatischen Meer seinen Namen gegeben hat. Aber schon zu Zeiten der Römer sorgten die Mündungen von **Po** und Etsch für eine Versandung des Hafens.

Agriturismo

Der Agriturismo basiert auf einem Gesetz, nach dem landwirtschaftliche Betriebe (von einfachen Bauernhöfen bis hin zu Villen und Burgen) Touristen beherbergen dürfen. Voraussetzung ist, dass die Einkünfte mit den Feriengästen den Agrarumsatz nicht übersteigen.

Al Bacco

Beim Al Bacco in Venedigs Sestiere Cannaregio (abseits der großen Touristenströme) lässt schon der Name keinen Zweifel an der Bestimmung aufkommen. Die alte Weinschenke ist ein typischer **Bàcaro,** in dem ehrliche Weine ausgeschenkt und einfache Gerichte zubereitet werden. Mit langer Theke, Holztischen und einem kleinen Innenhof. (Ruhetag: Montag. Außer am Wochenende nur abends geöffnet.)

Venedig (Cannaregio), Fondamente delle Cappuccine 3054, Tel. 041/717493

Albarella

Die Isola di Albarella liegt südlich von **Chioggia**. Die Ferieninsel, auf der Fahrräder die wichtigsten Verkehrsmittel sind, verfügt über alle notwendigen Einrichtungen vom Supermarkt bis hin zu Lebensmittelgeschäften, über eine Strandzone, zwei Viersternehotels (Hotel Capo Nord und Golf Hotel), Apartments, Reihenhäuser und Villen zum Mieten, einen Golfplatz, Tennisplätze und Marina. Eine in sich geschlossene Urlaubswelt, die insbesondere auch von Familien mit Kindern geschätzt wird.

Albarella

Albarella

Der Golfclub Albarella liegt nur 50 km von **Venedig** und ca. 70 km von **Padua** entfernt. Der 18-Loch-Platz (Ruhetag: Dienstag) auf der Ferieninsel Isola di Albarella ist den schottischen Links-Kursen nachempfunden, hat zwei künstliche Seen und ist aufgrund der reizvollen Lage am Meer stark windexponiert und mithin auch für gute Golfer eine Herausforderung.

Rosolina (Rovigo), Isola di Albarella, Tel. 0426/330124, Fax 0426/330628

Al Borgo

Restaurant in **Belluno** in einer rustikalen Villa aus dem 18. Jh. mit Garten und landestypischer Küche (u. a. Risotto, Crespelle, **Baccalà**). (Ruhetag: Montagabend und Dienstag)

Belluno, Via Anconetta 8, Tel.0437/926755

Al Castello Superiore

Das Ristorante in unvergleichlicher Lage im Castello hoch über **Marostica** mit weitem Blick übers Land gehört seit 1997 zum viel gerühmten **La Rosina** (s. dort). Wem der Weg zu Fuß zu anstrengend ist, kann mit dem Auto bei der Einfahrt in den

Burghof (Parkplatz) Augenmaß beweisen. (Ruhetag: Mittwoch)
Marostica, Castello Superiore, Tel. 0424/73315

Alla Grotta

Das Ristorante am pittoresken Hafen von Lazise ist für seine Fischgerichte bekannt. Ein besonderer Blickfang ist der offene Grill mitten im Restaurant, der in Venezien »Fogolar« genannt wird. Weil kaum ein(e) Leser(in) dieses Buches über solch eine vorzügliche Feuerstelle verfügen dürfte, empfiehlt Restaurant-Chef Marco Barato ein Fleisch- und ein Fischrezept, die beide in normalen Küchen leicht nachzukochen sind: **Dadolata di filetto al tartufo con patate duchessa** und **Insalata d'astice dello chef** (s. dort). (Ruhetag: Dienstag)
Lazise, Via Fontana 8, Tel. 045/7580035

Al Vecio Cantier

Einfaches, aber sehr gutes Fischlokal auf dem **Lido** von **Venedig.** Versteckt in einer Kurve direkt beim Golfclub **Venezia.** Eines der wenigen Lokale Venedigs, in dem (normalerweise) italienische Gäste in der Überzahl sind. (Ruhetag: Montag und Dienstag)
Venedig, Lido, Alberoni, Via della Droma 76, Tel. 041/5268130

Amarone della Valpolicella

Dieser hoch geschätzte Wein macht nur einen geringen Teil der **Valpolicella**-Produktion aus. Die Trauben des **Recioto** Amarone sind identisch mit dem Valpolicella (s. dort), werden aber auf Matten getrocknet. Der Wein wird zudem einige Jahre in Holzfässern gelagert. Sein Name geht auf den charakteristischen bitteren (amaro) Nachgeschmack zurück. Berühmt sind u. a. der Amarone von Masi (Gargagnano), Brunelli (S. Pietro in Cariano) und Quintarelli (Negrar).

Antica Locanda Mincio

Traditionsreiche Trattoria im kleinen malerischen Dorf Borghetto direkt am Fluss Mincio gelegen (im Süden des Gardasees), mit Terrasse. (Ruhetag: Mittwochabend, Donnerstag)
Borghetto, Valeggio sul Mincio, Via Buonarroti 12, Tel. 045/7950059

Antica Trattoria Poste Vecie

Das folkloristische Lokal, das für sich in Anspruch nimmt, die älteste Trattoria Venedigs zu sein, liegt unmittelbar am Fischmarkt (Peschiera) Rialto. Hübscher Innenhof. (Ruhetag: Dienstag)
Venedig (San Polo), Rialto Peschiera, Tel. 041/721822

Antiche Cantine Ardenghi

Über hundert Jahre alter **Bàcaro** in Venedigs Sestiere Cannaregio, mit alten Holztischen, einfachen Gerichten und der für diese Weinschenken typischen Atmosphäre, die fast zwanghaft zu mehreren Gläschen (ombre) Wein einlädt. (Ruhetag: Sonntag)
Venedig (Cannaregio), Calle della Testa 6369, Tel. 041/5237691

Antico Brolo

Das Restaurant in **Padua,** unweit der Piazza dei Signori, ist nach dem Heilkräutergarten eines ehemaligen Klosters benannt. Heute wird in den alten Gemäuern des Antico Brolo Kochkunst auf hohem Niveau gepflegt. Eleganter Rahmen und Garten. (Ruhetag: Sonntag)
Padua, Vicolo Cigolo 14, Tel 049/664394

Antico Dolo

Das Antico Dolo zählt neben dem **Do Mori** und dem **Do Spade** zu den bekanntesten Bàcari am Rialtomarkt. Spezialisiert auf »Piatti tipici di Venezia e del Veneto«, bietet die

Weinschenke natürlich auch einen Querschnitt durch die Rebsorten der Region. (Ruhetag: Sonntag)
Venedig (San Polo), Ruga Rialto 778, Tel. 041/5226546

Asiago

Der Golfclub Asiago (18 Loch), im Norden des **Veneto** gelegen, ist zwar von Bergen und Hügeln umgeben, die Fairways sind jedoch weitgehend eben. Jedes Loch hat einen eigenen Namen, wobei das fünfte (»Meltar«, Par 5) mit einer Länge von 565 m auch für Longhitter eine echte Herausforderung darstellt – kommt hinzu, dass rechts ein kleiner See lauert, das Grün ist zu allem Überfluss ziemlich klein und wird von zwei Bunkern verteidigt. Aber was soll's, steckt doch in jedem Golfer ein kleiner Masochist.
Asiago, Via Meltar 2, Tel. 0424/462721, Fax 0424/465133

Asolo

Der malerisch am Hang eines Hügels gelegene mittelalterliche Ort wird wegen seiner herrlichen Ausblicke »Stadt der hundert Horizonte« genannt (Cittadina dei cento orizzonti). In Asolo lebten die legendäre Tragödin Eleonora Duse (ihr Grab findet sich auf dem Friedhof Sant'Anna) und der englische Dichter Robert Browning. Die gebürtige Venezianerin Caterina Cornaro (1454–1510) erhielt von **Venedig** nach dem Verlust ihrer Krone als Königin von Zypern (die sie an **Venedig** abtrat) zum Ausgleich Asolo als kleines Reich übertragen. wo sie über 30 Jahre regierte und Hof hielt.
Villa Cipriani
Osteria alla Chiesa (Monfumo)
Villa Palma (Mussolente)
Asolo (Cavaso del Tomba)

Asolo

Der ganzjährig geöffnete Asolo Golfclub liegt in einem Ge-

lände von 140 ha und wäre schon aufgrund der wunderbaren Hügellandschaft von Asolo einen Ausflug wert. Hinzu kommt die Herausforderung von 27 Löchern mit unzähligen Wasserhindernissen und einem bemerkenswerten Par 3, das als vorletztes Loch schon so manchen viel versprechenden Score zunichte gemacht hat.
Cavaso del Tomba, Via Ronche, Tel. 0423/942000,
Fax 0423/543226

Asparagi bianchi con salsa mimosa

Das Ristorante **Tre Camini** (s. dort) in Costermano am Gardasee war eines der Lieblingslokale von Grandma Ottilia. Laura und Mark bestellen an ihrem ersten gemeinsamen Abend Asparagi bianchi con salsa mimosa (weißer Spargel mit Sauce Mimosa). Die Sauce ist nach dem Mimosenbaum im Innenhof benannt. Das Rezept von Gaetano: Weißen Spargel kurz kochen. 4 Eier ca. 4 Minuten wachsweich kochen, schälen, mit 2 Gabeln in einer Schüssel zerteilen, Salz und schwarzen Pfeffer hinzugeben, geriebenen Parmesan und 2 bis 3 Esslöffel Olivenöl (extra vergine) und etwa die gleiche Menge Rotweinessig untermischen. Die Salsa mimosa wird mit 2 Löffeln zu Nocken geformt und über die Spargelköpfe verteilt.

Autoespresso

Elegantes Feinschmecker-Restaurant in Marghera, dem (ansonsten wenig anziehenden) Industriezentrum von **Venedig** (beim Bahnhof Mestre). Hervorragende Fischgerichte und erlesene Weine. (Ruhetag: Sonntag)
Marghera, Via Fratelli Bandiera 34, Tel. 041/930214

Bàcaro

So heißen in **Venedig** die kleinen Weinschenken, die für die Venezianer eine wichtige Rolle im Tagesablauf haben. In den

Bàcari (abgeleitet vom Weingott Bacchus) trifft man sich schon am späten Vormittag auf eine »ombra«, ein Gläschen Wein (ca. 100 ml). Der Name »ombra« geht zurück auf den Schatten (ombra) des Campanile von San Marco, dem einst die Weinhändler wegen der Kühle folgten. Man spricht von einem »giro de ombre« oder von »andar all'ombra«, wenn es einem in **Venedig** nach einigen Gläschen Wein gelüstet und man dabei von Weinschenke zu Weinschenke zieht. Außerdem gibt es in den Bàcari kleine Köstlichkeiten. Man nimmt sich die »cicheti« von einem Teller an der Bar; oft sind sie mit einem Zahnstocher aufgespießt.

Al Bacco, Antiche Cantine Ardenghi, Antico Dolo, Do Mori, Do Spade, Vino Vino

Baccalà

Der Stock- bzw. Klippfisch ist eine Spezialität des **Veneto** und wird u. a. mit heißer **Polenta** oder geröstetem Brot serviert. Es gibt ihn auch als Püree oder Paste (Baccalà mantecato). Eigentlich ist es erstaunlich, dass der gesalzene oder gedörrte Kabeljau in **Venedig** (wie in vielen Regionen Italiens) so populär ist, da es doch an frischen Fischen aus dem Meer keinen Mangel hat. Während der Kabeljau beim Baccalà nach dem Einsalzen auf Klippen in der Sonne gedörrt wird, trocknet der Stoccafisso (von Stockfisch) an Gestellen.

Bardolino

Der Bardolino wird am Ostufer des Gardasees angebaut. Die Classico-Region umfasst die Gemeinden Bardolino, Garda, Lazise, Affi, Costermano und Cavaion. Nach einer Lagerung von mindestens einem Jahr heißt er Superiore. Den Bardolino gibt es auch als Rosé (Chiaretto) und als jungen Novello, der noch im Erntejahr angeboten wird.

Bassano

Der Maler Jacopo Bassano (1517/18–1592) hieß eigentlich Jacopo da Ponte. Sein Künstlername leitet sich von seinem Geburtsort **Bassano del Grappa** ab. Die Tradition von Jacopo Bassano, der in erster Linie Porträts und religiöse Bilder malte, wurde von seinen Söhnen (vor allem von Francesco und Leandro) fortgesetzt.

Bassano del Grappa

Das Städtchen liegt am Fuße des Monte Grappa an den Ufern der **Brenta.** Wahrzeichen von Bassano del Grappa ist die Holzbrücke, die über den Fluss führt und von Andrea **Palladio** entworfen wurde. Sie wird »Ponte degli Alpini« genannt, weil sie nach ihrer Zerstörung im Zweiten Weltkrieg von den italienischen Gebirgsjägern wieder aufgebaut wurde. Bassano del Grappa ist auch der Geburtsort des gleichnamigen italienischen Digestivo (s. **Grappa**). Berühmtester Sohn der Stadt ist der Maler Jacopo da Ponte, genannt **Bassano.**

Bekannt ist Bassano del Grappa auch für seinen Asparago, den vorzüglichen weißen Spargel.

El Piron

Villa Palma (Mussolente)

Grapperia Nardini, Jacopo Poli

Bauer Grünwald

Nur wenige Minuten vom Markusplatz entfernt liegt diese Luxusherberge, deren schönere Seite dem Canal Grande zugewandt ist. Mit Terrassenrestaurant am Kanal (Abendessen bei Kerzenschein). (Preiskategorie: 5)

Venedig (San Marco), Tel. 041/5207022, Fax 041/5207557

Bellini

Der Maler Giovanni Bellini (um 1430–1516) ist der wohl einflussreichste Maler der venezianischen Klassik. Zu seinen

Schülern zählten **Giorgione** und **Tizian.** Der Sohn von Jacopo Bellini (ebenfalls ein berühmter Maler, von dem allerdings nur wenige Werke erhalten sind) war ein Meister im Umgang mit Licht und Farbe. Obwohl er sich auf religiöse Themen konzentrierte, war er gleichwohl ein begnadeter Landschaftsdarsteller. »Giambellino« stand zu Beginn seiner Karriere im Schatten seines Bruders Gentile (um 1429–1507), der als berühmtester Porträtmaler Venedigs 1479 nach Konstantinopel an den Hof des Sultans Mohammed entsandt wurde.

Bellini

Aperitif aus frischem Pfirsichsaft bzw. pürierten Pfirsichstücken, aufgegossen mit Spumante oder Champagner. Eventuell mit einem Schuss Apricot Brandy. Erfunden wurde der Bellini von Giuseppe Cipriani, dem Gründer der legendären **Harry's Bar,** der den Cocktail nach dem Maler Giovanni **Bellini** benannte. In der Originalversion der **Harry's Bar** wird das Pfirsichpüree (nicht aus gelben, sondern aus kleinen weißen Pfirsichen!) mit sehr kaltem trockenem **Prosecco** im Verhältnis 1 Teil Pfirsichpüree und 3 Teile **Prosecco** gemischt. Serviert wird der Drink in der **Harry's Bar** in schlichten »Zahnputz«-Gläsern (die es nebenan in einem Laden zu kaufen gibt).

Belluno

Die Provinzhauptstadt im Norden des **Veneto** bildet die Brücke vom Tiefland zu den Dolomiten. Von Belluno wurde das Holz aus den Wäldern der Dolomiten über den Fluss Piave nach **Venedig** geflößt (bis zu den »Fondamenta delle Zattere«). Da der Bedarf an Holz in **Venedig** schier unerschöpflich war (allein für das Fundament der Rialto-Brücke wurden 12 000 Eichenpfähle in den schlammigen Boden gerammt), hatte Belluno eine wichtige strategische und wirtschaftliche Bedeutung für die Serenissima. Seit 1401 gehörte Belluno (nachdem die Stadt vorher u. a. von den **Visconti** und von den Skaligern beherrscht wurde) zu **Venedig.** Einen herrlichen Panoramablick hat man vom Campanile des Duomo. Sehenswert sind auch die Piazza dei Martiri, die Porta Ruga (ebenfalls mit schönem Blick), die Piazza del Mercato (Arkaden) und der Palazzo dei Rettori, in dem einst die venezianische Verwaltung untergebracht war.

Al Borgo

Cansiglio (Tambre d'Alpago)

Bianco di Custoza

Der unkomplizierte, frische und leicht würzige Weißwein (v. a. Garganega und Trebbiano toscano) wird in der Provinz **Verona** rund um Custoza (Sommacampagna), aber auch in der Gemeinde **Peschiera** del Garda angebaut.

Biennale

Seit 1895 findet in **Venedig** alle zwei Jahre (in ungeraden Jahren) von Juni bis September die Biennale statt, Europas größte Ausstellung zeitgenössischer Kunst. Hauptaustragungsort der Biennale sind die Giardini Pubblici (die von **Napoleon** angelegt wurden) mit den Pavillons der teilnehmenden Länder.

Bottega del Vino

In dieser traditionsreichen gemütlichen Osteria im Herzen des Centro storico von **Verona** gerät die Nahrungsaufnahme allzu leicht zur Nebensächlichkeit – ist doch das Angebot der Weine sowohl quantitativ als auch qualitativ nur schwer zu übertreffen. (Ruhetag: Dienstag)

Verona, Via Scudo di Francia 3, Tel. 045/8004535

Breganze

Den Breganze gibt es als Rot- (v. a. Merlot-Trauben) und als Weißwein (v. a. Tocai-Trauben). Der Ort Breganze liegt nördlich von **Vicenza.** Berühmt ist die dort ansässige Azienda

Agricola Maculan u. a. für ihren hervorragenden Breganze bianco, für den Chardonnay Riale und den Cabernet Fratta.

Brenta

Der Fluss Brenta entspringt in den **Dolomiten** (unweit von Trento) und führt u. a. über **Bassano del Grappa** und an **Padua** vorbei in die **Adria.** Auf seinem letzten Stück ab **Padua** wurde der Lauf der Brenta über die Jahrhunderte immer wieder geändert. Schon 1209 errichtete **Padua** den Canale Piovego, der die Verbindung nach Stra herstellte. Später wurde dann der Brenta-Kanal angelegt, der Stra und damit **Padua** mit der Lagune von **Venedig** verband. Die heutige Flussführung geht im Wesentlichen auf die Venezianer zurück, die ein kompliziertes Wasserregulierungssystem errichteten – unter anderem, um ein Versanden der Lagune zu verhindern. Heute mündet der Hauptarm des Brenta-Flusses über den Kanal La Cunetta im Süden bei **Chioggia** ins Meer. Und der Seitenarm des Brenta-Kanals führt an Dolo und Mira vorbei bis nach Fusina unmittelbar neben Mestre. Berühmt ist der Brenta-Kanal für die Vielzahl der prächtigen Landhäuser, Villen und Paläste, die die reichen Venezianer vom 15. Jh. bis zum Ende ihrer Macht im 18. Jh. entlang der »Riviera del Brenta« errichteten. Die berühmtesten Villen wie die Villa Foscari in Malcontenta von Andrea **Palladio,** die Villa Widmann-Foscari in Mira und der schlossähnliche Landsitz Villa Pisani »La Nazionale« ziehen heute Besucher aus aller Welt an. Eine Besichtigung des Brenta-Kanals und seiner über 100 Villen (von denen nur einige für Besucher zugänglich sind) ist mit dem Auto über die SS 11 möglich. Beliebt sind auch Fahrradtouren und Wanderungen entlang des 36 km langen, träge dahinfließenden und von Weiden gesäumten Kanals. Auch gibt es das Ausflugsboot »burchiello«, das zwischen **Padua** und **Venedig** verkehrt.

Nalin

Villa Ducale (Dolo), Villa Margherita (Mira)

Bristol Buja

Zentral gelegenes, elegantes Kurhotel in **Abano Terme** mit Thermal-Swimmingpool, Fitness, Sauna, Massage. (Preiskategorie: 3–4)

Abano Terme, Via Monteortone 2, Tel. 049/8669390, Fax 049/667910

Burano

Die pittoreske Insel im Norden der Lagune von **Venedig** fällt durch ihre bunt bemalten Häuser auf. Berühmt ist Burano für die Spitzenklöppelei, die heute noch in vielen Werkstätten betrieben wird und deren Arbeiten (merletti) auf der Insel zum Verkauf angeboten werden. Zweite Einnahmequelle von Burano ist der Fischfang.

Ca' Amata

Dieser 9-Loch-Golfplatz bei **Castelfranco** bezieht seinen Reiz aus einer außerordentlich großzügigen Anlage, die mit dem Gelände (50 ha) geradezu verschwenderisch umgeht und mit seinen vielen natürlichen Wasserhindernissen und Brücken an einen alten Park erinnert.

Castelfranco, Via Postioma 44, Tel. 0423/493537, Fax 0423/721842

Ca' degli Ulivi

Der 18-Loch-Golfplatz in den Hügeln oberhalb von **Garda** eröffnet schöne Ausblicke auf den See, hat zusätzlich einen 9-Loch-Übungsplatz und wird geprägt von seinen alten Olivenbäumen, die dem Platz seinen Namen gegeben haben. Clubhaus mit Restaurant und Schwimmbad (ganzjährig geöffnet).

Marciaga (Verona), Castion di Costermano, Via Ghiandare 2, Tel. 045/6279030, Fax 045/6279039

Ca' del Borgo

Kleines Hotel (nur 8 Zimmer) auf dem **Lido** von **Venedig** in einem Palazzo aus dem 15. Jh. Abseits der Touristenströme mit einer repräsentativen Eingangshalle, Salons, Kaminräumen und einem Garten am Kanal. (Preiskategorie: 4–5)
Venedig, Lido (Malamocco), Piazza delle Erbe 8,
Tel. 041/770749, Fax 041/770744

Ca' della Nave

Der Golfclub Ca' della Nave, sowohl von **Venedig** als auch von **Treviso** und **Padua** gut zu erreichen, wurde von keinem Geringeren als von Arnold Palmer als Championship-Golfcourse angelegt und wartet entsprechend mit einer Vielzahl von Schwierigkeiten auf. Die ebenen Fairways werden von ausreichend vielen kleinen Seen flankiert, so dass einige Reservebälle im Bag durchaus hilfreich sein können. Der Platz integriert einen jahrhundertealten Park und eine Villa aus dem 16. Jh.
Martellago (Venezia), Piazza della Vittoria 14,
Tel. 041/5401555, Fax 041/5401926

Caffè

Venedig ist es zu verdanken, dass im 17. Jh. der Kaffee von Arabien über das Osmanische Reich, zu dem **Venedig** enge Handelsverbindungen hatte, nach Europa kam. Das erste Café (ital. Caffè) Europas wurde 1683 in **Venedig** eröffnet. Bald gab es in **Venedig** so viele Kaffeehäuser, dass ihre Zahl durch ein Gesetz begrenzt werden musste. Erst die von **Venedig** ausgehende Popularität des Kaffees in Europa führte zu ausgedehnten Plantagen auf Java und Sumatra, danach in Zentral- und Südamerika. Zum Frühstück trinken Italiener ihren Cappuccino (mit aufgeschäumter Milch und Kakaopulver), einen Caffelatte (mit viel Milch) oder Caffè macchiato (»gefleckt«, mit weniger Milch). Der Caffè lungo ist gestreckt und weniger stark, der Doppio hingegen besonders kräftig. Und der Caffè corretto (korrigiert) enthält einen Schuss Alkohol, meist **Grappa** oder Brandy.

Caffè Pedrocchi

Das Pedrocchi in **Padua** zählt zu den berühmtesten Kaffeehäusern des **Veneto.** Es wurde 1831 gegründet, liegt schräg gegenüber der Università Bò, war früher Studententreff und ein Zentrum der italienischen Unabhängigkeitsbewegung. Das Pedrocchi galt als »Kaffeehaus ohne Türen«, weil es rund um die Uhr geöffnet hatte. Heute ist es eine schicke Anlaufstelle für Einheimische und Touristen im Herzen Paduas.
Padua, Via VIII Febbraio 2, Tel. 049/8752020

Canaletto

Antonio Canaletto (1697–1768), der eigentlich Giovanni Antonio Canal hieß (geboren in **Venedig**), ist berühmt für seine perspektivisch genauen und naturgetreuen Architektur-, Stadt- und Landschaftsbilder (sog. Veduten). Seine Gemälde wirken außerordentlich realitätsnah (er arbeitete häufig mit der Camera optica) und geben mit ihren integrierten Genreszenen ein lebendiges Abbild des städtischen Lebens seiner Zeit. Canaletto arbeitete nicht nur in **Venedig,** sein Ruf führte ihn auch nach Rom, **Verona,** Mailand, London, Wien, Dresden und Warschau.

Canal Grande

Der Canal Grande, ursprünglich ein Mündungsarm der **Brenta,** ist die wichtigste Wasserstraße Venedigs. Er ist knapp 4 km lang und windet sich von der Piazzale Roma in zwei großen Bogen bis zum Bacino di San Marco. Nur drei Brücken überqueren den Canal Grande: der Ponte di Rialto, der Ponte dell'Accademia und der Ponte degli Scalzi. Außerdem setzen an sieben Stellen Gondeln (traghetti) über den Canal

Grande. Die Venezianer nennen den Canal Grande (übrigens der einzige Kanal Venedigs, der nicht Canale, sondern ohne »e« Canal heißt) »Canalazzo« – nach den vielen Palästen (Palazzi), die ihn säumen. Tatsächlich kann man bei einer Fahrt mit dem Vaporetto die Fassaden von über 200 Palästen und ihre unterschiedlichen Stilrichtungen (von der byzantinischen Architektur über die Gotik und die Renaissance bis zum Barock) bewundern. Meist tragen sie die Namen von großen Adelsfamilien, mit einem bescheidenen Ca' davor (von Casa).

Cansiglio

Dieser nördlichste Golfplatz des **Veneto** wurde bereits 1956 als 9-Loch-Platz gegründet und 1995 auf 18 Loch erweitert. Der Platz wird von Bergen umgeben, hat ein Rough, das Kenner an die schottischen Highlands erinnert, und stellt aufgrund seiner häufigen Hanglagen hohe Ansprüche an die technischen Fertigkeiten der Spieler (geöffnet von Mai bis Oktober).
Tambre d'Alpago (Belluno), Loc. Pian del Cansiglio,
Tel. 0438/585398, Fax 0438/585398

Caorle

Der Urlaubsort an der adriatischen Küste war im Mittelalter ein versteckter Fischereihafen, in dem sich die Bewohner vor Angriffen aus dem Hinterland sicher fühlten. Bis zum Niedergang des Orts, der durch die fortwährende Versumpfung der Lagune herbeigeführt wurde, war Caorle Bischofssitz, wovon noch heute der große Dom zeugt. Zu den ersten Touristen in Caorle soll Ernest **Hemingway** gezählt haben, der sich im heutigen Urlaubsgetümmel vermutlich nicht mehr wohl fühlen dürfte.
Pra' delle Torri (Porto S. Margherita)

Carpaccio

Der Maler Vittore Carpaccio wurde um 1460 in **Venedig** geboren (gest. 1526). Er ist ein Vertreter der Frührenaissance und konzentrierte sich auf Zyklen von Heiligenlegenden. In der Galleria dell'Accademia sind seine Bilder zur Ursula-Legende zu bewundern, die er für die Bruderschaft Scuola di Sant' Orsola geschaffen hat. Carpaccios Bilder zeichnen sich durch eine klare Farbgebung aus.

Carpaccio

Das hauchdünn aufgeschnittene Rindsfilet, mit einer Soße aus Senf und Mayonnaise, wurde von Giuseppe Cipriani in Venedigs legendärer **Harry's Bar** erfunden. Wie es heißt, um einer auf Diät befindlichen Contessa etwas Schmackhaftes servieren zu können. Und inspiriert von einer Ausstellung mit Werken des Renaissancemalers Vittore **Carpaccio,** der in besonderer Weise die Farben Rot und Weiß zu kombinieren verstand – ganz so wie bei diesem Gericht. Sein Sohn Arrigo Cipriani sagt, worauf es beim »echten« Carpaccio ankommt: Es besteht aus hauchdünnen Scheiben von rohem Rindfleisch (Contrefilet), das vor dem Aufschneiden zwar gut gekühlt, aber nicht gefroren sein darf. Die Scheiben werden auf einem Teller ausgelegt, leicht gesalzen und 5 Minuten in den Kühlschrank gestellt. Die Sauce wird »à la Kandinsky« in einem unregelmäßigen Gittermuster über das Fleisch geträufelt. Die Salsa Carpaccio besteht in der **Harry's Bar** aus Mayonnaise, die mit Worcestersauce und Zitronensaft vermischt und mit etwas Milch verdünnt ist. Mit Salz und frisch gemahlenem weißem Pfeffer abgeschmeckt.

Casanova

Der gebürtige Venezianer Giacomo Girolamo Casanova (1725–1798), Chevalier de Seingalt, hätte eigentlich Priester werden sollen, entschied sich dann aber für ein ungleich freizügigeres Leben, das von unbändiger Abenteuerlust und leidenschaftlichen Affären geprägt wurde. Casanova hatte unzählige Professionen. Er war u. a. Sekretär, Alchimist, Spieler, Magier, Spion und Diplomat. 1755 wurde er in **Venedig** wegen Magie, Freimaurerei, Gotteslästerung und Unzucht zu fünf Jahren Kerker verurteilt. Aber schon ein Jahr später gelang ihm seine spektakuläre Flucht aus den Bleikammern des Dogenpalastes. Casanova reiste durch ganz Europa, war Freund und Berater hoch gestellter und gekrönter Häupter und Liebhaber unzähliger Frauen (u. a. der Marquise de Pompadour). Im Alter arbeitete er zurückgezogen als Bibliothekar des Grafen von Waldstein auf Schloss Dux, wo er die meiste Zeit damit verbrachte, seine Memoiren (in französischer Sprache) zu schreiben. Casanova, dessen Name zum Synonym wurde, war freilich wesentlich mehr als ein oberflächlicher Charmeur. Er war ein außerordentlich gebildeter Mann, mit perfekten Umgangsformen, literarischen Talenten, voller Esprit und der Fähigkeit genauer Beobachtung und Schilderung seiner Zeit.

Casa Vecia

Gourmet-Restaurant bei **Abano Terme,** in dem traditionelle Gerichte kreativ verfeinert werden. Z. B. Gnocchi di semolino al tartufo nero con fegatini di coniglio al sugo di carne (Grieß-**Gnocchi** mit Schwarztrüffel und kleine Hasenleber in Fleischsoße). (Ruhetag: Sonntagabend und Montag)
Monterosso, Abano Terme, Via Appia 130, Tel. 049/8600138

Castelfranco

Der Geburtsort des großen Malers **Giorgione** geht auf eine Gründung von **Treviso** zurück und war als »Città murata« gegen **Padua** gedacht. Entsprechend präsentiert sich die quadratisch angelegte Altstadt von Castelfranco stark befestigt von hohen Mauern umgeben. Übrigens geht die nahe gelegene

Stadt **Cittadella** auf **Padua** zurück, die **Treviso** mit ihrem eigenen Festungsbau Paroli bieten wollte. Von 1339 an gehörte Castelfranco (wie **Treviso**) zu **Venedig**. Sehenswert sind u. a. der Dom, wo in einer Seitenkapelle die »Madonna del Castelfranco« von **Giorgione** zu bewundern ist, das Geburtshaus von **Giorgione** (Casa di Giorgione) und das Teatro Accademico.

Ca' Amata

Chioggia

Das im Süden der Lagune von **Venedig** gelegene Städtchen wurde schon von den Römern gegründet und ist somit älter als **Venedig.** Im berühmten Krieg von Chioggia (1378–80) stritten hier Genua und **Venedig** um ihre Vorherrschaft als Seemacht im östlichen Mittelmeer. Ein Konflikt, aus dem **Venedig** als Sieger hervorging, der Chioggia aber wenig bekommen ist und zu einem Niedergang der einstmals glanzvollen Lagunenstadt führte. Ähnlich wie **Venedig** wird Chioggia von vielen Kanälen durchzogen, was schon allein einen Besuch lohnenswert macht. Städtebaulich und kulturell viel bescheidener als ihre große Schwester, von der Chioggia jahrhundertelang beherrscht wurde, hat der Ort heute vor allem große Bedeutung als Fischereihafen. Zu den Sehenswürdigkeiten von Chioggia zählen der Dom und die Kirche San Domenico (mit Gemälden u. a. von **Carpaccio** und **Bassano**).

Cinzia & Valerio

Der äußere Eindruck trügt: Das Cinzia & Valerio in **Vicenza** ist ein elegantes Restaurant mit ambitionierter und phantasievoller Küche (Schwerpunkt Fisch). Nicht zu vergessen die vorzüglichen »dolci« wie z. B. die Torta vicentina con gelato alla vaniglia. (Ruhetag: Sonntag)

Vicenza, Piazzetta Porto Padova 65–67, Tel. 0444/505213

Cipriani & Palazzo Vendramin

Venedigs wohl luxuriösestes Hotel auf der Insel Giudecca. Eröffnet 1958 von Giuseppe Cipriani (s. **Harry's Bar**). Dank Park und großer Poolanlage auch ein Refugium zum Erholen und Entspannen. Zum Hotel gehört der Palazzo Vendramin. Der Transport zum Markusplatz erfolgt mit hoteleigenen Booten. (Preiskategorie: 5)

Venedig (Giudecca), Giudecca 10, Tel. 041/5207744, Fax 041/5203930

Cittadella

Als Reaktion von **Padua** als »Città murata« gegen Trevisos **Castelfranco** gegründet, weist der mittelalterliche Ort einen vollständig erhaltenen Festungsring (mit 32 Türmen) auf. Berüchtigt ist die Torre di Malta, in der Ezzelino III. Adelige und Bürger zu Tode foltern oder verhungern ließ. Sehenswert ist u. a. die Pfarrkirche mit einem Gemälde von Jacopo **Bassano.**

Colli Berici

Der Golfclub Colli Berici befindet sich in der Nähe von **Vicenza** zwischen den kleinen Ortschaften Brendola und Altavilla. Autobahn Mailand–Venedig, Ausfahrt Montecchio. Der sehr natürlich angelegte Platz auf den Hügeln der Colli Berici bietet dem Spieler schöne Landschaftseindrücke und weite Ausblicke, aber auch tiefe Roughs und viele Bäume.

Brendola (Vicenza), Tel. 0444/601780, Fax 0444/400777

Conegliano

Der kleine Ort liegt in der Weinbauregion des **Prosecco** und ist Ausgangspunkt der Strada del Vino di Prosecco, die von hier über 42 km bis Valdobbiàdene führt. Conegliano hat eine hübsche Altstadt mit Arkaden, dem Geburtshaus des Renaissancemalers Cima da Conegliano und dem Duomo Santa Maria dei Battuti (mit einem Altarbild von Conegliano).

Corte Sconta

Trattoria in **Venedig** (im Sestiere Castello, unweit der Riva degli Schiavoni), die sich aus einem alten **Bàcaro** zu einem sehr empfehlenswerten Fischlokal entwickelt hat. Beim Bestellen folgt man am besten der Empfehlung und kostet sich in kleinen Portionen durch das Angebot der Küche. Mit Innenhof. (Ruhetag: Sonntag und Montag)
Venedig (Castello), Calle del Pestrin 3886, Tel. 041/5227024

Cortina d'Ampezzo

Der bekannteste Ski-, Kur- und Urlaubsort der Belluneser Dolomiten wird umgeben von eindrucksvollen Gipfeln (u. a. Cristallo, Sorapis) und markiert die nördlichste Region des **Veneto.** 1956 fanden in Cortina d'Ampezzo die Olympischen Winterspiele statt. Zur Wintersaison trifft sich in Cortina die Prominenz der italienischen Gesellschaft.
El Toulà, Tivoli
Hotel de la Poste

Crespelle alla crema pasticciera

Diese Crespelle (Crêpes à la Crème) zählen zu den beliebtesten Desserts in Venedigs berühmter **Harry's Bar.** Sie müssen hauchdünn zubereitet werden, was einige Übung erfordert. Arrigo Cipriani verrät das Rezept: Eier mit Mehl, etwas Olivenöl und einer Prise Salz in einer Schüssel verquirlen. Milch einrühren und den flüssigen Teig durch ein Spitzsieb in einen Krug gießen. Etwas Butter in einer kleinen Pfanne erhitzen. So viel Teig in die Pfanne gießen, dass der Pfannenboden davon gleichmäßig überzogen ist. Wenn die Crêpes auf einer Seite leicht gebräunt sind, mit einem Spachtel vorsichtig wenden. Nach dem Backen behutsam auf einem sauberen Küchentuch aufeinander legen. Zum Füllen der Crêpes einen Löffel Vanillecreme auf eine Crêpehälfte tun, die andere Hälfte darüber klappen und nochmals falten, so dass ein Dreieck entsteht. Die gefüllten Crêpes in eine ofenfeste Form legen, mit etwas Zucker bestreuen und für 5 bis 10 Minuten in den heißen Ofen schieben, bis sie erwärmt sind und der Zucker geschmolzen ist. Die Crêpes in der Form auftragen und am Tisch mit Cointreau übergießen und flambieren. In der **Harry's Bar** gibt es dazu eine Kugel Vanilleeis.

Dadolata di filetto al tartufo con patate duchessa

Im **Alla Grotta** (s. dort) in Lazise entscheidet sich Mark für Filetwürfel mit Trüffel und Kartoffeln Duchessa. Marco Baratos Rezept für vier Personen: Vier mittelgroße Kartoffeln kochen, schälen und durch die Kartoffelpresse drücken, 30 g Butter, ein Eidotter und 30 g geriebenen **Parmigiano** Reggiano hinzugeben. Alles gut mischen und 4 Nester formen, diese im Rohr 8 bis 10 Minuten bei 180° backen. Für das Filetto al tartufo 3 klein geschnittene Schalotten in 80 g Butter anbraten, mit Cognac flambieren und Madeira hinzufügen. 600 g Rinderfilet in Würfel schneiden, sanft anbraten. Sobald die Soße mit den Schalotten nicht mehr brennt, diese zum Filet in die Pfanne gießen, salzen und pfeffern, mit einem halben Glas Sahne verfeinern, gehobelten Trüffel hinzugeben. Das Ganze schnell und heiß in die Kartoffelnester füllen und zur Garnierung noch etwas Trüffel darüber hobeln.

Danieli

Das weltbekannte Hotel in unmittelbarer Nähe des Markusplatzes ist seit Generationen der Inbegriff für verschwenderischen Luxus. Berühmt (und allemal einen Besuch wert) ist die atriumähnliche Empfangshalle im venezianisch-gotischen Stil. Überwältigend auch der Blick vom Restaurant auf der Dachterrasse. (Preiskategorie: 5)
Venedig (San Marco), Riva degli Schiavoni 4196,
Tel. 041/5226480, Fax 041/5200208

Da Remo

Das traditionelle Lokal findet sich vor den Toren **Vicenzas** an der Straße nach **Padua** (No.11) in einem großen Landhaus. Hier gibt es deftige regionale Hausmannskost wie z. B. **Baccalà** mantecato (Stockfischpüree), Zuppa di trippe (Kuttelsuppe) und ein Carrello degli arrosti e bolliti (Gebratenes und Gekochtes vom Wagen). (Ruhetag: Sonntagabend und Montag)
Vicenza, Via Caimpenta 14, Tel. 0444/911007

Della Montecchia

Der modern angelegte 27-Loch-Golfplatz (u. a. Drainage-System) in der Nähe von **Abano Terme** hat eine Vielzahl von Wasserhindernissen und anspruchsvoll verlaufende Fairways. Der Club verfügt außerdem über vielfältige Sport- und Freizeiteinrichtungen wie Tennis, Reiten und Swimmingpool.
Selvazzano Dentro (Padua), Via Montecchia 16,
Tel. 049/8055550, Fax 049/8055737

Dodici Apostoli

Das Restaurant der zwölf Apostel ist in **Verona** eine kulinarische Institution, mit einer gediegenen Atmosphäre, einer vorzüglichen Küche und einer sorgfältigen Auswahl an Weinen. (Ruhetag: Sonntagabend und Montag)
Verona, Vicolo Corticella San Marco 3, Tel. 045/596999

Do Forni

Auch bei den Venezianern sehr beliebtes Restaurant nicht weit vom Markusplatz. (Ruhetag: Montag)
Venedig (San Marco), Calle Speccieri 457, Tel. 041/5237729

Dolomiten

Das norditalienische Gebirge gehört zu den südlichen Kalkalpen und hat 18 Gipfel über 3000 m. Der höchste Berg, die Marmolada (3342 m), liegt in jenem Teil der Dolomiten, der zum **Veneto** gehört. Ihren Namen verdanken die »blassen Berge« (wie sie früher genannt wurden) dem französischen Geologen Déodat de Dolomieu, der 1788 die Zusammensetzung ihres (magnesiumhaltigen) Kalkgesteins erkannte. Für **Venedig** war die heutige Provinz **Belluno** über Jahrhunderte ein auch aus strategischen Gründen wichtiger Machtbereich.

Do Mori

Der wohl bekannteste **Bàcaro** von **Venedig** in der Nähe vom Mercato di Rialto. Ohne Tische, dafür mit einer langen Holztheke. Mit guten Ombre-Weinen und feinen Cicheti (**Baccalà,** Folpeti ...). Donna Leon lässt hier ihren Commissario Brunetti einkehren. Dessen Vorliebe kann man sofort nachvollziehen, wenn einem beim Betreten die köstlichen Düfte der Küche in die Nase steigen. (Ruhetag: Sonntag)
Venedig (San Polo), Calle Do Mori, Tel. 041/5225401

Donatello

Der Florentiner Bildhauer (1386–1466) gilt als Pionier der Frührenaissance. Obwohl seine Hauptwirkungsstätte Florenz blieb (wo er vor allem für Cosimo de' Medici tätig war), arbeitete er von 1444 bis 1453 in **Padua**. In der Kirche Sant' Antonio (Il Santo) finden sich am Hochaltar seine berühmten Bronzestatuen, vor der Basilika steht Donatellos Reiterstandbild des venezianischen Feldherrn Gattamelata.

Do Spade

Der typisch venezianische **Bàcaro** Do Spade, in unmittelbarer Nähe des Fischmarkts, existiert bereits seit 1415. Schon **Casanova** hat sich, wie seinen Memoiren zu entnehmen ist, im Do Spade am Wein und – wie sollte es anders sein – an der Gesellschaft einer schönen Frau erfreut. (Ruhetag: Sonntag)
Venedig (San Polo), Calle do Spade 860, Tel. 041/5210574

Due Mori

Nur wenige Schritte von der historischen Piazza Castello in **Marostica** entfernt findet sich das modern renovierte Due Mori in einem Gebäude aus dem 17. Jh. mit zehn Gästezimmern und Restaurant (im Sommer mit Tischen im Hof). (Preiskategorie: 3)

Marostica, Corso Mazzini 73, Tel. 0424/471777, Fax 0424/73693

Due Torri Hotel Baglioni

Einst ein Gästehaus der Skaliger, beherbergt der Palast im Zentrum Veronas heute das eleganteste Hotel der Stadt.

Verona, Piazza Santa Anastasia 4, Tel. 045/595044, Fax 045/8004130

El Piron

Kleine Trattoria in **Bassano del Grappa** unweit des Ponte degli Alpini. Im Zeichen der Gabel (für »Piron«) gibt es regionale Spezialitäten wie z. B. Bigoli all'anitra (dicke Spaghetti mit Entenragout) und natürlich zur Saison Spargel (Asparagi in stagione) und Pilze (**Gnocchi** ai porcini), für die **Bassano del Grappa** bekannt ist. (Ruhetag: Donnerstag)

Bassano del Grappa, Via Z. Bricito 12, Tel. 0424/525306

El Toulà

Das Restaurant El Toulà in **Cortina d'Ampezzo** bietet landestypische Gerichte im charakteristischen Ambiente eines alten Heubodens. Geöffnet nur in der Wintersaison sowie im Juli und August. (Ruhetag: Montag im Januar).

Cortina d'Ampezzo, Via Ronco 123, Tel. 0436/3339

Excelsior

Das Hotel auf dem **Lido** von **Venedig** steht seit der Eröffnung im Jahre 1907 für Luxus und Prominenz. Die maurische Archi-

tektur erinnert an den Glanz der Belle Époque. Mit Strandhäuschen im Stil kleiner Beduinenzelte, mehreren Restaurants, einem großen Pool und hoteleigenem Bootsshuttle zum Markusplatz. Dass dies alles sein Geld kostet, versteht sich von selbst. Zweifellos ist das Excelsior – wie so manche Hotels in und um **Venedig** – einer ausgesprochen gut betuchten Klientel vorbehalten. (Preiskategorie: 5)
Venedig, Lido, Lungomare Marconi 41, Tel. 041/5260201, Fax 041/5267276

Fegato alla Veneziana

Die venezianische Kalbsleber findet sich als Klassiker auf vielen Speisekarten. Bei der Zubereitung wird die Leber zunächst in schmale Streifen geschnitten. In einer Pfanne wird Olivenöl erhitzt, hinzu kommen dünn geschnittene Zwiebelringe. Das Ganze lässt man so lange dünsten, bis die Zwiebeln glasig sind. Dann wird die Temperatur erhöht, und die Leberstreifen werden hinzugegeben, die unter ständigem Wenden bereits nach wenigen Minuten gar sind. Manche geben zur Kalbsleber etwas Fleischbrühe oder Weißweinessig in die Pfanne, andere nehmen die Zwiebeln zwischenzeitlich heraus und geben sie erst zum Schluss wieder hinzu. Zur Fegato alla Veneziana kommen noch frische Salbeiblätter. Mit Pfeffer und Salz abschmecken. Vor dem Servieren etwas Petersilie darüber streuen. Eine typische Beilage ist **Polenta.**

Feltre

Seit 1404 gehört die Stadt Feltre am Fuße der **Dolomiten** zu **Venedig.** Im Krieg Venedigs gegen die Liga von Cambrai wurde Feltre 1510 fast vollständig zerstört, danach von **Venedig** aber wieder aufgebaut. Sehenswert sind die Piazza Maggiore (mit dem obligatorischen Markuslöwen und der Kirche San Rocco), die Via Mezzaterra (mit prachtvollen Häusern aus dem 16. Jh.), das Museo Civico und der Dom.

Flora

Ganz in der Nähe von San Marco versteckt sich das Hotel Flora. Galt lange als Geheimtipp – nicht nur wegen der für **Venedig** relativ moderaten Preise, sondern auch aufgrund der charmanten Atmosphäre und des kleinen Gartens, in dem das Frühstück serviert wird. (Preiskategorie 3–4)
Venedig (San Marco), Via XXII Marzo 2283A,
Tel. 041/5205844, Fax 041/5228217

Florian

Seit 1720 gibt es dieses berühmte **Caffè** unter den Arkaden der Piazza San Marco. Benannt nach seinem Gründer Floriano Francesconi, ist das Caffè Florian das älteste noch existierende Kaffeehaus Italiens. Die ehrwürdige Tradition (die Dekorationen in den Räumen stammen von 1858), die einmalige Lage und die fleißige Kapelle entschädigen für die bemerkenswert hohen Preise. Auch weiß man sich historisch in bester Gesellschaft, zu den berühmten Stammgästen des Caffè Florian zählten **Hemingway,** Thomas **Mann,** Lord Byron, Marcel Proust. (Ruhetag: Mittwoch)
Venedig (San Marco), Piazza San Marco 56

Frassanelle

Der Golfclub Frassanelle (zwischen **Padua** und **Vicenza** unweit von **Abano Terme**) liegt in einem alten Park und orientiert sich sowohl beim Platzdesign als auch bei der Ausstattung des altehrwürdigen Clubhauses an englischen Traditionen. Mit vielen kleinen Seen und Bächen, Büschen und Bäumen – die schon mal (wie an dem 549 m langen Schlussloch) in Form zweier mächtiger Eichen mitten auf dem Fairway stehen.
Frassanelle di Rovolon (Padua), Tel. 049/9910722,
Fax 049/9910691

Garda

Am südlichen Gardasee, an einer weiten Bucht am zum **Veneto** gehörenden Ostufer liegt das Städtchen Garda, das über Jahrhunderte vor allem von der Fischerei lebte. Die hübsche Altstadt und die vielen Cafés locken heute zahllose Touristen an. Beherrscht wird Garda vom mächtigen Felsen Rocca, auf dem schon von den Ostgoten eine Burg gebaut wurde und über den es viele Legenden gibt.

Alla Grotta (Lazise), Tre Camini (Costermano)

Locanda San Vigilio

Madrigale (Marciaga), Radisson (Albisano)

Ca' degli Ulivi (Marciaga)

Giorgione

Etliche Geheimnisse ranken sich um das Leben und das Werk des Malers Giorgio da Castelfranco, genannt Giorgione (geb. um 1478). Der Schüler von **Bellini** (wobei auch das nicht sicher scheint) begründete die von weichen, fließenden Farben geprägte venezianische Malerei der Hochrenaissance und hatte entscheidenden Einfluss auf die Landschaftsmalerei. Indes sind ihm nur wenige Werke eindeutig zuzuschreiben (z. B. das weltberühmte Gemälde »La Tempesta« in der Accademia). Allzu viele Maler haben in seiner Tradition weitergemalt und seinen Epoche machenden Stil kopiert. Und Gemälde wie die »Schlummernde Venus« sind von anderen Malern (in diesem Fall **Tizian**) vollendet worden. Giorgione, der aus armen Verhältnissen stammte, war vielseitig begabt und auch als Sänger und Lautenspieler beliebt und anerkannt. Kaum 32 Jahre alt, fiel er der Pest zum Opfer. Stilelemente von Giorgione wurden später vom Impressionismus wieder entdeckt.

Giotto

Giotto di Bondone (1266–1337), im toskanischen Mugello

geboren, gilt als großer Erneuerer der Malerei, der sich mit wirklichkeitsnahen Darstellungen von der byzantinischen Schule löste und zur Renaissance hinführte. Giotto wirkte in Florenz, Rom, Neapel und Mailand. In **Padua** (Cappella degli Scrovegni) schuf er sein berühmtestes Werk, einen Freskenzyklus mit Szenen aus dem Leben Christi.

Gnocchi

Gnocchi sind kleine Nocken bzw. Klößchen, die meist aus Kartoffeln (Gnocchi di patate) zubereitet werden. Es gibt sie aber u.a. auch aus Hartweizengrieß, Maismehl und Kürbisfleisch (Gnocchi di zucca oder venezianisch de suca). Die Gnocchi zählen zu den traditionsreichsten Pasta-Gerichten im **Veneto.** Im Veroneser Karneval findet sich sogar eine Maske, die »Papà del Gnoccho« heißt.

Gnocchi di patate al tartufo nero

Ihren ersten gemeinsamen Abend verbringen Laura und Mark im Ristorante **Tre Camini** (s. dort) in Costermano am Gardasee. Als ersten Gang bestellen sie Gnocchi di patate al tartufo nero (Kartoffelgnocchi mit schwarzem Trüffel). Das Rezept von Rossella und Gianni Priante (für sechs Personen): 1 kg mehlige Kartoffeln ohne Salz kochen, schälen und durch eine Kartoffelpresse drücken. Muskatnuss und Salz dazugeben und mit 100 g Mehl und 2 Eiern mischen. Die Masse auf einer bemehlten Arbeitsfläche zu einem glatten Teig kneten, zu Rollen formen und in kurze Stücke schneiden, die dann zu kleinen Nocken geformt werden. Diese in kochendes Salzwasser geben. Sobald die Nocken an die Oberfläche aufsteigen, mit einer Schaumkelle herausnehmen. Die Soße wird aus 200 g Mascarpone und etwas doppelter Kraftbrühe (fondo bruno) unter Zugabe von Salz zubereitet. Hinzu kommen – »unser kleines Geheimnis« – einige Tropfen Trüffelöl. Die bereits vorbereiteten Gnocchi di patate werden nun mit der Soße gemischt, auf vorgewärmten Tellern angerichtet und mit darüber gehobeltem Trüffel serviert.

Goethe

Über den Brenner und den Gardasee gelangte Johann Wolfgang von Goethe zu Beginn seiner berühmten »Italienischen Reise« 1786 nach **Verona, Vicenza, Padua** und **Venedig.** Um aus seinen Tagebuchaufzeichnungen zu zitieren: »Heute Abend hätte ich können in **Verona** sein, aber es lag mir noch eine herrliche Naturwirkung an der Seite, ein köstliches Schauspiel, der Gardasee, den wollte ich nicht versäumen, und bin herrlich für meinen Umweg belohnt.« Ungeachtet der Eindrücke soll Goethe im Zollhaus von Torbole mit der Überarbeitung von »Iphigenie« begonnen haben. In Malcesine wäre er fast als Spion verhaftet worden, als er die Skaligerburg zeichnete. Dennoch schrieb er: »Es ist der erste venezianische Ort an der Morgenseite des Sees.« In **Verona** lobte er die Veroneser für den Erhalt des Amphitheaters, und er erfreute sich am Angebot der Märkte: »Gemüse und Früchte unübersehlich, Knoblauch und Zwiebeln nach Herzenslust.« In **Vicenza** (wie auch später in **Venedig**) erwies er sich als großer Bewunderer **Palladios:** »Es ist wirklich etwas Göttliches in seinen Anlagen, völlig wie die Force des großen Dichters, der aus Wahrheit und Lüge ein Drittes bildet, dessen erborgtes Dasein uns bezaubert.« In **Padua** erschreckte ihn die Würde des Universitätsgebäudes: »Es ist mir lieb, dass ich darin nichts zu lernen hatte.« Über die **Brenta** – »manchen herrlichen Garten, manchen herrlichen Palast hinter uns lassend« – gelangte Goethe schließlich nach **Venedig**, wo er zwar die »große Unreinlichkeit der Straßen« beklagte, ansonsten aber mit »Begierde« die Kunstschätze aufsuchte. An ein Gemälde von **Tizian** fühlte er sich erinnert, als er »bei hohem Sonnenschein durch die Lagunen fuhr und auf den Gondelrändern die Gondoliere, leicht schwebend, bunt bekleidet, rudernd, betrachtete«.

Golf

Im **Veneto** lässt sich wie in wenigen Regionen dieser Welt das Golfspiel auf angenehmste Weise mit Geschichte, Kunst, Kultur und kulinarischen Genüssen verbinden. Hinzu kommt ein Klima, das die Ausübung des Sports zu allen Jahreszeiten ermöglicht. Eineinhalb dutzend Golfplätze gibt es im **Veneto** zwischen den Bergen im Norden, dem Gardasee im Westen, den Colli Berici im Süden und der **Adria** im Osten.

Albarella, Asiago, Asolo, Ca' Amata, Ca' degli Ulivi, Ca' della Nave, Cansiglio, Colli Berici, Della Montecchia, Frassanelle, Padova, Pra' delle Torri, Venezia, Verona, Vicenza, Villa Condulmer, Villafranca, Zerman

Gran Caffè Garibaldi

Es gibt keinen besseren Platz, in **Vicenza** die Basilika von **Palladio** auf sich wirken zu lassen – bei einem Cappuccino oder einem Cabernet Colli Berici auf der Terrasse des Gran Caffè Garibaldi.

Vicenza, Piazza dei Signori, Tel. 0444/544147

Grappa

Ob streng aus dem Italienischen als »die« Grappa abgeleitet oder dem deutschen Sprachgebrauch entsprechend mit männlichem Artikel versehen, ist dem Tresterschnaps gewiss egal. Der Digestivo wird aus ausgepressten Traubenschalen (Trester), also aus den Überresten des Weins, gewonnen. Entsprechend war die Grappa früher ein Schnaps für arme Leute. Entscheidend für die Qualität und das Aroma ist der jeweilige Wein, aus dessen Trester Grappa destilliert wird. Gute Grappa reift jahrelang in ausgesuchten Holzfässern. Der Geburtsort der Grappa ist das Städtchen **Bassano del Grappa** am Fuße des Monte Grappa. Hier haben mit Nardini (s. **Grapperia Nardini**) und **Jacopo Poli** auch zwei der berühmtesten Grappa-Destillerien ihren Sitz. Zwar nicht im **Veneto,** aber im Friaul ist die Destillerie Nonino ansässig, die für viele Kenner als erste Grappa-Adresse gilt.

Grapperia Nardini

Direkt an dem Ponte Vecchio in **Bassano del Grappa** findet sich diese Schankstube, in der mit Blick auf den **Brenta**-Fluss die Tresterschnäpse der renommierten **Grappa**-Destillerie Nardini ausgeschenkt und verkauft werden. (Ruhetag: Montag)
Bassano del Grappa, Ponte Vecchio 2, Tel. 0424/227741

Gritti Palace

Schon Ernest **Hemingway** schwärmte vom Luxus dieses Hotels. Palazzo aus dem 15. Jh. am Canal Grande. Mit berühmter Terrasse (und stolzen Preisen). (Preiskategorie: 5)
Venedig (San Marco), Campo Santa Maria del Giglio 2467, Tel. 041/794611, Fax 041/5200942

Groto de Corgnan

Rustikales Lokal mit engagierter Küche und Schwerpunkt auf den regionalen Spezialitäten. Hervorragende Weine. (Ruhetag: Sonntag und Montagmittag)
Sant'Ambrogio di Valpolicella (Verona), Via Corgnano 41 Tel. 045/7731372

Guggenheim

Der amerikanischen Millionärin Peggy Guggenheim verdankt **Venedig** die gleichnamige Collection im Palazzo Venier dei Leoni. Die exzentrische Kunstsammlerin, die mit Max Ernst verheiratet war, hat eine der bemerkenswertesten Kollektionen der klassischen Moderne zusammengetragen. Es macht wenig Sinn, die Namen der Künstler aufzuzählen, denn alles was von Picasso über Kandinsky bis Jackson Pollock Rang und Namen hat, ist im Palazzo am Canal Grande mit Werken vertreten. Im Garten (in dem Peggy Guggenheim auch beigesetzt wurde) stehen Plastiken, u. a. von Henry Moore.

Harry's Bar

Dank prominenter Stammkunden wie Ernest **Hemingway,** Charly Chaplin und William Somerset-Maugham früh zu Weltruhm gelangte Bar in Venedig, die von Giuseppe Cipriani gegründet wurde und deren Tradition von seinem Sohn Arrigo Cipriani weitergeführt wird. Im dazugehörigen Sterne-Restaurant wurde 1950 das **Carpaccio** erfunden. Und in der Bar schlug die Geburtsstunde des **Bellini.** Drei seiner berühmten Rezepte verrät Arrigo Cipriani in diesem Buch: **Risotto di scampi, Carpaccio, Crespelle alla crema pasticciera** (s. dort). (Ruhetag: Montag)
Venedig (San Marco), Calle Vallaresco 1323, Tel. 041/5285777

Harry's Dolci

Ableger der **Harry's Bar** auf Giudecca. Es gibt nicht nur Dolci, sondern im Wesentlichen die gleiche Küche wie in der **Harry's Bar.** Großer Vorzug: Man kann im Freien direkt am Wasser des Canale della Giudecca sitzen. (Ruhetag: Dienstag)
Venedig (Giudecca), Giudecca 773, Tel. 041/5224844

Hemingway

Der amerikanische Schriftsteller und Literatur-Nobelpreisträger Ernest Miller Hemingway (1899–1961) lernte Italien schon im Ersten Weltkrieg als Sanitäter kennen. Ende der 40er Jahre war er in **Venedig** ein häufiger Besucher des Caffè **Florian,** vor allem aber Stammgast in der **Harry's Bar,** mit dessen Gründer Giuseppe Cipriani er befreundet war. In seinem Roman »Über den Fluss und in die Wälder« (1950), den er zu großen Teilen in der **Locanda Cipriani** auf Torcello geschrieben hat, setzte Hemingway der **Harry's Bar** – wie auch dem **Gritti Palace** Hotel – ein literarisches Denkmal.

Hotel de la Poste

Im Zentrum von **Cortina d'Ampezzo** gelegenes alteingesessenes Berg- und Skihotel. (Preiskategorie 2–3)
Cortina d'Ampezzo, Piazza Roma 14, Tel. 0436/4271, Fax 0436/868435

Hotel des Bains

Traditionsreiches Grandhotel auf dem **Lido** von **Venedig,** direkt am Strand (eigene Kabinen), mit Schwimmbad, kleinem Park. Bekannt u. a. durch Thomas **Mann** und Viscontis Film »Tod in Venedig«. (Preiskategorie: 5)
Venedig, Lido, Lungomare Marconi 17, Tel. 041/5265921, Fax 041/5260113

Hungaria Palace

Eindrucksvoll ist bereits die an Verzierungen reiche Fassade dieses Jugendstilhotels auf dem **Lido** von **Venedig.** Nicht weit von der Bootsanlegestelle, verbindet es alte Pracht mit modernem Komfort. Parkplatz. (Preiskategorie 4–5)
Venedig, Lido, Gran Viale S.M. Elisabetta 28, Tel. 041/2420060, Fax 041/5264111

Il Desco

Gilt als bestes Feinschmecker-Restaurant in **Verona.** Eleganter Rahmen in einem alten Palazzo. Hervorragende Auswahl ausgezeichneter Weine. (Ruhetag: Sonntag)
Verona, Via Dietro San Sebastiano 7, Tel. 045/595358

Il Tinello

Kleine Trattoria am Ortsrand von **Vicenza** (an der Straße Richtung **Padua**). Ausgezeichnete Fischgerichte (z. B. Carpaccio vom Branzino), zwei Gasträume, offenes Grillfeuer und eine angenehm persönliche Atmosphäre.

(Ruhetag: Sonntag und Montagmittag)
Vicenza, Corso Padova 181, Tel. 0444/500325

Insalata d'astice dello chef

Von Marco Barato lässt sich Laura im Ristorante **Alla Grotta** (s. dort) einen Hummersalat empfehlen. Die Ingredienzien für vier Personen: 2 Liter Wasser, ein halbes Glas Weißwein, 1 Lorbeerblatt, Petersilie, den Saft einer halben Zitrone, ein kleines Stück Sellerie, Salz und einige Pfefferkörner. Alle Zutaten 5 Minuten kochen. Dann einen Hummer von ca. 700 g hinzugeben, etwa 15 Minuten kochen lassen. Vom Feuer nehmen und abkühlen lassen. Den Hummer herausnehmen, der Länge nach in zwei Hälften schneiden und das Fleisch aus dem Schwanz lösen. Auf vier Tellern den in Julienne geschnittenen, gemischten Salat ausbreiten. Den Hummer in vier Portionen teilen, den fein geschnittenen Sellerie hinzufügen und Parmesan darüber hobeln. Würzen mit Salz und Pfeffer aus der Mühle, Zitronensaft und Olivenöl – natürlich extra vergine di oliva del Garda.

Jacopo Poli

Eine der bekanntesten (und exklusivsten) **Grappa**-Destillerien in Italien mit Sitz in Schiavon und einem sehenswerten **Grappa**-Museum an dem Ponte Vecchio in **Bassano del Grappa.** Im Museo della Grappa werden die Geschichte und der Vorgang der **Grappa**-Destillation vorgestellt. Im Verkaufsraum gibt es die Destillate von Jacopo Poli von der **Grappa** über Trauben- und Weinbrand bis zum Obstbrand. (Geöffnet von 9 bis 13 Uhr und von 14.30 bis 19.30 Uhr.)
Bassano del Grappa, Ponte Vecchio, Tel. 0424/524426

La Fenice et des Artistes

Hübsches Hotel in **Venedig** in zentraler Lage beim Theater Fenice, mit Patio für Frühstück im Freien. (Preiskategorie: 3)

Venedig (San Marco), Campielo de la Fenice 1936, Tel. 041/5232333, Fax 041/5203721

La Furatola

Fischlokal im Herzen **Venedigs** (Dorsoduro). Schon im Schaufenster, das gleichzeitig als Kühltruhe fungiert, kann man eine erste Auswahl treffen. Zitronen zum Fisch gibt es aus Prinzip keine, dafür köstliches Olivenöl. (Ruhetag: Donnerstag)

Venedig (Dorsoduro), Calle Lunga S. Barnaba 2869/A, Tel. 041/5208594

Lago di Garda

Der Gardasee, der bei den alten Römern »Lacus Benacus« hieß (ein Name, der auf die Kelten zurückgehen soll), ist mit einer Länge von knapp 52 km der größte See Italiens. Im Norden fjordartig zwischen hohen Bergen liegend (u. a. Monte Baldo), öffnet er sich im Süden zu einem weiten See mit mediterraner Flora (u. a. Palmen, Olivenbäume). Sein östliches Ufer, die Riviera degli Olivi bzw. Gardesana orientale, gehört größtenteils zum **Veneto.** Die Oliven-Riviera hat bereits Johann Wolfgang von **Goethe** auf seiner italienischen Reise bezaubert – »ich bin herrlich für meinen Umweg belohnt worden« – und lockt heute mit seinem milden Klima von Malcesine im Norden (Traumziel vieler Windsurfer) über Brenzone und **Garda** bis Bardolino, Lazise und **Peschiera** ganz im Süden Millionen Besucher an. Geschichtlich gehörte der Gardasee u. a. zum Herrschaftsgebiet der Skaliger (**Verona**) und **Visconti** (Mailand) bis 1405 **Venedig** seinen Machtbereich auf die Terraferma ausdehnte und schließlich auch den Gardasee (1437 Seekrieg mit den **Visconti**) eroberte. Die Herrschaft Venedigs wurde erst 1796 durch **Napoleon** beendet.

La Rosina

In der Nähe von **Marostica** und kaum weniger weit von **Bassano del Grappa** entfernt liegt dieses Ristorante, das seit 1917 die Tradition der venezianischen Küche hochhält und in drei Räumen über 400 Gästen Platz bietet. (Ruhetag: Montag und Dienstag)

Marostica, Valle San Floriano, Tel. 0424/470360

Le Boulevard

Viersternehotel auf dem **Lido** von **Venedig** in der Nähe der Bootsanlegestelle. (Preiskategorie 4–5)

Venedig, Lido, Gran Viale S.M. Elisabetta 41,
Tel. 041/5261990, Fax 041/5261917

Lido

Der Lido di Venezia ist eine 12 km lange Sandbank, die **Venedig** gegen die offene **Adria** abschirmt. Mit seinen ausgedehnten Stränden und exklusiven Hotelpalästen war der Lido um die Jahrhundertwende ein mondäner Urlaubsort für die Schönen und Reichen aus ganz Europa und Nordamerika. Zu den berühmten Gästen zählten Churchill, Lord Byron, Barbara Hutton, Elsa Maxwell, Erroll Flynn ... Thomas **Mann** schrieb auf dem Lido seinen »Tod in Venedig«. Von Tronchetto verbindet eine Autofähre den Lido mit dem Festland. Nur zehn Minuten dauert die Fahrt mit dem Vaporetto ins Herz von **Venedig** nach San Marco. Im Sommer zieht das Spielkasino aus dem Palazzo Vendramin am Canal Grande auf den Lido um. Im südlich gelegenen Malamocco gibt es einige gute Fischlokale, und an der Südspitze findet sich der Golfclub **Venezia** (s. dort). Sehenswert ist am Sonntag nach Himmelfahrt das Fest der Vermählung des Dogen mit dem Meer »La Sensa«, das in San Nicolò gefeiert wird und dem eine historische Bootsregatta vorangeht. Von August bis September findet seit 1932 auf dem Lido ein internationales Filmfestival statt, das den gesellschaftlichen Glanz vergangener Tage wieder aufleben lässt.

Ca' del Borgo, Excelsior, Hotels des Bains, Hungaria Palace, Le Boulevard, Quattro Fontane, Villa Pannonia

Venezia

Locanda Cipriani

Restaurant auf der Insel Torcello (von San Marco mit dem Boot eine gute halbe Stunde entfernt). Die Locanda Cipriani hat eine rustikal-charmante Atmosphäre und eine viel gerühmte Küche. Zur Locanda gehören auch sechs Hotelzimmer. (Ruhetag: Dienstag / Preiskategorie: 3–4)

Venedig, Isola Torcello, Piazza Santa Fosca 29, Tel. 041/730150, Fax 041/735433

Locanda San Vigilio

Romantisches Hotel und Restaurant am Gardasee, in unvergleichlicher Lage auf der malerischen Landzunge Punta **San Vigilio**, mit nur wenigen Zimmern (unbedingt reservieren) und noblem Ambiente. Von der Locanda San Vigilio finden sich in diesem Buch zwei Originalrezepte: **Risotto alla tinca** und **San Vigilini** (siehe dort). (Preiskategorie: 5)

Garda, Punta San Vigilio, Tel. 045/7256688, Fax 045/7256551

Lombardo

Die Lombardo waren über Generationen eine bedeutende Architektenfamilie. Begründet wurde sie von Pietro Lombardo (um 1435–1515), der als Architekt zunächst in **Padua** wirkte, später von **Venedig** angeworben wurde. Er wurde »Lombardo« nach seiner Herkunft aus der Lombardei genannt (geboren als Pietro Solaro). Pietro Lombardo (berühmt sind u. a. seine Dogengräber, die Fassade der Scuola Grande di San Marco und die Kirche Santa Maria dei Miracoli) pflegte einen reich ornamentierten Stil. Pietro Lombardos Söhne Tullio und Antonio traten sein künstlerisches Erbe an und führten seine Werkstatt weiter. Auch der Enkel Sante Lombardo arbeitete als Architekt und Bildhauer.

Longhena

Baldassare Longhena (1598–1682) ist Venedigs berühmtester Barockarchitekt. Sein Hauptwerk ist die Kirche Santa Maria della Salute, deren Bau sein ganzes Leben begleitet hat. Darüber hinaus gehen viele Paläste am Canal Grande auf ihn zurück. Longhenas Barock stand anfangs noch unter dem Einfluss der Renaissance und entwickelte später einen eigenen, für **Venedig** prägenden Stil.

Madrigale

2 km von **Garda** entfernt, liegt das Hotel Madrigale mit herrlichem Blick auf den Gardasee. Nur wenige Meter entfernt der Golfplatz **Ca' degli Ulivi.** Mit Schwimmbad und Sonnenterrasse. (Preiskategorie: 3)
Marciaga, Tel. 045/6279001, Fax 045/6279125

Majestic Toscanelli

Hotel im Herzen der Altstadt von **Padua.** (Preiskategorie: 3)
Padua, Via dell'Arco 2, Tel. 049/663244, Fax 049/8760025

Mann

1913 schrieb Thomas Mann seine Novelle »Der Tod in Venedig«, in der sich ein alternder deutscher Schriftsteller in einen schönen polnischen Knaben verliebt, um dann an Cholera zu sterben. 1971 wurde die Novelle von Luchino **Visconti** vor der Kulisse des **Hotel des Bains** (auf dem **Lido** von **Venedig**) verfilmt.

Marostica

Der mittelalterliche Ort hat zwei Schlösser aus der Zeit der

Skaliger-Epoche, die mit Wehrmauern verbunden sind (Castello Superiore und Castello Inferiore). Von dem hoch gelegenen Castello Superiore, zu dem ein Fußweg führt, hat man einen herrlichen Panoramablick. Berühmt ist Marostica nicht nur für seine Kirschen, sondern vor allem für die Partita a scacchi, ein historisches Schachspiel, das alle zwei Jahre (am zweiten Wochenende im September) auf der Piazza Scacchi mit lebenden Figuren und Pferden in Szene gesetzt wird. Bei diesem aufwendigen Historienspiel in wertvollen Kostümen wird eines Duells gedacht, das 1454 zwei Ritter – Rinaldo da Angarano und Vieri da Vallonara – ausgetragen haben. Dabei ging es um die Hand der schönen Prinzessin Lionora, deren Vater Taddeo Parisio den Einfall mit der Schachpartie hatte. Im Castello Inferiore befindet sich ein Museum mit Informationen und Exponaten zu diesem Historienspiel.

Informationen zur Partita a scacchi: Associazione pro Marostica, Tel. 0424/72127, Fax 0424/72800

Al Castello Superiore, La Rosina

Due Mori

Monteverdi

Claudio Monteverdi (1567–1643) war Domorganist in San Marco und ein bedeutender Komponist von Opern (z. B. L'Orfeo) und Messen. Ihm wird die Erfindung der Arie, des Sologesangs mit Instrumentalbegleitung, zugeschrieben.

Montin

Traditionsreiche Antica Locanda in **Venedig** (Dorsoduro) mit großem Garten im Innenhof. Mit prominenter Gästeliste (von Modigliani über Ezra Pound bis Jimmy Carter), einfacher, aber guter Küche. Besonders empfehlenswert ist zum Auftakt das Antipasto di pesce Montin. Über dem Restaurant gibt es einige Gästezimmer. (Ruhetag: Dienstagabend und Mittwoch)

Venedig (Dorsoduro), S. Trovaso, Fondamenta Eremite 1147, Tel. 041/5227151

Mossina

Es macht wenig Sinn, die im Roman zitierte Weinkellerei Mossina zu suchen. Auch wird man vergeblich nach ihren legendären Weinen Mossicaia, Volaia und Collolaia Ausschau halten. Sowohl das Weingut als auch die Weine sind – aus nachvollziehbaren Gründen – eine Erfindung des Autors.

Murano

Das Glas der Insel (eigentlich sind es mehrere kleine Inseln, die durch Brücken verbunden sind) in der Lagune von **Venedig** ist weltberühmt. Die Tradition geht zurück auf die Eroberung Konstantinopels (1204). Die dortigen Glasmacher wurden nach **Venedig** verschleppt. Um die Feuergefahr durch die Schmelzöfen einzudämmen, wurde die Glasindustrie 1291 nach Murano umgesiedelt. Weil die auf der Welt einzigartige Glasmanufaktur ein wichtiger Wirtschaftsfaktor war, durften die Glasbläser die Insel Zeit ihres Lebens bei Todesstrafe nicht verlassen. Demgegenüber stand eine Reihe von Privilegien (Selbstverwaltung, eigene Währung). Heute konkurrieren auf Murano einige dutzend Werkstätten (viele können besichtigt werden), die leider sehr viel Kitsch produzieren, zunehmend aber auch zu ihrem alten Niveau zurückfinden. Für Freunde der Glaskunst sehenswert ist das Glasmuseum Vetrario Antico di Murano (Palazzo Giustinian).

Nalin

Traditionsreiche großräumige Trattoria in Mira am **Brenta**-Kanal. Bekannt von **Padua** bis **Venedig** für ihre solide Fischküche, z. B. Crostacei misti (gemischte Schalentiere), Spaghetti alle vongole (Spaghetti mit Venusmuscheln), Seppio-

line alla veneziana (kleine Tintenfische nach venezianischer Art).
Mira, Via Novissimo A.S. 29, Tel. 041/420083

Napoleon

Der französische Kaiser Napoleon Bonaparte (1769–1821) beendete 1797 die glanzvolle Epoche Venedigs. Seine Truppen besetzten die Stadt. Die Abdankung des letzten Dogen und die Auflösung des Großen Rates besiegelten das Schicksal der Republik. Ein Jahr später trat Napoleon **Venedig** an Österreich ab, um es von 1806 bis 1814 erneut zu besetzen. Die napoleonische Herrschaft führte zu großen Zerstörungen, Plünderungen und Veränderungen (Auflösung der Klöster und Kirchen). Die Schiffswerft Arsenale wurde zerstört, die Festgondel Bucintoro geplündert, Bronzeplastiken eingeschmolzen und Gemälde nach Paris geschafft. Gleichwohl wusste Napoleon die Schönheit der Stadt zu schätzen. So nannte er den Markusplatz den »schönsten Salon Europas«, was ihn nicht davon abhielt, bauliche Veränderungen (Abriss der Kirche San Geminiano, Errichtung des Napoleonischen Flügels, Ala Napoleonica) vorzunehmen. Auf Napoleon geht die Anlage der Giardini (**Biennale**-Gelände) zurück. Auch die Friedhofsinsel San Michele war eine Idee Napoleons.

Osteria alla Chiesa

Das gemütliche Lokal (da Gerry) in der herrlichen Umgebung der Colli Asolani pflegt eine traditionelle Küche mit u. a. Funghi, Anitra, **Gnocchi**. (Ruhetag: Montag)
Monfumo (Treviso), Via Chiesa 14, Tel./Fax 0423/545077

Osteria da Fiore

Feinschmeckerlokal in **Venedigs** Sestiere San Polo, ausgezeichnete Fischgerichte und venezianische Spezialitäten. (Ruhetag: Sonntag und Montag)

Venedig (San Polo), Calle del Scaleter 2202, Tel. 041/721308

Padova

Nirgendwo in Italien gibt es so viele Hobbygolfer wie in der Region **Padua.** Der Golfclub Padova wurde 1960 gegründet, von John Harris aus London angelegt, hat rund 8000 Bäume und Büsche und ein Clubhaus mit Restaurant, Swimmingpool und Tennisplatz. (Im Januar geschlossen)
Valsanzibio di Galzignano Terme (Padua), Via Noiera 57, Tel. 049/9130078/9130188, Fax 049/9131193

Padua

Die Universitätsstadt gehört mit ihrer Vielzahl an Kunstschätzen und reicher Architektur zum Pflichtprogramm aller **Veneto**-Reisenden. Das römische Patavium hatte seine Glanzzeit ab dem 12. Jh., in dem die Stadt ihre Macht kontinuierlich ausweitete und zum Gegenspieler Veronas wurde. Unter der Herrschaft der Carrara (ab 1337) behauptete sich Padua gegen **Venedig** und Mailand. Von 1405 bis 1797 gehörte Padua zu **Venedig.** Die Sehenswürdigkeiten Paduas sind so zahlreich, dass hier nur die herausragendsten genannt werden können. Zu ihnen zählen die Arena-Kapelle (Cappella Scrovegni) mit den weltberühmten Fresken Giottos, die Universität Il Bò (Ochse), der Dom, die Chiesa degli Eremitani, der Palazzo della Ragione, die Basilika Sant'Antonio (Il Santo), die Piazza delle Erbe – und zum anschließenden Entspannen das **Caffè Pedrocchi.**

Antico Brolo
Caffè Pedrocchi
Majestic Toscanelli
Padova

Palladio

Der große klassizistische Baumeister Andrea Palladio wurde

1508 in **Padua** geboren und starb 1580 in **Vicenza.** Eigentlich hieß er Andrea di Pietro della Gondola. Den Namen Palladio gab ihm sein Gönner und väterlicher Freund Giangiorgio Trissino nach der griechischen Göttin Pallas Athene, die in der Mythologie neben Krieg und Frieden eben auch für die Weisheit, die Künste und das Handwerk zuständig ist. Der venezianische Humanist und Literat Trissino war es auch, der Palladio von seiner frühen Tätigkeit als Steinmetz zur Baukunst brachte und ihn in Rom die antike Architektur studieren ließ. Palladio begründete eine Villenarchitektur, die über das 18. (englische Villenarchitektur) und 19. Jh. (u. a. das Weiße Haus in Amerika) bis in unsere Tage weiterwirkt. Typisch sind die Palladio-Fassaden mit antiken Säulen und Tempelgiebeln. Palladios »vier Bücher über die Architektur« (»I quattro libri dell'architettura«) vermitteln die theoretischen Grundlagen seiner an antiken Idealen orientierten Renaissancearchitektur. 19 authentische Palladio-Villen gibt es im **Veneto,** darunter die weltberühmte Villa La Rotonda bei **Vicenza.** Unzählige weitere Villen (vor allem auch entlang des **Brenta**-Kanals) orientieren sich an seiner Formensprache. Palladios Auftraggeber waren die reichen Venezianer des 16. Jahrhunderts, die sich auf dem Festland, der Terraferma, aufwendige Landsitze errichten ließen. Neben den Villen widmete sich Palladio auch in großem Stil der Sakralarchitektur. Die Palladiostadt schlechthin ist **Vicenza** – angefangen von der Basilica Palladiana bis hin zum Teatro Olimpico (das nach Palladios Tod von seinem Schüler Vincenzo Scamozzi fertiggestellt wurde). In **Venedig** gehen u. a. die Klosterkirche San Giorgio Maggiore und die Pestkirche Il Redentore auf Pläne des genialen Andrea Palladio zurück. Berühmt auch sein Entwurf der Rialto-Brücke, der zwar nicht verwirklicht, aber von **Canaletto** so detailgetreu ins Bild gesetzt wurde, dass die Palladio-Brücke über den **Canal Grande** Realität zu sein scheint.

Parmigiano

Der Hartkäse aus Kuhmilch ist aus der italienischen Küche nicht wegzudenken und wird unter anderem über Pastagerichte, Risotto und Minestrone gerieben. Der Hartkäse »Grana«, wie man ihn in Italien nennt, wird in den Sommermonaten hergestellt und muss mindestens ein Jahr bis zum Ende des nächsten Sommers trocknen und reifen. Der Parmigiano, der dann in den Handel kommt, fällt in die Kategorie »fresco« oder »nuovo« (jung) und findet als Tafelkäse Verwendung. Nach zwei Jahren Reifung heißt er »vecchio« (alt) und eignet sich zum Reiben und Kochen. Nach drei und vier Jahren Reifung wird er »stravecchio« (sehr alt) und »stravecchione« genannt und hat damit die höheren Weihen auch als Käsedessert erlangt.

Peschiera

Peschiera del Garda liegt an strategisch wichtiger Stelle, wo der Fluss Mincio (der die Grenze zwischen der Lombardei und Venetien markiert) aus dem **Lago di Garda** austritt. Immer wieder haben hier in der Geschichte kriegerische Auseinandersetzungen stattgefunden. Die Römer, Friedrich Barbarossa, die Skaliger, die **Visconti** und die Habsburger haben hier ihre Truppen formiert, Schlachten geschlagen oder Burgen gebaut. Die heutige Fortezza del Quadrilatero geht auf die Österreicher zurück.

Antica Locanda Mincio (Borghetto)

Po

Der Po ist mit 670 km der längste Fluss Italiens und markiert die südliche Grenze des **Veneto.** Früher konnte man mit Booten aus dem Adriatischen Meer über den Po und den Mincio bis zum Gardasee gelangen. Die Poebene südlich von **Rovigo** (Polesine) wird landwirtschaftlich intensiv genutzt. Im Unterlauf soll ein System von Kanälen und Dämmen vor Überschwemmungen schützen. Aufgrund des mitgeführten Schwemmmaterials schiebt sich das riesige Po-Delta fortwährend weiter ins Meer.

Polenta

Bei der Polenta handelt es sich um einen Maisbrei, der schon zu den Zeiten der alten Römer beliebt war, die ihn Pulmentum nannten (damals vorwiegend aus Weizen, der Mais wurde erst später aus Amerika eingeführt). Die Polenta gibt es in unzähligen Varianten als Pudding, als Fladen in Öl gebraten oder gegrillt bis hin zur Polenta, die am Spieß gebraten wird. Die besondere Herausforderung bei der Zubereitung von Polenta ist das fortwährende Rühren, um die Bildung von Klümpchen zu vermeiden.

Pra' delle Torri

Der Golfplatz Pra' delle Torri unweit von Jesolo und Caorle hat derzeit 9 Löcher. Sein besonderer Reiz, aber auch seine Schwierigkeiten resultieren aus der Lage am Meer mit oft heftigen Winden, die auch gut getroffene Bälle ins tiefe Rough oder ins Wasser befördern. Mit einem Par 3 als Inselgrün. (Saison von März bis November) *Porto S. Margherita, Valle Altanea, Tel. 0421/299570, Fax 0421/299570*

Prosecco

Uralte Rebsorte, die rund um Conegliano, Valdobbiàdene, Montello e Colli Asolani und Colli Euganei heimisch ist. Prosecco aus dem Ort San Pietro di Barbozza (Valdobbiàdene) darf die Zusatzbezeichnung »Superiore di Cartizze« tragen. Den Prosecco gibt es traditionell auch als Stillwein, heute wird er meist mit einem Schaumwein gleichgesetzt. Prosecco wird leicht perlend als Frizzante (7–9% Alkohol) angeboten und mit einem höheren Alkohol- und Kohlensäuregehalt als Spumante (11% Alkohol). Der Geschmack reicht von amabile und dolce (sehr lieblich, fruchtig) über dry, extra dry bis brut (trocken). Während außerhalb der Prosecco-Region mehr die trockenen Varianten populär sind, mögen die Einheimischen ihren Prosecco (der nun mal nichts mit »secco« zu tun hat) eher lieblich. Der im Vergleich zum Frizzante höhere Preis des Spumante ist nicht unbedingt auf eine bessere Qualität zurückzuführen, sondern auch auf die stabileren Flaschen (wegen des höheren Drucks) und die Sektsteuer, die beim Spumante anfällt.

Quattro Fontane

Individuelles und charmantes Hotel auf dem **Lido** von **Venedig.** Altes Landhaus inmitten eines hübschen Gartens, mit großer Terrasse (Korbmöbel unter alten Bäumen) und komfortablen Zimmern. (Preiskategorie: 3–4)
Venedig, Lido, Via delle Quattro Fontane 16, Tel. 041/5260227, Fax 041/5260726

Radicchio

Der Radicchio stammt aus der gleichen Pflanze wie der Chicorée. Das ganze Jahr über gibt es den dunkelvioletten Radicchio, bei dem die zartbitteren Triebe abgeschnitten werden und als rötliche Rosetten in den Handel kommen. Wesentlich besser und im Geschmack intensiver sind der Radicchio (rosso) di **Treviso** und der Radicchio di **Castelfranco.** Bei ihnen werden die Pflanzen im Herbst ausgegraben und vor Licht und Frost geschützt in Kästen oder Wannen weiter gezogen (und auf diese Weise gebleicht). Der Radicchio di **Treviso** hat lange, schlanke Blätter. Im Winter (Saison ist von Dezember bis April) steht er als Delikatesse auf den Speisekarten, er wird als Salat zubereitet oder auch gegrillt und gedünstet. Etwas milder im Geschmack und in der Form unterschiedlich (zudem mit dunklen Streifen) ist der fast ebenso beliebte Radicchio di **Castelfranco.**

Radisson

Das moderne Radisson Hotel Le Torri del Garda liegt am Gardasee in Albisano oberhalb von **Torri del Benaco.** Das Hotel hat 89 Suiten, alle mit Kochnische und Terrasse, und verfügt über Konferenzräume und Besprechungszimmer. Mit großem Swimmingpool und Restaurant. (Preiskategorie: 3–4)
Torri del Benaco, Albisano, Via Bardino, Tel. 045/6296755, Fax 045/6296766

Recioto

Beim süßlichen Dessertwein Recioto werden die Trauben nach der Lese einige Monate auf Matten getrocknet. Es gibt u. a. den Recioto della **Valpolicella** (als liebliche Schwester des **Amarone della Valpolicella**) und den Recioto di *Soave*.

Relais El Toulà

Die hochherrschaftliche Villa in der Nähe von **Treviso** gehörte einst dem Herzog Giorgio di Ponzano. Mit 10 Zimmern, gepflegtem Garten, Pool – und einer ausgezeichneten Küche. (Preiskategorie 4)
Ponzano Veneto (Treviso), Via Postumia 63, Tel. 0422/440751, Fax 0422/440754

Risotto alla parmigiana

Eine große Rolle spielt in der Küche des **Veneto** der Reis, der in der Poebene angebaut wird. Das Grundrezept für vier Personen: 1–1,25 l Geflügel- oder Gemüsefond (alternativ auch die Hälfte Weißwein), 2 EL Olivenöl extra vergine, 1 gewürfelte Zwiebel, 2 klein geschnittene Knoblauchzehen, 250 g italienischer Rundkornreis (Avorio Superfino, Vialone Nano Semifino oder Carnaroli), 1 Beutelchen Safran, 50 g Butter, 80 g frisch geriebenen Parmigiano, Salz, frisch gemahlener Pfeffer. Das Olivenöl in einem großen Topf erhitzen, klein gewürfelte Zwiebeln und Knoblauch darin dünsten, aber nicht bräunen.

Den Reis zugeben, mischen, bis die Körner mit Öl überzogen sind. Unter ständigem Rühren kontinuierlich (langsam) heißen Fond zugeben, bis der Reis cremig, aber noch körnig ist. Der Reis darf nicht am Topfboden ansetzen. Dieser Vorgang dauert etwa 20 bis 30 Minuten. Den Reis vom Feuer nehmen, Safran, Butter, Parmesan, Salz und Pfeffer unter weiterem Rühren zugeben. Nach 5 Minuten sollte der Risotto die gewünschte Konsistenz haben, die zwar cremig ist, aber noch Biss hat. Für **Risotto di scampi** (s. dort) wie auch für alle anderen Varianten (z. B. Risotto mit Steinpilzen oder Spargel) sollten die vorbereiteten Zutaten 5–10 Minuten vor Ende der Garzeit dem Risotto zugegeben werden.

Risotto alla tinca

Ein typischer Fisch des Gardasees ist die Schleie, auf Italienisch Tinca. Im vorzüglichen Restaurant **Locanda San Vigilio** (s. dort) bei **Garda** zählt denn auch die Schleie zu den Spezialitäten des Hauses. Erich Weber verrät sein Rezept für sein Risotto alla tinca (für vier Personen). 1 Kilo Schleie filettieren, aus den Filets, den Gräten und dem Kopf unter Zugabe von Suppengrün, Gewürzen und trockenem Weißwein eine Brühe kochen. Die Filets separieren und in Streifen schneiden. Die Brühe durch ein Sieb abgießen. Für den Risotto 1 fein gehackte Zwiebel in heißem Olivenöl in einer großen Pfanne anbräunen, 500 g italienischen Rundkornreis hinzugeben, anrösten und mit der Brühe unter ständigem Rühren nach und nach aufgießen. Nach ca. 15 Minuten die vorbereitete Schleie zum Risotto geben, salzen, pfeffern und weitere 5 Minuten kochen. Mit Butter und reichlich fein gehackter Petersilie abschmecken. Sofort auf Tellern servieren.

Risotto di scampi

Der Risotto zählt zu den Klassikern in der **Harry's Bar** in **Venedig.** Das Rezept verrät Arrigo Cipriani: Olivenöl in einer

Sauteuse erhitzen. Zerdrückten Knoblauch hinzugeben und nach 30 Sekunden entfernen. Geschälte mittelgroße Scampi in drei Teile schneiden und mit Salz und frisch gemahlenem Pfeffer würzen. Im heißen Öl sautieren, bis sie eine rosa Farbe angenommen haben. Anschließend fein geschnittene Petersilie, Safran und Currypulver einrühren. Mit Cognac übergießen und flambieren. Dabei die Sauteuse vorsichtig schwenken, bis die Flammen verloschen sind. Daraufhin Tomatensoße oder 1 geschälte, entkernte und in kleine Würfel geschnittene Tomate einrühren und alles eine weitere Minute kochen lassen. Vom Feuer nehmen und warm halten. Risotto nach Grundrezept zubereiten. Etwa 5 Minuten bevor der Risotto fertig ist, die Scampi unterheben. Nach Belieben einige davon als Garnitur zurückbehalten. Sofort servieren.

Riviera

Das Restaurant in Dorsoduro am Canale della Giudecca gegenüber den Mulino Stucky ist für seine Fischspezialitäten bekannt.

Venedig (Dorsoduro), Zattere 1473, Tel. 041/5227621

Rovigo

Rovigo ist die Hauptstadt des so genannten Polesine, der Ebene zwischen den Mündungsbereichen von **Po** und Etsch. Dass der Ort ursprünglich an einem Nebenarm der Etsch lag, ist heute nicht mehr erkennbar. Sehenswert sind die Pinakothek der Accademia dei Concordi und die Barockkirche Rotonda.

San Vigilini

Das köstliche Sandgebäck wird in der **Locanda San Vigilio** (s. dort) nach dem Essen zum Espresso oder Dessertwein serviert. Das Rezept dieser Spezialität: Aus 400 g Mehl, 3 Eiern, 150 g Zucker, 1 Vanillezucker, 200 g Butterflöckchen, einer Prise

Salz, 1TL Backpulver und Sultaninen einen Mürbeteig kneten. Kurz ruhen lassen, danach kleine Häufchen formen, auf ein Blech geben und im vorgeheizten Backofen bei 180 bis 200 °C ca. 20 Minuten backen. Mit Puderzucker bestäuben.

San Vigilio

Der wohl romantischste Platz am Ufer des Gardasees, südlich von **Torri del Benaco** gelegen, auf einer Landzunge (Punta San Vigilio) mit einer alten Gartenanlage, Zypressenallee, Olivenhain, kleinem Hafen und einem traumhaften Blick auf den See. Agostino Brenzoni pries schon im 16. Jh. diesen »schönsten Ort der Welt«.

Locanda San Vigilio

Shakespeare

In **Venedig** gibt es eine Casa di Otello, wo einst der venezianische Kommandant Cristoforo Moro lebte. Und am Canal Grande steht die Casa di Desdemona, benannt nach seiner Geliebten, die er aus Eifersucht ermordete. Der große englische Dramatiker William Shakespeare (1564–1616) schuf aus dieser Legende seine Tragödie Othello (1604), die später Giuseppe **Verdi** zu seiner gleichnamigen Oper inspirieren sollte. Schon 1596 hatte Shakespeare sein dichterisches Schaffen mit dem »Kaufmann von Venedig« in die Lagunenstadt geführt. Und 1595 machte er mit »Romeo und Julia« die junge Liebe zweier Menschen weltberühmt, die im mittelalterlichen **Verona** zum Opfer ihrer verfeindeten Familien wurden. William Shakespeare ist aus dem **Veneto** nicht wegzudenken, täglich pilgern Touristen aus aller Welt zum Balkon der Julia. Und alljährlich im Juli findet in **Verona** ein Shakespeare-Festival (mit Aufführungen u. a. im Teatro Romano) statt.

Soave

Der Ort Soave, östlich von Verona in den Ausläufern der

Monti Lessini gelegen, gilt als eine der schönsten und besterhaltenen Städte Italiens, die von einer Stadtmauer umgeben sind. Der wehrhafte Palast und die Mauer entstanden im 14. Jh. unter der Herrschaft der Skaliger. Der Ort verdankt seine Bekanntheit aber wohl weniger seiner hübschen Altstadt, sondern vor allem dem nach ihm benannten Wein der Region.

Soave

Der leichte, trockene Weißwein Soave wird aus Garganega-Trauben mit einem Anteil Trebbiano di Soave (10–30%) gekeltert. Er hat eine strohgelbe Farbe, schimmert zuweilen etwas grünlich. Charakteristisch ist ein leichtes Mandelaroma. Der Soave Classico stammt aus den Gemeinden **Soave** und Monteforte d'Alpone. Kommt er erst nach dem 1. Juli des Jahres nach der Ernte auf den Markt, darf er sich »Superiore« nennen. Besonders empfehlenswert sind u. a. Soave-Weine von Pieropan, Anselmi und Bolla.

Tagliamento

Der Tagliamento ist der Grenzfluss zwischen Venetien und Friaul-Julisch Venetien und mündet, von Tolmezzo kommend, zwischen Bibione und Lignano ins Adriatische Meer.

Tartufo

Die berühmteste Trüffelregion Italiens ist das Piemont (Alba), aber auch in anderen Regionen wie zum Beispiel der Toskana, den Marken (Acqualagna) und auch dem **Veneto** werden die kostbaren Knollen (Gattung der Schlauchpilze) gefunden, die die Herzen der Feinschmecker höher schlagen lassen. Wichtig ist die Unterscheidung der verschiedenen Sorten. Im Herbst (Oktober bis Dezember) ist die Saison für den teuersten und feinsten, nämlich den weißen Trüffel (Tartufo bianco, Tuber Magnatum Pico). Es folgt die Saison (Dezember bis März) des

Tartufo dolce, dem aromatischen schwarzen Trüffel (ähnelt dem Périgord-Trüffel). Von Juni bis August werden die Sommertrüffel (Tuber aestivum vitadini) gefunden, die im Unterschied zum Tartufo dolce innen relativ hell sind (und es weder im Geschmack noch im Aroma mit ihm aufnehmen können). Ganz vergessen kann man die Tartufi rossi, die zwar ein leichtes Trüffel-Aroma aufweisen, aber nach nichts schmecken. Für die heimische Küche zu allen Jahreszeiten empfehlenswert ist das mit weißem Trüffel aromatisierte Olivenöl (Olio di tartufo), das mit seinem köstlichen Aroma zum Beispiel Risotto oder Tagliatelle eine besondere kulinarische Note verleiht. Sehr ergiebig, deshalb am besten nur in kleinen Flaschen kaufen (sonnengeschützt und kühl lagern).

Tiepolo

Giovanni Battista (Giambattista) Tiepolo wurde 1696 in **Venedig** geboren und gilt als herausragender Maler des venezianischen Spätbarock. Berühmt sind seine Fresken und Altarbilder, die sich durch perspektivische Illusionen, lichte Farben (beeinflusst u. a. von Paolo **Veronese**) und seine Vorliebe für ein helles Blau auszeichnen. In **Venedig** zählen vor allem seine Gewölbefresken und das Altarbild in der Chiesa Gesuati zum Pflichtprogramm, außerdem seine Ölgemälde im Dogenpalast (z. B. »Neptun bietet **Venedig** die Reichtümer des Meeres an«). Im **Veneto** hat Tiepolo des Weiteren in der Villa Valmarana bei **Vicenza** und im Palazzo Pisani in Stra gearbeitet. In Deutschland ist die Residenz von Würzburg (Kaisersaal und Treppenhaus) ein Wallfahrtsort für Tiepolo-Liebhaber. Seine Söhne und Schüler Domenico (1727–1804) und Lorenzo (1736–1776) haben Giovanni Battista Tiepolo zu Arbeiten im königlichen Schloss nach Madrid begleitet, wo er 1770 starb.

Tintoretto

Jacopo Tintoretto (1518–1594) wurde in **Venedig** als Sohn eines Färbers (tintore) geboren. Er hieß eigentlich Jacopo Robusti (den Namen »kleiner Färber« gab ihm **Tizian**) und ist der herausragende Vertreter des venezianischen Manierismus (Stilepoche zwischen Renaissance und Barock). Gelernt hatte Tintoretto u. a. bei **Tizian**, der sich aber bald mit ihm überwarf und aus seiner Werkstatt wies. Das »Markuswunder« in der Galleria dell'Accademia und das Abendmahl in der Kirche San Marcuola und in San Giorgio Maggiore sind neben den Gemälden in der Scuola di San Rocco seine berühmtesten Werke. Sein Sohn Domenico und seine Tochter Marietta führten die Arbeit ihres Vaters fort.

Tirami su

Das Dessert, das in den vergangenen Jahrzehnten auch nördlich der Alpen eine schier unglaubliche Popularität erlangt hat, ist venezianischen Ursprungs. »Zieh mich hinauf« heißt die wörtliche Übersetzung, die womöglich auf den enthaltenen Kaffee und seine aufmunternde Wirkung zurückzuführen ist. Tiramisu-Rezepte gibt es heute in großer Zahl und vielen Varianten. Im Wesentlichen basieren sie alle auf Eigelb, das mit Zucker schaumig geschlagen wird. Dann wird Mascarpone untergezogen und das Mark einer Vanilleschote eingerührt. Nun wird der Boden einer Form mit Löffelbiskuits ausgelegt, diese mit kaltem Espresso, etwas Cognac und eventuell Kaffeelikör getränkt. Darauf kommt ein Teil der vorbereiteten Mascarpone-Creme, die glatt gestrichen wird, darauf wieder eine Lage Löffelbiskuits, Espresso etc. Und als Abschluss erneut Mascarpone-Creme. Einige Stunden in den Kühlschrank stellen und vor dem Servieren mit Kakaopulver bestreuen.

Tivoli

Feinschmecker-Restaurant in **Cortina d'Ampezzo** mit einer

engagierten und vielfach ausgezeichneten Küche. (Ruhetag: Montag)

Cortina d'Ampezzo, Via Lacedel 34, Tel. 0436/866400

Tizian

Der Maler Tiziano Vecellio, genannt Tizian, wurde vermutlich um 1490 in Pieve di Cadore geboren (ältere Quellen nennen als Geburtsjahr 1477, wonach er eher unwahrscheinliche 99 Jahre alt geworden wäre) und war der bedeutendste venezianische Maler seiner Zeit (gestorben 1576 an der Pest). Gelernt hatte er bei Gentile und Giovanni **Bellini,** beeinflusst wurde er zu Beginn seiner Schaffenszeit von seinem Mitschüler **Giorgione** – mit dem Tizian anfangs auch zusammenarbeitete und von dem einige seiner Bilder, die unvollendet geblieben waren, fertiggemalt wurden. Tizian wurde offizieller Staatsmaler Venedigs, er arbeitete für den Papst und für gekrönte Häupter in ganz Europa. Der »göttliche Tizian« blieb bis ins hohe Alter aktiv, war ein Meister der Porträtkunst und hinterließ ein einzigartiges Œuvre von religiösen und mythologischen Bildern. Sein virtuoser Umgang mit der Farbe findet seinen Ausdruck im so genannten Tizianrot. Als außerordentlich dominierende Persönlichkeit litten die anderen venezianischen Künstler seiner Zeit (u.a. **Tintoretto**) unter seiner Allmacht. Pflichtbesuche für Tizian-Verehrer sind in **Venedig** die Kirche Santa Maria Gloriosa dei Frari (mit Tizians berühmter »Assunta« und der Pesaro-Madonna, einem weiteren bedeutenden Altarbild) und natürlich die Galleria dell' Accademia mit u. a. Tizians »Pietà«, seinem letzten Bild, das er für sein eigenes Grab malte.

Torri del Benaco

Der mittelalterliche Ort führt den alten Namen des Gardasees (Lacus Benacus) und liegt sehr reizvoll am östlichen Ufer der Gardesana orientale. Mit hübschem Hafen, schönen Altstadtgassen und einem Kastell der Skaliger. Von Torri del Benaco geht eine Autofähre zur anderen Seite des **Lago di Garda** nach Maderno.

Locanda San Vigilio

Radisson (Albisano)

Trattoria alla Madonna

Typisch venezianische und immer volle Trattoria in der Nähe der Rialtobrücke, die schon seit Jahrzehnten als Geheimtipp gilt – und genau deshalb keiner mehr ist. (Ruhetag: Mittwoch)

Venedig (San Polo), Calle de la Madonna 594, Tel. 041/5223824

Trattoria Altanella

Versteckte Trattoria in **Venedig**, auf der Insel Giudecca, mit romantischer Terrasse direkt an einem kleinen Kanal. (Ruhetag: Montag und Dienstag)

Venedig (Giudecca), Calle delle erbe 268, Tel. 041/5227780

Tre Camini

Ländliches Lokal in Costermano am Gardasee, in dem man selten Fisch, dafür hervorragendes Fleisch vom offenen Grill bekommt. Im Sommer kann man im Freien essen. Zu den Spezialitäten des Restaurants zählen die Verdure crude in pinzimonio, die **Asparagi bianchi con salsa mimosa** und **Gnocchi di patate al tartufo nero** (siehe dazu die Rezepte). Zu finden ist das Lokal an der Straße zwischen Costermano und Affi. (Ruhetag: Montag)

Costermano, Loc. Murlongo, Tel. 045/7200342

Treviso

Treviso ist die kleinste Provinzhauptstadt des **Veneto** und ebenso für seine hübsche Altstadt wie für seinen **Radicchio** berühmt. Über Jahrhunderte war Treviso der »Markt« Venedigs, der die Lagunenstadt mit landwirtschaftlichen Produkten versorgte. Entsprechend ernst nahmen es die Venezianer mit dem Schutz der Stadt, was sich auch in der mächtigen Stadtmauer aus dem 16. Jh. ausdrückt. Treviso hat viele schöne Gebäude und Palazzi, einen sehenswerten Dom, ausgezeichnete Restaurants und elegante Geschäfte.

Osteria alla Chiesa (Monfumo)

Relais El Toulà (Ponzano Veneto)

Villa Condulmer (Zerman di Mogliano), Villa Giustinian (Portobuffolè)

Villa Condulmer (Zerman)

Valpolicella

Corvina, Rondinella und Molinara heißen die wichtigsten Trauben für den Valpolicella. Das Anbaugebiet liegt nördlich von **Verona** und hat als Zentrum die Gemeinden Negrar, Marano, Fumane, Sant'Ambrogio und San Pietro. Er hat eine rubinrote Farbe, ist meist trocken, hat viel Körper und häufig ein leichtes Mandelaroma. Besonderheiten sind der oft hochklassige **Amarone della Valpolicella** und der süßliche Dessertwein **Recioto** (siehe dort).

Venedig

Venedig ist eine Stadt wie keine andere auf der Welt – auf über hundert kleinen Inseln und unendlich vielen Holzpfählen, die in den sumpfigen Boden gerammt wurden. Aus dem Meer geboren, ein Stein gewordener Traum, mit prachtvollen Palazzi, einzigartigen Kunst- und Kulturschätzen, verwinkelten Gassen, kleinen Brücken, versteckten Kanälen, schwarzen Gondeln. Eine Stadt der Architektur, der Musik. Eine Stadt der Geheimnisse. Und eine Stadt mit einem ganz besonderen Licht! Die Serenissima, die »Durchlauchtigste«! Es bedarf dicker Reiseführer, um nur die wichtigsten Sehenswürdigkeiten zu beschreiben. Es wäre also ein aussichtsloses Unterfangen, dies hier auf wenigen Zeilen leisten zu wollen. Deshalb im Folgenden nur einige Highlights zur besseren (und ersten) Orientierung. Wobei natürlich gesagt werden muss, dass Venedig auch in anderer Hinsicht einmalig ist: Venedig ist ein einziges großes Museum, das bis in den letzten Winkel von Touristen erforscht wird. Ein Venedig ausschließlich der Venezianer – man findet es kaum. Aber dem größten Rummel rund um San Marco, Canal Grande und Rialto kann man schon entfliehen – und Ecken aufspüren, wo man noch das Gefühl hat, dass die Zeit ein klein wenig stehen geblieben ist.

Geschichte: Der 25. März im Jahre 421 n. Chr. gilt als Gründungsdatum Venedigs. Tatsächlich waren schon Jahrzehnte vorher Bewohner Venetiens vor den Goten auf die kleinen Inseln in der unzugänglichen Lagune geflohen. Mit dem Einfall der Hunnen und der Langobarden suchten weitere Veneter Schutz auf den sumpfigen Inseln und Sandbänken. Die ersten festen Siedlungen entstanden auf Torcello und Malamocco (die Insel versank 1102 im Meer). Ab 697 residierte der erste Dux (Duca, Doge) auf Malamocco. Gut hundert Jahre später wechselte der Sitz des Dogen auf die Insel mit dem hohen Ufer, Rivo alto (Rialto). Venedig intensivierte seine Handelsbeziehungen mit Byzanz. Der Raub der Reliquien des Evangelisten Markus in Alexandria (828) und die Überführung des Leichnams nach Venedig gaben der Republik San Marco ihren Namen. Venedig baute die größte Schiffswerft der Welt (Arsenale). Eroberungen in Dalmatien. Sieg der venezianischen Flotte über die Ägypter. 1204 eroberten und plünderten die Venezianer Byzanz. Wenige Jahre später war Venedig der uneingeschränkte Herrscher im östlichen Mittelmeer. 1381 gelang Venedig im **Chioggia**-Krieg der Sieg über die Genueser. Für Venedig setzte nunmehr ein wahrhaft goldenes Zeitalter ein. Der Seehandel mit dem Orient führte zu unermesslichem Reichtum. In der Folge weitete Venedig seinen Herrschaftsbereich auf die Terraferma, auf das Festland, aus. Bald gehör-

ten **Vicenza, Verona, Padua** und **Treviso** zur Republik San Marco, die nunmehr von den **Dolomiten** bis zum **Po,** vom **Lago di Garda** bis nach Istrien und Dalmatien reichte. Das Jahr 1453 gilt als schicksalhaft: Die Türken eroberten Byzanz. Langsam, aber sicher bröckelte die Macht der Serenissima. Der schleichende Niedergang sollte bis zum Jahr 1797 dauern, als **Napoleon** der Republik San Marco ein Ende bereitete. Mit Ludovico Manin dankte der letzte Doge ab.
Sehenswürdigkeiten: Die wichtigsten Sehenswürdigkeiten Venedigs liegen nahe beieinander, die Wege sind gut beschildert. Das unumstrittene Zentrum bilden die Piazzetta und die Piazza San Marco mit dem Dogenpalast (Palazzo Ducale) und der Markuskirche (Basilica di San Marco), dem Campanile, dem Torre dell'Orologio – und dem Caffè **Florian.** Ein Muss für jeden Venedig-Besucher: die Fahrt mit dem Wassertaxi oder Vaporetto durch den Canal Grande, der »schönsten Straße der Welt«, mit seinen prachtvollen Palazzi. Natürlich die Rialtobrücke. Auf Dorsoduro die Gallerie dell'Accademia (Museum venezianischer Malerei), die Peggy-**Guggenheim**-Collection (Kunst der klassischen Moderne) und die Barockkirche Santa Maria della Salute. Und gegenüber der Piazzetta San Marco die Klosterkirche San Giorgio Maggiore nach einem Entwurf von Andrea **Palladio**. Nicht nur Tage, sondern Wochen und Monate könnte man in Venedig verbringen, wollte man die Kulturschätze der Lagunenstadt in ihrer Gänze erleben. Weil dazu aber ohnehin die Zeit fehlen dürfte, gehören zum erweiterten Pflichtprogramm Ausflüge zur Fischerinsel **Burano** (Spitzen) und nach Torcello (älteste Siedlung in der Lagune, noch vor Venedig). Und darüber hinaus sollte man – ganz ohne Reiseführer und Plan – einfach durch die verwinkelten Gassen der verschiedenen Sestieri schlendern, versteckte Campi entdecken, von kleinen Brücken auf Kanäle schauen, in einem **Bàcaro** ein Gläschen Wein trinken, am Canale della Giudecca in der Abendsonne sitzen …

Al Vecio Cantier (Lido), Antica Trattoria Poste Vecie, Autoespresso (Marghera), Corte Sconta, Do Forni, Harry's Bar, Harry's Dolci (Giudecca), La Furatola, Montin, Osteria da Fiore, Riviera. Trattoria alla Madonna, Trattoria Altanella (Giudecca)

Al Bacco, Antiche Cantine Ardenghi, Antico Dolo, Do Mori. Do Spade, Vino Vino

Locanda Cipriani (Torcello)

Bauer Grünwald, Ca' del Borgo (Lido), Cipriani & Palazzo Vendramin (Giudecca), Danieli, Excelsior (Lido), Flora, Gritti Palace, Hotel des Bains (Lido), Hungaria Palace (Lido), La Fenice et des Artistes, Le Boulevard (Lido), Quattro Fontane (Lido), Villa Pannonia (Lido)

Florian

Venezia (Lido)

Veneto

Die norditalienische Region Venetien (ital. Veneto) erstreckt sich von den **Dolomiten** im Norden (mit der Marmolada als höchstem Gipfel und dem Wintersportort **Cortina d'Ampezzo**) bis zum **Po** und der angrenzenden Emilia-Romagna im Süden, vom Gardasee im Westen (wobei fast die ganze Gardesana orientale, also das östliche Ufer zum Veneto gehört) bis zur über 100 km langen adriatischen Küste im Osten. An landschaftlicher Vielfalt – von schneebedeckten Bergen über sanfte Hügel bis hin zu weiten Sandstränden und Lagunen – ist Venetien also schwer zu überbieten. Das Veneto gliedert sich in die Provinzen **Belluno, Padua, Rovigo, Treviso,** Venezia, **Verona** und **Vicenza.** Die Provinz Udine, die früher zum Veneto gehörte, bildet heute mit Friaul-Julisch Venetien (Friuli-Venezia Giulia) eine eigenständige Region. Venetien hat eine Fläche von über 18 000 km^2 und ca. 4,5 Mio. Einwohner. Die wichtigsten Flüsse sind die Etsch (Adige) und die Piave sowie als südliche Begrenzung der **Po.** An der **Adria** markiert die Mündung des **Tagliamento** die Grenze zu Friaul-

Julisch Venetien. Aufgrund des fruchtbaren Bodens, des Wasserreichtums durch Piave, Etsch und **Po** (Schwemmland) und des milden Klimas spielte im Veneto seit je die Landwirtschaft eine wichtige Rolle (Wein, Gemüse, Obst). Heute präsentiert sich das Veneto vor allem auch als moderne Industrieregion. Es dominieren Klein- und Mittelbetriebe, die sich sehr erfolgreich u. a. bei Schuhen, Möbeln, Textilien und Schmuck behaupten, aber auch zunehmend in der Computertechnik und Telekommunikation engagiert sind. Ein Industriestandort wie Mestre (Großraffinerie) ist in Venetien gottlob ein Einzelfall. Historisch geht der Name Veneto auf den Volksstamm der Veneter zurück, der hier in vorchristlicher Zeit siedelte. Bei den alten Römern wurde die Region bereits Venetia genannt. Vom 12. bis zum 15. Jh. konkurrierten die unabhängig gewordenen Städte des Veneto um die Macht, vor allem **Verona, Vicenza, Padua** und **Treviso.** Herrschergeschlechter wie die Skaliger (**Verona**) und Carrara (**Padua**) erlebten ihre Glanzzeit. Bis dann das übermächtige **Venedig** seinen Herrschaftsbereich sukzessive auf das Festland (Terraferma) ausdehnte und ab 1406 (mit dem Fall von **Padua**) fast die ganze Region des heutigen Veneto beherrschte. Die folgende wirtschaftliche und kulturelle Blütezeit Venetiens fand ihr Ende erst fast 400 Jahre später 1797 mit der Auflösung der Republik von **Venedig** (durch **Napoleon**). Mit einer kurzen Unterbrechung unter französischer Besatzung war Venetien von 1798 bis 1866 (Königreich Italien) unter österreichischer Herrschaft. Seit 1970 ist **Venedig** Hauptstadt der Region Veneto.

Venezia

Der Golfclub Venezia im Süden des **Lido** von **Venedig** hat eine reizvolle Anfahrt (über eine kleine Lagune), wurde bereits 1921 gegründet und ursprünglich als schottischer Links-Course angelegt, hat ein Clubhaus mit hübscher Terrasse, al-

ten Baumbestand – allerdings trotz unmittelbarer Strandnähe keinen Meerblick.
Venedig, Lido, Tel. 041/731015, Fax 041/731339

Verdi

Giuseppe Fortunino Francesco Verdi wurde 1813 in Le Roncole im damals französisch besetzten Herzogtum Parma geboren. Und weil Parma nun mal zur Emilia-Romagna gehört, ist Verdi definitiv kein Kind des **Veneto.** Dass er dennoch im Titel dieses Buches nicht fehl am Platze ist, liegt schon mal an der Arena in **Verona,** die für ihre großartigen Aufführungen seiner Opern – vor allem »Aida« – weltberühmt ist. Außerdem hat sich Verdis Leben und Werk immer wieder mit **Venedig** gekreuzt. Das tragische Schicksal der venezianischen Familie Foscari hat ihn zur Oper »I due Foscari« inspiriert. Und die Legende von Desdemona und ihrem Mann Cristoforo Moro, der sie aus Eifersucht ermordete, hat zunächst William **Shakespeare** und später auch Giuseppe Verdi in ihren Bann gezogen. Verdi war bereits 70 Jahre alt, als er die Oper »Othello« komponierte. Obwohl Verdi der Scala in Mailand besonders verbunden war, hatten einige bedeutende Opern Verdis ihre Uraufführung am Teatro La Fenice in **Venedig.** So zum Beispiel »Attila« (1846), »Rigoletto« (1851), »La Traviata« (1853) und »Simone Boccanegra« (1857). Verdi, der 1832 vom Mailänder Konservatorium wegen Unfähigkeit abgelehnt wurde, war zweifellos einer der bedeutendsten Opernkomponisten in der Geschichte und zeit seines Lebens ein Gegenspieler von Richard **Wagner.** Zu seinem Schaffen gehören so grandiose Werke wie »Nabucco« (mit dem »Freiheitschor« als inoffizielle Nationalhymne des 1842 nach Unabhängigkeit strebenden Italien), »Il Trovatore«, »La Forza del Destino«, »Macbeth«, »Falstaff«, »Un ballo in maschera«, »Don Carlo«. Mit der Oper »Aida«, die Verdi im Auftrag des Khediven von Ägypten zur Eröffnung des Suezkanals geschrieben hatte (Uraufführung in Kairo), wurde 1913 (zum 100. Geburtstag von Verdi) die Arena von **Verona** als Opernbühne eröffnet. Verdi starb 1901 in Mailand.

Verona

Verona ist, kommt man von Norden, die erste Stadt nach dem Brenner, die sowohl in ihrer Architektur als auch durch die Lebensart der Menschen typisch italienisches Flair vermittelt. Die nach **Venedig** zweitgrößte Stadt des **Veneto** hat eine idyllische Altstadt, die zum Flanieren einlädt. In der Arena, dem nach dem Kolosseum in Rom zweitgrößten Amphitheater Italiens, finden seit 1913 unter freiem Himmel die berühmten Opernfestspiele statt, als deren Höhepunkt Verdis Aida gilt. Auf der Piazza delle Erbe, dem alten Kräuterplatz, wo einst die Römer ihr Forum hatten, zeugt zwischen den Marktschirmen eine Säule mit dem Markuslöwen von der langen Herrschaft Venedigs (seit 1405) über die Stadt an der Etsch. Vorher, im 13. und 14. Jahrhundert, regierten die Skaliger in Verona, die von hier große Teile des **Veneto** beherrschten (und deren Burgen noch heute allgegenwärtig sind). Das Castelvecchio der Skaliger und der wehrhafte Ponte Scaligero zählen zum Pflichtprogramm geschichtsbewusster Verona-Besucher. Der Balkon in der Via Capello an der Casa di Giuletta lässt Shakespeares Romeo und Julia lebendig werden. Vor der Arena auf der Piazza Brà, wo einst die venezianischen Truppen exerzierten, trifft man sich in einem der Caffès. Obligatorisch der Bummel durch die wichtigste Einkaufsstraße, die Via Mazzini. Und mittags oder abends ein kulinarischer Ausflug in eines der vielen vorzüglichen Restaurants der Stadt. Ins Ristorante **12 Apostoli** zum Beispiel, ins **Il Desco** oder in die **Bottega del Vino.** Und wer davor oder dazwischen auf kulturelle Fortbildung Wert legt, dem gehen in Verona die Sehenswürdigkeiten nicht aus: der Duomo Santa Maria Matricolare, die Kirche Sant'Anastasia, die Basilika San Zeno, das Teatro Romano …

Bottega del Vino, Dodici Apostoli, Groto de Corgnan (Sant' Ambrogio di Valpolicella), Il Desco

Due Torri Hotel Baglioni, Villa del Quar (Pedemonte)

Verona, Villafranca

Verona

Der Golfclub Verona (Sommacampagna) liegt nur 10 km von **Verona** entfernt, wurde 1963 als 9-Loch-Platz gegründet und 1973 auf 18 Löcher erweitert. Während die ersten 9 Löcher eher kurz sind (allerdings mit schmalen Fairways und altem Baumbestand), weisen die zweiten 9 eine großzügigere Charakteristik auf. Die Nähe zum Gardasee bedingt ein mildes Klima, so dass der Platz das ganze Jahr über gut bespielbar ist. Gemütliches Clubhaus mit Restaurant.
Sommacampagna, Loc. Cà del Sale 15, Tel. 045/510060, Fax 045/510242

Veronese

Der Renaissance-Maler Paolo Veronese (1528–1588) hieß eigentlich Paolo Caliari, wurde aber nach seiner Geburtsstadt **Verona** Veronese genannt. Sein Leben verbrachte er indes vorwiegend in **Venedig,** wo seine prachtvollen Freskenzyklen u.a. im Dogenpalast und in der Sakristei von San Sebastiano zu bewundern sind. Sein Stil wird durch leuchtende Farben und illusionistische Effekte geprägt. Veronese arbeitete gelegentlich mit bedeutenden Baumeistern zusammen, so zum Beispiel mit Andrea **Palladio,** für den er in der Villa Barbaro bei **Vicenza** einen Freskenzyklus schuf.

Vicenza

Die Provinzhauptstadt Vicenza ist berühmt für ihre Architektur und gilt als Stadt des Andrea **Palladio,** dessen Denkmal vor seiner großartigen Basilika steht. Die Altstadt weist eine Vielzahl von Palästen, eleganter Geschäfte und kleiner Caffès auf.

An Sehenswürdigkeiten hat es dank **Palladio** keinen Mangel: besagte Basilika, der Palazzo Valmarana, die Loggia del Capitaniato, das Teatro Olimpico, die Villa Rotonda. Die Ursprünge Vicenzas reichen in die Römerzeit zurück. Im Mittelalter wurde Vicenza zunächst von den Skaligern, dann von **Padua** beherrscht. 1404 trat Vicenza aus freien Stücken der Repubblica di San Marco bei. In den folgenden Jahrhunderten entstanden die wichtigsten Baudenkmäler, und Vicenza wurde zu der bedeutenden Kunststadt, als die sie sich heute ihren Besuchern präsentiert. Seit 1994 gehört Vicenza, übrigens auch ein wichtiges Zentrum der italienischen Goldschmiedekunst, zum Weltkulturerbe der UNESCO.

Cinzia & Valerio, Da Remo, Il Tinello
Villa Michelangelo (Arcugnano)
Gran Caffè Garibaldi
Ca' della Nave, Colli Berici (Brendola), Vicenza

Vicenza

Der 9-Loch-Platz wurde erst 1991 gegründet, ist ziemlich flach, weist aber einige Schwierigkeiten auf – so kommt bereits beim ersten Loch der geschickt in die Bahnen integrierte See ins Spiel. Das elegante Clubhaus ist im Landhausstil gehalten, verfügt über Restaurant, Bar und Terrasse.

Creazzo (Vicenza), Via Carpaneda 5, Tel. 0444/340448, Fax 0444/278028

Villa Abbazia

Das stilvolle Hotel liegt im Zentrum des Ortes Follina (mit eigenem Parkplatz) und ist für seine charmante Atmosphäre bekannt. (Preiskategorie: 3)

Follina, Via Martiri della Libertà, Tel. 0438/971277, Fax 0438/970001

Villa Cipriani

Kleines, rustikal-elegantes Hotel mitten in **Asolo.** Der Name geht einmal mehr auf Giuseppe Cipriani, den Gründer der **Harry's Bar** in **Venedig,** zurück, der das Hotel 1962 eröffnete, seinen Anteil jedoch später (an die Guinness-Familie) verkaufte. In einer alten Renaissancevilla befindet sich nicht nur das Hotel, sondern auch ein hervorragendes Restaurant. Mit Garten und schöner Aussicht. (Preiskategorie: 3–4)
Asolo, Via Canova 298, Tel. 0423/523411, Fax 0423/952095

Villa Condulmer

Hotel in alter venezianischer Villa (mit prachtvollen Gesellschaftsräumen, Park und Pool) bei Zerman zwischen **Venedig** und **Treviso.** Zu den berühmten Gästen des Hauses zählte während seiner Präsidentschaft Ronald Reagan. Besonders beliebt bei Golfern (eigener Golfplatz). (Preiskategorie: 3–4)
Zerman di Mogliano (Treviso), Tel. 041/457100,
Fax 041/457134

Villa Condulmer

Der zum Hotel gehörende Golfclub verfügt über einen 18-Loch- (Par 71) und einen 9-Loch-Course (Par 29). Mit altem Baumbestand und vielen kleinen Kanälen.
Zerman di Mogliano (Treviso), Tel. 041/457062,
Fax 041/457202

Villa del Quar

Luxuriöses Hotel in einer alten Patriziervilla nördlich von **Verona,** umgeben von einem großen Anwesen. Mit charmanter Atmosphäre, Pool, komfortablen Zimmern und Suiten. (Preiskategorie: 4–5)
Pedemonte (Verona), Via Quar 12, Tel. 045/6800681,
Fax 045/6800604

Villa Ducale

Hotel am **Brenta**-Kanal in einer herrschaftlichen Villa. Schöner Park mit antiken Statuen. (Preiskategorie: 2–3)
Dolo (Venezia), Riviera Martiri della Libertà 75,
Tel./Fax 041/5608020

Villafranca

Der 9-Loch-Platz bei **Verona** wurde erst 1996 gegründet, ist noch im Aufbau begriffen (u. a. Erweiterung auf 18-Loch) und das ganze Jahr über bespielbar.
Villafranca (Verona), Pozzomoretto, Tel. 045/6303341,
Fax 045/6303341

Villa Giustinian

Hotel in einer Villa aus dem 18. Jh. mit großem Park in Portobuffolè bei **Treviso**. (Preiskategorie: 2–3)
Portobuffolè (Treviso), Via Giustiniani 11, Tel. 0422/850244,
Fax 0422/850260

Villa Luppis

In Rivarotta bei Pasiano di Pordenone liegt die charmante Villa Luppis (voller Antiquitäten und Ölgemälde) in einem großen Park mit altem Baumbestand und zugehöriger Kapelle. (Preiskategorie: 4)
Rivarotta di Pasiano, Via San Martino 34, Tel. 0434/626969,
Fax 0434/626228

Villa Margherita

Sehr gepflegtes Hotel in einer Villa aus dem 16. Jh. am **Brenta**-Kanal zwischen **Padua** und **Venedig.** Traditionelle Eleganz und moderner Komfort. Zum Hotel gehört das nahe gelegene Ristorante Margherita mit venezianischen Fischgerichten. (Preiskategorie: 4) (Ruhetag Restaurant: Dienstagabend und Mittwoch)

Mira Porte, Via Nazionale 416/417, Tel. 041/4265800, Fax 041/4265838

Villa Michelangelo

Luxuriöses Hotel in einem Privatpark auf den Colli Berici bei Vicenza. Mit herrlichem Blick auf die Hügellandschaft, Schwimmbad, Sonnenterrasse, empfehlenswertem Restaurant (La Loggia) und nahe gelegenem Golfplatz (**Colli Berici**). (Preiskategorie: 4–5)

Arcugnano (Vicenza), Via Sacco 19, Tel. 0444/550300, Fax 0444/550490

Villa Palma

Unweit von **Bassano del Grappa** und **Asolo** liegt dieses aristokratische Hotel, das 1994 als »Hotel of the Year« ausgezeichnet wurde. (Preiskategorie: 3–4)

Mussolente, Via Chemin Palma 30, Tel. 0424/577407, Fax 0424/87687

Villa Pannonia

Einfaches (Dreisterne-)Hotel auf dem **Lido** von **Venedig,** das den Vorzug ziviler Preise und einer guten Lage in der Nähe der Bootsstation (sowie 500 m zum Strand) hat. (Preiskategorie: 2–3)

Venedig, Lido, Via doge D. Michiel 48, Tel. 041/5260162, Fax 041/5265277

Vinitaly

Die wichtigste Weinmesse Italiens findet alljährlich im April in **Verona** statt (Messegelände). Hotels und Restaurants sind an den Messetagen lange im Voraus ausgebucht.

Vino Vino

Kleine Bar in Venedig für den schnellen Imbiss (**Bàcaro**) mit –

wie es der Name bereits verspricht – reichhaltigem Angebot guter Weine.
Venedig, Ponte delle Veste 2007 a

Visconti

Die lombardische Adelsfamilie Visconti herrschte vom 13. bis zum 15. Jahrhundert nicht nur in Mailand, sondern in fast ganz Oberitalien und war damit unmittelbarer Gegenspieler Venedigs, das zu jener Zeit seinen Machtbereich auf die Terraferma ausdehnte. Berühmt ist die »Seeschlacht«, die sich die Venezianer 1439/40 mit den Visconti auf dem Gardasee lieferten. Von der **Adria** wurde auf der Etsch eine ganze Flotte von Galeeren und Barken flussaufwärts über **Verona** bis auf die Höhe von Mori geschleppt und von dort auf dem Landweg über die Berge und den Pass von Nago nach Torbole an den Gardasee transportiert. Zwar verloren die Venezianer das erste Gefecht, 1440 aber besiegten sie die Visconti entscheidend. Ein Nachfahre der Herrscherfamilie war der Film- und Opernregisseur Luchino Visconti, zu dessen berühmtesten Filmen »Der Tod in Venedig« (»Morte a Venezia«) mit Dirk Bogarde zählt, nach einer Novelle von Thomas **Mann.**

Vivaldi

Der Komponist und virtuose Geiger Antonio Lucio Vivaldi wurde 1678 in **Venedig** geboren. Wirkungsstätte des geweihten Priesters (wegen seiner roten Haarfarbe nannte man ihn »prete rosso«) war das Mädchenkonservatorium Ospedale della Pietà, wo er als Violinlehrer und Chorleiter tätig war. Das Waisenhaus für Mädchen gehörte zur Kirche Santa Maria della Pietà (Riva degli Schiavoni), in der noch heute Vivaldi-Konzerte stattfinden. Vivaldis zweifellos berühmtestes (und leider oft überstrapaziertes) Violinkonzert sind die »Vier Jahreszeiten« (»Le quattro stagioni«). Tragischerweise verblasste sein zunächst großer Ruhm als Komponist (auch von Opern und Sonaten) und Geigenvirtuose gegen Ende seines Lebens. Vivaldi starb verarmt 1741 in Wien. Johann Sebastian Bach ist es zu verdanken, dass das Werk Vivaldis (von dem größtenteils – so auch von den »Vier Jahreszeiten« – keine Originalnoten existieren) nach seinem Tod wieder Anerkennung gefunden hat. Viele Konzerte von Vivaldi gibt es nur als Übertragungen von Bach (wobei die Violine durch das Cembalo ersetzt wird). Erst 1926 erlaubte ein umfangreicher Handschriftenfund einen tieferen Einblick in Vivaldis kompositorisches Schaffen.

Wagner

Richard Wagner, gemeinhin mit Bayreuth und dem Bayernkönig Ludwig II. assoziiert, war häufig Gast in **Venedig,** wo er 1883 große Teile von »Tristan und Isolde« komponierte und wo er auch die letzten Monate seines Lebens verbracht hat. Am 14. September 1882 war er mit seiner Familie in die Lagunenstadt gereist. Im Palazzo Vendramin-Calergi (in dem heute zur Wintersaison das Spielkasino untergebracht ist) am Canal Grande hatte er 18 Zimmer im oberen Stockwerk gemietet. Die ersten Wochen leistete ihm Franz Liszt Gesellschaft. Am 13. Februar 1883 erlag Richard Wagner im Palazzo Vendramin-Calergi einem Herzanfall.

Zerman

Dieser 9-Loch-Platz firmiert nicht als Golfclub, sondern als Associazione. Er ist als öffentlicher Platz konzipiert, auf dem jeder (auch ohne Clubzugehörigkeit) spielen kann, sofern er die wichtigsten Regeln beherrscht – und keine Gefahr für seine Mitspieler darstellt.

Mogliano Veneto (Treviso), Via Malombra 4, Tel. 041/457369, Fax 041/457369

Der Autor dankt Arrigo Cipriani, dem Inhaber der Harry's Bar in Venedig, für die freundliche Genehmigung, einige seiner berühmten Rezepte abdrucken zu dürfen (Risotto di scampi, Carpaccio, Crespelle alla crema pasticciera), die im Original in **Harry's Bar Kochbuch** *nachzulesen sind. Gleicher Dank gilt Rossella und Gianni Priante, denen am Gardasee die Trattoria Tre Camini gehört und die ihre Rezepte für die vorzüglichen Asparagi bianchi con salsa mimosa und Gnocchi di patate al tartufo nero preisgegeben haben. Ein herzliches Grazie auch an Marco Barato und sein Ristorante Alla Grotta in Lazise für die Rezepte Dadolata di filetto al tartufo con patate duchessa und Insalata d'astice dello chef. Und, infine, sei auch Christina und Erich Weber von der Locanda San Vigilio für ihr Risotto alla tinca und die köstlichen San Vigilini gedankt.*

Alle touristischen Angaben in diesem Buch wurden vom Autor mit größter Sorgfalt zusammengestellt. Sollten sich dennoch Fehler eingeschlichen haben, bittet er dies zu entschuldigen. Außerdem unterliegen natürlich insbesondere Telefonnummern sowie Angaben zu Restaurants und Hotels häufigen Veränderungen. Der Autor kann keine Verantwortung für die Richtigkeit der Angaben übernehmen. Was die handelnden Personen im Roman betrifft, so sind diese natürlich frei erfunden. Jede Ähnlichkeit oder Namensgleichheit mit lebenden Personen wäre rein zufällig und unbeabsichtigt.

Michael Böckler

Nach dem Tod lebt es sich besser

Ein Mallorca-Roman

Der Sturm über Mallorca geht weiter

Michael Böckler steht für temporeiche Krimis mit kulinarischem und touristischem Touch. Das Konzept »Der Roman als Reiseführer« ist seine Erfindung. Auch die Fortsetzung des Erfolgsromans *Sturm über Mallorca* ist wieder reichlich garniert mit Rezepten, Restaurantempfehlungen und einem umfangreichen Anhang mit vielen Insidertipps für den Aufenthalt auf den Baleareninseln.

Michael Böckler

Wer stirbt schon gerne in Italien?

Ein Toskana-Roman

Der Roman als Reiseführer.

Der erfolgreiche Münchner Herzchirurg Maximilian Mauritz hat den beruflichen Stress satt: Er steigt aus und sucht Entspannung in der Toskana. Mit der schönen Witwe Carlotta kommt sogar ganz unerwartet die Liebe ins Spiel. Doch bald fallen erste Schatten auf sein Paradies, und schließlich muss Maximilian um sein Leben fürchten.

Vom Autor des Romans »Sturm über Mallorca«.

»Ein Thriller mit Pasta- und Pizza-Ideen und vielen Insider-Tips für Hotels und Restaurants.«
Maxi

Knaur

Michael Böckler bei Knaur:

Sturm über Mallorca

Roman

Wer stirbt schon gerne in Italien?

Roman

Verdi hören und sterben

Roman

Knaur

Peter Mayle

Encore Provence

Mit *Encore Provence* setzt Peter Mayle seine Trilogie über das Leben und die seltsamen Vorkommnisse in der Provence fort: bei einem Fest in einer umgebauten Tankstelle z. B., oder bei einem Rendezvous im Chez Fonfon in Marseille, wo er die echte Bouillabaisse kennen lernt.

Aber: Es gibt ein Leben nach dem Mittagessen! Neben Kuriositäten wie einer *Schule für Nasen* in der Haute Provence und einem Gärtner, der schwarze Tomaten anbaut, serviert Mayle dem geneigten Leser ein Verbrechen aus Leidenschaft, das an einem sexbesessenen Metzger verübt wurde, einen wahren Begräbnis-Fachmann und ein ganzes Sortiment an oft exzentrischen Charakteren, die in Bars und auf Bouleplätzen der Provence lauern.

Knaur